澄
心
清
意

澄心文化

阅
读
致
远

世说俗谈

刘勃 著

浙江文艺出版社
Zhejiang Literature & Art Publishing House

图书在版编目(CIP)数据

世说俗谈 / 刘勃著. —杭州：浙江文艺出版社，
2023.1（2025.1重印）
ISBN 978-7-5339-7005-5

Ⅰ.①世… Ⅱ.①刘… Ⅲ.①《世说新语》—小
说研究 Ⅳ.①I207.419

中国版本图书馆CIP数据核字(2022)第205470号

策　　划	柳明晔	
责任编辑	邵　劼	徐　全
责任校对	牟杨茜	
营销编辑	宋佳音	
数字编辑	姜梦冉	诸婧琦
封面设计	安　宁	
版式设计	吕翡翠	
责任印制	吴春娟	

世说俗谈

刘勃 著

出版发行	浙江文艺出版社
地　　址	杭州市环城北路177号
邮　　编	310003
电　　话	0571-85176953（总编办）
	0571-85152727（市场部）
制　　版	杭州天一图文制作有限公司
印　　刷	杭州杭新印务有限公司
开　　本	880毫米×1230毫米　1/32
字　　数	363千字
印　　张	14.5
插　　页	12
版　　次	2023年1月第1版
印　　次	2025年1月第16次印刷
书　　号	ISBN 978-7-5339-7005-5
定　　价	59.00元

（传）李相　《东篱秋色图》

清·华嵒　《金谷园图轴》

序

（一）权贵的懈怠之书

《世说新语》的作者，是南朝刘宋的临川王刘义庆。也有推测说，书其实是他的门客们写的。

《宋书》卷五十一，有刘义庆的传。

刘义庆是刘宋开国皇帝宋武帝刘裕的侄子，他少年时颇有英气，善于骑马，还曾被刘裕夸奖说："此吾家丰城也！"传说西晋的时候，丰城县有剑气冲天，后来在此地果然找到了古代神兵干将、莫邪。因此"吾家丰城"就是我家的宝剑的意思。

但是皇帝换成宋文帝刘义隆之后，刘义庆却改了脾性：

以世路艰难，不复跨马。招聚文学之士，近远必至。

从老百姓的角度看，当时其实倒算乱世里难得的安宁年景。所谓"世路艰难"，其实就是皇帝猜忌亲贵的暗喻。

宋文帝身体不好，神经过敏，诛杀了好多大臣。宗室成员理论上也是可以当皇帝的，何况还是被先帝比喻成"大杀器"的人，尤其会被当作危险人物。

刘义庆显然意识到自己不怎么安全，所以辞去了握有大权的敏感职务，也不再展示任何和武勇有关的素质，倒把兴趣转移到了"文学"上。

当时文学的含义比现在宽泛，包括今天所谓的"文学创作"，也包括其他各种和书本有关的学问。

文学当然比军事安全，但同属文学，安全系数也有差别。比如说，要是对儒家经典感兴趣，或者对黄老道家感兴趣，就还是比较麻烦。因为儒家经典里都是治国大道，黄老著作里也充满"君人南面之术"，喜欢这些，还是可能被认为有野心的。因此，汉朝的时候，河间献王刘德爱儒术，淮南王刘安好黄老，就都令雄才大略的汉武帝很不爽。

法家著作更不必提了，各种厚黑权谋，一看就是阴谋家读物。历史书也不行，你一个诸侯王在那里积极汲取历史经验，是想做什么呢？汉成帝的时候，皇叔东平王刘宇想向皇帝借《史记》看，汉成帝就没借给他。

写小说才是最保险的。

古代小说的含义也和现在不同。小说是"街说巷语""道听途说"，也就是民间流行的各种段子。段子倒不一定不是事实，关键是，段子即使是真的，价值也很有限。

从《汉书·艺文志》开始，谈到小说时，学者们往往会引《论语》里的话："虽小道，必有可观者焉，致远恐泥，是以君子弗为也。"做编小说集这种事，等于承认自己没有远大追求，不算君子。

现存文献中，最早著录《世说新语》的《隋书·经籍志》，把

《世说新语》和许多笑话集和工艺方面的书放在一起。而唐朝人编
《晋书》时采纳了不少《世说新语》的内容，就让刘知幾这样严谨
的学者很不满，认为卑琐的小说玷污了高尚的正史，这些史官"奚
其厚颜"，脸皮咋这么厚呢？

所以，不论《世说新语》是刘义庆本人创作的，还是他组织门
客们编写的，都是在公开表态：我的人生，已经进入了懈怠状态。

庶民懈怠和权贵懈怠，是性质完全不同的两件事。

庶民辛苦劳作创造的财富被权贵拿走，权贵才成其为权贵。所
以庶民懈怠，意味着权贵的镰刀无从收割，这是不能容忍的。

权贵懈怠，则意味着退出政治资源的争夺，降低了权力斗争的
残酷性，所以值得大力提倡。至于其他挥霍，基本属于小节。

所以庶民懈怠叫"躺平"，权贵懈怠叫"高卧"。

某种意义上说，《世说新语》就是一部权贵懈怠之书，它写的
就是魏晋名士们不正经的那些事。

（二）"意义"和"意思"

懈怠的人生没有意义，但可能很有意思。

忧国忧民的儒家经典是很有意义的。相比而言，神神道道探讨
世界本质的玄学，就显得没什么意义；同样是玄学，写一部玄学专
著流传后世的意义，要大过清谈聊天说过就没了的意义；同样是清
谈，思维严谨的论述，又比聊了一个通宵也不知道说了些啥有
意义。

但对当时名士来说，怎样更有意思，排序却刚好倒过来。最有
意思就是这样：

向来语，乃竟未知理源所归，至于辞喻不相负，正始之音，正
当尔耳！（《世说新语·文学》）

刚才聊了这么久，也不知道玄理的根本到底在哪里。但说到措
辞和譬喻彼此相称，正始年间最高水平的玄谈，大概就是这样的。

清谈者自己都不知道自己聊了点什么，围观旁听者当然更不知
道。但是没有关系，聊天的状态好就好。所谓"共嗟咏二家之美，
不辩其理之所在"，显然大家听得都很上头，如若关心讲得有没道
理，那是俗，忒俗。

面对强大的敌人，有意义的当然是如何取得胜利，胜利后怎么
"摆造型"，本没有那么重要。但《世说新语》关注的就是姿态。它
没有讲淝水之战是怎么打的，但记了这么一条：

谢公与人围棋，俄而谢玄淮上信至。看书竟，默然无言，徐向
局。客问淮上利害，答曰："小儿辈大破贼。"意色举止，不异于
常。（《世说新语·雅量》）

这淡定优雅的风度，成为千古绝唱。

有人说，淝水之战如果东晋败了，对谢安就会是完全不同的评
价，战前他自娱自乐，对前线局势显得漠不关心的表现，都会成为
罪状。

正史的写法也许会这样，但《世说新语》不会。只要谢安被俘
虏或被杀的时候，表现得足够有风度，《世说新语》还是会赞美他
的。淡定的死是有"雅量"，《世说新语》里赞美的例证还少吗？

王子猷居山阴，夜大雪，眠觉，开室，命酌酒。四望皎然，因起仿偟，咏左思招隐诗。忽忆戴安道，时戴在剡，即便夜乘小船就之。经宿方至，造门不前而返。人问其故，王曰："吾本乘兴而行，兴尽而返，何必见戴?"（《世说新语·任诞》）

你若是王子猷家的厨子，那天晚上肯定很不爽，主人半夜里看雪吟诗，吩咐你给他热酒，你就要大冷天后半夜从被窝里钻出来，那滋味谁都知道不好受。而相比厨子，船夫又更不幸，他划了一夜的船，好不容易主人上岸会朋友去了，以为可以补个觉，结果刚合眼打个盹，这家伙居然就回来了，这叫什么事?

可是看看各种《世说新语》选本就知道，历来读《世说新语》的人，有多么爱这个故事。

很多名士都非常有钱，有人有钱就极度骄奢淫逸（如石崇、王济），有人却仍然出奇地抠门（如王戎、和峤）。说实话，有钱到这个地步了，选择"汰侈"或者"俭啬"，都没什么意义，但这些故事讲起来，就是有意思。

《世说新语》里面，君臣对话可能是这样的：

元帝皇子生，普赐群臣。殷洪乔谢曰："皇子诞育，普天同庆。臣无勋焉，而猥颁厚赉。"中宗笑曰："此事岂可使卿有勋邪?"（《世说新语·排调》）

晋元帝生了皇子，赏赐群臣。

有官员说，这是普天同庆的大好事，可惜臣没有功劳，拿赏赐挺不好意思的。

晋元帝说："我生儿子，这事能让你有功劳吗?"

这是民间常有的笑话，出自君臣之间，显然有失朝廷体面，然而真有意思。

家庭生活中，夫妻对话可能是这样的：

王浑与妇钟氏共坐，见武子从庭过，浑欣然谓妇曰："生儿如此，足慰人意。"妇笑曰："若使新妇得配参军，生儿故可不啻如此！"（《世说新语·排调》）

当爹看见儿子走过，不禁得意，说我儿子真棒。妻子接了一句："我要是嫁给你弟弟，儿子还能更棒。"

不知道接下来夫妻俩有没吵架，反正这种涉及叔嫂关系的段子，自古以来就是中国人的兴奋点。

才女谢道韫嫁给了王羲之的儿子王凝之，瞧不上自己的丈夫。谢安作为家族长辈想安慰她，于是谢道韫回应说，我做闺女的时候，家族长辈都有谁，同族兄弟都有谁，我打小觉得，男人就应该是像他们这样优秀的。

就是说，大才女从小的生活环境，出现的男人统统都是偶像剧里的样子，所以她对男人的接受底线，自然而然就上去了。于是她来了这么一句：

不意天壤之中，乃有王郎！（《世说新语·贤媛》）

我怎么会想到，天地之间，还有我丈夫这样的男人。

这句话，真是平平淡淡而雷霆万钧，一击就把那个男人捶进地心。

对情感咨询师来说，你这么说话，对促进夫妻关系和谐一点意义都没有，然而才女骂人，就是有意思。

　　王蓝田性急。尝食鸡子，以箸刺之，不得，便大怒，举以掷地。鸡子于地圆转未止，仍下地以屐齿蹍之，又不得，瞋甚，复于地取内口中，啮破即吐之。（《世说新语·忿狷》）

　　蓝田侯王述是个性急的人。有一次吃鸡蛋，他拿筷子去戳，没戳中，就大怒，拿起鸡蛋摔到了地上。鸡蛋在地上滴溜溜转，他又用屐齿去踩，又没踩住。王述愤怒到极点，从地上捡起鸡蛋，放进嘴里咬破，可是并不吃，而是吐掉了。

　　这个人败给一只蛋的故事能有什么意义？可是就是有意思。

　　也许在大多数人看来，有意义远远比有意思重要。这不奇怪，人要相信自己做的事有意义，活得才踏实；一个社会也总要能发明出一点大家都相信的意义，才有凝聚力。

　　但下面这个判断大概也属实："意思"的生命力，往往比"意义"长久一些。

　　有意义没意思的作品，也许慢慢就没了意义，而且永远不会有意思；没意义有意思的作品，很可能一直有意思。

　　而且换个角度看，有时原来的正面意义时过境迁变成了负面意义，原来的没意义，也就突然有了意义。譬如说，儒家思想从古代的绝对主流，变成了现代思潮大力批判的对象的时候，在很多评论家的笔下，《世说新语》里许多嘻嘻哈哈的段子，就变成了"突破儒家礼教的桎梏，追求个性解放"的存在，显得特别有意义。

　　诚然，《世说新语》里这点"有意思"的社会基础，寻根究底都是民脂民膏堆出来的。但古代世界各种伟大的物质成就，哪个背后没有无数苍生的汗水和血泪？今天我们认清这一点，并不因此要把这些物质成就销毁掉，相反还要很珍惜地保护起来，去欣赏或瞻仰它。对古代的这点"有意思"，也同理对待吧。

（三）"教科书"与"宣传片"

关于《世说新语》，还有个著名的说法，这是"名士教科书"。

这么说是很到位的。《世说新语》很生动地展示了名士们的言行，可以供想当名士的人模仿。但大家也都应该明白，不要以为读了教科书，就真是名士了。就像通读了中学各科教材而没有老师指导你应该怎么刷题，去参加高考的话，分数多半会很难看。更重要的是，哈佛大学教科书、哈佛大学公开课满世界都有，哈佛大学录取通知书，却不会随便发。

跨过门槛的关键，往往并不在教科书里。

《世说新语》记录的主要是从东汉末到东晋的信息。这之间虽然有朝代更替，但时代的气质，却有一以贯之的地方。

这个年代，国家机器不如之前的秦与西汉强大，也不如之后隋唐以降的历朝历代。特权阶级的地位比较稳固。东汉的特权阶级想承担比较多的社会责任，魏晋以来他们则认清了现实，知道自己没这个本事，于是专心做自己。但不论是进取还是放任，个人选择的意味都比较浓，体制的压迫感则比较弱。

这是魏晋名士产生的政治、经济基础。

但《世说新语》里自然不会说这些。书里倒是有人说过一个名士定义：

王孝伯言："名士不必须奇才。但使常得无事，痛饮酒，熟读

《离骚》，便可称名士。"（《世说新语·任诞》）

三个标准：一、通常没事干；二、酒喝得痛快；三、《离骚》读得熟。

容易引人注意的是后两条，但其实最重要的，倒是第一条。

这在贵族或准贵族社会里，甚至可算是一个可以不用考虑文化差异的普世标准，有人概括莎士比亚时代的英国绅士的关键要求，也是"要'无所事事'，并把开销维持在某一显著水平上"①。

第一条达到了，后两条可以通融甚至置换掉。什么样的人才能无所事事还衣食无忧，且还没人能说你的不是呢？当然前提是要有祖传的社会地位和物质、精神财富。

就拿说这话的王恭（字孝伯）来说，他出身于顶级高门太原王氏，是司徒左长史王濛之孙，光禄大夫王蕴之子，妹妹王法慧是东晋孝武帝司马曜的皇后。王恭起家著作佐郎，之后一路担任很清要的官职，一直做到封疆大吏。这样，王恭出门，才能取得这样的效果：

孟昶未达时，家在京口。尝见王恭乘高舆，被鹤氅裘。于时微雪，昶于篱间窥之，叹曰："此真神仙中人！"（《世说新语·企羡》）

下着零星小雪的时候，王恭坐着高车，穿着鹤氅裘飘然而过。让饥寒穷困的人篱笆墙后远远看见，忍不住赞叹："这真是神仙一

---

① ［美］斯蒂芬·格林布拉特著，辜正坤等译：《俗世威尔——莎士比亚新传》，北京大学出版社2007年版。

般的人。"

这么看来，与其说《世说新语》是名士教科书，还不如说它是名士的宣传片。它展示的是名士们最想被别人看到的一面。

后世文人，对《世说新语》常有发自心底的喜爱。经常被举的例子如：

前面已经提到的，唐代初年的史官编写《晋书》，把《世说新语》里很多内容抄进了正史。

宋代，有人评价黄庭坚说："黄鲁直离《庄子》《世说》一步不得。"有人读辛弃疾的词，发现他之所以能"别开天地，横绝古今"，是因为他能把文学史上的各种资源融为一体且巧妙运用，而《世说新语》就是他重要的"武库"。如中学生要背诵的"八百里分麾下炙，五十弦翻塞外声""休说鲈鱼堪脍，尽西风，季鹰归未"等等，就都是用的《世说新语》里的掌故。

元代的散曲里，也常见《世说新语》里的典故，而不少杂剧就是根据《世说新语》里一个故事性较强的段子扩充改编的。

明代学者胡应麟赞叹："读其语言，晋人面目气韵，恍忽生动而简约玄澹，真致不穷，古今绝唱也。"

直到现当代，还是这样。号称不开书单的鲁迅先生，给朋友的儿子列了一个仅有12部书的书单，其中就有《世说新语》。

文人喜欢《世说新语》是必然的。唐宋以后，随着皇权扩张，科举制度成熟，文化教育普及，社会阶层之间的流动大大增强，魏晋那样的名士失去了社会基础，而社会上的读书人却数量激增。

也就是说，《世说新语》里的文化资源，和后世文人是共享的；《世说新语》里的名士特有的社会保障，是后世文人没有的；而《世说新语》名士不必介怀的体制约束，却是后世文人所必须忍受的。读《世说新语》，不产生虽不能至而心向往之的感觉，才怪呢。

尤其是，《世说新语》记事，是刻意制造悬浮感的。大时代的背景被模糊了：当时的民族冲突，看不到；社会中下层的生活状况，也基本阙如。哪怕从记录逸事的角度说，《世说新语》处理材料的手法，也很类似我们对照片做的背景虚化处理。当然，这样照片会变得美丽许多。《晋书》大量摘录《世说新语》，历史学家不满是因为这太不严肃；但文人则是另外一种不满：那么精彩的文字，给你一塞到人物传记里，就不好看了。——这很好理解，因为《晋书》的工作，等于是关掉"美颜"、关掉"滤镜"、关掉"瘦脸"。

这本书的内容，倒是和《晋书》有点相似，是把《世说新语》里零碎的片段，嵌入完整具体的人生中，并把相关的历史、社会背景，尽可能呈现出来。

这个工作自然是俗气极了，因此书名就叫《世说俗谈》。

（四）六代名士

本书大多数文章以人物为中心，以人物活跃的年代先后为序。

更看重活跃年代而不是出生时间，也是老办法。东晋袁宏作《名士传》，把他之前的名士，分为三代：

宏以夏侯太初、何平叔、王辅嗣为正始名士，阮嗣宗、嵇叔夜、山巨源、向子期、刘伯伦、阮仲容、王濬仲为竹林名士，裴叔则、乐彦辅、王夷甫、庾子嵩、王安期、阮千里、卫叔宝、谢幼舆为中朝名士。

论年纪，正始名士的代表王弼（辅嗣），比竹林七贤中的山涛（巨源）、阮籍（嗣宗）、嵇康（叔夜）都小，但他早慧又早逝，所以被算作七贤上一代的名士。

《世说新语》里写到的人物，有些人活跃在正始之前，即汉魏之际的名士。

中朝（指西晋）之后的名士，细分为两代：两晋之际的名士和东晋政权稳固之后才涌现出来的名士。两晋之际的关键词是衣冠南渡，而东晋名士最活跃的时代，对于那个年号，读过《兰亭集序》的朋友都很熟悉，也就是"永和"。

这样，便总计是六代名士：

汉末名士、正始名士、竹林名士、中朝名士、南渡名士、永和名士。

本书大体是以六代名士（前两代内容较少，合为一个单元）按照时间顺序一路写下来的结构。

本书引用《世说新语》，则用楷体，解说也尽可能详细一些。

引用其他书中的文字，则用仿宋体，只译写大意。

汉魏易代与始畅玄风

3

汉魏易代与
始畅玄风

一、《世说》亮相第一人

《世说新语》一打开，就读到这样一件轶事：

> 陈仲举言为士则，行为世范，登车揽辔，有澄清天下之志。为豫章太守，至，便问徐孺子所在，欲先看之。主簿白："群情欲府君先入廨。"陈曰："武王式商容之间，席不暇暖。吾之礼贤，有何不可！"（《世说新语·德行》）

陈蕃，字仲举，是东汉末的一位名臣。

他影响力很大，发表的观点，就会成为读书人行为的准则；自己的行为，则是世人学习的榜样。

古代很长时间里，坐车被视为一种政治待遇，所以"登车揽辔"，可以指开始做官。陈蕃一进入仕途，就有把世界变得更美好的志向。

他做豫章太守，一到任，就问徐稚（字孺子）在哪里。

徐稚是当地名士。

主簿这个官，是当时从中央到地方，各级政府部门都有的，相当于办公室主任。在行政体系中有特别的重要性，所以由主簿代表豫章郡的全体官员说话。

主簿说："大家希望您先到官署去。"

陈蕃说："周武王尊重商朝的贤人商容，急于去拜访他，连座席都没有坐暖，我礼敬贤人，有什么不可以呢？"

作为全书开篇第一条，理论上讲，是要为全书定调子的。

陈蕃最有名的事，是青少年时代，不注意个人卫生，房间内外都脏乱得一塌糊涂。他父亲的朋友叫薛勤的来他家，见此情形说："年轻人怎么不洒扫庭除，迎接客人啊？"结果陈蕃回了一句：

大丈夫处世，当扫除天下，安事一室乎？

值得注意的是，《后汉书》记述此事，薛勤并没有板起长辈的面孔，把陈蕃教训一番，而是对这个年轻人"甚奇之"。现在我们熟悉的"一屋不扫，何以扫天下"之类的话，是后人增益出来的。毕竟，这个原始版本，太不适合培养模范儿童了，如果一个班的中学生都像陈蕃这么说话，那真是"中二气质爆棚"，值日生也没人做了，班级纪律也没法管了。改成教导同学们要从身边的小事做起的故事，才适合成为今天中学生作文的素材。只不过，那个风味就一点也不"东汉"了。

《后汉书》中陈蕃宣称"当扫除天下"，和《世说新语》讲陈蕃"有澄清天下之志"，都是在强调，他这人从小的追求特别远大，为人特别清高。

陈蕃能采取这样的人生姿态，有重要的基础，他的出身条件很好。

陈蕃是汝南郡人，汝南郡辖境相当于今河南颍河、淮河之间，京广铁路西侧一线以东，安徽茨河、西淝河以西、淮河以北的地区。东汉一百多个郡一级行政单位中，只有三个郡的人口超过了二百万，汝南是其中之一。这里是当时天下经济、文化最发达的地区，因此汝南郡的大家族，也就是天下顶级的豪门；汝南郡有名的士人，自然也就是具有天下影响力的名士。

按照东汉的察举制度，有没有资格当官，要靠已经做官的人推荐。汝南士人有这样的影响力，自然可以源源不断涌入官场。最成功的，做到司徒、太尉、司空这样的高官，如比陈蕃小两辈的汉末风云人物袁绍，就是汝南人，他祖上就已经连续四代人出了至少五个三公级别的人物。此外，不管是中央的各机要部门，还是各郡国的地方政府，都活跃着汝南人的身影。

东汉的朝廷，基本由外戚和宦官轮流掌权，但不管中央谁掌权，汝南的名士总不缺少与之对抗的勇气。这勇气来自强烈的道德感，也来自他们雄厚的政治、经济基础。

陈蕃的祖父就做过河东太守。陈蕃先被举孝廉，短暂担任过一段时间的郎中后，就因为母亲去世而弃官守丧。在当时，这是一个提升道德声望的行为。后来，豫州刺史周景征辟陈蕃为别驾从事。

当时，刺史理论上是中央派到地方的监察官，实际上几乎已相当于一州之长。周景更非等闲之辈，他出身于扬州庐江郡舒县（治今安徽庐江西南）的望族，后来位至三公，他有个雄姿英发的从孙，对今天的人来说他的从孙可能更有名，就是火烧赤壁的周瑜——周公瑾。

别驾从事是刺史最重要的两个副手之一，周景可以说对陈蕃非常重视。但陈蕃却和周景处得很不好，吵了一架，陈蕃就辞官了。这种动不动就和领导吵架的脾气，陈蕃后来还爆发过好多次。

不过因东汉的风气，人们倒是非常欣赏陈蕃这种作风的。所以不断有高级官员征辟陈蕃，但陈蕃都拒绝了。

一直到太尉李固上表推荐陈蕃去做议郎，陈蕃才同意了。显然，这不仅是因为李固官做得比之前举荐陈蕃的人都大，而且因为李固是一个公认道德高尚的士人。陈蕃认为，这样的人才有资格举荐自己。

陈蕃在青州乐安郡做太守的时候，正碰上李膺任青州刺史。李膺是一个疾恶如仇的官员，所以青州各郡县的地方官知道自己贪腐的罪行一旦落到李膺手里，一定没好果子吃，就纷纷弃官逃走了，只有陈蕃继续做自己的官。显然，他对自己和李膺的品格，都很有信心。

当时士人的评价，也喜欢把他们相提并论，所谓"天下模楷李元礼，不畏强御陈仲举"，区别是李膺在援引后进方面，更被人称道，而陈蕃像一颗炮弹，他与强权人物的对抗，更加引人注目。

陈蕃当然也不是不重视年轻一辈的人才，不过他眼睛里不揉沙子，所以难免让人有点发怵。乐安有个叫赵宣的人，父亲去世后，就住在墓道里，服丧二十余年。因此赵宣成了著名的孝子，被推荐给陈蕃。但陈蕃发现，赵宣服丧期间，却生了五个儿子。陈蕃因此大怒，他认为三年之丧，是圣人制定的礼，用以调节人的性情。天性醇厚的人，三年不足以寄托哀思，那就强迫你脱掉丧服，让你回到正常的生活中来；凉薄的人，逼你也要守足三年，让你明白做人的道理，盲目延长服丧时间，有违中庸之道。何况既然服丧，就一切性行为都不应该发生，夫妻之间也不行，你在墓道里让妻子怀孕，不是欺骗鬼神吗？

陈蕃讲的道理当然都对，但换比较宽容的人，讥讽赵宣一番，这事大概也就过去了。但陈蕃就很认真地治了赵宣的罪。

如果是在后世充斥着"老油条"的官场里，陈蕃这种性格的人物大概活不过一集电视剧的时长，但在推崇狷介士风的东汉，陈蕃的仕途起起落落，但总的说来是在不断升迁，而且在几度态度强硬地批判皇帝之后，他又获得了一个重要的盟友。

汉桓帝有一个姓田的宠妃，桓帝想立她做皇后，陈蕃认为田妃出身卑微，激烈反对，皇帝到底没能如愿以偿。汉桓帝的窦皇后和她的父亲窦武，因此都对陈蕃大为感激。

后来桓帝驾崩，年仅十一岁的汉灵帝即位。窦皇后升级为窦太后，垂帘听政，窦武则成为朝中最有权势的人物。陈蕃也荣升太傅，这是传说中周公担任的官职，理论上讲，不但是朝廷的辅弼，而且是皇帝的老师。

史称，此时陈蕃、窦武"同心戮力，以奖王室"，所以他们想做一件大事：一举根除百年来盘根错节的宦官势力。但在制定具体方案的时候，两个人颇有分歧：陈蕃虽然已经七十高龄，但仍显得刚猛急躁，主张雷霆一击；大将军窦武则更为持重，倾向于采取更有步骤的方案。

结果，过分庞大的打击面和过分迟缓的行动，给了宦官们足够多的获取情报的机会和采取反击的时间。陈蕃得知宦官的行动，便率领几十个学生门人想突入承明门，这个举动显然是想控制住行政中枢尚书台。虽然冒险，但应该说也不失高明。可惜宦官早有防备，他们活捉了陈蕃，对老太傅进行了一番羞辱，然后杀害了他。

紧接着，宦官又杀死了窦武。窦武掌控的军队，本来比听命于宦官的军队更多，但宦官们得到了一支刚巧在洛阳的边防军的支持，所以取得了胜利。之后，宦官们对天下名士展开了残酷的迫害，史称第二次党锢之祸。

这件事对后来的一系列事件都产生了深刻影响。二十多年后，另一位汝南名士袁绍与另一位外戚何进合作诛杀宦官，为了避免重蹈陈蕃、窦武的覆辙，行动之前就先和边防军建立了密切的联系：他们想到的办法是引董卓进京。至于由此引发的灾难更加巨大，那就是所有人都始料不及的了。

不管怎么说，陈蕃在汉末声望极高，范晔《后汉书》评价说："功虽不终，然其信义足以携持民心。汉世乱而不亡，百余年间，数公之力也。"陈蕃虽然失败了，但他这样的人存在，对凝聚民心发挥着重要作用，东汉乱而不亡，多延续了百余年，就是陈蕃这些人的功劳。

就是说，作为一个杰出的忠臣，陈蕃成为"德行"门第一则的主角，分量是足够的。但作为《世说新语》中出现的第一个人物，光是道德高尚显然也不大合适，陈蕃性格的另外一面也很重要：他显然非常任性，不大尊重社会的一般规则。

就以《世说新语》中这个故事来讲，豫章郡主簿对陈蕃说："群情欲府君先入廨。"这里"群情"，自然是指政府里的各位工作人员，而不是老百姓。

可以想象，新领导到任，豫章郡的各级办公人员都在那里等候，太守去得晚，大家就要多一阵等待的煎熬；然后多半还要有饭局，太守不去，就不能开饭。做过接待工作的人，都很熟悉这种痛苦。主簿说这句话，一方面是强调规矩，一方面也是为同事着想。

陈蕃非常不给面子，让豫章郡的公务员继续在那里干等，自己跑去见徐稚了。——所以说，读书时你把自己代入谁，相当重要。你觉得自己是大名士，就会觉得陈蕃真是既高尚又潇洒；觉得自己是小公务员，就忍不住想骂街；觉得自己是普通小老百姓，则更可能觉得你先去哪里，干我什么事？

徐稚一辈子没有做官，陈蕃并不喜欢隐士，却特别欣赏他，在豫章任职期间，陈蕃不见客，但专门为徐稚设了一榻，有时聊天忘了时间，就留徐稚过夜。但徐稚一走就收起来，表示别人绝没资格使用。《滕王阁序》里的名句，"徐孺下陈蕃之榻"说的就是这件事。肆无忌惮地卖弄对自己欣赏的人的偏爱，而任性地给别人制造难堪，是很多人都心向往之而不敢的吧。《世说新语》这本书讨人喜欢当然有太多理由，但部分原因也在此。

二、难兄难弟与颍川陈氏的兴衰

陈元方子长文，有英才，与季方子孝先，各论其父功德，争之不能决。咨于太丘，太丘曰："元方难为兄，季方难为弟。"（《世说新语·德行》）

这条不长，却出现了五个人，需要先梳理一下人物关系。

太丘是指陈寔，做过太丘长，所以也叫陈太丘。

陈元方叫陈纪，是陈寔的大儿子。元方是字，"元"是头的意思，引申为第一，所以古代嫡长子叫元子，现在一年的头一天还叫元旦。

陈季方叫陈谌，是陈寔的小儿子。季方是字，季字上面那个"禾"，是"稚"的省写，所以季就是稚子，也就是小儿子。

陈元方有个儿子叫陈群，字长文。

陈季方有个儿子叫陈忠，字孝先。

这条讲的是，两个孙辈比爸爸，争不出结果来，觉得回答这个问题，爷爷是权威，于是去问爷爷。

爷爷的回答："元方难为兄，季方难为弟。"意思是哥哥要给弟弟做榜样，弟弟太优秀，这个榜样反而就很难做；弟弟要向哥哥学习，哥哥太优秀，弟弟学习起来，也就很艰难。所以这句话里的"难"要念 nán。简单说，就是爷爷表示，自己的俩儿子同样优秀。

这个"难兄难弟"的家族，就是著名的颍川陈氏，汉末三国时代最成功的家族之一。

颍川是东汉三个人口极繁盛的大郡之一，辖境约为今河南省中部及南部等地，也是门阀大族密度最高的郡。陈寔却出身寒微，不过他在阶层流动通道已经窄得只剩一条缝的时候，抓住了最后的机遇。

陈寔为人勤勉好学又低调稳重，尤其是特别勇于承担责任，就这样一点点升迁，终于熬到了颍川郡的功曹，即负责本郡公务人员考评的官员。

这时候，中常侍侯览托太守高伦提拔某人。这个人是公认很不堪的，但侯览是权势熏天的大宦官，他的请托，高伦不敢不从。于是高伦就写了委任状，交给陈寔去处理。——当时纸虽然已经被发明，但流行的仍是竹木简，这种下行文书写在二尺长的简上，叫作檄。

如果是慷慨激昂的名士，大概会把这个檄摔到高伦面前，表示拒不接受；若换作尖酸刻薄的人，则会一边照指示做，一边吐槽世风日下。但陈寔的做法是，把檄藏在怀里，悄悄去找高伦。

陈寔说："这个人是不该用的，但侯常侍的请托也是不能违抗的。所以我请求假装侯常侍的请托根本不存在，由我提出任命这个人，和您就没有什么关系了。"

高伦当然没有理由不同意。于是，陈寔因为用人不当，挨了颍川士人好长时间的骂。

后来高伦升官，要离开颍川郡了，他对送行的士大夫们把真相说了："是我不敢对抗宦官不得不用不该用的人，陈寔是在帮我背锅，像陈寔这样的人，可谓'善则称君，过则称己'了。"

这事传播开来，就"天下服其德"。这倒是理所当然的，哪个做领导的不喜欢这样的下属呢？

后来陈寔做了太丘长，他治理的作风，是"修德清静，百姓以安"，《世说新语》讲了两件轶事。

陈仲弓为太丘长，时吏有诈称母病求假。事觉收之，令吏杀焉。主簿请付狱，考众奸。仲弓曰："欺君不忠，病母不孝。不忠不孝，其罪莫大。考求众奸，岂复过此？"（《世说新语·政事》）

一是有个小官吏为了请假，就声称母亲有病。陈寔发现后，判了他死刑。主簿认为量刑过重，但陈寔说："为了请假而撒谎，是欺君，这是不忠；母亲没病却说生病，这是不孝。""考求众奸，岂复过此"，没有比不忠不孝更大的罪过了。

今天干过和这个小吏类似的事的人不知凡几，不知道看到这条有没有毛骨悚然：这么一个小谎言，一上纲上线，就变得如此恐怖。而且陈寔这个判决，既没有法律依据，也不符合政府部门的潜规则，但架不住他道德激情的澎湃与手中权力的"任性"，谁也拦不住。

陈仲弓为太丘长，有劫贼杀财主，主者捕之。未至发所，道闻民有在草不起子者，回车往治之。主簿曰："贼大，宜先按讨。"仲

弓曰："盗杀财主，何如骨肉相残？"（《世说新语·政事》）

二是太丘县同时发生了两个案子：一是一起抢劫杀人案，二是有人抛弃了刚出生的婴儿。

按照当时的观念，当然是杀人案严重，至于抛弃婴儿，那时是穷人家常见的事，因为养育负担很重，而朝廷还要征收一笔专门针对七岁至十四岁的未成年人的税，更是雪上加霜。

但陈寔说："盗杀财主，何如骨肉相残？"强盗杀人，杀的是陌生人，当然不如父子亲人间相互残害严重，于是决定先处理后一个案子。

这两件事的共同点，是在司法审判中优先考虑伦理问题。按照儒家的文化传统，德治是主，刑罚是辅，在东汉魏晋时期这个观点尤其深入人心，所谓"刑法者，国家之所贵重，而私议之所轻贱"（《三国志·卫觊传》）。判案没有法律依据，当时不会被当作大缺陷的。身为地方官，不仅管司法，也是当地民众的老师，要教导他们做人的道理。所以这两个例子，才都会被《世说新语》珍而重之地记录下来。

桓帝末年，发生了第一次党锢之祸，已经拥有极大声望的陈寔也被牵连进去。有人劝他逃走，陈寔说："我不进监狱，别人无所依靠。"于是主动下狱。好在这一次党禁迫害并不算很残酷，所以陈寔很快又被释放了。

但陈寔也不是高调和宦官对着干的人。汉灵帝时权倾天下的中常侍张让也是颍川人，张让父亲去世后归葬颍川，虽然来吊唁者人山人海，但名士却一个没来。张让感到深受羞辱，正在怀恨，突然陈寔到了，算是给了张让极大的面子。

到了极其恐怖的第二次党锢之祸爆发的时候，因为陈寔的缘故，张让对很多人也网开一面。就这样，陈寔成了在清流名士和宦官阉党这两个尖锐对立的政治集团里，都享有崇高声望的人物。

后来陈寔没有再做官，朝廷多次聘请他到朝中担任重要职务，他都不去。这样，既避免深度卷入政治风波，清高的名望也越来越大。汉灵帝中平四年（187），八十四岁的陈寔在家中去世，当时最有权势的人物大将军何进特意遣使吊祭，天下来参加丧礼的有三万余人，披麻戴孝的数以百计。

这样，陈寔为儿子搭建了很高的平台，他们的人生起点自然就远非父亲可比了。陈纪和陈谌这对难兄难弟，和父亲一起，被当时人并称"三君"。各地地方官为了让人民有学习的榜样，把他们的画像贴得到处都是。

陈谌早死，而陈纪的仕途虽然不算特别显赫，却和三国时代的众多风云人物都牵扯上了关系。

党锢期间，陈纪显得很接受这个事实，专心著书立说，对做官毫不热衷。这种状态一直延续到董卓进京。董卓执掌了汉朝大权，他知道自己名声不好，所以特别想和名士搞好关系，于是专程派人到颍川郡来聘请陈纪出山。陈纪显然继承了父亲的政治智慧：别的事情可以高调，但别和惹不起的黑暗势力对着干。也就同意了。

但董卓要迁都长安的时候，陈纪表示了反对，不过两个人也没有公开闹崩，陈纪离开中央，到平原国去做了国相。

平原国是郡一级的行政单位，郡治是平原县。而当时的平原县令不是别人，正是后世在民间深受欢迎的刘备。

虽然史书中没有太多记载，但陈纪和刘备相处得显然很好。刘备对陈纪极其推崇，后来当了皇帝了，还对诸葛亮说，陈纪是怎样理解治国之道的，所以自己也要照着做。后来言必称先帝的诸葛亮，又引用陈纪的话，去教育后主刘禅。

陈纪的儿子陈群，更是了不得的人物。刘备做豫州刺史的时候，征辟陈群做了自己的别驾，而陈群很快就表现出过人的见识。徐州牧陶谦去世，把州牧传给刘备，陈群立刻看出，徐州内部矛盾重重，这块大肥肉，以当时刘备的实力，根本吞不下。但刘备抵御不了诱惑，还是接受了徐州，于是就在吕布、袁术的夹攻下，陷入极其狼狈的境地，所以刘备"恨不用群言"。

但陈群没有陪着刘备颠沛流离，却归了曹操。曹操去世后，陈群制定了著名的"九品官人法"，把选任官员的大权，转交到世家大族手里，实质上是换取他们对曹家的支持，为曹丕篡汉扫清障碍。

但曹丕当上皇帝后，陈群脸上却没有笑容，显得一点也不开心。曹丕当然不大高兴，就问他为何如此。陈群回答说，我曾经做过汉朝的官，陛下您登基，我"心虽悦喜"，却要"义形其色"。这是告诉曹丕，第一我政治立场没有问题，站在您这一边，第二我这么做也是在为您做价值导向工作，毕竟您也希望将来新王朝多一些忠臣啊。

这么会表态，他成为曹丕时代最重要的官员之一，也就不奇怪了。

陈群秘密向皇帝汇报了很多事，正式稿交上去，草稿就赶紧毁掉，连家里的子弟，都不知道他说了什么。至于外面的舆论，甚至有人认为陈群做官是混日子，话也不说事也不干的。直到陈群去世后，朝廷要编《名臣奏议》，陈群的这些奏章才公开，于是满朝官员"皆叹息焉"，也不知道佩服陈群其实做了很多事，还是觉得后背凉飕飕的。

总而言之，陈寔、陈纪、陈群三代人，政治上都称得上是人精。在政治斗争极其惨烈险恶的环境下，他们总能正确站队或及时抽身，而该做的事一定会做到位，不该说的话绝对不多说。当然，再会做人，官做得越大，就越是难免得罪人，所以祖孙三代的名声，是一代比一代差，陈寔只做过太丘长，陈纪做到了大鸿胪（九卿之一），陈群是曹魏司空（三公之一），但当时却流传这样的段子："公惭卿，卿惭长。"

但到了陈群的儿子陈泰，作风却大不相同。陈泰算是曹魏名将，和蜀国的姜维多次交手，往往还能占到上风。转眼间到了甘露五年（260）"司马昭之心，路人皆知"的时代，皇帝曹髦忍无可忍攻击司马昭，司马昭让贾充封锁皇帝的前进路线，贾充又吩咐手下，把皇帝捅了个"刃出于背"。于是引出《世说新语》中的这一条：

> 高贵乡公薨，内外喧哗。司马文王问侍中陈泰曰："何以静之？"泰云："唯杀贾充，以谢天下。"文王曰："可复下此不？"对曰："但见其上，未见其下。"（《世说新语·方正》）

皇帝当街被杀了，各种议论纷纷。

为了平息舆论，司马昭决定丢个替罪羊出去，就和陈泰商量。当初，陈群和司马懿同时为曹丕去世时的托孤之臣，两家关系是非常好的。

陈泰说，把贾充杀了吧。司马昭说，能不能换个比贾充级别低点的人？陈泰说："但见其上，未见其下。"比贾充地位更高的人谁该杀，我是看在眼里的；贾充手下的人究竟谁该死，我根本不关心。

"方正"是讲原则，不通融的意思。陈泰这么不给司马昭面子，自然是极"方正"的了。还有史料说，这之后陈泰就呕血而亡。

陈泰这个态度，司马昭当然极不乐见。魏晋时期皇权很少会用残酷手段清洗世家大族，但冷处理是可以的。陈泰的儿子还承袭爵位，但颍川陈氏里他这一支，从此在政治上就没多大重要性了。

《世说新语》一上来就按照传统标榜德行，但实际上对道德却很有点虚无主义的态度，大约也和许多家族和个人都是这样的命运有关吧。

三、华歆的道德和演技

华歆是汉末至三国曹魏初年的名士、重臣，官至三公。在小说《三国演义》里，他属于出场不多，但令人印象还挺深刻的角色。

《三国演义》第六十六回《关云长单刀赴会　伏皇后为国捐生》，曹操要杀害汉献帝的伏皇后，皇后吓得躲进殿后椒房内夹壁里。作为曹操宠臣的华歆带着五百甲兵进后宫搜查，发现皇后的藏身处，"歆亲自动手，揪后头髻拖出"。皇后恳求饶命，华歆呵斥说："汝自见魏公诉去！"

这段情节，倒是正史中也有的，见《后汉书·皇后纪》。不过《后汉书》成书的时间，距离东汉末已很遥远，其中道听途说的东西也很多。这段的信息来源，显然是东吴人写的《曹瞒传》，那是一部著名的给曹操抹黑的作品。华歆曾在孙策手下做官，后来被曹操点名索要，他也就很欣然地走了。东吴人很可能因此怀恨在心。抹黑曹操的时候顺手抹黑一把华歆，也算一石二鸟。

在《三国演义》第八十回《曹丕废帝篡炎刘　汉王正位续大

统》，曹丕篡汉的时候，华歆是冲在最前面的，并说出如下台词：

> 陛下可依臣等昨日之议，免遭大祸。

> 陛下若不从众议，恐旦夕萧墙祸起，非臣等不忠于陛下也。

> 天下之人，皆知陛下无人君之福，以致四方大乱。若非魏王在朝，弑陛下者，何止一人？陛下尚不知恩报德，直欲令天下人共伐陛下耶？

> 这都是赤裸裸的羞辱与恫吓，看汉献帝还在犹豫，

> 歆纵步向前，扯住龙袍，变色而言曰："许与不许，早发一言！"帝战栗不能言。

在把忠君当作核心价值观的古代，这些言行都可谓罪大恶极，也是特别能让情感朴素且爱憎分明的普通读者，对华歆切齿痛恨的。京剧舞台上，华歆就是个白鼻子小丑。

史书中的华歆，则完全不是这样的。《三国演义》把华歆写成逼迫汉献帝退位的关键人物，大概是因为汉献帝禅位给曹丕的大典，华歆"登坛相仪"，担任着类似今天主持人的角色。但据华歆的孙子华峤说：当时自己的爷爷，和另一位"老戏骨"陈群的表现一样，"心虽悦喜，义形其色"，既为曹丕当皇帝感到高兴，又表现出一个汉朝忠臣应该有的样子。总之，是"节奏带得很好"的人。

就是说，《三国演义》丑化华歆，主要倒不是抹黑了他的品德，而是贬低了他的演技。实际上能混到他这个位置的人物，多半很注

意吃相，不会是《三国演义》里那种穷凶极恶的样子。

这一点，《世说新语》就处理得好得多。

《世说新语》关于华歆的记录有五则，大多是把他当作正面人物的，如：

> 华歆、王朗俱乘船避难，有一人欲依附，歆辄难之。朗曰："幸尚宽，何为不可？"后贼追至，王欲舍所携人。歆曰："本所以疑，正为此耳。既已纳其自托，宁可以急相弃邪？"遂携拯如初。世以此定华、王之优劣。（《世说新语·德行》）

华歆和王朗一起乘船避难。有个人想搭乘他们的船，华歆显得很为难。王朗说："幸好船上空间足够，为什么不可以呢？"

后来，贼寇迫近，人多船行驶不快，王朗就想让那人下船。华歆说："刚才我之所以犹疑，就是担忧现在这种状况。但既然已经接纳了他托身的请求，怎么能因为情况危急就抛下他呢？"

于是仍然像原来那样携带拯救那个人。世人也由此判定华歆、王朗的境界高下。

这个故事里的王朗，也就是《三国演义》里被诸葛亮骂作"苍髯老贼，皓首匹夫"，并终于被活活骂死的那个王朗。当然，这时他还不老。

但风行网络的电视剧《三国演义》中的台词"我从未见过如此厚颜无耻之人"，这句评价和这里的王朗也挨不上，他就是个非常典型的普通人：第一，他是善良的，所以乐于付出廉价的同情心；第二，他是简单的，所以遇事不过脑子，并不知道做好事需要付出多大代价承担多少风险；第三，他是脆弱的，所以危机一来，就想撂挑子。——《三国演义》设计出他被诸葛亮骂死的情节，没准就是受这个故事的启发。这种心理素质，确实很容易被骂出个三长两短来。

这件事里，华歆的表现倒确实很出色。开始不同意帮别人，是有远虑，早早想到可能的后果；后来坚持帮别人，是有担当：虽然倡议是你提出的，但我既然同意了，就要承担责任。

但这事的真实性有点疑问。第一是看华歆和王朗早年的经历，两个人未必有机会一起避难。第二是华歆的孙子华峤《谱叙》中讲过一个差不多的故事，但衬托华歆高大形象的，是名字都没有的人物，并不是王朗。

王朗很崇拜华歆，喜欢模仿华歆的行为，得到的评价却是"王之学华，皆是形骸之外，去之所以更远"。王朗学习华歆，连皮相都算不上，越学差距越大。王朗又是名人，吹捧华歆的故事里，把王朗拉进来配戏，比别人效果好。

《世说新语》里唯一一个华歆扮演反派的故事，则是他少年出仕之前的事：

> 管宁、华歆共园中锄菜，见地有片金，管挥锄与瓦石不异，华捉而掷去之。又尝同席读书，有乘轩冕过门者，宁读如故，歆废书出看，宁割席分坐，曰："子非吾友也！"（《世说新语·德行》）

华歆是平原郡高唐县（今山东禹城西南）人，管宁是北海郡朱虚县（今山东临朐东南）人，两人年龄相近，一起求学，加上管宁的同乡邴原，并称"一龙"：华歆是龙头，邴原是龙腹，管宁是龙尾。有人认为比德行的话，这个排名不合理，也有人指出，这就是按照年纪大小排的，不用想多了。

管宁和华歆一起在园中锄菜，看见地上有一片金子，管宁只管挥锄，和看到瓦片、石头没什么区别，华歆却把金子捡起来，而后又扔了它。

两个人读书时，又曾经坐在同一张座席上。有个官员坐着豪车，即所谓"轩冕"，从门前经过。——轩是一种高车，冕是尊贵的人所戴的礼帽，这里无意义。

管宁不为所动，华歆却放下书出去观看，回来时发现，管宁已经把座席割成两片，表示断交。——幸亏当时席地而坐，不然管宁就得把一张条凳劈开，那就谁都没得坐了，代价惨重得多。另外这个例子提醒我们，读古文，一定要知道背后的典故，同样是把东西裁成两截，割席表示断交，断袖却是同性恋人的示爱行为，弄混了就很尴尬。

管宁说："我没你这个朋友。"

这个故事是以华歆的猥琐庸俗，衬托管宁的玉洁冰清的高尚节操。

但以今天的标准看，则两个人的举动都有点怪。金子当然是好东西，在自家园子里发现的，所有权也没有问题，捡起来就是了。为什么一个好像没看见，一个捡起来却还要扔掉？华歆看见大官忍不住要出去看，是不够淡定，但管宁又何至于闹到要绝交的地步？

还是要理解时代氛围。东汉的风气，就是讲究"清节"，时时要彰显自己不在乎钱。那时的士人，牵着马从河边走过，马低头喝河里几口水，都要往水里丢铜钱，表示君子绝不白占便宜。这种时尚下，捡地上的金子，当然就要被耻笑了。管宁的为人，对这潮流有发自内心的认同。华歆却是热衷的人，捡了，因为爱财是他的本性；扔掉，却是因为对士林舆论的恐惧。"捉而掷去之"这个动作，分明表现出他在本性和时髦间的纠结。

看豪车的那个例子，性质也类似。政府请你去做官，而你推辞不去，几乎是那年头的名人一定会有的举动。虽然许多人是虚伪矫饰，但也不乏真诚的，而且也不需要特别清高：毕竟这是秦以后政府权威最小，宗族掌握的社会资源最多的时候。如果家族靠得住，那么不做官，日子也过得挺滋润；虽然做官的收益还是要大一些，但官场风险和压力却也要大得多。就是说：若追求利润最大化，当然还是要当官；但从使风险最小化的角度考虑，就容易选择在家待着。

按照这里的描写，管宁用一种非常伤害华歆尊严的方式，和对方绝交了。但看《三国志》里两个人的传记，后来两个人的关系却并不坏。

华歆是很会做官的人，也时时要彰显高洁，可以说戏演了一辈子。汉末大乱，他逃到南方，先在袁术手下任职，再投靠孙权，后来又到了曹操身边，然后一路高升。

华歆离开孙权时，很多宾客旧人给他送礼，华歆开始都收了，但临出发时，却对大家说："你们的礼金，本来我是不想拒绝的，不知不觉就收得太多了。但现在我一辆马车要走这么远的路，随身财物太多反而有危险。"于是就把大家的礼金都退了。这样既没有收大家的礼，又不伤人家的面子。

曹魏时代，皇帝给华歆的赏赐非常多，但他都转赠给亲戚故人，以至于"家无担石之储"（这句话也经常被拿来论证中古以前"石"并不读dàn）。以至于有同僚评价他说，华歆的智慧，努力一把还是可以追得上的；华歆的清廉，可真是别人比不了的。

从这些事例看，华歆对财富的态度，倒一直是"捉而掷去之"的。

管宁却流亡到了辽东，在民间做道德偶像，和当地权势者保持距离，但绝不得罪，也是很懂人情世故的人物。曹丕做了皇帝，让公卿举荐"独行君子",华歆推荐了管宁,已经在辽东三十余年的管宁也就接受了征召,带着家属回到家乡,但没有同意出来做官。到了曹丕的儿子魏明帝的时候,已经七十岁的华歆,又提出要把自己太尉的职务让给六十九岁的管宁。管宁当然不会接受,但这件事自然会让华歆和管宁的声望都进一步提升。

按古代标准,华歆很长寿,活到七十五岁,管宁更能活,活到八十四岁。华歆死后,仍有许多人推荐管宁做官。反正大家都知道他不会同意,写举荐信其实是给自己刷道德积分,并趁机展示一下文学才能。

四、孔融：一个怼人专家的一生

孔融四岁让梨的故事是极有名的。民间有"三岁看老"的俗谚，这话是否适合孔融，那就得看你怎么理解这个让梨故事了。

如果你觉得让梨是体现了这孩子孝悌谦让，而且之后的孔融始终都保持这个"孝"的姿态，那显然就是不适合，因为长大后孔融发表了许多怪诞且反人伦的言论。譬如他说，孩子和妈妈的关系，就好像东西放在容器里，倒出来了，和容器也就没有关系了，所以对母亲并不用怎么感恩；至于父亲，那更不值得一提，他之所以生我，不过是"情欲发耳"。别说在那个以孝治天下的时代，即使今天，这话也极其刺耳。

但你如果觉得让梨故事体现了孔融是表演型人格，最在意的是说漂亮话，把人的注意力集中到自己身上，至于具体的利弊得失，倒不太放在心上，那倒确实是孔融一辈子的特色。

《世说新语》中有这样一个少年孔融的故事：

孔文举年十岁，随父到洛。时李元礼有盛名，为司隶校尉。诣门者，皆俊才清称及中表亲戚乃通。文举至门，谓吏曰："我是李府君亲。"既通，前坐。元礼问曰："君与仆有何亲？"对曰："昔先君仲尼与君先人伯阳有师资之尊，是仆与君奕世为通好也。"元礼及宾客莫不奇之。太中大夫陈韪后至，人以其语语之，韪曰："小时了了，大未必佳。"文举曰："想君小时，必当了了。"韪大踧踖。（《世说新语·言语》）

孔融十岁的时候，跟随父亲到了洛阳。

当时洛阳有个名声极大的人物，姓李名膺，字元礼，做着司隶校尉的官。李膺学问好，品格高，官也做得大。司隶校尉行政级别虽然不是很高，却是首都及附近地区最重要的监察官，号称"卧虎"。不管多大的官，对他都不得不敬畏。

于是理所当然地，到李膺家拜访的人也就非常多，李膺一般并不接见，"皆俊才清称及中表亲戚乃通"。要么你是"俊才"，才华特别突出；要么你有"清称"，有好名声；或者你和他是亲戚也行。满足这三个条件之一，看门的才会帮你通禀。——《世说新语·德行》里则提到，当时的士人，把到李膺家客厅里坐坐，称为"登龙门"。意思是本来是条鲤鱼，得到李膺的赞赏，就成为龙了。

孔融要去拜见李膺，这时他太小，才华还无人知道，好名声更没有，所以只能迎合第三个条件，对门吏说："我是李府君亲戚。"府君本来指郡守，但这时已经是对较高级别的官员的通称，但反正孔融不会喊"李大人"。这是穿越者最需要注意的地方：当时儿子尊称父亲为大人，随便看见个官儿就喊大人，人家以为你要认干爹呢。

于是孔融被引到李膺面前，入座。

李膺问："君与仆有何亲？"——这个故事里，李膺是用来衬托孔融的，但属于正面烘托，所以也要展示他的风度。面对一个不认得的陌生小孩，自称"仆"，尊称对方为"君"，非常彬彬有礼。《融别传》里讲这件事，李膺问的是："高明父祖，尝与仆周旋乎？"说得还要更客气。

孔融说："昔先君仲尼与君先人伯阳有师资之尊，是仆与君奕世为通好也。"我是孔子的后代，您是老子的后代，老子是孔子的老师，算起来我们两家的情谊，真是有许多代了。孔子字仲尼，老子的名字是什么，古书上说法分歧很多，但总之，老子姓李名耳，字伯阳，也是大家熟悉的说法。

于是，李膺和在座宾客都很惊奇。孔融确实会套近乎，这么一说，本来不相干的两个人，就有了非常高端的文化渊源。而且查一下孔融的家谱，他是货真价实的孔子之后，而老子的结局是不知所终，说哪个姓李的是老子的后代，却无凭可考无据可查。现在，我这个真的孔子之后说你是老子之后，就显得你也跟真的似的。所以，孔融这也算把李膺的血统高抬了，非常给主人面子。

这时，有个太中大夫叫陈韪的来了，别人向他称赞孔融的聪明。陈韪来了一句："小时了了，大未必佳。"了，有明晰的意思（如一目了然），了了是指聪明。聪明孩子，长大了不见得怎么样。

这种送上门来的"杂鱼反派"，正好用来体现孔融的反应神速。他回答："想君小时，必当了了。"想来您小时候，一定是聪明得很了。

于是陈韪非常"踧踖"，意思是局促不安的样子。

现在家长拉小孩子出来表演节目，哪怕歌唱得不成曲调，舞跳得全无节拍，只见手足蠕动而已……围观的叔叔、阿姨、爷爷、奶奶，还能不说两句好话吗？陈韪非要扫兴，也是情商低。

孔融的反驳其实不合逻辑，因为原命题成立不等于逆命题也成立。但众所周知：公开辩论，本来就不是讲逻辑的事，段子说得漂亮，比什么都重要。所以这一次，孔融在怼人这个领域里，超级大神的地位基本就确立了。

孔融一生经历了哪些政治风波，《世说新语》的作者并不关心，但特意讲到了孔融之死：

> 孔融被收，中外惶怖。时融儿大者九岁，小者八岁，二儿故琢钉戏，了无遽容。融谓使者曰："冀罪止于身，二儿可得全不？"儿徐进曰："大人岂见覆巢之下，复有完卵乎？"寻亦收至。（《世说新语·言语》）

"孔融被收"，收的意思是逮捕。——汉代法律的权威还是挺大的，所以在汉末产生的道教，吸收了许多法律术语。作法的时候强调效率要高，叫"急急如律令"，抓妖怪则叫"收妖"。直到明代《西游记》的内容里，还保存着这些用法。

收孔融的人，则是曹操。曹操与孔融可说是积怨已久。

孔融经常挖苦、讥讽曹操。比较著名的案例有：

曹操灭了袁绍，儿子曹丕抢了袁绍的儿媳妇甄氏。孔融就给曹操写信，说周武王伐纣，把妲己赐给了周公。曹操没见过这个说法，但知道孔融读书多，以为他有特别的依据，就问他这出何经典。结果孔融回答说："以今度之，想当然耳。"以今天的情况推测，想来也应该是这样吧。

曹操远征乌桓，孔融又嘲笑说："大将军远征，萧条（这里是逍遥的意思）海外。昔肃慎不贡楛矢，丁零盗苏武牛羊，可并案也。"乌桓远在东北，孔融说曹大将军你打这么远，在"海外"闲得无聊，当地几桩陈年旧案你也审理一下吧。肃慎是东北的少数民族，传说周武王时曾来进贡过楛木做箭杆的箭，后来每逢盛世他们都会来，现在不来，就是不认可我们这个时代是盛世；丁零也是族名，是今天维吾尔族人的祖先，但这个民族进入新疆其实远比汉族要晚，汉朝时他们还在贝加尔湖一带，所以苏武在北海牧羊的时候，他们曾盗窃打劫。能随口扯典故当"板砖"用，当然是文化人特有的攻击方式。

战争期间粮食紧张，曹操于是禁酒，但直说禁酒的原因是粮食紧张，却不利于激发广大军民的自信心，于是曹操找了个高大上的理由：喝酒败坏德行。结果孔融就把古往今来喝酒成就事业的人罗列了一番，又问："说喝酒不好就要禁酒，那桀纣可是因为好色而亡国的，要不要禁止结婚呢？"

当然，曹操是喜欢做出宽宏大量的姿态的，你直接骂他，他反而不大会跟你翻脸。最后是什么原因让曹操不再容忍孔融的？不同的书说法不一，感觉孙盛《魏氏春秋》的说法比较合理："融对孙权使有讪谤之言。"孔融对孙权的使者说了不该说的话，毕竟中国的传统，关起门来可以由你胡闹，和敌对势力发生关系，那就是可忍孰不可忍了。

当然更本质的原因，还是孔融在读书人里名望太高。杀他，有轰动效应，可以吓得很多人都闭嘴。

果然，立刻就"中外惶怖"了，朝廷内外都很恐惧。

孔融被抓的时候，他两个儿子，小的八岁，大的九岁，正在玩"琢钉戏"。琢钉戏是一种儿童喜欢的游戏，当时具体怎么玩的，没有详细记载。生活在明清之际的周亮工，介绍了他所见到的南京儿童玩的琢钉戏，并认为汉末三国的玩法应该也差不多。或许他说的也不无道理，我是二十世纪七十年代出生的，小时候打弹子，玩法正和周亮工说的类似，只不过我打的是里面有螺旋花纹的玻璃弹子，若穿越回去，一定能令古人羡慕不已。自古以来儿童的游戏有相当的稳定性，直到现在有了手机、平板电脑流行，这些才成了绝响。

看见父亲被抓，两个孩子只管玩，一点慌张的神色也没有。

孔融问："冀罪止于身，二儿可得全不（否）？"希望就处死我，两个孩子能保全吗？——不知怎么，这句话异常打动我，甚至我觉得这可能是孔融一生，最有人性的时刻。这话是哀求，是向曹操屈服，仿佛从字里行间都传出孔融哆哆嗦嗦的声音。孔融虽然没什么政治、军事才能，但是向来"倒驴不倒架"，多少年来，强敌环伺、锋镝交加的时候，孔融想的都是首先保持自己手握酒杯、潇洒淡定的姿态。但这一刻，他没有任何表演欲，只是想让两个儿子活下来而已。

但两个孩子已经成长为新一代的孔融。他们很从容地对孔融说："大人岂见覆巢之下，复有完卵乎？"父亲您难道见过，打翻的鸟巢下，还有完好的鸟蛋吗？

果然，抓捕两个孩子的人，很快也就来了。

这个故事也有其他版本，不过渲染太过，不如就这样动人。

西晋名臣羊祜的前母，是孔融的女儿，可见曹操至少对孔融已出嫁的女儿，没有赶尽杀绝。孔融的反动言论，也没有被刻意禁毁。相反，曹丕特别喜欢孔融的文章，认为他是扬雄、班固一流的人物，还出重金编辑了孔融的文集，可惜后来还是散佚了。总之，今天我们能见到的孔融的作品不太多，是因为时光而不是暴政的力量。

五、曹操：奸诈是这样的使人快活[①]

　　1994年版央视电视剧的《三国演义》中，演员鲍国安扮演的曹操是公认的经典；有个很有意思的巧合，更早之前的山东电视台拍摄的《水浒传》，鲍国安还演过宋江。

　　更巧的是，曹操迷上了张绣的婶婶，因此被张绣突袭，打了个大败仗，儿子曹昂和猛将典韦都因此遇难。央视电视剧《三国演义》中，张绣的婶婶邹氏，是演员魏慧丽扮演的；而在山东电视台版《水浒传》里，魏慧丽还演了阎婆惜。

　　不妨把这当作是一个提示：曹操和宋江之间，有某种隐秘的联系。

　　《水浒传》里反复强调，宋江矮而黑，但他身上就有让江湖好汉心折的气场。有史料记载，曹操个子也不高，大概长得也不好

---

①　关于曹操的话题，拙作《天下英雄谁敌手》里聊得比较详细。《世说新语》里，曹操是多次出现的人物，不提不合适，所以只能重复了。

看，而曹操的气场肯定比宋江又要强大了若干个数量级。

《世说新语》有"容止"一门，讲述了众多美男子的容貌和举止有多么迷人的魅力，但这一篇偏偏是以曹操开头的：

> 魏武将见匈奴使，自以形陋，不足雄远国，使崔季珪代，帝自捉刀立床头。既毕，令间谍问曰："魏王何如？"匈奴使答曰："魏王雅望非常，然床头捉刀人，此乃英雄也。"魏武闻之，追杀此使。（《世说新语·容止》）

曹操将要接见匈奴的使节，他自认为相貌庸陋，不足以震慑远方的国家，就安排"声姿高畅，眉目疏朗，须长四尺，甚有威重"的崔琰来假扮自己，自己却握着刀站在坐床边。

接见仪式结束后，曹操派人悄悄询问匈奴使者说："魏王是何如人？"匈奴使者回答说："魏王的清雅的气场非同寻常，可是床边握刀的人，这才是英雄啊。"

身为匈奴使者而又有如此见识，曹操自然会将之视为潜在威胁，于是就派人把他杀掉了。

这个故事算是对曹操"姿貌短小"而"神明英发"的生动展示。至于发现了聪明人就要杀掉，表现了曹操的奸诈和残忍，这是和曹操有关的许多传说的共同主题。

曹操的人物形象，从古到今发生过许多变化。陈寿写《三国志》的时候，至少表面上还维护着曹操的正统地位，裴松之为《三国志》作注，就搜罗了大量曹操的负面材料。《世说新语》成书和裴注差不多同时，大致看起来，刘义庆虽然并不认为曹操是个好人，但他对曹操的印象还算不坏。

《世说新语·识鉴》记载了乔玄对曹操的评价：

　　曹公少时见乔玄，玄谓曰："天下方乱，群雄虎争，拨而理之，非君乎？然君实是乱世之英雄，治世之奸贼。恨吾老矣，不见君富贵，当以子孙相累。"（《世说新语·识鉴》）

　　和更有名的"治世之能臣，乱世之奸雄"相比，"乱世之英雄，治世之奸贼"这个评价，可以认为对曹操更加推崇一些。

　　曹操不是安分的人，超越常人的聪明才智，不发挥出来绝不甘心。清平岁月，社会规则不会给他折腾的空间，所以曹操就会极力破坏，成为奸贼。但乱世就不同了，人人都在作乱，曹操的英雄才气发挥出来，可以将这些宵小之徒一一剪除，反而是为安定的生活铺路。这也对应曹操的自我评价："设使国家无有孤，不知当几人称帝，几人称王！"

　　所以乔玄说，我的子孙后代，就都托付给你了。

　　作为对照，《世说新语》对刘备只收录了这样一条评价："使居中国，能乱人，不能为治；若乘边守险，足为一方之主。"让刘备待在中原地区，只会添乱，治国是不行的，但刘备要是跑到地势险要的边境地区，成为割据势力，这个能为他还是有的。这个吐槽真是刻薄得如同手术刀反射出的寒光一般。

　　"言语"门里，讲了祢衡击鼓骂曹的故事，但细节与更流行的说法有微妙不同。最重要的是，《世说新语》里曹操听了孔融求情，就"惭而赦之"，并没提曹操设计圈套，借刘表之刀杀祢衡的事。

　　《世说新语·捷悟》里，杨修是频频出现的人物：

　　杨德祖为魏武主簿，时作相国门，始构榱桷，魏武自出看，使人题门作"活"字，便去。杨见，即令坏之。既竟，曰："'门'

中'活'，'阔'字。王正嫌门大也。"（《世说新语·捷悟》）

人饷魏武一杯酪，魏武啖少许，盖头上题"合"字以示众。众莫能解。次至杨修，修便啖，曰："公教人啖一口也，复何疑？"（《世说新语·捷悟》）

曹操在大门上加"活"字，只有杨修看出曹操是嫌门阔大；曹操在奶酥盒子上写个"合"字，杨修拿过来就吃，说曹公是让我们一人一口啊……这些后来编入《三国演义》的故事，也都见于《世说新语》。

魏武尝过曹娥碑下，杨修从，碑背上见题作"黄绢幼妇，外孙齑臼"八字。魏武谓修曰："解不？"答曰："解。"魏武曰："卿未可言，待我思之。"行三十里，魏武乃曰："吾已得。"令修别记所知。修曰："黄绢，色丝也，于字为绝。幼妇，少女也，于字为妙。外孙，女子也，于字为好。齑臼，受辛也，于字为辞。所谓'绝妙好辞'也。"魏武亦记之，与修同，乃叹曰："我才不及卿，乃觉三十里。"（《世说新语·捷悟》）

曹操和杨修经过曹娥碑，发现碑的背面，题刻着"黄绢幼妇，外孙齑臼"八个字。曹操问杨修："你知道是什么意思吗？"杨修说："知道。"曹操说："你别说，我想想。"

于是走了三十里，曹操想明白了，和杨修各自拿出正确答案：黄绢是有颜色的丝，色丝是个"绝"字；幼妇就是少女，少女合起来是个"妙"字；外孙是女儿的儿子，女子合起来是个"好"字；齑臼是用来捣碎辛辣食物的石臼，所以齑臼经常要受辛，受辛合起来是"辤"（辞的异体字）。

连起来，就是"绝妙好辞"。

于是，曹操对杨修叹息说："我才不及卿，乃觉三十里。"

《三国演义》中讲这个故事，变成了曹操想了许久后，让杨修说出正确答案，又删掉了曹操叹息的话，只说了句："正合孤意！"——自愧不如没有了，甚至让人疑心曹操其实根本没猜出谜底。

尤其是，《世说新语》中没提曹操杀杨修的事，因此这些就都成了轻快的小品文，曹操也显得心胸挺宽广的。

《世说新语·夙慧》中有这样一则：

> 何晏七岁，明惠若神，魏武奇爱之。因晏在宫内，欲以为子。晏乃画地令方，自处其中。人问其故，答曰："何氏之庐也。"魏武知之，即遣还。（《世说新语·夙惠》）

开创魏晋清谈风气的学者何晏，是大将军何进的孙子，何晏父亲早死，曹操娶了他的母亲（网络上所谓"曹魏爱人妻"，这是重要案例）。何晏小时候就漂亮又聪明，曹操非常喜欢他，给他的待遇都和曹丕一样，想收他做自己的儿子。

七岁的何晏就在地上画了个正方形，自己待在里面。人家问他为什么这么做，何晏回答说："何氏之庐也。"这是何家人的房子。曹操知道了，也不强求，就让何晏住回外面去，但对他还是很好，后来还把女儿嫁给了他。

这个小故事中，曹操虽然好色，但既爱才又体谅人情，非常大度，也算让人有好感的形象。

《假谲》里，《世说新语》作者一口气讲了五个曹操奸诈的故事，第一个是：

> 魏武少时，尝与袁绍好为游侠，观人新婚，因潜入主人园中，夜叫呼云："有偷儿贼！"青庐中人皆出观，魏武乃入，抽刃劫新妇与绍还出，失道，坠枳棘中，绍不能得动，复大叫云："偷儿在此！"绍遑迫自掷出，遂以俱免。（《世说新语·假谲》）

曹操和袁绍年轻的时候，一起去抢人家的新娘子，逃跑时却迷了路，袁绍摔倒在荆棘丛中，动弹不得。

曹操故意大喊："偷新娘子的贼在这里！"

袁绍吓坏了，瞬间被激发出最大潜能，他一跃而起，仿佛被人从荆棘丛中扔了出来一般。

这个故事表现了曹操的机警和袁绍的笨拙，并且好像预示着未来官渡之战的结局——可以想象，袁曹之争如果最终胜利者是袁绍，这个故事留下来的一定会是另外一个版本。

如果站在新娘子的角度看这个问题，这次劫持是一个非常恐怖的事件，她最终命运如何，也没有人知道。如果讲这个故事的时候，有人问一句："那个可怜的女孩儿后来怎么样了？"是一件非常扫兴的事情。相反，像易中天老师那样，讲完故事再评论一句："男孩子小时候不调皮捣蛋，将来没出息。"这才是正确的"打开"方式。

《世说新语》的编撰者显然想法和易老师类似。在他眼睛里，这个故事是"假谲"的，夜梦杀人也是"假谲"的，望梅止渴也是"假谲"的……如果站在道德的立场上看，这个故事和夜梦杀人都应该批判，而望梅止渴不妨作为"善意的谎言"加以赞美，但《世说新语》根本没打算做这个区分。"假谲"门类里还收入了王羲之

（其实不是他）假装烂醉骗过王敦的故事，温峤用玉镜台成就姻缘的故事，谢安用小赌怡情的方式帮助谢玄改掉女性化生活习惯的故事……总之，就是这些骗人的故事都很有趣，什么道德、什么意义，还有什么历史真确性，都随他去吧。

《世说新语》是注重趣味的书，并没有全面客观公正地评价曹操的义务。曹操以奸诈著名，于是大量或真或假的奸诈故事，就都堆积到他的身上，但这算不算是一种丑化，却有点难说。"有才"是人向往的能力，"无德"意味着你不必再压制自己的欲望，因为只要你不碰巧就是受害人，看表现人物奸诈的故事，把自己代入那个作恶者的身份，往往是一种非常愉快的体验。

这也没啥不好。在想象的世界里把坏的欲望宣泄掉，回到现实世界，也许反而可以比较轻松地做个好人。

六、曹丕的通达与促狭

作为一个皇帝，曹丕治国水平如何？作为文学史上必须要提的"三曹"之一，曹丕的创作比起他爸爸曹操、他弟弟曹植，算是在什么水准？这是富有争议很容易写出长篇大论的话题，也都是《世说新语》不关心的话题。

最令"段子手"关注的，自然是宫斗。

曹丕和曹植怎么争太子的故事，《世说新语》倒也没讲，但讲了曹丕当了皇帝后，怎么迫害兄弟们的：

魏文帝忌弟任城王骁壮。因在卞太后阁共围棋，并啖枣，文帝以毒置诸枣蒂中。自选可食者而进，王弗悟，遂杂进之。既中毒，太后索水救之。帝预敕左右毁瓶罐，太后徒跣趋井，无以汲。须臾，遂卒。复欲害东阿，太后曰："汝已杀我任城，不得复杀我东阿。"（《世说新语·尤悔》）

任城王是曹彰——著名的黄须儿。他和曹丕都是卞太后所生，曹丕字子桓，曹彰字子文，春秋霸主中，最无争议的就是齐桓晋文，曹操给儿子起这样的名字，寄托着自己当时的志向。

曹彰是曹操所有儿子中最勇武的，曹丕忌惮他，就和曹彰在母亲的阁中下棋，手边还放着一盘枣子，而有些枣子是枣蒂里被下了毒的。

曹丕挑没毒的吃，曹彰自然随手拿了就吃。

于是曹彰就中毒了，卞太后赶紧要找水来救他，可是曹丕已经事先命人把装水的瓶罐都打碎了。

太后光着脚冲到井边，可是汲桶却不见了。

片刻工夫，曹彰就死了。

曹丕又想害东阿王曹植。

太后说："你已经杀死了我的任城王，不许再杀我的东阿王！"

早有前辈学者指出，这个故事有破绽：

第一，查史书，曹彰进京见曹丕，又突然暴毙，是在黄初四年（223）五月，枣子是秋季水果，这会儿还没熟。——当然可以硬性解释，兄弟俩吃的不是新鲜枣子，而是枣干。

第二，黄初四年（223），曹植是雍丘王，要到太和三年（229），才被侄子魏明帝曹叡徙封东阿。那时曹丕都已经死了。——当然也可以硬性解释，史书上的人物称谓往往是不严谨的，使用后来更有名的称号也不奇怪，这种现象在《世说新语》里尤其常见。

第三，曹丕要害曹彰，为啥要当着母亲的面，弄得这么麻烦，自己还冒着生命危险？毕竟一边下棋一边挑枣子，一个走眼，可就把自己的命搭进去了。——硬要解释，只能是《世说新语》里这一节，是一个长故事里的片段，前面应该有曹丕多次想下毒，曹彰就是谨慎不吃的情节。

当然，对这种故事更理性的办法，还是不要解释，就当它是段子好了。《三国志》说得很清楚，曹彰"疾薨于邸"。曹彰是不是生病死的，史书有可能隐讳撒谎，但曹彰死在自己的住处，这个没撒谎的必要。

《世说新语》里自然也有曹丕迫害曹植的故事：

> 文帝尝令东阿王七步中作诗，不成者行大法。应声便为诗曰："煮豆持作羹，漉菽以为汁。萁在釜下燃，豆在釜中泣。本自同根生，相煎何太急？"帝深有惭色。（《世说新语·文学》）

著名的曹植"七步诗"的故事，目前所能见到的最早叙述，就是这个。当然，后来又衍生出很多版本。一种变化是缩减为四句："煮豆燃豆萁，豆在釜中泣。本自同根生，相煎何太急？"另外，还有个更复杂的故事：曹丕让曹植赋一首关于斗牛的诗，要求是"走马百步，令成四十言"。于是曹植一边策马而驰，一边揽笔作诗，转眼《斗牛诗》赋成，看时间还有富余，又以一种画蛇添足的精神，写了这首"相煎何太急"。

这个版本见于《太平广记》，据说也是从《世说新语》里抄来的，可见今本《世说新语》不全，在传抄中丢掉了不少内容。虽然这个版本赋诗用了百步，但曹植能在疾驰的骏马背上，一手持牍，一手挥翰，骑术着实了得，倒是见得文武双全。

"七步诗"的故事，自然基本可以肯定也是假的。曹彰确实很可能是曹丕害死的，曹丕确实想过害死曹植，手足相残的故事又很容易引起民间共情，所以也就不怪人们要以此为题材编故事了。

《世说新语》对曹丕感兴趣的另一个话题，是好色，尤其是曹操和曹丕父子俩都好色，抢女人的故事，更是为人所喜闻乐见：

魏甄后惠而有色，先为袁熙妻，甚获宠。曹公之屠邺也，令疾召甄，左右白："五官中郎已将去。"公曰："今年破贼正为奴。"（《世说新语·惑溺》）

曹丕的甄后德行又好，长得又美。她原先是袁绍的儿子袁熙的妻子，很受宠爱。曹操屠邺城，下令立即召见甄氏。

身边人禀报说："五官中郎将已经把她带走了。"——这个称谓也不大对，曹操破邺，是建安九年（204）的事，曹丕任五官中郎将，却是建安十六年（211）了。

曹操说："这次我就是为了得到甄氏才讨伐逆贼的。"

破邺城，是袁曹之争收官阶段最惨烈的大战。这次曹操其实没有屠城，但长期围城导致饿死了很多人，破城后军纪又不大好。在这个背景下看这句话，显得曹操格外轻佻。当然，史书上也会讲到"轻脱""轻易"正是曹操的性格。

另一个故事是：

魏武帝崩，文帝悉取武帝宫人自侍。及帝病困，卞后出看疾。太后入户，见直侍并是昔日所爱幸者。太后问："何时来邪？"云："正伏魄时过。"因不复前而叹曰："狗鼠不食汝余，死故应尔！"至山陵，亦竟不临。（《世说新语·贤媛》）

曹操死了，曹丕把父亲宫中的女人都接手过来侍奉自己。

曹丕只当了七年皇帝，就也得了重病。

他母亲卞太后来探视他，一进内室，看见值班、侍奉的都是熟人，丈夫身边的那些"小狐狸精"都到儿子身边来了。

太后就问她们："你们什么时候'转岗'的?"

她们说："正在'伏魄'时就过来了。"——伏魄也就是复魄,这是人刚刚咽气时的一个仪式。也就是曹操才死,人拿着他的衣服爬到屋顶上,高喊"魂兮归来"的时候,曹丕就接手这些女人了。

太后便不往前走了,叹息说："狗鼠不食汝余,死故应尔!"这是《左传》里的典故,被人所轻贱的人吃剩的东西,别人就不会吃。卞太后这里说曹丕吃剩的东西,狗和老鼠也不吃了,就是禽兽不如的意思。

后来曹丕去世,太后到底也没去哭吊。

曹丕喜欢美女,还喜欢向人炫耀自己的美女:

> 刘公幹以失敬罹罪,文帝问曰:"卿何以不谨于文宪?"桢答曰:"臣诚庸短,亦由陛下纲目不疏。"(《世说新语·言语》)

刘公幹就是建安七子之一的刘桢。

刘桢因为失敬犯了罪。曹丕问他:"你为什么不注意法纪呢?"刘桢回答说:"臣确实平庸浅陋,但之所以犯罪,也是由于陛下的法网太严密了一点。"

那么,刘桢倒是因为什么事"失敬"的呢?

说起来还是和那位袁熙的媳妇——曹操也想要的甄氏——有关。

建安十六年(211)曹丕当了五官中郎将之后,刘桢成了他的文学侍从之臣。一次酒酣,曹丕让甄氏出来拜见。别的宾客都赶紧伏低,表示非礼勿视,我不敢看您的女人。这大约正是曹丕的目的,就是要看大家慌乱伏倒的样子。

只有刘桢保持平视,于是曹丕动怒,逮捕了刘桢,减死一等,罚到"输作部"去干苦力，磨石头。这段对话发生在曹丕又赦免了刘桢的时候。

曹丕这么干是有瘾的，后来甄氏失宠被废，曹丕最宠爱的是郭氏——郭氏的名字非常直白，她爹觉得，"此乃吾女中王也"，就给女儿起名叫"女王"。

曹丕又让"女王"出来见宾客，大家自然都吸取刘桢的教训，赶紧伏低，这次曹丕说："卿仰谛视之。"意思是你们可以抬起头仔细看。

看起来，你们看不看并不是重点，重点是我要你们怎么样你们就要怎么样。

看《三国演义》这样的小说，容易觉得曹植文采横溢而飞扬跳脱，曹丕却是个深沉阴鸷的形象。实际上曹丕的公子哥儿习气一样很重，这在史书中的记录，简直俯拾皆是。

所以，前面说的曹丕罚曹植七步作诗的故事固然不可信，但有人说，曹丕要弄死曹植，办法多的是，不必多此一举，这个逻辑却未必对。因为曹丕兴致来了，干点循规蹈矩的人看来多此一举的事，是常有的。

《三国演义》讲，刘备在徐州的时候，曹操派刘岱、王忠讨伐他，结果被刘备轻松击败。这件事历史上是真的有的，王忠这个人，还有一段往事：李傕郭汜之乱的时候，关中地区大饥荒，走投无路的王忠吃过人。

后来王忠归顺了曹操，曹丕知道他的经历，就让人把髑髅系在王忠的马鞍上，大家一起看笑话。

绝境之中，只有吃人才有一线生机，这时应该怎么办？这是著名的伦理难题，坚决不吃者令人敬仰，怎样看待吃人者，却很容易引发激烈争辩。但无论如何，戏弄这种情势下的吃人者，那是过分轻佻且残忍了。

王忠毕竟不算是大人物，即便换成国家重臣，曹丕开起玩笑来一样肆无忌惮。

黄初五年（224），曹丕下诏让高阶武将们都到自己的宠臣吴质的住处聚会。在座人物里，上将军曹真是胖子，中领军朱铄是瘦子，吴质就找来个演员，以胖瘦为话题说段子。

曹真自以为尊贵，开不起玩笑，对吴质怒吼："卿欲以部曲将遇我邪？"旁边还有起哄的，曹真越发恼怒，拔刀瞋目说："俳敢轻脱，吾斩尔。"意思是，这演滑稽戏的再敢没轻没重，我斩了他！

吴质当即怼回去："曹子丹，汝非屠几上肉，吴质吞尔不摇喉，咀尔不摇牙，何敢恃势骄邪？"这意思是，你又不是屠夫案板上的生肉，根本是煮熟的肥油，入口即化的，嚣张个啥。

朱铄和吴质是老相识，曹丕做太子时，他们都名列"四友"，朱铄起身想来劝解，吴质也对他吼："朱铄，敢坏坐！"你给我好好坐着，还轮不到你说话。

于是朱铄脾气也上来了，拔剑斩地，闹得不欢而散。

这一次，虽然在前台闹得凶的是吴质，但背后却也是曹丕支持的。

历来评价，都说"魏文尚通达"，无论好色还是乱开玩笑，另外还有热衷做各种游戏，疯狂沉迷于打猎之类，笼统而言，都可以算作"通达"。

通达，本来自然不见得是坏事，甚至算颇动人的品质。但曹丕通达的同时，性情却又很促狭，挟皇权之威，就成了肆无忌惮地羞辱人，如著名的气得于禁吐血而亡之事，更是典型的事例。而最终导致"举世贱守节"的结果，也就毫不令人意外了。

《三国志·文帝纪》最后，陈寿评论说：

文帝天资文藻，下笔成章，博闻强识，才艺兼该；若加之旷大之度，励以公平之诚，迈志存道，克广德心，则古之贤主，何远之有哉！

剥去高级的形容词就会发现，陈寿话说得非常损。有朋友把这句翻译为："曹丕可有文化了，要不是缺德，可是个好皇帝啊。"可谓相当精准。

最后看下这一则：

王仲宣好驴鸣。既葬，文帝临其丧，顾语同游曰："王好驴鸣，可各作一声以送之。"赴客皆一作驴鸣。（《世说新语·伤逝》）

建安二十二年（217），建安七子中成就最高的王粲（王仲宣）去世。

曹丕参加了他的葬礼，他对往日常在一起游玩的人说："死者喜欢听驴叫，大家不妨各学一声驴叫来给他送行。"

于是，追悼会就成了驴骡市。

这个故事常被人用赞赏的口吻说起，认为曹丕用不守礼法的行为寄托了对亡友的深情。

实际上不守礼法是真的，但曹丕的心态，未必不是恶作剧，至于有多么深的友情，恐怕很难说。

不过两年之后的建安二十四年（219），是曹魏的多事之秋，所谓"当建安之三八，实大命之所艰"。

当时曹操远征汉中未归，关羽水淹七军威震华夏，曹魏的都城邺城则发生了政变，不少高干子弟都卷入其中。

这当中，就有王粲的两个儿子。

留守邺城的太子曹丕，这时表现出很强的应变和调度能力，铁腕镇压，迅速平定了叛乱。

王粲的两个儿子都被处死。后来曹操听说了消息，感叹说："孤若在，不使仲宣无后。"曹操显得比曹丕也要心慈手软一点。

若死后有知，他年曹丕与王粲泉下相逢，能再作一声驴鸣否？

七、毒品传播者何晏

《世说新语》有"容止"一门，容是姿容相貌，止是仪态举止。这一门类，以曹操这个姿貌短小而神明英发的人物开头，但接下来，简直就是一个美男子的"秀场"。

何晏就是第一个亮相的美男子。

何平叔美姿仪，面至白；魏明帝疑其傅粉。正夏月，与热汤饼。既噉，大汗出，以朱衣自拭，色转皎然。（《世说新语·容止》）

何晏特别美，尤其是脸色白皙极了。魏明帝怀疑他是搽了粉才这样白的。于是挑了个大夏天，请他吃热汤饼。——当时"饼"泛指各种面食，所以热汤饼就是热汤面。

何晏果然吃得一脸汗，于是用自己红色的衣服擦脸，肤色还是那么皎洁。——可见他是纯天然原生态的白，不依赖化妆品的。

"言语"门里则收录了这么一句话：

何平叔云："服五石散，非唯治病，亦觉神明开朗。"（《世说新语·言语》）

没上下文的情况下来这么一句，看不出有什么高明。要知道这话为什么是隽语，先要了解五石散是种什么药。

五石散的配方是石钟乳、紫石英、白石英、石硫黄、赤石脂，服用后全身燥热，本来是治疗伤寒的药。但何晏发现，它有壮阳的功能。

何晏以好色著称，本来已经弄垮了自己的身体，服用了五石散后，由弱转强。这句话，就是对这种疗效含蓄而雅致的表达。

何晏开了头，之后服用五石散就成了魏晋名士的风气。

当然，五石散这样的药，毒性很强，不可能没有副作用。服了五石散后：

第一，就不能再吃热的食物，因此这药也叫寒食散，但酒要喝滚烫的，因为有助于药性发挥。

第二，皮肤会变得非常糟糕，洗澡或者穿新衣服，都会导致皮肤破裂，因此名士都脏兮兮的，穿特别宽大的衣服，即所谓"峨冠博带"；身上长满虱子，于是一边聊天一边捉虱子成了风雅的行为，即所谓"扪虱而谈"。

第三，五石散药效发作，被称为"散发"，然后需要靠奔走来缓解燥热感，叫"行散"，行着行着，也许倒头就在路边睡过去了。想必这给当时的城管工作增加了巨大的难度，因为你不知道路边睡着的一个衣服破烂的脏兮兮的人，是乞丐还是出身高贵并担任政府高官的名士。

第四，服散之后，可能会神志不清、胡言乱语。当然反过来讲，不打算为自己说的话负责，就可以声称自己刚刚服了五石散。比如西晋八王之乱的时候，竹林七贤里的王戎，提建议时得罪了齐王司马冏，之后就假装散发，一头栽进粪坑里。人家王爷也就不和他计较了。

第五，中毒深了，症状越来越严重，最后也就死掉了。

何晏本人，服五石散的后果就非常可怕，最终据说是"魂不守宅，血不华色，精爽烟浮，容若槁木"，因此被称为"鬼幽"。

"文学"门里，则提到何晏是魏晋玄学的创始人，虽然水平不如另一位青年俊彦王弼。

什么叫玄学？解释起来非常复杂。大体来说，玄学关心的核心问题，是"圣人的人格，究竟是怎样的"。东汉以来，品评人物的风气很盛，无论是察举制还是九品中正制，都重视人物评价的问题，并由此决定一个人是否可以做官，以及做什么官。弄清楚圣人的人格，就可以给评价世上具体的人提供依据：距离圣人越近，自然得分也就越高。所以这个话题，既有理论高度，又非常贴合现实应用。

何晏和王弼特别的地方是，他们讨论问题时最推崇的著作，不限于儒家经典，而是把《周易》《老子》《庄子》拿过来，后来就有人把这三部书并称为"三玄"。

汉代学者研究经典，有一套自己的方法，也就是所谓"经学"。研究者绝不能说经典不对，然后学生又绝不能说老师不对，这叫作"守师法"和"守家法"。于是经典里一句话，老师花十句话来解释，经典不愧是经典，看似随随便便一说，其实大有奥妙；然后学生又花一百句话，来论证我老师的解释，可真是辨析精微……于是儒家经典的注释，很快就写得堆积如山。

何晏和王弼却采用截然不同的办法。何晏注过《论语》，王弼注过《老子》，特点是甩开烦琐的传统注释，直接讨论问题的本质。对当时很多被经学压抑坏了的读书人来说，读到何晏、王弼的著作，真仿佛从沙尘暴里走出来，呼吸到一口新鲜空气，不能不觉得如此香甜。

更重要的是，何晏、王弼采用了一种新的方式来研究问题，不是著书，而是清谈。长得那么好看的何晏，谈论深奥的玄学问题的时候，看起来简直迷人极了。

当然，对何晏开创的这种清谈玄学的风气，评价也是两极分化的。魏晋时期很多人非常着迷，比如东晋名臣王导，有次和人家清谈了一个通宵，觉得彼此表现都特别好，就说："正始之音，正当尔耳！"因为何晏、王弼活跃，是在曹魏齐王芳正始年间，所以这话的意思是，当年何晏、王弼他们清谈，大概也就是我们这样的吧。

现代也有一些学者评价很高，认为玄学冲破了儒家思想的桎梏，开创了中国哲学的第二个高峰。如果说先秦是黄金时代，魏晋就是白银时代，从思想史的角度说，什么强汉盛唐，都及不上这一段。

但批评也是极其严厉的。这些人认为：五石散是何晏传播的物质毒品，玄学则是何晏传播的精神毒品。整个社会风气，都被何晏、王弼带坏了，而且不是带坏了一代人，是带坏了之后整整几百年。西晋以后的分裂与战乱，"仁义幽沦，儒雅蒙尘，礼坏乐崩，中原倾覆"，所有这些浩劫，都是何晏他们造成的。何晏最终毁掉了自己，但根本不足以抵偿他巨大的罪过，所谓"一世之祸轻，历代之罪重，自丧之衅小，迷众之愆大也"。

总而言之，何晏就像一条美丽而剧毒的蛇，是一种毁灭性的诱惑。

主流史书里面，何晏的形象要更简单也恶劣一些。

陈寿写《三国志》，把何晏的信息主要附在曹爽的传记里，裴松之作注释的时候，又补充了不少材料。

何晏是东汉末著名的外戚大将军何进的孙子，也就是说，他爷爷是袁绍和曹操的老领导。

后来曹操娶了何晏的母亲，还想把何晏收为干儿子。何晏不乐意，曹操也尊重他的选择，改招何晏做了女婿。

曹操对何晏是非常好的，"服饰拟于太子"，曹丕啥待遇，何晏就是啥待遇，何晏也就坦然接受，不觉得有啥不妥当。曹丕当然非常讨厌何晏，何况何晏的生活作风又很不好，所以曹丕当皇帝了，让何晏靠边站的理由足够充分。

曹丕去世后魏明帝即位，《曹爽传》说，因为何晏为人"浮华"，所以更是被"抑黜"了，一部叫《魏略》的书则说，何晏"颇为冗官"，也是担任了一些有头衔无职责实际上没有存在必要的官。

魏明帝也崩了，齐王芳即位。这时曹爽作为辅命大臣执掌朝廷大权，何晏讨好他，才翻了身，当了侍中尚书，有了选拔官员的权力。当然，何晏私心很重，非常不公平地提拔了一批自己的老朋友。

后来司马懿发动政变，除掉了曹爽，发生了特别戏剧性的一幕。司马懿让何晏来审理曹爽的案子，何晏株连了很多人，都往重里判，希望向司马懿表示，其实我是您的人。司马懿对何晏说："该治罪的，有八个家族。"何晏数来数去，只有七族，司马懿坚持说，还差一个。何晏实在想不到，终于问："岂谓晏乎？"您说的难道是我吗？司马懿说："是也。"于是就把何晏下狱处死，并夷灭三族。

不过有一个问题，何晏被杀后，很多人都往他身上泼脏水。比如有一个谣言说，何晏所娶的曹操的女儿，正是他同母的妹妹。稍一查证，就可以发现完全不是事实，就是大家都爱听帅哥的乱伦故事，而编派一个已经夷三族的人，即使被人辟谣了也不会有什么后果。

那么，关于何晏的其他罪名，有没有可能也是捏造的呢？

学者们在史料的字里行间仔细搜寻，还真发现了不少玄机。

第一，魏明帝打击"浮华"，但是保存下来的几份浮华人士的名单里，并没有何晏的名字，倒是有司马懿的大儿子司马师的名字。而以何晏的身份和名望，他如果在浮华之列，名字无论如何应该在显要位置。

第二，魏明帝为了避暑，在许昌兴建景福殿，于是何晏作了《景福殿赋》，可见他是魏明帝身边的文学侍从之臣。

第三，魏明帝去世之后，应该用什么谥号，群臣发表了许多意见，最终由何晏编成《魏明帝议谥表》。谥号是对先帝的盖棺定论，这在古代是牵涉到价值导向的重大历史问题，不可能交给一个边缘化的"冗官"去做的。

所以何晏在魏明帝时代，地位应该不低。他不是投靠曹爽才翻身的，反而很可能是齐王曹芳时期，曹爽作为辅命大臣却年轻缺乏根基，需要借重何晏这样有资望的老臣。

实际上，何晏和曹爽的关系，也不见得特别好。倒是曹爽的弟弟曹羲，对何晏的才华学识很崇拜，但曹羲和曹爽之间，不说有矛盾，至少分歧是不小的。

至于何晏当侍中尚书后选拔官员是否公平，史料中有彼此冲突的说法。实际上，这种人事问题，处置得是否公平，本来就很难有统一意见。但值得注意的是，何晏选拔的人物里，也有贾充、裴秀这样后来司马氏的死党。

所以很可能，是司马氏杀了何晏，之后觉得越把他说成一个因为曹爽才得势的小人，越显得自己正确，何晏的形象才被修改成史书里的样子。

当然，也不宜翻案太过。比如有人因为何晏的著作里不少议论"有大儒之风"，就认为那些和玄学有关的内容统统都是捏造，这就有点过头了。更可能的情况是，何晏作为一个足够聪明的文化人，他知道到什么山头唱什么歌，官方性质的政论文章应该怎么写是一回事，闲暇的社交中怎么发议论是另一回事。

史料中那些何晏恋栈权力的记录，和何晏并非曹爽死党的结论，也一样不冲突。毋宁说，既抵御不了权力的诱惑，又在政治站队时表态不够果决，总抱着可以左右逢源的期待，依违于各派势力之间，倒是文化人的常态。在权力斗争比较温和的年代，这种姿态也未必不好，不幸的是，何晏碰到了整个中国历史上对政敌最阴险狡诈卑鄙残酷的司马家族，结局悲惨也就是注定的了。

竹林七贤

八、为什么死的是嵇康

《世说新语》第六门是"雅量"，最能体现人的雅量的，自然就是看淡生死。

著名的嵇康之死，就在这一门类。

嵇中散临刑东市，神气不变。索琴弹之，奏广陵散。曲终曰："袁孝尼尝请学此散，吾靳固不与，广陵散于今绝矣!"太学生三千人上书，请以为师，不许。文王亦寻悔焉。（《世说新语·雅量》）

因为嵇康做过中散大夫，所以往往被称为嵇中散。文王指司马昭，他谥号是文，生前先被封为晋公，后来进爵为晋王，死后晋朝建立，儿子称帝了又追认他是皇帝，所以司马昭有可能被称为晋文王或晋文帝。

这一段文字简单得都不需要翻译，感染力却无与伦比。

问题是，司马昭为什么要杀嵇康呢?

　　嵇康祖上姓奚，本是会稽（今属浙江）人，后来搬到了谯郡铚县（今属安徽涡阳），因为本地有嵇山，改姓了嵇。或说嵇和稽形似，改这个姓是表示不忘本的意思。

　　史书上记录了嵇康父亲的名字，但他爷爷叫什么就不知道了。当时人自报家门，动不动喜欢上溯很多代，并报出列祖列宗的头衔，由此可见嵇康家不是什么了不起的世家。

　　在那个讲究阀阅的时代，出身一般的人很难出头。但碰到唯才是举的曹操，算是难得的机会。

　　嵇家搬到谯郡，那里正是曹操的老家。

　　嵇康的父亲嵇昭，担任了"督军粮治书侍御史"。"侍御史"秩禄不算高，但属于监察系统中十分重要的职务，尤其是跟最高统治者有特别的沟通渠道；"治书"是强调精通法律和政令；前面加上"督军粮"三个字，则表示和常驻中央的治书侍御史不同，需要经常深入基层真抓实干。毕竟，在那个战争年代，军粮问题一下没处理好，就"汝妻子吾养之"，后果不堪设想了。

　　嵇昭去世时，嵇康年方三岁，嵇康是母亲和一个年长的哥哥（不是经常被名士们嘲讽的另一个哥哥嵇喜）抚养大的，这位长兄名字没有留下来，但嵇康的诗文中有提及兄弟情谊极为深厚。嵇康少年时生活条件颇为优渥，所以才能博览群书，掌握各种才艺，并养成任诞简傲的性格。看来，父亲积累的资源相当可观，这位长兄混得也颇为不错。而这当然得益于曹操、曹丕父子的政策与恩遇。

　　嵇康娶了曹操之子沛王曹林的女儿或孙女（此说法学术界尚有争议）。曹操儿女众多，孙女、曾孙女不知凡几。曹魏的诸侯王大约是历代王朝的宗室里处境最寒酸的，不能直接管控地方，更不用指望兵权，各方面都被严格监管……这门亲事对提升嵇康的地位，恐怕不能说有多少助益。值得注意的倒是，曹林和金乡公主是一母所生，而金乡公主的丈夫，就是与曹爽一党的大名士何晏。

另有一条记录：正元二年（255）正月，镇东将军毌丘俭从淮南起兵讨伐司马氏。据说对毌丘俭的这次军事行动，这一年年过三旬的嵇康也是出了力的，并打算起兵响应。幸亏好朋友山涛阻止了嵇康疯狂的计划。

毌丘俭起兵的一大原因是名士夏侯玄、李丰遇害，李丰依违于曹爽与司马氏之间，而夏侯玄也分明是曹爽一党。

虽然很多研究者怀疑这条记录的真实性，但嵇康写过《管蔡论》，为一千多年来已经被定性为乱臣贼子的管叔和蔡叔翻案。嵇康说，西周初年他们起兵反对周公，也不是造反，而是疑虑周公想要篡位，所以反而是忠于王室的表现。这文章借古讽今的意味很明显，他对毌丘俭大约确实是同情的。

但即使如此，嵇康本来并不注定是司马氏的敌人。因为司马氏取代曹魏，本来就不是血流成河的革命，而更像是同一个统治集团内部的权力转移，大量曹魏旧臣轻松转身，就成了晋朝的开国元勋。中层或以下的官员，更不必牵扯到这种政治站队中去，做好自己技术官僚的工作，就不难得到赏识。嵇康的哥哥嵇喜，在西晋的仕途就颇为成功。

几乎所有认得嵇康的人都在强调，嵇康是一个魅力大得超凡脱俗的人。这当然首先得益于他出类拔萃的容貌：

> 嵇康身长七尺八寸，风姿特秀。见者叹曰："萧萧肃肃，爽朗清举。"或云："肃肃如松下风，高而徐引。"山公曰："嵇叔夜之为人也，岩岩若孤松之独立；其醉也，傀俄若玉山之将崩。"（《世说新语·容止》）

晋尺七尺八寸，折算下来是今日一米九左右。不过古人于数字问题素来不严谨，也许七尺八寸只是形容嵇康非常高。

这短短一段话里收录了三个人对嵇康的评价。

第一个评价，"萧萧肃肃，爽朗清举"，萧萧是洒脱大方的样子，肃肃是严正整齐的样子，洒脱和严正，都是美好的风度，但并不特别罕见，可是同时兼具，就真的难得了。

第二个评价，"肃肃如松下风，高而徐引"。这个"肃肃"却是拟声词。嵇康身上似乎自带一种天籁，又仿佛苍松下吹来的风，簌簌声响里含着松针的清香，最奇妙的是，明明是徐徐微风，却仿佛有一种牵引着你的力量，带着你超然于尘世之上。

第三个评价来自山涛。山涛比嵇康大将近二十岁，却和嵇康是很好的朋友，因此近距离观察得最仔细。山涛说，嵇康这个人，高峻得像孤松独立，他的醉态、倾倒的样子却仿佛将要崩塌的玉山。

此外，还有个有趣的侧面描写：

有人语王戎曰："嵇延祖卓卓如野鹤之在鸡群。"答曰："君未见其父耳！"（《世说新语·容止》）

王戎比嵇康小十岁，说话经常像个"迷弟"。

有人对王戎说起嵇康的儿子嵇绍，这个年轻人超然挺拔，和别人在一起，真的仿佛鹤立鸡群。

王戎答了一句："你是没见过他父亲。"

第二，是嵇康的文艺才能。

嵇康的诗文，被惜墨如金的《三国志》赞许为"文辞壮丽"。音乐方面，《广陵散》千古绝唱不必说了，还有《风入松》、"嵇氏四弄"等名作，论文《声无哀乐论》则使嵇康成为中国音乐理论史绕不过去的人物；嵇康没有书画作品流传至今，但中国书法史、绘画史还是总愿意提他一笔。

《世说新语·雅量》还有一处侧笔写到嵇康。那是很久以后的事了，面对想要篡位的桓温，在决定东晋命运的生死关头，谢安"作洛生咏，讽'浩浩洪流'"，让桓温慑于他旷达高远的气度，赶紧撤去伏兵。

这句"浩浩洪流"，是嵇康《赠秀才入军》第十三首中的一句。

所谓"洛生咏"，也叫洛下书生咏，并非一首诗的题目，而是一种吟诵诗歌的方式。有学者推测，嵇康的诗作非常流行，洛阳太学里的书生争相传诵，而这种诵诗的声调，又成为天下士人模仿的对象。就这样，一直传到"衣冠南渡"，再传到江左风流宰相谢安这里。

照这么说，司马昭杀了嵇康，可是一百多年后，嵇康的诗作却为司马家的政权续了命。

第三，嵇康的名望和他的"养生"也大有关联。这一层《世说新语》没怎么直接关注，不过有一篇东晋人所作的嵇康传记说："嵇康作《养生论》，入洛，京师谓之神人。"（孙绰《嵇中散传》）

嵇康的《养生论》部分内容比较玄妙，但也有非常通俗易懂的地方。有点扫兴的是，至少好懂的部分，以今天的眼光看来格局并不高。

《养生论》一开头就驳斥了两种流俗之见。一种认为，人可以修炼成仙，长生不老；另一种却认为，人活不过一百二十岁，这是自古以来的共识，更老的，就属于妖妄。

于是嵇康提出自己的观点，成仙是不可能的，但只能活一百二十岁，那也太短了。"至于导养得理，以尽性命，上获千余岁，下可数百年，可有之耳。"只要找到合理的养生方法，长命则千岁，短命的也有几百年，这是大有希望的。

《养生论》能产生那么大影响，恐怕不仅是因为文采斐然说理透彻，而是因为很多人都相信，嵇康真的掌握了活个千儿八百年的奥秘。嵇康的其他作品里，也经常谈及自己在服用奇奇怪怪的药物。嵇康的哥哥嵇喜也为弟弟作过一篇传记，我们可以认为兄弟俩境界相差太远，嵇喜无法理解嵇康的精神世界，但作为近距离的生活观察者，文中提到嵇康"性好服食"，是完全可信的。

社会上一直流传着嵇康和一些神秘的隐士交往的传闻。有人说，嵇康曾追随一个隐士入山修炼，得到一种神秘的"石髓"。隐士自己吃了一半，像饴糖一般甜；嵇康拿到另一半，却都变成了石头。——这恐怕是嵇康遇害后，有人为了圆谎而编造的传说。

这些故事一直传到唐朝初年，被修《晋书》的史官珍而重之地写进正史的《嵇康传》里。

以今天的眼光看，上述理论和事迹里透露出来的欲望和见地都很庸常，和今天的养生专家也没多大分别。不过，庸常的人永远是大多数，长得很帅的艺术家且还是养生专家，从"吸粉"的角度看，属于市场下沉创造规模效益，影响力也许还能增加若干个数量级。

虽然嵇康魅力无穷，但嵇康为人处世的作风，不多的几种记录，看起来是彼此矛盾的：

山公将去选曹，欲举嵇康，康与书告绝。（《世说新语·栖逸》）

这里说到的嵇康写给山公（涛）的信，自然就是著名的《与山巨源绝交书》。

这封信里，嵇康讲到自己绝不可以为官，嵇康说自己受不了的七件事（"必不堪者七"）是：

第一，我爱睡懒觉，但官场上不应该睡懒觉（"卧喜晚起，而当关呼之不置，一不堪也"）。

第二，我怕带下属。我情绪一来，就要弹琴唱歌，射箭钓鱼，身为领导带着一帮下属，在他们面前还这样不合适（"抱琴行吟，弋钓草野，而吏卒守之，不得妄动，二不堪也"）。

第三，我怕见领导。穿上官服，一本正经坐着，腿脚麻痹了不能动，身上痒了却不能去抓虱子，这个我受不了（"危坐一时，痹不得摇，性复多虱，把搔无已，而当裹以章服，揖拜上官，三不堪也"）。

第四，我怕写信。当官了交际就多，人家给你写了信，不回复就是"犯教伤义"，勉强回复几封，很快就感觉顶不住了（"素不便书，又不喜作书，而人间多事，堆案盈几，不相酬答，则犯教伤义，欲自勉强，则不能久，四不堪也"）。

第五，我怕吊丧，但官场社交最重视吊丧，这个问题无解（"不喜吊丧，而人道以此为重，已为未见恕者所怨，至欲见中伤者；虽瞿然自责，然性不可化，欲降心顺俗，则诡故不情，亦终不能获无咎无誉如此，五不堪也"）。

第六，我怕见俗人，人生最大的痛苦，就是眼前全是白痴而不能骂（"不喜俗人，而当与之共事，或宾客盈坐，鸣声聒耳，嚣尘臭处，千变百伎，在人目前，六不堪也"）。

第七，我怕处理公务（"心不耐烦，而官事鞅掌，机务缠其心，世故烦其虑，七不堪也"）。

嵇康又说，自己有两种习性，一定会导致严重后果（"甚不可者二"）：

第一是"非汤、武而薄周、孔"，批判商汤、周武王，瞧不起周公、孔子，朋友圈里说说问题不大，当官了还这样，等于公开宣扬，问题就严重了。

第二是"刚肠疾恶，轻肆直言，遇事便发"，看见不顺眼的恶心或邪恶的事，就忍不住要说。不当官眼不见心不烦，当官了就要正面起冲突。

所以嵇康拒绝了山涛举荐自己为官的好意。值得注意的是，对这件事更早的记载，只说"康答书拒绝"，倒并没有要和山涛绝交；从信的内容看，虽然对山涛说话不大客气，但也到不了绝交的地步。

所以，《与山巨源绝交书》这个后人所拟的篇名，很可能是不准确的。这么处理冲突更强烈，戏剧性更突出，更吸引眼球罢了。

无论如何，从这封信里我们所见到的嵇康，真是愤世嫉俗、狷介孤高到极点了。

而体现嵇康性格的最生动的案例，就是《世说新语·简傲》里说，钟会邀集了一批名士去拜访嵇康，嵇康正在大树下打铁，对钟会等人的到来视而不见。直到钟会离去时，嵇康才问道："何所闻而来？何所见而去？"而钟会的应答也足够机敏："闻所闻而来，见所见而去。"

但关于嵇康的性情，也有完全相反的说法：

王戎云："与嵇康居二十年，未尝见其喜愠之色。"（《世说新语·德行》）

看来嵇康的涵养深得很，并不是"轻肆直言"的样子。

当然，嵇康遇害的时候，王戎也才二十多岁，他怎么会和嵇康相交二十年的？所以王戎这话颇有疑点。但这也并非孤证。一来，嵇康喜好老庄之道，而喜怒不形于色确实是符合老庄理想的。二来，嵇康写过一篇《家诫》，教导自己的儿子应该怎样做人，讲的全是一些谨小慎微的道理。鲁迅先生对此解释说，嵇康骨子里对礼法精神很认真，所以并不认为自己的做法对，希望儿子不要像自己。但细读《家诫》，会发现嵇康不是泛泛强调要守规矩，而是说到官场人情，有很深的洞察。

譬如说，嵇康强调，和领导打交道的时候，要注意保持适当的距离。和别人一起去拜访的时候，尤其注意不要最后走，领导留宿，更是不要答应。因为这种情况下，领导很可能跟你打听同事之间的秘密，那真是说也不是，不说也不是。更糟糕的是，即使你什么也没说，以后同事里有啥不能外泄的事被领导知道了，你也会被认为是那个告密者。

如果是一个日常怼天怼地的人，即使意识到应该守规矩，恐怕也不会有这样的观察力。

说到嵇康谨慎，还有更过硬的证据：最终导致嵇康遇害的吕安事件，嵇康一开始也是息事宁人的态度。

吕巽、吕安兄弟俩本来都是嵇康的朋友。后来，哥哥吕巽强奸了弟弟吕安的妻子，吕安想告发哥哥，来找嵇康商议，而嵇康"深抑之"，就是阻止吕安这样做。然后嵇康又去找吕巽，让吕巽承诺也不要找吕安的麻烦。因为嵇康的想法是"盖惜足下门户，欲令彼此无恙也"。这实际上也是尊重世家大族、礼法之士们千年不变的初心：深宅大院里玩得再脏唐臭汉没有关系，保持门口两只石狮子干净，也就是外面架子还不曾倒了。

调和这两种对立的记述，或许嵇康是一个理智上深谙游戏规则，大多数时候行为上也能避免和这种规则冲突的人。但他不像那些因此如鱼得水而热衷利用规则牟利的人，相反正因为懂得透，所以才憎恶深，故而他才那么决绝地要远离官场。

但政治倾轧不是你想躲开就躲得开的。嵇康调解吕氏兄弟的冲突失败，哥哥吕巽内心不安，却反过来告发弟弟吕安殴打母亲。吕巽和钟会关系很好，钟会又得宠于司马昭，一来二去，结果是"徙安边郡"。

"徙"是一个多义字，流放叫徙，贬官也叫徙。从有限的史料推断，吕安大约是被贬官，因为年轻气盛又露才扬己的吕安得知自己被"徙"之后，给嵇康写了这样一封信：

> 若迺顾影中原，愤气云踊。哀物悼世，激情风厉。龙睎大野，虎啸六合。猛气纷纭，雄心四据。思蹑云梯，横奋八极。披艰扫秽，荡海夷岳。蹴昆仑使西倒，蹋太山令东覆。平涤九区，恢维宇宙。斯亦吾之鄙愿也……岂能与吾同大丈夫之忧乐者哉？（《与稽茂齐书》）

"平涤九区，恢维宇宙"云云，简直就是在说，要发动军事政变，改变司马氏专权的局面，把朝政还给曹魏的皇帝。

如果是一个囚犯，恐怕很难有底气说出这样的话来。如果是担任了一个边郡上握有一定军权的职务，使用这样的口气更合适些。

吕氏兄弟的父亲吕昭，曾任镇北将军领冀州牧，吕家在军中大概多少还有些根基，所以这番话显得格外严重。

因此司马昭震怒，把吕安抓回来，投入狱中。

而吕安既然对嵇康说："岂能与吾同大丈夫之忧乐者哉？"嵇康当然也就成了他的同谋。

这时候，嵇康可以选择与吕安划清界限，但嵇康拒绝这么做。

你可以理解为他忠于曹魏，所以甘以身殉；也可以理解为他对这场政治斗争本来并没有太大的兴趣，但是当初没有让吕安去控告吕巽，才导致后来发生的这一切，嵇康本来就觉得心中有愧（这在给吕巽的绝交书里表达得很清楚），这时再在这个吕安已经注定要死的关头抛弃吕安，他无论如何做不出。

至于是不是要和司马氏作对，其实不是那么重要，你说我是，那就是吧。这也就是嵇康的《幽愤诗》中说的："实耻讼免，时不我与。"当然，嵇康开始确实并没有意识到这次事件有多么严重。毕竟，说自己打算发动军事政变，这是一个过于荒诞的指控。嵇康相信自己可以很快被赦免，所以《幽愤诗》的最后几句是：

庶勖将来，无馨无臭。
采薇山阿，散发岩岫。
永啸长吟，颐性养寿。

他希望将来自己可以过一种更加低调的生活，颐养天年。但是，他等来的却是将受刑东市的消息。

《三国志》提供了一条至关重要的记录："嵇康等见诛，皆会谋也。"陈寿和嵇康是同时代的人，又以落笔审慎著称，嵇康之死和钟会有莫大关系，应该是确凿的事实。

钟会想置嵇康于死地，是非常好理解的。钟会出身名门，自幼聪明绝顶，养成了极度虚荣和自我为中心的性格，相伴随的则是强烈的忌妒心。嵇康与钟会斗机锋的几个例子，都有学者怀疑真实性，但嵇康这样一个出身平平的人物竟然在名士圈享有无与伦比的声望，钟会对嵇康妒火中烧，甚至不需要直接冲突来添油加醋。

当然，是否处死嵇康最终还是要由司马昭来决定。而司马昭的心态，另有值得玩味的地方。

喜爱嵇康的人们，往往愿意相信司马昭杀嵇康，是因为嵇康拥有巨大的影响力引起了司马昭的忌惮。这很可能高估了嵇康。

一个几乎成了套话的说法是，当时统治黑暗，司马氏大肆杀戮名士，实际上如何挥舞屠刀，司马氏大有讲究。如为了对抗司马氏专权，发生了著名的"淮南三叛"，"叛"当然是从司马氏的角度来说的，实际上是淮南地区忠于曹魏的力量三次对司马氏展开军事反击。第一次的领导者王凌，第三次的领导者诸葛诞，后来都恢复了名誉，唯独第二次也就是传说和嵇康有关的那次的领导者毌丘俭，司马氏从来也没有想过为之平反。原因很简单，太原王氏、琅邪诸葛氏都是当时有巨大影响力的世家，即使出了叛臣，也不宜深究，河东的毌丘家族却不值一提。

害死嵇康后仅仅一年，钟会因为谋反被杀，之后司马昭忙不迭地宣布不会因此牵连到钟氏家族的其他成员，"有官爵者如故"，这就是颍川钟氏作为顶级名门的特殊政治地位。

而嵇康的家族，卑微到嵇康的爷爷都不够格在史书上留下名字。嵇康是靠自己的才华和魅力，才在名士圈里享有那么高的声望的。

名声足够大，杀你会引起相当大的社会震动；出身足够低，杀你却不至于触动那张复杂的关系网。当需要杀一个人立威的时候，不杀你，杀谁呢？

九、阮籍的俯仰之间

《世说新语》中有"任诞"一门，任是任性，诞是放诞，所以任诞的意思，不妨是不为礼法所拘束，追寻自由的天性。其中说到阮籍：

阮籍遭母丧，在晋文王坐进酒肉。司隶何曾亦在坐，曰："明公方以孝治天下，而阮籍以重丧，显于公坐饮酒食肉，宜流之海外，以正风教。"文王曰："嗣宗毁顿如此，君不能共忧之，何谓？且有疾而饮酒食肉，固丧礼也！"籍饮啖不辍，神色自若。（《世说新语·任诞》）

阮籍在为母服丧期间参加司马昭的宴会，在座席上喝酒吃肉。司隶校尉何曾也在座，他是个特别讲究礼法规矩的人，于是劝司马昭把阮籍流放到边疆去，这才能弘扬社会正气，突出价值导向。但司马昭说："嗣宗哀伤委顿到这个地步，您不能和我一道为他分忧，怎么还说这种话！再说丧礼的规矩，如果身体有病，本就是喝酒吃肉也不妨的。"

这两个大人物，都是片言之间就可以决定阮籍命运的人。但阮籍听着他们谈论，一直吃喝不停，神色自若。

这个片段展示阮籍的放诞非常生动，难得的是，司马昭这次表现得宽容而体察人情。

其实，司马昭对阮籍赞赏和包容得几近宠溺，并不是这次难得如此，而是一贯的。《世说新语》中还有这样的记录：

晋文王称阮嗣宗至慎，每与之言，言皆玄远，未尝臧否人物。（《世说新语·德行》）

晋文王功德盛大，坐席严敬，拟于王者。唯阮籍在坐，箕踞啸歌，酣放自若。（《世说新语·简傲》）

嵇康也说，讲究礼法的人士看待阮籍，就像对仇人一样，"幸赖大将军保持之"，全靠司马昭保护，阮籍才是安全的。

司马昭为什么愿意对阮籍另眼相看呢？

和阮籍的家世应该关系不大。陈留阮氏虽然比嵇康的家族地位要高一些，但也不算门庭显耀的世家。两汉四百年，只有关于这个家族的零星记载（有研究者把一些很可疑的人物也统计进来，总计也不过五人）。何况阮籍还属于阮家一个较为贫困的分支。

阮籍的父亲阮瑀，可算是这个家族的第一个名人。阮瑀是建安七子之一，而建安七子是作为一个文学团体留名后世的。不过应该注意的是，当时文学创作和公文写作不像现在这样属于两个互不相干甚至彼此鄙视的领域，阮瑀更绝非不通世务的文人。他作为曹操的秘书，其代表作《为曹公作书与孙权》为挑拨孙刘关系发挥了重要作用，而阮瑀以曹操口吻写给韩遂的书信，是在马背上一挥而就的，曹操"揽笔欲有所定，而竟不能增损"，可见他是何等深谙曹操心意，而这又必然建立在对当时政治局势的深刻认识之上。

阮瑀于公元212年逝世时，阮籍才三岁，他能够继承父亲的政治觉悟和文学才华吗？

阮籍的文才毫无争议，当时即众口称誉，后世人看来，其文学史地位，更远在其父之上。据说青年阮籍也曾对政治感兴趣，所谓"本有济世志"，但很快就认识到"天下多故，名士少有全者"，把沉迷于醉乡当作自己的标准形象了。

借着醉意，阮籍做了许多看来违背礼法或不循常理的事：

阮籍的嫂子回家，阮籍不顾"叔嫂不通问"的礼法，与嫂子道别。面对别人的讥刺时，阮籍回应说："礼岂为我辈设也？"

阮籍邻家酒店的老板娘非常美貌，阮籍常去喝酒，醉了就睡在老板娘身边。老板开始疑心阮籍会有进一步举动，但暗中观察，却发现阮籍终无他意。——显得阮籍只是欣赏女性的美，而并不掺杂性欲。用警幻仙子教导贾宝玉的话说，这是意淫，不是那些"皮肉滥淫之蠢物"可比的。

又如一开头讲的母丧期间喝酒吃肉，更是显著的例子。但母亲下葬的那一天，阮籍吃了许多猪肉，喝了二斗酒之后，突然说了一声"穷矣"，喷出一口血来。原来阮籍对母亲才是发自天性的至孝，衬托得那些只是形式上谨守丧礼的人，一个个如此虚伪。

阮籍曾对司马昭说，最喜欢东平国的风土。司马昭大喜，当即拜他为东平国相。阮籍骑着一头小驴，优哉游哉到任，但仅仅过了十天，阮籍就又回洛阳去了。

这短短十天不大可能给当地带来什么像样的改变，从阮籍的

《东平赋》看，这十天倒是完全败坏了他本来对东平的好印象。但后世文人很愿意想象，醉生梦死的文豪偶一出手，就足以给当地带来跨越式的发展。李白有名句云："阮籍为太守，乘驴上东平。剖竹十日间，一朝风化清。"

《晋书》记载了一句阮籍在东平"坏府舍屏鄣，使内外相望"，这很可能只是他为了让自己有更开阔的视野，也让下属可以看见自己。毕竟，阮籍是一个有强烈的"被看"的欲望的人。而余秋雨先生就发挥其意说：

阮籍骑着驴到东平之后，察看了官衙的办公方式，东张西望了不多久便立即下令，把府舍衙门重重叠叠的墙壁拆掉，让原来关在各自屋子里单独办公的官员们一下子置于互相可以监视、内外可以沟通的敞亮环境之中，办公内容和办公效率立即发生了重大变化。这一着，即便用一千多年后今天的行政管理学来看也可以说是抓住了"牛鼻子"，国际间许多现代化企业的办公场所不都在追求着一种高透明度的集体气氛吗？但我们的阮籍只是骑在驴背上稍稍一想便想到了。(《遥远的绝想》)

再如，听说步兵校尉所属的部门，厨房里藏着数百斛美酒，阮籍就请求担任步兵校尉。按照喜欢拿官职来称呼人的传统，从此大家就往往称阮籍为"阮步兵"了。

阮籍尤其善于通过一些迷人的小动作，给人留下深刻的印象。

比如"青白眼"。眼球上翻，则只见眼白，这是所谓"白眼"；正眼看人，露出青（黑）色眼珠，则是所谓"青眼"。也就是阮籍善于在一瞬间就让对方明白，我是不是看得起你。著名的案例是，嵇康的哥哥嵇喜去看阮籍，阮籍报以白眼；嵇康本人来，阮籍就青眼有加了。

比如"广武叹"。广武是楚汉相争的古战场，阮籍来这里凭吊，说了一句大话："时无英雄，使竖子成名！"这句话的精妙之处，是气势骇人，理解起来却四通八达：是项羽算不得英雄，让刘邦这个竖子成名呢，还是楚汉时代没有英雄，才让刘项成名？还是刘项都是英雄，自己生活的这个时代却再没有英雄，才让当今这帮竖子成名呢……怎么说都是可以的。

好像很有意思，又说不清是什么意思，差不多也是阮籍最突出的特征。

比如"苏门啸"。苏门指河南新乡辉县的苏门山。这在《世说新语》里有非常生动的叙述：

阮步兵啸，闻数百步。苏门山中，忽有真人，樵伐者咸共传说。阮籍往观，见其人拥膝岩侧。籍登岭就之，箕踞相对。籍商略终古，上陈黄、农玄寂之道，下考三代盛德之美，以问之，仡然不应。复叙有为之教，栖神导气之术以观之，彼犹如前，凝瞩不转。籍因对之长啸。良久，乃笑曰："可更作。"籍复啸。意尽，退，还半岭许，闻上嗽然有声，如数部鼓吹，林谷传响。顾看，乃向人啸也。（《世说新语·栖逸》）

阮籍善于"啸"，啸是"蹙口而出声也"，所以其实就是吹口哨。

苏门山出现了一位真人，真人本是《庄子·天下》里提出的概念，指一种拥有绝高的精神境界的人。魏晋时期，这个词的含义正在往道教神仙转变，但这里用的还是旧意思。

阮籍去拜访这位真人，从黄帝、神农谈起，说到夏商周三代。

对魏晋时期的人来说，这两个时代真实的历史都不重要，重要的是这是两种不同类型的理想社会：前者代表无为而治的自然状态，后者是注重礼乐教化秩序的状态，所以就又牵涉到当时一个最重要的命题：自然与名教之辨。结果这位真人没有搭理阮籍。

于是，阮籍就不谈社会了，谈个人修养，这也有两种不同的类型：一是积极投身社会，做一个有贡献的人；二是专注于自己的神秘性修炼，以达到延年益寿的目的。真人仍然没反应。

于是，阮籍开始啸。良久之后，真人终于笑了："再来一段。"

于是，阮籍继续啸，尽兴之后，阮籍就走了。

结果走到半山腰，阮籍听到了真人的啸声，那声音不像是一个人在啸，而是几支乐队在合奏，整个山林与深谷仿佛都在呼应真人的啸声。

面对这个世界，没什么可说的，不如就一声长啸吧。

这位苏门山真人究竟是什么人物，史料记录颇多歧异，甚至不能排除说是阮籍为了称述自己的理想境界，把一个并没多么神奇的隐士夸张成这个样子。

于是，阮籍就写了《大人先生传》。

在这篇文章里，阮籍先借大人先生之口，嘲讽了当时的"君子"，把他们比作裤裆里的虱子，顺着裤缝爬动就自以为精通礼法，饿了咬人一口就觉得享受无穷，但哪天把裤子一把火烧了，虱子当然全部跟着完蛋。

然后大人先生又碰到一个隐士，隐士谬托知己，觉得自己的主张和大人先生相近，他痛恨这个黑暗的世界，决定与之决裂，像禽兽一样活着，并像禽兽一样死去。大人先生嘲笑了隐士，他觉得这种对抗毫无意义。

接下来，大人先生又遇到了一个樵夫，樵夫发表了一番世事无常的感慨，表达了一种无所谓的人生态度。大人先生评价他说：
"虽不及大，庶免小也。"

于是，大人先生发表了一番极其华丽的议论，表示最高境界的
"真人"应该是怎样一种状态。这番议论长达1700多字，但比之
《庄子》原著里的观点，思想上却很难说有多少增益。以至于钱钟
书先生评价说，阮籍和嵇康齐名，要靠诗歌来弥补短板，只谈文
章，是"曼衍而苦冗沓"的。

不过对这篇文章可以有另一种观察，文中提到了四种人，前三
种都是可以在现实中找到对应的：

第一种人是"君子"，向司马昭提议流放阮籍的何曾就堪称典
型。何曾号称"礼法之士"，依据是他给父母的丧事办得特别好，
和妻子一年只见面三四次，见面时衣服穿得特别整齐，自己朝南
坐，妻子朝北坐，按照礼节行过酒就离开，总之行动特别符合规
矩。但同时，他生活奢侈淫靡到了极点，"帷帐车服，穷极绮丽"，
每天吃饭要花一万钱，还说没有下筷子的地方。阮籍把这样的人比
作裤裆里的虱子，可说是生动而精准极了。

第二种人是"隐士"，那个痛斥这肮脏的世界的隐士，却仿佛
"刚肠疾恶，轻肆直言，遇事便发"的嵇康。嵇康说过，自己想效
法阮籍，但是做不到。阮籍在诗文里却没有谈到自己对嵇康的看
法。大人先生最后对隐士说："子之所好，何足言哉？吾将去子
矣。"阮籍最终的人生选择与嵇康不同，嵇康遇害，当时的形势当
然是不允许阮籍哀悼的，阮籍也就并没有写过表达哀思的诗或
文章。

第三种人是"樵夫"，其实比较接近于阮籍的自我评价，尤其
是"富贵俯仰间，贫贱何必终"一句，仿佛在说如果有人要送我富
贵，那接受也就接受了。正如阮籍确实出仕做了官。

　　第四种人就是"大人先生"，那是彻底超然物外，是阮籍的理想，实际上并不存在。

　　阮籍身上那些放诞的小故事太动人，以至于让一般人很容易忽视，他的仕宦履历究竟是怎样的。

　　阮籍对做官确实不甚积极。曹爽辅政时期，曾担任过曹爽的参军，不久后就称病退归田里。当然，这次辞官也可以被认为不是淡泊，而是政治远见：因为曹爽缺乏根基又大权在握，弄权手法又很低级，几乎全面得罪了曹魏老臣，即使不由司马氏发动政变，他也很可能会被老臣们联手架空。

　　曹爽被诛后，阮籍重新出山，先后担任司马懿、司马师、司马昭的从事中郎。从事中郎是大将军、车骑将军这样的顶级军职的参谋官，定员二人，虽然秩禄只有六百石，但却是极为紧俏的岗位，其和自己的主官非常亲近，也显而易见。

　　单从职务看，阮籍就是司马氏的人。

　　阮籍也参与了一些美化司马氏形象的文化工程，如王沈《魏书》的修撰工作。这书是曹魏的官方史，当然要经过严格的审查，不利于司马氏形象的内容，尤其不能留存于汗青。阮籍也确实不该写的就都没有写。阮籍眼里，历史兴衰本来就是很可笑的，所以描述那些"竖子"时不够忠实，似乎也无伤大雅。

　　阮籍确实有和司马氏搞好关系的必要。嵇康说阮籍"口不论人过"，但礼法之士"疾之如仇"，好像礼法之士是一群没事找事的精神病。但嵇康的说法，有偏袒阮籍的成分，阮籍也许嘴上确实不说，可是诗文中骂起人家来，真是既频繁又恶毒。《大人先生传》是典型的例子，此外如《达庄论》，或者《咏怀诗》中的许多首诗……都用穷形尽相的笔墨，把人家写得猥琐至极。简直可以说，礼法之士之于阮籍，正如于谦的爸爸之于郭德纲。

所以礼法之士把他当仇人，是理所当然的事。阮籍和司马氏搞好关系，就多了一张保护网，可以把很多攻击陷害都消弭于无形。

当然即使如此，阮籍仍不想完全被当作司马氏一党看待，请求担任东平国相和步兵校尉，就是这种想保持适当距离的心态的表现。而最重要的典故自然是这个：司马昭为自己的儿子、未来的晋武帝司马炎求娶阮籍的女儿，阮籍不想答应又不敢拒绝。于是喝酒大醉了六十天，到底躲过了这门亲事。

但《晋书》的这条记录，却不能不引人滋生疑窦。一来，连醉六十天，连答应婚事的一瞬间清醒时刻都没有，未免不合常理。二来，司马氏发达之后，联姻对象要么清贵，要么握有实权：如司马师的妻子是泰山羊氏，后来定灭吴之策的名将羊祜，就是司马师的小舅子；司马昭的妻子是东海王氏，老丈人王肃是当时大儒，老丈人的父亲王朗，虽然现在被丑化得不行，但当年也是位至三公的正面人物……和这些人比，阮籍实在也显得卑微了些。还有，司马炎没做成阮籍的女婿，后来娶了弘农杨氏，这个东汉时四世三公的家族，根本不是陈留阮氏可比的。

所以如果《晋书》的说法可信，那也许只能认为，阮籍不是真醉卧，司马昭也不是真求亲。要的就是这个你拒绝了亲事的效果：这样提升了你的声望，也向世人展示，你真的不是我的人。

而我真的求，你不能醉的时刻，终于也就来了：

魏朝封晋文王为公，备礼九锡，文王固让不受。公卿将校当诣府敦喻。司空郑冲驰遣信就阮籍求文。籍时在袁孝尼家，宿醉扶起，书札为之，无所点定，乃写付使。时人以为神笔。（《世说新语·文学》）

景元四年（263）十月，司马昭要当晋公了，位相国，加九锡，路人皆知，这是司马氏正式篡位前的关键一步。

但流程还是要走的，皇帝下诏为司马昭加封晋爵，司马昭推辞不受，这时再由公卿大臣"劝进"。于是，就有了一个《劝进表》谁来执笔的问题。

这个人，文坛名声要足够大，而且越是和司马氏集团有点距离的人，写出来给人感觉越有说服力。

司空郑冲立刻让人去找阮籍。

阮籍当时在袁準家里——就是那个想向嵇康学习《广陵散》而没有成功的袁孝尼——照例又喝醉了，但这次没有醉得不省人事，仍然有写作能力，而且状态绝佳。

阮籍文不加点就写成了《劝进表》，是酒精激发了创作才华，还是早有腹稿，就不知道了。总之，当时大家都说，阮籍真是"神笔"。

这篇文章，阮籍应该还是不想写的，但他既然选择了一直以来让司马昭包庇自己的放纵，这一刻他其实也就没有别的选择。正如《大人先生传》里那个仿佛是他自己的樵夫，"虽不及大，庶免小也"，反过来说，小灾患免了，大关节上也就无处遁逃了。

这之后，阮籍的心理负担大约非常沉重。

《劝进表》写于景元四年（263）十月，而阮籍没有活过这一年的冬天，享年五十四岁。

十、山涛的"识度"

　　《世说新语·任诞》第一条："陈留阮籍，谯国嵇康，河内山涛，三人年皆相比，康年少亚之。"说阮籍、嵇康、山涛年纪都差不多，嵇康只是略微小一点，这显然不大准确。山涛是零零后（205—283），阮籍是最大的一零后（210—263），嵇康是二零后（224—263），山涛比嵇康要大十八岁。看寿命，这三个人是生得越早的，死得越晚。

　　说竹林七贤喝酒"肆意酣畅"，应该是不包括山涛的。每次朋友们喝得大醉，保持清醒收拾残局的，肯定是山涛。他是个对自己酒量特别有数的人，一饮八斗，到此为止，很多年以后，晋武帝请山涛喝酒，悄悄添了额外的量，但山涛该喝多少就是多少，八斗之后绝不多啜一口。

　　从各方面看，山涛都是与阮籍、嵇康他们完全不同的人。

　　山涛的家世，其实也只平平，父亲做到县令，祖父举过孝廉，再往上的情况，史书就没有记载了，可见不会太风光。这种门第，在家乡还有点地位，拿到全国范围看，通常就不值一提。

不过山涛是河内郡怀县（今河南武陟西南）人，这就不一样了。

河内郡的家族彼此通婚。山涛有一个姑奶奶，嫁给了一个姓张的县令，生了一个女儿，叫张春华。张春华有幸高攀，嫁到了河内温县的一个高门大姓，她的丈夫，叫司马懿。

山涛年纪很轻的时候，就被当作宗族的希望，因此山家很希望能利用上和司马家的亲戚关系。史料中有这样一条：

> 山涛……年十七，宗人谓宣帝曰："涛当与景、文共纲纪天下者也。"帝戏曰："卿小族，那得此快人邪？"（虞预《晋书》）

这显然是后人追溯的记录，所以对司马懿（宣帝）、司马师（景）、司马昭（文），都称其谥号。

山涛十七岁的时候，山家有人对司马懿说："我们家山涛，是可以和你儿子司马师、司马昭一起治理天下的。"

如果这段记载属实，那么山涛这个亲戚，委实有点不识眉眼高低。随着司马懿事业不断取得成功，联姻对象也在升级，对亲家本来就未必有多少好感，何况是亲家的亲家的家里一个穷小子？

硬凑上来的远房穷亲戚，话又说得这么直白浮夸，难怪司马懿不爱听，所以回的话也很难听："你们这么个小家族，能出这么了不起的人物吗？"

山涛很长时间里都没有进入司马家的权力圈子。

于是山涛的仕途，也就得慢慢来，《晋书·山涛传》说他四十岁才做到河内郡的主簿。一郡的佐官，以主簿为首，以常人的眼光看，这个职务就很不低，但和山涛后来的权位比，自然显得很卑微。

山涛四十岁是正始五年（244），嵇康搬到河内山阳县来，差不多也是这时候或略早。所以山涛和阮籍、嵇康结识，可能也就在此时，于是出现了这个著名场景：

山公与嵇、阮一面，契若金兰。山妻韩氏，觉公与二人异于常交，问公。公曰："我当年可以为友者，唯此二生耳！"妻曰："负羁之妻亦亲观狐、赵，意欲窥之，可乎？"他日，二人来，妻劝公止之宿，具酒肉。夜穿墉以视之，达旦忘反。公入曰："二人何如？"妻曰："君才致殊不如，正当以识度相友耳。"公曰："伊辈亦常以我度为胜。"（《世说新语·贤媛》）

山涛和嵇康、阮籍见了一次面后，就觉得情义特别投合。——所谓"契若金兰"，是《周易·系辞》里的典故："二人同心，其利断金；同心之言，其臭如兰。"

山涛的妻子韩氏，发现了这一点，就向山涛打听二人的情况。

山涛说："我这辈子可以结为好友的，只有这两位罢了！"

韩氏就说了《左传》里的一个典故：晋文公重耳在各国间流亡经过曹国的时候，曹国大夫僖负羁的妻子曾悄悄观察过重耳的随从，发现狐偃和赵衰二人非等闲之辈，于是劝丈夫要对重耳好。而后来重耳成了一代霸主，也仍然记得这份人情。

韩氏的意思，是自己也想看看阮籍、嵇康，她相信自己的见识，觉得自己看一看，对丈夫也是幸事。

山涛也就答应了。

几天后，阮籍、嵇康来山涛家做客，留下来过夜。韩氏也就从墙洞里看他们两个，看了整整一个通宵，天亮了都差点忘了回自己的寝室。

山涛问韩氏："你觉得这两个是什么样的人?"

韩氏很坦白："你的才华、情致都比人家差远了，只能靠见识、气度和他们结交罢了。"

山涛倒也很淡定："他们也常常认为我过人的地方，就是气度。"

妻子的评价和山涛的自我评价，都是很准的。

山涛功成名就之后，人家赞美他的话，类似"如登山临下，幽然深远""如璞玉浑金，人皆钦其宝，莫知名其器"之类，其实也都是在说，山涛的才华、情致，看起来不明显。

所谓山涛的"识度"，识是山涛看问题的预见性，度是山涛可以和各色人等都和谐相处，也就是处理复杂人际关系的能力。这些优点，在你还是职场"小透明"的时候，不容易被注意到，越是地位高且有身份了，则越容易让人觉得，这可真是至关重要。

所以山涛注定是个大器晚成的人。他生活节制有规律，不酗酒，不纳妾，更不见他服五石散的记录，看来也就是憋着要和人"拼寿命"的。

就这样，山涛虽然没有特别的后台，但慢慢也得到了升迁。大约是正始八年（247），山涛就被辟为"部河南从事"。

"部"是司隶校尉部的省称，司隶校尉部的核心是河南郡，而河南郡的治所，就是京都洛阳。所以到河南尹身边任从事，山涛这是进入机要部门了。

而当时的司隶校尉毕轨、河南尹李胜，都是曹爽的死党。于是，作为司马懿的老乡和远房亲戚，山涛成了曹爽一党。

当时司马懿躺在家里装病，曹爽的气势煊赫到顶点，两派斗争似乎胜负已分。但山涛显然很清楚，自己的这位表姑父隐忍的性情和变诈的手段有多么恐怖。

　　与石鉴共宿，涛夜起蹴鉴曰："今为何等时而眠邪！知太傅卧何意？"鉴曰："宰相三不朝，与尺一令归第，卿何虑也！"涛曰："咄！石生无事马蹄间邪！"投传而去。（《晋书·山涛传》）

　　一次，山涛与石鉴（后来也是晋朝的开国元勋）共宿，山涛半夜起来，踢醒石鉴说："如今是何等时候，怎么还睡得这么安稳！知不知道太傅（指司马懿）卧病，到底是什么用意？"

　　石鉴说："宰相多次不上朝，给他个尺把长的诏书让他回家就是了，你何必操心呢！"山涛说："咄！石生，没有必要再继续做官了！"于是山涛丢弃官符回家。

　　正始十年（249），司马懿果然发动了高平陵之变，一举翻盘。

　　而山涛继续隐居在家，一直到两年后的嘉平三年（251）司马懿去世，司马师执政期间，山涛才出山。

　　几年前山涛从官场及时抽身，想必提高了自己的声望。司马师比山涛小三岁，基本算同龄人；司马师用人，比父亲更加看淡门第不拘一格；司马师当年也是被列入"浮华"名单的，对名士做派的好感可能更多一些；另外，司马懿晚年对妻子张春华极其嫌弃，司马师、司马昭兄弟却始终敬爱母亲，所以对母亲娘家的亲戚，司马师自然也会更友善一些。

　　总之，和父亲司马懿表示鄙视不同，司马师一见山涛，就给了一句极高的评价："吕望欲仕邪？"

　　吕望就是后世民间所谓的姜太公。他曾服事商朝，年纪很大后却转而辅佐周文王、周武王，成为改朝换代的头号功臣。司马师把山涛想做官比作"吕望欲仕"，既是对山涛的赞美，自然也透露出自己对未来的期待。

之后山涛基本就算官运亨通，不论司马师、司马昭还是后来当上皇帝的司马炎，都对山涛极为亲待信赖。最突出的案例是，钟会害死嵇康的后一年，就在蜀地作乱，司马昭亲自去平定，临出发前，把监督集中在邺城的曹魏诸王的任务交给山涛，并对他说："西偏吾自了之，后事深以委卿！"

没有最大的信任，怎么会托付给山涛这样的重任？后世人批评山涛，说你名列竹林七贤，应该是清高人士，怎么可以阿附司马氏？这可真是把山涛瞧得小了，山涛哪里是简单的阿附而已，人家明明是司马氏集团的核心成员。

正因为是这样的身份，山涛成名之前就引以为豪的"识度"，也就有了非常多的展示机会。

先说"识"。

山涛的见识，体现在参与国家政策的制定上，最著名的如这件事：

晋武帝讲武于宣武场，帝欲偃武修文，亲自临幸，悉召群臣。山公谓不宜尔，因与诸尚书言孙、吴用兵本意。遂究论，举坐无不咨嗟。皆曰："山少傅乃天下名言。"后诸王骄汰，轻遘祸难，于是寇盗处处蚁合，郡国多以无备，不能制服，遂渐炽盛，皆如公言。时人以谓山涛不学孙、吴，而暗与之理会。王夷甫亦叹云："公暗与道合。"（《世说新语·识鉴》）

晋武帝在宣武场举行军事演习，借机就想"偃武修文"——具体说，晋武帝是想"罢州郡兵"，也就是把军事力量集中到中央和几个主要军区，地方上的治安部队，就不要了。

这么做的好处，一是按照儒家经典和史书的说法，古代圣王在位天下大治，就会这样做；二是地方不再养这些兵，也可以节省许多财政开支。

但是山涛认为当下不应该采用这种政策，于是侃侃而谈，阐释孙子、吴起兵法的本意，究竟是怎样的。山涛平常并不钻研这些，也不是高谈阔论的人，可是这番道理，说得却特别好。所以举座无不叹服，都说："山少傅说的，真是天下名言。"

后来八王之乱的时候，盗贼蜂起，州郡没有兵力，也就无可奈何。越发证明山涛真是远见卓识。

不妨顺带一提的是：这里称山涛为"山少傅"，山涛任太子少傅是在晋武帝咸宁初年，《晋书·武帝纪》则提到，咸宁元年（275）和三年（277），晋武帝两次到宣武场讲武，《晋书·山涛传》则提到参与这次讨论的人物，还有个叫卢钦的，这人是咸宁四年（278）去世的。也就是说，这件事发生的时间，应该是在咸宁年间，当时晋还没有灭吴，天下还未一统。

看来晋武帝动"偃武修文"的心思，真是挺着急的。

唐代作《晋书·山涛传》的史臣，和宋代著《资治通鉴》的司马光，都觉得晋武帝不该这么着急，所以把这件事挪到了晋灭吴之后。但灭吴之后到山涛去世之前这段日子里，晋武帝没有去宣武场讲武，山涛已经不是少傅，卢钦也已经死了，所以这两部权威史书的处理，是不合理的，反而是《世说新语》这么一部"段子集"，倒没有问题。这种小说比正史可靠的情况，其实也是很常见的现象。

山涛的见识，更体现在对人物的识别上。

山司徒前后选，殆周遍百官，举无失才。凡所题目，皆如其言。唯用陆亮，是诏所用，与公意异，争之不从。亮亦寻为贿败。

（《世说新语·政事》）

山涛在曹魏时任尚书吏部郎，入晋后又任吏部尚书，长期主持官员选拔、考核工作，所以叫"前后（领）选"。

山涛选用的人，几乎遍及百官，没有遗漏的人才。他举荐人时，会加以品评，也就是所谓"题目"，没有不说中的。只有选用陆亮是例外，陆亮很快就因为受贿被罢免了。

不过用陆亮是晋武帝本人的主意，山涛力争而晋武帝不听。所以这"锅"也不是山涛的。

然而《世说新语》自己就提供了另一个山涛看走眼的例子：

王夷甫父乂为平北将军，有公事，使行人论不得。时夷甫在京师，命驾见仆射羊祜、尚书山涛。夷甫时总角，姿才秀异，叙致既快，事加有理，涛甚奇之。既退，看之不辍，乃叹曰："生儿不当如王夷甫邪？"羊祜曰："乱天下者，必此子也！"（《世说新语·识鉴》）

仆射羊祜、尚书山涛这两位前辈大人物，同时接见了十三四岁的王衍。

王衍字夷甫，出身琅邪王氏，是下一代高门子弟里最为星光闪耀的代表。

山涛赞赏王衍，王衍离开了，他还盯着背影看个没完，于是套用曹操夸孙权的句式赞美说："生孩子不就应该像王夷甫这样吗？"

羊祜却说："将来搅乱天下的，一定就是这小子！"

看未来的发展趋势，山涛倒是也没说错，王衍确实是魅力人物，但羊祜却看到了问题的本质。

《晋书·王衍传》的说法再次和《世说新语》不同，山涛看见王衍后，很感慨，于是说：

何物老妪，生宁馨儿！然误天下苍生者，未必非此人也。

《世说新语》里山涛、羊祜两个人的话，都让山涛一个人说了。

这个地方，还是《世说新语》比《晋书》可信。

第一，王衍心胸狭隘，山涛若给他这么一句毒舌评价，可就算结下深仇大怨了，但王衍后来说起山涛都是好评，显然彼此关系不错，而王衍痛恨羊祜的记录，倒是很多的。

第二，不论夸人还是骂人，其实未必是有多么神奇的预见性，肯定还是要考虑到背后的人际关系。山涛与裴秀关系很好，而河东裴氏经常与琅邪王氏通婚，说起来都是自己人。山涛见到王家的晚辈，孩子样貌才智又确实不错，当然会夸一夸；王家、裴家都与贾充关系密切，羊祜却是另外一党（虽然算亲戚关系也是王衍的堂舅），看见贾党的王家人也没好话，其实很自然，至于骂得这么准，那是"中彩票"了。

或许，唐代编撰《晋书》的史臣对山涛印象很不错，所以愿意成全他看人准的美名，就把羊祜的预言挪到山涛的嘴里。

再说"度"。

山涛的度量，体现在他身处尖锐对立的各派势力之间，能和哪边都和睦相处。

山涛和钟会、裴秀两个人的交情都挺好，钟会与裴秀是死对头，但他们都没有因为山涛也是对头的朋友而怨恨山涛。

再如山涛可以既做司马氏的官，又让嵇康拿自己当朋友。著名的"绝交书"事件，要做善意理解，可能是这样一个过程：

山涛举荐嵇康接替自己职务不久前，司马昭把曹魏的皇帝曹髦杀了。

很多事是一环扣一环的：杀了皇帝，自然会引爆舆论；要让天下悠悠之口闭上，就需要再杀几个特别有影响力的名士来吓人。

所以，这个时候嵇康特别危险。

山涛要嵇康出来做官，做官其实就是向司马昭表态：我对您主导的新秩序是认可的，不会和你对着干。

之前矛盾不那么尖锐的时候，可以容忍你做隐士逍遥派，现在到了必须站队的时候了。

但是，嵇康拒绝。

不过，山涛是好意，嵇康稍微冷静下来想一想就能意识到。所以后来他临刑之前，就对儿子嵇绍说："巨源在，汝不孤矣。"

而山涛也没有辜负嵇康的信任。

嵇康被诛后，山公举康子绍为秘书丞。绍咨公出处，公曰："为君思之久矣！天地四时，犹有消息，而况人乎？"（《世说新语·政事》）

因为嵇康是被诛杀的，别人不敢推荐他的儿子（王隐《晋书》："时以绍父康被法，选官不敢举"），山涛出来推荐。

嵇绍自己也很犹豫，自己到底是该做官（出）还是继续在家待着（处）呢？

山涛说："我替你考虑了很久。天地间一年四季，尚且有交替变化的时候，何况是人呢！"——息的本意，是鼻子里呼出的气，引申为休息，又引申为生长的意思，所以"消息"就是消长，和今天说的消息不是一回事。

意思是时代不同了，翻篇儿了，有机会当官就当吧。

看《晋书·山涛传》，会给人一个强烈的印象：山涛晚年常做的事，就是不断辞官，而晋武帝司马炎的态度，则是坚决不允许，就是要把山涛按在吏部的位置上继续主持官员选拔。

这并不是一场"道德秀"。山涛辞官，是真辞出风险来了。有人建议晋武帝说，山涛因为身体有点小小的不舒服，就在那里闹退休，陛下您挽留这么多次他还在坚持，觉悟实在太低，应该干脆免他的官。晋武帝当然没同意，但也可以看出，有些人，对山涛意见其实很大。

都说山涛看人准，其实他推荐的官，有不少是晋武帝自己看中的，只不过对外宣传是山涛眼光好，还编《山公启事》，显得全是山涛的主意。

这牵涉到皇帝和百官之间的矛盾。

世家大族出身的官员当然想，我已经是大官，我的子孙后代还要做大官。选官，当然就该选我们家的孩子。

从皇帝的角度说，却不喜欢这样。清要的官职都被你们垄断了，皇帝的权威何在？中小家族越来越看不到机会，也会纷纷"躺平"，国家也会失去活力。

所以，晋武帝给山涛的手诏是："夫用人惟才，不遗疏远单贱，天下便化矣。"用点寒门之人吧。

但那个年代，高门大姓影响力太大，选拔寒门肯定要大受抨击。把山涛放在前面，任务就是替皇帝挨骂。

而且，不是山涛这样声望大，情商高，一向人缘好，做人很难挑出毛病来的老名士，也担不起替皇帝挨骂的重任，所以晋武帝也很难找到替代山涛的人。

山公以器重朝望，年逾七十，犹知管时任。贵胜年少，若和、裴、王之徒，并共宗咏。有署阁柱曰："阁东有大牛，和峤鞅，裴楷鞦，王济别駆不得休。"（《世说新语·政事》）

山涛被认为是国之重器，朝廷之望，七十多岁了，还主持着选官重任。很多名门子弟，如和峤、裴楷、王济等人，在那里"并共宗咏"——这四个字，市面上不少译本都翻译成一起赞美山涛，其实只需要把这一则看完，就知道情况不那么简单，就算是这些人说的是揄扬的话，也一定有许多皮里阳秋。

官署的柱子上，突然被人题写了这么一段顺口溜："阁东有大牛，和峤鞅，裴楷秋，王济别駆不得休。"

在阁道以东，有一头大牛。和峤在前面牵引着"鞅"，鞅是拉车的牲口脖子上套的皮套。裴楷在后面拽着"鞦"，鞦是拴在牲口屁股后面的皮带。王济则在中间没完没了地纠缠不休。

显然，是把山涛比作这头大牛，他被这批年轻人纠缠得根本做不了主。

从山涛的角度说，他年轻时热衷过，所以会对老婆说，我是要做三公的，你做得起三公夫人吗？现在这个目标早已达成，山涛很自然会想，我都这把年纪了，该有的也都有了，干吗夹在中间受气，留在这个位子上被"喷口水"？

一直到太康三年（282），山涛实在病得不行了，终于被允许回家，第二年就去世了，活到了当时非常难得的七十九岁高龄。

无论如何，山涛死在一个看起来还相当光鲜的年代，躲过了不久之后恐怖的乱世。

按照儒家理想中的标准，嵇康狂，阮籍狷，山涛恐怕就只能算"乡愿"，是典型的"非之无举也，刺之无刺也，同乎流俗，合乎污世"。如山涛劝嵇绍出仕的那番话，顾炎武读到后就特别痛恨，认为山涛话说得巧妙，"一时传诵，以为名言，而不知其败义伤教，至于率天下而无父者也"，真是道德败坏到极点。

但不论是《世说新语》的作者还是唐代的史臣，都对山涛印象很不错，他们留下来的对山涛的记录和描述，都以赞许为主。

一来，他们都不是理想家而是尘网中人，能体会到现实之中，人能做到山涛的这份上就很不容易；二来，怎么评价一个人，是需要比较的，山涛和王戎，论年纪是"竹林七贤"的一头一尾，共同点则是都位至三公，而且都长期主持选官工作，和王戎一比，自然就会觉得山涛真的是挺了不起的。

十一、真实的名士王戎

王戎是竹林七贤中年纪最小的一个。《世说新语》里记录了他人生的许多片段，使得这个人看起来像是一个自相矛盾的怪物。

开篇的《德行》里说：

> 王戎父浑有令名，官至凉州刺史。浑薨，所历九郡义故，怀其德惠，相率致赙数百万，戎悉不受。（《世说新语·德行》）

王戎的父亲王浑，很有名望，官至凉州刺史。王浑去世后，他在各州郡做官时的随从和老部下，都感念他的恩惠，纷纷送钱给王戎做丧葬费，加起来有几百万钱，而王戎一概不接受。如此看来，王戎真是个清高的人。

家庭生活场景中，王戎是个颇为有爱的人物：

> 王戎丧儿万子，山简往省之，王悲不自胜。简曰："孩抱中物，

何至于此?"王曰:"圣人忘情,最下不及情;情之所钟,正在我辈。"简服其言,更为之恸。(《世说新语·伤逝》)①

王戎的儿子王万子死了,王戎悲痛得不得了。

山简(山涛的儿子)来探视他,说:"小孩子罢了,何至于伤心成这个样子?"——这话可见当时下一代夭折率之高,人只有让自己习惯冷漠,不然真承受不住高频出现的打击。

于是,王戎说了一句即使在《世说新语》中也显得格外真情流露又直指人心的话:"高明的圣人是忘情的,庸常的俗人是不懂感情的,最为情所困的,不就是我们这些不上不下的人吗?"

王安丰妇,常卿安丰。安丰曰:"妇人卿婿,于礼为不敬,后勿复尔。"妇曰:"亲卿爱卿,是以卿卿;我不卿卿,谁当卿卿?"遂恒听之。(《世说新语·惑溺》)

王戎参与晋灭吴的战争,因此获得了一个安丰侯的爵位,所以被称为王安丰。

王戎的妻子常常称王戎为"卿"。——卿是上对下的称呼,如现在电视剧里还常能见到的,皇帝称官员为"爱卿"。

王戎说:"妻子称丈夫为卿,在礼节上算作不恭敬,以后不要再这样称呼了。"

妻子说:"亲近你喜欢你,所以才会称你为卿;我不称你为卿,还有谁该称你为卿呢?"

---

① 据《晋书》记载,王戎的儿子万子,死的时候已经十九岁,而且是得肥胖症死的,称为"抱中物",实在不合适。这个故事,《晋书》说发生在王衍身上,也许确实更加合理。

于是，王戎也就由着妻子这样叫了。

留下来一个成语，叫"卿卿我我"。这样轻松欢快的夫妻对话，古代文学中真是很少见，即使今天，也可以叫"撒狗粮"了。

可就是这对夫妻，算起账来，"吃相"就非常难看了：

> 司徒王戎，既贵且富，区宅僮牧，膏田水碓之属，洛下无比。契疏鞅掌，每与夫人烛下散筹算计。（《世说新语·俭啬》）

王戎做到司徒这样的高官，既显贵，又富有，房舍、仆役、良田、水碓之类，洛阳一带没有人能和他相提并论。——水碓是利用水力舂米的工具，高科技产品，代表当时最先进的生产力。

王戎家中契约账簿很多，他常常和妻子在烛光下摆开筹码，计算财务。

王戎还很有专利意识：

> 王戎有好李，卖之，恐人得其种，恒钻其核。（《世说新语·俭啬》）

他这么有钱，对待亲人却非常吝啬：

> 王戎俭吝，其从子婚，与一单衣，后更责之。（《世说新语·俭啬》）

侄儿成亲，王戎只送一件单衣作为贺礼，更奇的是，后来又讨要回去。

王戎女适裴颜，贷钱数万。女归，戎色不说。女遽还钱，乃释
然。(《世说新语·俭啬》)

女儿借了王戎几万钱，回娘家时王戎的脸色很难看，女儿赶紧
还了钱，王戎才显出释然的样子。

作为当时最顶级的富豪，抠门到这种地步，简直匪夷所思。晋
武帝倒是曾为王戎的贪污行径做出这样解释：

戎之为行，岂怀私苟得，正当不欲为异耳！(《晋书·王戎
传》)

王戎的本性并不是贪婪的人，只不过身边的人都很贪，他如果
太廉洁，就会显得很怪异。所以王戎贪污，也是为了不让同僚们难
堪啊。

皇帝竟然对整个官场集体贪污如此体谅，这样的王朝不亡，也
真是没天理了。

还有，王戎和阮籍的关系如何，也有相反的记录。

《世说新语·简傲》注引《竹林七贤论》说，阮籍比王戎大二
十岁，但两人"相得如时辈"。

正始九年（248）阮籍和王戎的父亲王浑同为尚书郎，十五岁
的王戎，有时也跟着父亲到郎署来。阮籍和王浑只有同事间场面上
的应酬，对王戎却非常喜欢。阮籍用他一贯的直白风格对王浑说：

濬冲清赏，非卿伦也。共卿言，不如共阿戎谈。(《晋书·王

戎传》）

你儿子是一股清流令人赞赏，和你不是一个档次的人物。和你说话，不如和阿戎对谈。

开口喊"濬冲"，是客客气气称字，说着说着就叫"阿戎"，直接喊名，透着按捺不住的亲近。

阮籍对王戎喜欢到什么地步呢？要再看下那个著名的场景：

阮公邻家妇有美色，当垆酤酒。阮与王安丰常从妇饮酒，阮醉，便眠其妇侧。夫始殊疑之，伺察，终无他意。（《世说新语·任诞》）

阮籍在邻居家美貌老板娘身边睡觉可是又什么都没干，这时候是把王戎这个青春期少年带在身边的。

但"排调"门中却有这样一则：

嵇、阮、山、刘在竹林酣饮，王戎后往。步兵曰："俗物已复来败人意！"王笑曰："卿辈意，亦复可败邪？"（《世说新语·排调》）

嵇康、阮籍、山涛、刘伶在竹林中畅饮，后来王戎来了，阮籍说："俗物又来败坏我们的意兴了！"王戎笑着说："你们的意兴，也是败坏得了的吗？"

阮籍口中，王戎不再值得"清赏"，相反却是"俗物"了。

其实，不是《世说新语》自相矛盾，而是王戎活了七十二岁高龄，他出生的时候还是曹魏的盛世（234），去世时西晋都已即将灭亡（305）。时代变化很大，与时沉浮的王戎，也跟着面目全非。

看似彼此冲突的记录，却都是王戎人生不同阶段里的真实面相。

阮籍、嵇康代表名士的理想，但现实之中，大多数名士是什么样？则王戎恐怕更加典型。

王戎出身琅邪临沂（今山东临沂北）王氏，是当时第一流的高门。这个家族的源流，被上溯得极其久远，但魏晋时第一个真正重要的人物，却是王戎祖父辈的王祥。王祥是著名的孝子，身上堆积着"卧冰求鲤"之类的传说，更重要的是王祥身段柔软却善于做门面功夫，魏晋禅代的时候，他既展示过曹魏忠臣的姿态，又及时转身成了晋朝的开国元勋，《晋书》为西晋名臣立传，王祥排名第一。

这样的地位，为之后王家的子弟走上仕途奠定了基础，而且显然，王祥会成为其后代儿孙的榜样。王戎虽然不出自王祥一系，但也一样如此。

汉代以来，官员选拔的重要途径是举孝廉，晋朝更号称是"以孝治天下"。自家既然以孝出名，王戎当然也要表现得既孝顺，又廉洁。如前面说到的王戎为父亲办丧事，却拒绝收父亲的老部下送来的钱，就是典型案例。但已经功成名就了，这种戏就不必再演了。

大家族子弟众多，要想在其中脱颖而出，还需要一些专属于个人的独特人设。王戎的特质，是过人的聪明与淡定。

据说，王戎的眼睛闪亮如同岩石下的电光，有直视太阳而不眩晕的特殊能力。打从小时候，王戎和别的小朋友在一起，就总是显得特别沉稳：

王戎七岁，尝与诸小儿游。看道边李树多子折枝。诸儿竞走取之，唯戎不动。人问之，答曰："树在道边而多子，此必苦李。"取

之，信然。(《世说新语·雅量》)

其实，佛教典籍中早就有类似的故事。是后人把这个故事附会到王戎身上，还是当时王家就借用这个故事炒作自家出了一个神童，就不好说了。

魏明帝于宣武场上断虎爪牙，纵百姓观之。王戎七岁，亦往看。虎承间攀栏而吼，其声震地，观者无不辟易颠仆。戎湛然不动，了无恐色。(《世说新语·雅量》)

和上一个故事一样，这件轶事也被写入了《晋书》中王戎的传记，《晋书》还说，王戎因此就引起了魏明帝的注意。

作为出色的名士，王戎还必须特别善于清谈，他十五岁就得到阮籍青眼，当然没有绝佳的天资不可能做到。清谈可以分两个层面：一是讨论世界的本质是存在还是虚无，圣人的人格究竟怎样之类玄妙的问题；一个却源自汉代以来的"月旦评"，也就是评价当世人物。

后一个层面的清谈，很容易玩成世家大族之间"花花轿子人抬人"的手段。王戎精通前者，更格外擅长后者，在《世说新语》的"赏誉"门和"品藻"门里，王戎频频亮相：王戎如果想说谁好话，就能够把人的一切优点或缺点都说出花儿来。

王戎云："太保居在正始中，不在能言之流。及与之言，理中清远，将无以德掩其言！"(《世说新语·德行》)

太保是指王祥。谁都知道，曹魏正始年间，善于清谈的是何晏、王弼他们，王祥只有德行高尚的名声。时代风气的趋势，是大家都喜欢清谈，王祥就显得像个过气的老顽固。

王戎说，王祥哪里是不善于清谈呢，只要和他聊两句，就会发现他说话真是道理允当，言辞清远，只是德行太高尚了，掩盖了他的语言才华而已。

就这样，王戎就给自己的祖辈脸上又傅了一层金粉。

王戎目山巨源："如璞玉浑金，人皆钦其宝，莫知名其器。"（《世说新语·赏誉》）

和天才横溢、魅力无穷的阮籍、嵇康比，山涛是显得比较平庸的，连山涛的妻子都说，你和人家在一起，"才致殊不如"。

于是，王戎就换了个角度夸，山涛就像没有雕琢过的玉，没有冶炼过的金。谁都知道他是个宝，只是他的好处，一般人说不出。

王戎目阮文业："清伦有鉴识，汉元以来，未有此人。"（《世说新语·赏誉》）

阮文业是指阮籍的同族兄弟阮武。

王戎说，阮武人品清高，见识深远，从汉元帝以来，——汉元帝（前75—前33）是西汉倒数第四个皇帝，到王戎的时代已经三百多年了——再没有这么优秀的人物。

"汉元以来，未有此人"这句话，本来是东汉末年的士人夸郭泰（郭林宗）的，郭泰是当时的士林领袖，名满天下，获得这么一句好评，还不算太过分。而关于阮武的记载，史籍中非常有限，也看不出他特别出色的地方。

不过，在阮籍还被世人当作傻子的时候，正是阮武最早称道阮籍，为阮籍炒作的。王戎成名又得益于阮籍的提携，王戎夸阮武时，料下得猛一点，也就一点不奇怪了。

还有一条特别有趣又特别无聊的记录是：

> 正始中，人士比论，以五荀方五陈：荀淑方陈寔，荀靖方陈谌，荀爽方陈纪，荀彧方陈群，荀顗方陈泰。又以八裴方八王：裴徽方王祥，裴楷方王夷甫，裴康方王绥，裴绰方王澄，裴瓒方王敦，裴遐方王导，裴顗方王戎，裴邈方王玄。（《世说新语·品藻》）

荀氏和陈氏都是颍川大族，彼此经常通婚。这里说，荀氏的某人，可以对应陈氏的某人。

河东裴氏与琅邪王氏，也经常通婚，也被人拿来说，裴氏某人可以对应王氏某人。

说有趣，是这种名士间的"连连看"游戏，很容易成为热点话题，比方得合适不合适，谁比谁是不是更强一点，大家族大名士都有各自的"粉"和"黑"，当时就这类话题，群贤毕至、少长咸集的清谈盛会，想必举办过好多场。

但说穿了，这自然只是世家大族巩固和彰显自己特权地位的一种方式而已，简直没有比这个更无聊的了。

阮籍对王戎从好评到厌烦，一个原因恐怕就是王戎在这个游戏里玩得过于欢乐。

当然也有更实在的原因：王戎和钟会走得太近。

《世说新语·赏誉》说，王戎"总角诣钟士季"，钟会评价说"王戎简要"，并预言二十年后王戎可以做到吏部尚书这样的高官。总角是八九岁到十三四岁的样子，也就是钟会给王戎好评，还在阮籍之前。不过此时阮籍和钟会的关系或许也并不坏，所以他们也许是携手为同事的儿子宣传造势。

后来钟会和阮籍的关系变得紧张，而王戎与钟会仍然很好。钟会已经害死嵇康，要去攻打蜀国的那一年（263），钟会还特地就伐蜀的事宜向王戎问计，王戎答以"为而不恃，非成功难，保之难也"，后来被很多人认为，王戎真是远见卓识。

嵇康临刑东市，阮籍郁郁而终，对王戎应该是产生了很大的刺激。聪明的王戎很容易想明白，自己可以活得更聪明一点，所谓"与时舒卷，无寒谔之节"，时代需要我做什么样的人，我就做什么样的人，多余的话，是不必说的。

《晋书·王戎传》大量收录了《世说新语》中的"段子"，不过作为正史，它还是提供了一份大体信实的王戎的履历表。王戎的仕途相当平顺，"在职虽无殊能，而庶绩修理"，虽然从未表现出什么突出的才干，但在当时宽松的考核标准下，说其基本工作干得不错，总是说得通的，因此也就不断升迁。

王戎的为官之道，大体遵循两个原则：

第一是绝对捍卫世家大族的利益。

晋武帝后期，王戎已经官拜吏部尚书，晋惠帝时代，王戎又以尚书左仆射领吏部，也就是说，他长期负责官员的选拔和考核。

史称，王戎"自经典选，未尝进寒素，退虚名，但与时浮沉，户调门选而已"，大意就是，反正门第高的，就让他们家的子弟当官好了，何必管他们是否名副其实呢？出身寒门的人，一点机会也不要给。

可以说，魏晋时阶层上升留下来的最后一条门缝，就是王戎给关死的。

当时的世家子弟都只想留在中央做官，嫌弃到地方太苦。对这个情况，晋武帝司马炎其实也很不满，所以定下了新入仕的官员，必须先当地方官治理百姓的规定，这项新制度也就被称为"甲午制"。

但王戎主持人事工作，对甲午制的执行，却大打折扣。按照儒家经典规定的传统，官员三年考绩一次，三次考核之后，才决定应该升迁、平调还是贬谪。王戎却给人大开方便之门，经常允许在地方工作还不满一年的人，就调回朝廷。因此导致"送故迎新，相望道路，巧诈由生，伤农害政"。

有人为此激烈抨击王戎，但因此获益的世家大族希望王戎继续留在这个位子上，也是可以想见的。

《世说新语》里关于竹林七贤的内容，唯独王戎的言行记录最多，也是自然不过的。作为一部名士写给名士读的名士教科书，名士们怎么可能忘记这么能代表自己利益的王戎呢？

王戎坚持的第二个大原则是政治斗争中不站队。

前面说到，王戎和钟会交情不错，但钟会谋反，王戎却不会被当作钟会一党。

晋惠帝的时候，有人抨击王戎主持吏部工作不公道，但王戎并没有因此被治罪。很多人相信，这是因为皇后贾南风一党的人袒护王戎。

但贾皇后垮台后，王戎虽然被免官，相继掌权的王爷们，都考虑过重新启用王戎，可见谁也不认为他是贾后的死党，却觉得他的名望可以利用。

只不过，随着城头变幻大王旗，政治斗争演变为越来越残酷的兵戎相见，王戎再滑头，想要自保也越来越难了。

齐王司马冏执政的时候，近七十高龄的王戎又被任命为尚书令这样的顶级高官。

另外两个王爷纠合了强大的兵力，来讨伐司马冏，司马冏召集百官开会，又在会上找王戎要主意。

王戎没办法回避问题，只好说，要不您就交出大权，回去继续当齐王算了。——在当时的情形下，这大概确实是齐王司马冏仅剩的活命机会。

但是齐王手下的人说："汉魏以来，王公就第，宁有得保妻子乎？议者可斩！"

这一声吼其实没什么道理，但当时的情形，本来就没打算和你讲道理。

于是王戎就假装五石散药性发作。

名士服散，是流行的风气，开会前刚刚服过五石散，倒是非常切合王戎竹林名士的身份。而药性发作就要行散，人会丧失理智，胡言乱语，盲目奔跑。

王戎为了证明自己刚才的话确实是丧失理智后的胡言乱语，就开始奔跑，一直跑到厕所里，然后一头栽进粪坑之中。

这是告诉齐王，你不能和我一个刚服了五石散的人计较！

臭烘烘的王戎被从粪坑里捞出来。齐王确实没办法再为刚才的话和王戎算账。几天后，齐王在权力斗争中彻底失败被杀，而新掌权的王爷，仍然承认王戎大名士和前辈高官的地位。

不管怎么说，王戎已经快走到自己生命的尽头了。即使不死于兵戈斧钺，他的寿数也快要尽了。

回首自己的一生，王戎心里难免很感慨。

王濬冲为尚书令，著公服，乘轺车，经黄公酒垆下过，顾谓后

车客："吾昔与嵇叔夜、阮嗣宗共酣饮于此垆，竹林之游，亦预其末。自嵇生夭、阮公亡以来，便为时所羁绁。今日视此虽近，邈若山河。"（《世说新语·伤逝》）

王戎穿着官服，坐着四面敞露的轺车，经过当年与阮籍、嵇康一起饮酒的黄公酒垆①。

王戎想起了当年的"竹林之游"，这是四十年前的往事了。

四十年来，所谓"为时所羁绁"，其实是王戎既享朝端之富贵，仍存林下之风流，该占的便宜，几乎都占尽了。现在王戎的"故吏多至大官"，精心培养提携的同族子弟也有许多已经功成名就。以王戎的聪明，自然可以预见到，天下再怎么乱，琅邪王氏仍将是最有势力的世家，自己流传后世的名声，不会特别好，但大概也可以很不错。

和跳进粪坑的那天一样，王戎身上穿着尚书令的官服。这件衣服已经清洗过许多次，也许根本是重新裁制的，可却似乎仍然隐隐散发出粪坑里的臭气。

不管王戎把自己描述得和阮籍、嵇康有多亲近，当年他们就已经嫌弃王戎败兴，现在泉下有知，恐怕更会避之唯恐不及。

确实，虽然黄公酒垆近在眼前，却仿佛隔着山河之远。

王戎伤逝，大概还算真诚，是哀悼阮籍、嵇康，也是哀悼那个曾经能和他们玩到一起的自己。

---

① 有学者认为，并不存在一个黄公酒垆，王戎说的，其实是"黄垆"，也就是黄泉下的垆土。但对这个词的解释，其实对理解王戎这句话并没有什么影响。

十二、嵇康的朋友圈

东晋初年的庾亮曾对人说竹林之游的事，"中朝不闻，江左忽有此论，皆好事者为之也"。中朝是指西晋，则似乎竹林七贤这个提法，是衣冠南渡之后才流行起来的。这时七贤中年纪最小的王戎也已经去世了。

陈寅恪先生根据这条记载和其他一些材料，认为"竹林七贤"是一个后来才发明出来的组合，阮籍、嵇康他们自己是不知道的。

所谓"七贤"，是因为《论语·宪问》里的一句话：

子曰："贤者辟世，其次辟地，其次辟色，其次辟言。"子曰："作者七人矣。"

孔子说，贤人能够避开乱世，避不开乱世也会避开动乱的地方，避不开动乱的地方也能避开臭脸，避不开臭脸也不至于挨骂。

孔子又说，按照这四个标准，达标的总共有七个人。

　　具体是哪七个人，《论语》里没记下来，历代注释者说法不一。但是总之，这七个贤者都是隐士。

　　所以后世讨论隐士都有谁，也要凑七个。

　　所谓"竹林"，却是从佛经里来的。东晋时僧人喜欢"格义"，也就是拿佛经里的内容和中国传统思想相比附。于是佛教里的"竹林精舍"就被挪过来，成了中国的隐士们饮酒聚会的地方了。实际上，当时嵇康他们聚会，并不在某个竹林里。

　　这番高见，当然会引发无数后续争论。

　　大体说来，"竹林"来自佛教的说法，显得证据不足。中国人自古喜欢竹子，魏晋时虽然气候寒冷，但北方的竹林也并没有消失。最多只能说，嵇康他们的故事在传播过程中和佛教的竹林精舍的传说发生了互相渗透。

　　但"七贤"是拼凑出来的，却是很有可能的。阮籍和嵇康后世都被推崇，山涛是嵇康的朋友和阮籍的同事（都曾任大将军从事中郎），由嵇康引出向秀和刘伶，由阮籍引出阮咸和王戎。七个人大概彼此都认识，但年龄差距很大，人生选择不一，经常凑在竹林里"肆意酣畅"，实在并不容易。——有日本学者开脑洞，说七个人里有司马氏一党，也有忠于曹魏的，是不是在两派还没有正式"扯破脸"，政治关系还比较暧昧的时候，七个人借着聚会彼此试探，趁机交换一点情报。[①]当小说看不错，当真就不必了。

　　以嵇康为中心的话，经常和他在一起活动的几个人，大多并不在七贤之列。

　　从阮咸和王戎的生平履历看，显然很难与嵇康有太多交集。推论刘伶和嵇康关系可能亲密一些，理由也仅仅是刘伶是沛国人，和

---

① 冈村繁：《冈村繁全集　第三卷：汉魏六朝的思想和文学》，上海古籍出版社2002年版。

嵇康算是大同乡。存世的嵇康作品中，没有提到过刘伶，《世说新语》里关于刘伶的故事，他也更多是单独出现的。

> 刘伶身长六尺，貌甚丑悴，而悠悠忽忽，土木形骸。（《世说新语·容止》）

刘伶作风和嵇康有相似的地方，比如两个人都"土木形骸"，就是把身体当作泥土木块一样看待，毫不珍惜。传说刘伶出门，常常是坐着一辆破车，带着一壶酒，让人扛着一把铲子在后面跟着。刘伶的意思是，"死便埋我"，我喝死了，你把我埋了就得了。

不过从这个细节也可以看出，刘伶毕竟还是有钱人，所以能每天带着一个佣人这么招摇过市。就像基督教的圣人，为了苦修，几十年如一日住在一根石柱上，能这么折磨自己，当然前提也是有奴隶风雨无阻给他送饭。

还有就是，同样是不注意形象，嵇康是身高七尺八寸，龙章凤姿天质自然的美男子，糟蹋完自己，脏兮兮的反而别有风味，也许还格外惹人怜惜。刘伶是个丑陋的小矮子，再一脏，外貌协会第一时间就会把他开除了。所以他的人气当然是不可能和嵇康比的。

不过刘伶也有自己的长处，"任诞"门中刘伶的两个小故事，都比较有名：

> 刘伶恒纵酒放达，或脱衣裸形在屋中，人见讥之。伶曰："我以天地为栋宇，屋室为裈衣，诸君何为入我裈中？"（《世说新语·任诞》）

刘伶在屋里裸体——中国传统，是以裸体为耻的，在屋里也不行。

人家看见了，就讥讽他。

刘伶说："我把天地当作我的房子，房子当作我的内裤，你们钻我裤头里来干吗？"

刘伶病酒，渴甚。从妇求酒。妇捐酒毁器，涕泣谏曰："君饮太过，非摄生之道，必宜断之！"伶曰："甚善。我不能自禁，唯当祝鬼神，自誓断之耳！便可具酒肉。"妇曰："敬闻命。"供酒肉于神前，请伶祝誓。伶跪而祝曰："天生刘伶，以酒为名，一饮一斛，五斗解酲。妇人之言，慎不可听。"便引酒进肉，隗然已醉矣。（《世说新语·任诞》）

刘伶喝酒太多，因此生了病，具体说是得了"消渴疾"，简称"渴"，也就是今天说的糖尿病。

糖尿病人当然不宜喝酒，但刘伶向妻子要酒喝。

妻子把酒也泼了，酒器也砸了，哭着劝他说："你喝得过头了，不合养生的道理，一定要把酒戒了。"这个女人还是很会说话的，你那些朋友，嵇康还有那谁，都在讲"摄生"，你活成这样根本不"摄生"啊！这是以子之矛攻子之盾。

刘伶说："你说得很好。但戒酒是大事，我不能随便对待，唯有向鬼神祈祷过了，才能发誓戒酒。快点把祭神的酒肉准备好！"

女人自然也就照做了。

于是，刘伶跪在神像前，说了这样一段："上天生下我刘伶，喝酒就是我的命。一顿起码喝十斗，酒病还需酒来医。女人从来废话多，男儿谨慎不可听。"

接着，刘伶就把酒往嘴里倒，肉往嘴里塞，转眼就大醉倒下了。

这两个故事可以看出刘伶的特点，一是放开胆子说大话，二是绕着弯子抖机灵，于是我行我素，一切规矩都不用讲了。

阮籍、嵇康的故事，都是看起来狂纵，但越品读越能感受到其中有苦涩的味道。刘伶却似乎并没有什么难言的苦衷、独特的追求，只是行为艺术玩得真的很欢脱，他后来也循例做了官，虽然不得升迁，但想必他也不在乎。《晋书·刘伶传》特意强调他"竟以寿终"，似乎走得很安详，那年头这是难得的福报了。

"七贤"里只有向秀确实是嵇康最亲密的朋友，有限的存世文献中，充满向秀和嵇康互动的记录。

向秀，字子期，同山涛一样也是河内郡怀县人，和嵇康结识，很可能是因为山涛。不过除了躲避曹马之争的那一段隐居生活，山涛的主要精力花在仕途上，后来即使彼此心底仍珍惜这段友谊，他与嵇康一起畅饮玄谈的机会就不太多。向秀不同，他时时在嵇康身边，嵇康是人中龙凤，向秀是伴随着的一抹烟霞。

钟士季精有才理，先不识嵇康。钟要于时贤俊之士，俱往寻康。康方大树下锻，向子期为佐鼓排。康扬槌不辍，傍若无人，移时不交一言。钟起去，康曰："何所闻而来？何所见而去？"钟曰："闻所闻而来，见所见而去。"（《世说新语·简傲》）

这一个著名的场景，主角是嵇康和钟会，但也离不开向秀衬托。

嵇康打铁是一个隐喻，"天地为炉兮万物为铜，阴阳为炭兮造化为工"，抡着铁锤沉浸在锻造的感觉中，嵇康自己仿佛就是天地造化，这是特别符合庄生齐物——独与天地精神往来的一种状态。

稽康和钟会很长时间里不说一句话，是天之道与人之道的对峙。

向秀鼓排也是一个隐喻，排就是风箱，还有更古老的名字，叫"橐籥"。《老子》第五章提到"天地不仁"，于是说道：

> 天地之间，其犹橐籥乎？虚而不屈，动而愈出。多言数穷，不如守中。

天地之间，岂不像个风箱一样吗？空虚而不枯竭，越鼓动风就越多。话说得越多反而越快穷尽，不如保持虚静的中道。

所以，向秀鼓动风箱的动作，仿佛是对稽康无言的提醒：不要说话。

然而稽康终于还是开口了。

很奇怪，钟会和稽康当然是完全不同的人，可是《老子》中的这句话，却仿佛同时预言了两个人的命运。

另外，关于养生的问题，向秀的质疑和稽康自己的论述，构成了一个整体。有人认为，向秀之所以反驳稽康，并不是真有不同意见，"盖欲发康之高致也"，就是要把稽康的才华彻底激发出来。

托戏而不抢戏，以戏曲行当论，向秀仿佛一个完美的二路老生①。而以他的实力，本来完全是可以挑大梁的。

《世说新语·文学》里说到，向秀为《庄子》提供了一个空前精妙的注本，"妙析奇致，大畅玄风"，但这个注本不幸被有俊才而

---

① 二路老生，亦称里子老生，是戏剧演出中的配角行当。

薄行的郭象剽窃了。①

我们今天读到的《庄子》，都是郭象整理注释过的本子。如果《世说新语》的说法属实，这些注释实际上绝大多数是向秀的，那么向秀就堪称是中国学术史上第一流的人物了。

刘孝标注引《向秀别传》，则提到了嵇康、吕安两个好朋友对向秀注《庄子》这事态度的前后变化：

> 秀与嵇康、吕安为友，趣舍不同。嵇康傲世不羁，安放逸迈俗，而秀雅好读书。二子颇以此嗤之。后秀将注《庄子》，先以告康、安，康、安咸曰："此书讵复须注？徒弃人作乐事耳！"及成，以示二子。康曰："尔故复胜不？"安乃惊曰："庄周不死矣！"

嵇康、吕安都更喜欢不守规矩挥洒才华，而向秀看起来却常常是老老实实读死书的样子。嵇康、吕安喜欢拿这件事笑话向秀。

后来向秀把自己打算注释《庄子》的计划告诉了嵇康、吕安，两个人都说："这书还需要注释吗？只不过是无用之人的自娱自乐罢了。"

嵇康、吕安说的，正是《庄子》书里的观点：鱼筌是用来捕鱼的，鱼已经捕到了，鱼筌就用不着了；捕兽夹是用来抓兔子的，兔子抓到了，捕兽夹也就用不着了。所谓"得鱼而忘筌，得兔而忘蹄"。

同样的道理，"得意而忘言"，读《庄子》贵在心意相通，已经领悟了真意，做注释就显得很多余。

---

① 当然，郭象是剽窃了向秀的注释还是发展了向秀的注释，是一千七百多年来一直聚讼不已的问题。

三国时代，嵇康对向秀是这么说的；一千五百年后的晚清，古代《庄子》研究的集大成著作——郭庆藩的《庄子集释》出现了。另一个学者王先谦给《庄子集释》作序，也和嵇康是一样的说法：如庄子读到这部书，恐怕会说"此犹吾之糟粕"吧。

但是，把这个"得意忘言"的逻辑推到极致，何止是《庄子》这书不该有注释，而是《庄子》这书根本就不该写出来。

这是《庄子》的悖论：再怎么嫌弃文字，要想妙析奇致，大畅玄风，总还是离不开文字的。

所以，说给《庄子》作注是添加糟粕的王先谦，后来没忍住，自己也写了一部《庄子集解》。

嵇康倒是没有这方面的著作，但是他看到向秀的书后，就态度大变，赞叹说："尔故复胜不？"翻译成现在的言语，意义是：你还能再牛逼点吗？而吕安则说："有了这样的注，庄周可称不死了。"

正因为向秀与嵇康的友谊如此诚挚深厚，所以嵇康被杀之后，向秀的表现，读来也令人格外唏嘘。

嵇中散既被诛，向子期举郡计入洛，文王引进，问曰："闻君有箕山之志，何以在此？"对曰："巢、许狷介之士，不足多慕。"王大咨嗟。（《世说新语·言语》）

嵇康遇害是一个明确的信号，不愿意做官就是对当前统治秩序的大好形势不配合，而不配合，结果就是死。

向秀终究还是到洛阳去做官了。

以他的位阶，司马昭本来不一定要见他，但司马昭还是想要见一见，当初蔑视自己的权威的人，终于选择了臣服，还有什么比这种会面，更令人快乐的呢？

司马昭问："听说你有箕山隐居的志向，为什么会到这里来呢？"

箕山是传说中上古贤士许由隐居的地方，山上还有许由的墓。传说，尧曾经要把天下让给许由，许由却像受到侮辱一样跑到水边去洗耳朵——和政治有关的话题听到耳朵里，就把耳朵给弄脏了。这时许由的朋友巢父牵着牛来，明白了前因后果，巢父说，真的清高就不该让自己清高的名声传播在外，你这一洗耳朵，水也脏了，我的牛还怎么喝呢？于是把牛牵到上游去喝水了。

所以"箕山之志"，是视荣华富贵如粪土，潇洒归隐的代名词。

向秀回答说："巢父、许由不过是狷介之士，没什么太值得羡慕的地方。"有所不为叫狷，耿直强硬叫介。向秀虽然说巢父、许由（其实说嵇康）不值得羡慕，但还是选择了一个比较中性的表述评价他们。

于是，司马昭非常感叹。

司马昭在感叹什么呢？想必不会是仅仅为了向秀的说话技巧。作为一个凭着一时心意，就可以决定面前的人的命运的人，看见向秀这样既不得不屈服，又企图捍卫自己的最后一点尊严，司马昭会不会有一种俯视众生的快感，或者感谢命运对自己的眷顾？司马昭最终没有戳穿向秀，而他本是可以轻而易举再羞辱向秀一番的，或许，他也会被自己的善良感动吧？

不管司马昭在想什么，每一个经历过黑暗时代而活下来的读书人，恐怕都没有资格嘲笑向秀的软弱。

那种情形下，向秀不想死的话，就必须出山做官。他还能说什么呢？正如向秀还写过一篇《思旧赋》，众所周知，那篇文章，刚开头，就煞了尾。

"七贤"之外的人物，吕安无疑是嵇康最亲密的朋友。

嵇康与吕安善，每一相思，千里命驾。安后来，值康不在，喜出户延之，不入。题门上作"凤"字而去。喜不觉，犹以为欣，故作。"凤"字，凡鸟也。（《世说新语·简傲》）

两个人好到一旦思念对方，哪怕相隔千里之远，也立刻吩咐车驾出行的地步。

有一次，吕安上门，刚巧嵇康不在，嵇康的哥哥嵇喜出门迎接。

嵇喜被认为"有当世才"，也就是可以在仕途上取得成功的人物，所以吕安完全看不上他。吕安是高干子弟，你努力追求的却刚好是人家生来就有的，人家关注的你却没有，自然就落在人家的"鄙视区"里。

吕安没有进门，只是在嵇康家的门上题了一个"凤"（鳳）字。

嵇喜还以为吕安是把自己比作凤凰，还挺高兴。

其实，"鳳"由"凡"和"鸟"组成，吕安嘲讽他是凡俗傻鸟罢了。

这个故事里，吕安的表现倒是和阮籍一模一样，欣赏嵇康但看不起他哥哥。显然，吕安的作风是放达、任性、简傲又充满才思，完全符合名士的标准。

从各类记录里，可以看见嵇康谈玄时有吕安，打铁时有吕安，嵇康之死是因为吕安，后来向秀怀念嵇康时，也特地提到吕安……但竹林七贤里却没有吕安。

这可能是因为，凑竹林七贤的名单，主要考虑的并不是事实上的人际关系，而是要照顾到政治正确。

吕安被处死，后来一直也没有翻案。

嵇康遇害，但后来儿子嵇绍在山涛的帮助下出仕为官，相当于晋朝官方也默认嵇康可以平反，再后来嵇绍为保护晋惠帝而死，"嵇侍中血"简直成了对忠臣的礼赞。更重要的是，据说嵇绍看见当时还是琅邪王的司马睿时曾说了一句："琅邪王毛骨非常，殆非人臣之相也。"司马睿后来以宗室疏属的身份成了东晋第一个皇帝，要证明自己是真命天子，这句话很重要。

阮籍为司马昭写过劝进表，名列七贤的其余五人则都在司马家的天下做了官。

竹林七贤的说法，最晚东晋初年就流传开了。大家所熟悉的这个"七贤"组合，虽然不符合官方导向，但也并没有什么违碍。吕安却仍然是敏感词。

吕安曾有文集传世，但后来慢慢也就亡佚了。只有那封很可能导致了嵇康遇害的书信，流传至今。

但这封信却往往被阴差阳错地记在赵至名下。

赵至，字景真。关于这人，《世说新语》里有这样一条：

嵇中散语赵景真："卿瞳子白黑分明，有白起之风，恨量小狭。"赵云："尺表能审玑衡之度，寸管能测往复之气；何必在大，但问识如何耳！"（《世说新语·言语》）

嵇康对赵至说："你的眼睛黑白分明，有白起之风，遗憾的是器量狭小了些。"故老相传，白起的眼睛，特点就是黑白分明，而这是见事分明的表现。

赵至说："一尺长的尺就能审定浑天仪的度数，一寸长的竹管就能测量出乐音的高低。何必在乎器量大小，只要问见识如何！"

这回答，透出赵至强烈的自信，而从他的谈吐看，能随口运用天文和音乐方面的知识，也表现出很高的文化修养。

可是赵至本来并不属于嵇康他们这个名士圈子。不管真诚还是虚伪，七贤的人设都是"我不想做官可是人家非逼我做我好痛苦"；而赵至活得郁闷压抑，原因却寻常得多：我想做官可是我没有机会。

因为赵至出身于"士家"。

士族和士家一字之差，地位却有天壤之别。

曹魏采用一种世兵制度，为了确保有足够的兵源，父亲是当兵的，儿子仍然要当兵。这样的家庭，就叫作"士家"。

屯田制下，士家的收入里要缴纳给国家的份额，是普通人家的许多倍；为了防止前线士兵叛逃，士家的妻子、儿女被集中在特定区域内生活，享有的自由更少，有极大可能被丈夫的表现连累而受到惩罚；士家的婚姻由有关部门统一安排，基本内部消化，而不和平民通婚……就是说，士家的地位，不要说和士族大姓相比，就是比一般平民，都远远不如。

赵至的祖上，是代郡望族，但是战乱年代成了军人，然后法律上的身份，就成了士家。

赵至的母亲一直记得祖上的荣耀。赵至十二岁的时候，母亲带着他，在路边看一个县令新官上任，母亲问："你的先世，也不是微贱人家，你以后能这样吗？"赵至说："能！"

于是，家里就咬牙送赵至读书。

赵至十四岁的时候，到洛阳的太学观览。太学讲堂西侧，有许多石碑，上面有用古文、小篆和汉隶三种字体写刻的儒家经典，这就是著名的"三体石经"。

刚巧那时候，嵇康在学习、抄写石经古文。

赵至立刻就注意到嵇康，这倒是一点也不奇怪，嵇康这样的人物，不论出现在哪里，总是格外引人注目的。赵至鼓起勇气，在嵇康离开的时候，追上嵇康的车子，问嵇康姓名。无疑，这个少年身上也有一种独特的气质，这匆匆一面，赵至就给嵇康留下了很深的印象。

接下来的日子，赵至无时无刻不在想着逃离士家生活的狭小空间。一旦年满十六岁，他就会正式成为一名士兵，然后也许就在不知道为什么发生的战事中肝脑涂地，改变人生的机会，就再也没有了。

所以他必须赶紧逃走，但是，作为士兵的儿子，他一旦逃走，却会连累父母。于是赵至假装发疯，用火烧灼自己的身体，把自己变成一个官方统计中因为失去价值而被抹去的人。

然后，赵至终于成功逃亡了。又经历了许多波折，他找到了嵇康，而嵇康也就让他追随在自己身边一年多。《世说新语》里那段对话，大约也就发生在这段时间。

这样的事，嵇康也许干过不止一次，有学者甚至猜测，嵇康就是因为经常赞助流亡者才变穷的。而这种行为，用官方语言表述就是"招纳亡命"。《三国志》里说嵇康"尚奇任侠"，而招纳亡命就是最典型的任侠行为，而且通常认为会这样做的人都别有所图。后来司马昭要杀他，这或许也是罪名之一。

嵇康遇害之后，赵至改名换姓，又在各处游历，希望成为一名官吏。他"论议精辩，有纵横才气"，确实有突出的行政才能。终于，赵至在偏远的辽西郡取得了成功，并以上计吏的身份，回到洛阳。

因为不能暴露身份，赵至只能悄悄去见自己的父亲。这时他的母亲已经亡故，但父亲希望儿子去寻求更好的前程，就隐瞒了这事，只是告诫他不要回来。

转眼到了西晋太康年间（280—289），赵至靠自己出色的表现，已经成为全国都小有名气的良吏，他再次回到洛阳，这才听说了母亲的死讯。

赵至一直记得十二岁时和母亲的对话，他觉得自己的一切奋斗，都是为了满足母亲的期待。而现在一切都不可能了，相反，由于自己的远离，连膝前尽孝的义务，都没有做到。

赵至感到深深的愧疚和无边的幻灭，他连连呕血，很快就去世了，年仅三十七岁。

这可能是孝子多如营销号的魏晋时期，最动人的一个关于"孝"的故事。但是众所周知，赵至这种出身，也注定从来和"孝廉"这个身份无缘。

赵至当然是一个特例，甚至于可以说，和许多类似出身的人相比，他其实还是幸运的。那个年代，有无数和他同样卑微但不像他这样有才华和幸运的人，为了一线渺茫的希望而奋斗终生，或者明知毫无希望，却仍不得不艰辛地劳作。

有了这万千黎庶的血泪和汗水蓄成的海洋，才托起了魏晋名士徜徉的生命之舟，让他们可以愉快地躺倒，随便打个滚，就成了魅力无限的魏晋风度。

中朝的浮华梦幻

十三、晋武帝的宽容

作为晋朝的开国皇帝，晋武帝司马炎在《世说新语》里也频频亮相。当然，通常不是主角，但给人的印象，倒也不坏。

孙秀降晋，晋武帝厚存宠之，妻以姨妹蒯氏，室家甚笃。妻尝妒，乃骂秀为"貉子"。秀大不平，遂不复入。蒯氏大自悔责，请救于帝。时大赦，群臣咸见。既出，帝独留秀，从容谓曰："天下旷荡，蒯夫人可得从其例不？"秀免冠而谢，遂为夫妇如初。（《世说新语·惑溺》）

孙秀是东吴宗室，受到吴国末代皇帝孙皓的猜忌，就带着几百人投降了晋朝。

晋武帝对他很好，具体说，是封他为骠骑将军、开府仪同三司、交州牧、会稽公。

骠骑将军是当年汉武帝为霍去病创造的头衔，地位仅次于大将军，但在其他一切将军之上。当然，到晋朝了，骠骑将军已经没有任何实权，但仍然意味着极大的体面。

开府仪同三司，意思是可以自置幕府，也就是组建自己的行政班子皇帝不加干涉，并且和三公一样，可以使用人臣最高级别的仪仗。

交州牧、会稽公都是表达美好愿景：将来哪天把东吴灭了，让你风风光光回南方去，享有那里的爵位，担任那里的长官。

应该说，这是对待投降过来的人的套路：待遇要好，可以吸引敌方更多人投降；信任没有，所以不给任何实权。

但《世说新语》完全不关心这些，它要讲的是生活八卦。

晋武帝把自己的姨妹蒯氏嫁给了孙秀。

夫妻俩本来感情挺好的，但后来蒯氏不知道为什么缘故吃醋，骂孙秀是"貉子"。

貉子是一种长得像狐狸的小兽，穴居于河谷、山溪附近的疏林中，北方少有，南方常见。所以"貉子""貉奴"，是北方人常用来骂南方人的话。

孙秀生气，就再不到蒯氏房里去了。

蒯氏很后悔，就去求晋武帝帮忙。

刚巧当时大赦天下，群臣自然要去见皇帝歌功颂德。行礼如仪之后，晋武帝把孙秀单独留下来。

晋武帝从容对他说："我都大赦天下了，蒯夫人是否可以援例得到宽恕呢？"

于是孙秀脱帽谢罪，夫妻和好如初。

这种给人夫妻劝和，善于调解家庭纠纷的故事，当然很容易广为传播，并深受欢迎。

再如晋灭了吴国之后，晋武帝封孙皓为归命侯，对他也不错：

> 晋武帝问孙皓："闻南人好作《尔汝歌》，颇能为不？"皓正饮酒，因举觞劝帝而言曰："昔与汝为邻，今与汝为臣。上汝一杯酒，令汝寿万春。"帝悔之。（《世说新语·排调》）

晋武帝问孙皓："听说南方人喜欢作《尔汝歌》，你能来一段吗？"孙皓正在饮酒，顺势就举杯劝晋武帝酒："从前和你为邻，今天给你做臣。献给你一杯酒，祝你万寿无疆。"

被孙皓你啊我的借机戏谑了一通，武帝感到很后悔。但也没有因此把孙皓怎么样。

同样是亡国之君，孙皓和蜀国的刘禅作风完全不同。刘禅是"此间乐，不思蜀"，让人不知道他是真傻假傻；孙皓到洛阳后却一直怼天怼地的，晋朝大臣贾充、王济都被他讽刺过。但《资治通鉴》卷八一有一段：

> 帝临轩，大会文武有位及四方使者，国子学生皆预焉。引见归命侯皓及吴降人，皓登殿稽颡。帝谓皓曰："朕设此座以待卿久矣。"皓曰："臣于南方，亦设此座以待陛下。"

这却感觉有点夸张过头了。

尤其是，《资治通鉴》强调了那是一个盛大的典礼，晋武帝被孙皓怼成这样也没啥反应，晋武帝气量之大，孙皓胆子之肥，都到了神奇的地步。而且孙皓这话太像是一个神准的预言了：三十多年后，你司马炎的后代，不是真的逃到建康去当皇帝了吗？我设的位子，可算等着了。

孙皓降晋，是《三国志》的作者陈寿亲身经历的历史大事，给

《三国志》做注释的裴松之是南朝刘宋人，晋朝的正史《晋书》的编著者是唐初人，这些书里都没有这一段，甚至非常喜欢这种风格的段子的《世说新语》里也没有，到宋朝《资治通鉴》里却突然有了。说这是后人编的谶言，是不无可能的。——这个故事司马光可能是从唐朝许嵩的《建康实录》里引来，也确实挺给南京人长脸的。

但说晋武帝是个宽容的人，确实没有问题。前面提到的孙秀，在吴国灭亡之后秀了一把："昔讨逆弱冠以一校尉创业，今后主举江南而弃之，宗庙山陵，于此为墟。悠悠苍天，此何人哉！"讨逆是指孙策，他曾任讨逆将军。孙秀感叹当年孙策创业不易，如今后人亡国可惜，又引用《诗经》，表达了一下黍离之悲。当时舆论，对孙秀这个姿态，是赞美的，而没有晋武帝的默许，这种风评当然是不可以的。

因为灭了吴国，晋武帝还见到了自己少年时代的一个老朋友诸葛靓。

诸葛靓后入晋，除大司马，召不起。以与晋室有雠，常背洛水而坐。与武帝有旧，帝欲见之而无由，乃请诸葛妃呼靓。既来，帝就太妃间相见。礼毕，酒酣，帝曰："卿故复忆竹马之好不？"靓曰："臣不能吞炭漆身，今日复睹圣颜。"因涕泗百行。帝于是惭悔而出。（《世说新语·方正》）

三国时期，琅邪诸葛氏人才辈出，《世说新语·品藻》中就提到，当时舆论，认为"蜀得其龙，吴得其虎，魏得其狗"。龙是诸葛亮，虎是诸葛瑾，狗是指诸葛诞，这里的狗不是贬义，而是赞美诸葛诞很忠诚。

诸葛诞是诸葛靓的父亲。

当初，忠于曹魏的诸葛诞在寿春起兵反对司马昭，为了得到东吴的援助，就让儿子诸葛靓去东吴做人质。

后来诸葛诞还是失败了，诸葛靓就成了东吴的臣子。

现在晋灭吴，诸葛靓的人生兜了个大圈子，又回到了洛阳。

司马氏、诸葛氏都是世家大族，司马炎和诸葛靓小时候是一起玩的。诸葛靓的姐姐，还嫁给了司马炎的叔叔琅邪王司马伷。

司马炎任命诸葛靓做官，不做；想和他见个面，也不见。诸葛靓还经常背对洛水坐着，表示你爸爸杀了我爸爸，我可记仇了。

晋武帝到底还是利用自己的婶婶即诸葛靓的姐姐的关系，和诸葛靓见着了。

晋武帝立刻贴上去："卿故复忆竹马之好不?"咱们虽然没有弄过青梅，但小时候可是一起骑过竹马的，你还记得当时咱俩有多好吗?

但诸葛靓说："我不能在身上刷漆改变形貌，吞炽热的火炭改变声音，今天却又见到了圣容。"于是眼泪哗哗往下流。——"吞炭漆身"是战国时著名刺客豫让的典故，诸葛靓这话是说，没能刺杀你，就是我对不起我爹。

晋武帝感到又羞愧又懊悔，于是就走了。

东吴灭亡的时候，诸葛靓作为东吴将领与晋军作战，他的同袍张悌，是慷慨赴死的，他却选择了逃走，可见他并不是不怕死的人。在司马炎面前这么高调摆出杀父之仇不共戴天的姿态，不必怀疑诸葛靓孝心的真诚，但应该也是心里有底，他知道自己这个"竹马之好"不会拿自己怎么样。

《世说新语》还喜欢讲晋武帝在有钱人面前吃瘪的故事，如王恺与石崇斗富，司马炎帮助舅舅王恺，结果还是惨败；又如：

武帝尝降王武子家，武子供馔，并用琉璃器。婢子百余人，皆绫罗绮襦，以手擎饮食。烝豚肥美，异于常味。帝怪而问之，答曰："以人乳饮豚。"帝甚不平，食未毕，便去。王、石所未知作。（《世说新语·汰侈》）

王济，字武子，出身于第一流的高门太原王氏，他是司马昭的女婿，自然也就是司马炎的姐夫。

晋武帝到王济家做客，发现姐夫家的餐具精致，奴婢多，还穿得好，态度特别恭敬，最重要的是，吃到一份蒸猪肉特别美味。

晋武帝问是怎么把猪肉做得这么好吃的，王济回答说，关键是食材，我们家养猪，是喂人奶的。

晋武帝感到愤愤不平，饭都没吃完就走了。

不过，"帝甚不平"之后，并没有勒令姐夫改变作风，就像皇家的珊瑚树被石崇砸碎了，他也没说啥。

实际上，看正史记录，当时有些社会责任感特别强烈的官员，对晋武帝的宽容是不满的。

如大臣胡威曾经向晋武帝指出，朝廷对官员过于宽贷。晋武帝以自己对基层官吏的严厉措施为自己辩护。胡威说，惩罚他们管什么用，"正谓如臣等辈，始可以肃化明法耳"，你得惩罚我这个级别的。

更猛烈的抨击来自司隶校尉刘毅。晋武帝问他，自己可以和汉代的哪一个帝王相比，刘毅竟然回答说："桓帝和灵帝。"

桓灵几乎已经成了昏庸无能的君主代名词，自视甚高的晋武帝有理由对这个评价感到惊奇。于是刘毅答道："桓帝、灵帝出卖官职的钱都进了国库，陛下出卖官职的钱则进了个人的腰包，凭这一点来说，大概还不如桓帝、灵帝。"

既然被骂得这么狠，司马炎便再次展示了自己的宽容："桓帝、灵帝的时代，听不到你这样的话，现在朕有正直的臣下，已经胜过桓、灵了。"

这些指控实际上反映了一个问题，皇帝对大臣的罪过这么不计较，大臣们就会越来越骄奢淫逸横行不法。但晋武帝实在也是没有办法，自从有皇帝以来，晋武帝差不多是最弱势的开国皇帝。

中国古代，有个所谓"得国之正"的问题。怎么样当上皇帝叫作得国最正？理论上可以解释得很玄，道德指标也可以提出很多，但最粗浅地说：尸山血海里杀出来，在天下人心里产生巨大的震慑，大家直觉判断都是和你对抗就是死，这么取得天下，得国最正。

这牵涉到一个很残酷的现实：一来之前的战乱岁月太恐怖，大家都怕了，才会渴望安定；二来正因为之前死的人多，原有的复杂的是非纠葛恩怨情仇，统统跟着埋葬了。新秩序就会显得人际关系相对简单，运转相对流畅，直到几十上百年后，一切重新变得复杂，就又来一个轮回。

和之前的朝代比，别说强秦大汉，就是和曹魏比，司马家的皇位，都显得来得极其不正。——曹家的天下，好歹也是曹操芟夷群雄鞭挞宇内打出来的。

晋朝的建立，就是很多世家大族出身的高官，对曹魏本来就没有太深感情，看司马家的势力都发展到位了，也就由得他们欺负孤儿寡母，承认了权力转移，这次改朝换代，非常轻松顺利。

《世说新语》记录了这么一件事：

王导、温峤俱见明帝，帝问温前世所以得天下之由。温未答。顷，王曰："温峤年少未谙，臣为陛下陈之。"王乃具叙宣王创业之

始，诛夷名族，宠树同己。及文王之末，高贵乡公事。明帝闻之，覆面著床曰："若如公言，祚安得长！"（《世说新语·尤悔》）

很久以后，北方陆沉，衣冠南渡，国都迁到了建康，皇帝也已经是晋明帝了。

王导和温峤一起来见明帝。

晋明帝已经不知道自家当初是怎么得的天下，便向温峤询问。——年轻的皇帝相信那会是一段光辉的历程，而了解伟大祖先的创业史，从来都是给子孙后代提气的好办法。

温峤没有回答，很可能是不知道该怎么和皇帝说。

王导把话接过来了，他比较直接，详细讲了司马懿为了夺权，是怎么大肆屠杀的，司马昭又是怎么杀害高贵乡公曹髦的。

一大段历史讲下来，晋明帝完全听崩溃了，把脸埋在御榻上说："果真像您说的这样的话，我家的天下，气运长不了！"

差不多的内容，《晋书·高祖宣帝纪》里也可以读到，表示这就是唐太宗本人对晋朝的历史定位。①

不过，王导的话其实要分两面听：第一，司马家夺取天下的手段，确实特别卑鄙猥琐；第二，所谓"诛夷名族，宠树同己"，这个罪名却多少有点冤枉。

干大事业的人，谁能不扶植自己人呢？"宠树同己"是常规操作。至于说司马懿杀了多少"名族"，和那些雄才大略的开国帝王比，却也不算多。

实际上司马家对各大门阀的手段，是以拉拢合作为主，杀戮恐

---

① 宣帝即司马懿，这是《晋书》第一篇，有开宗明义的性质。而且唐太宗为了表示对《晋书》的重视，亲自为这一篇写了评语。

吓为辅。

因为是以杀戮恐吓为辅，所以确实是杀了不少人的，世家大族会记仇；但他又没能真正让世家大族伤筋动骨，所以人家也有记仇的底气。

就好像在美国，印第安人记仇不会影响到美国的政治，黑人记仇却肯定是社会问题。

又因为是以拉拢合作为主，所以皇帝也就不得不做很多权力让渡，承认人家的很多特权，表示你们要做很多事，我都不会管。

具体到晋武帝司马炎，他就更加弱势了。天下是他爷爷司马懿、伯伯司马师、爸爸司马昭挣来的，其实就连司马昭的贡献都已经不是那么大了。就是一切都准备就绪了，加上他爸死了，司马炎在一大群家族长辈的扶持下，举行受禅仪式当了皇帝，所以对谁他也没法太显摆皇帝的权威。这种情况下，皇帝不宽容，还能怎么样呢？

当然，很多祸根，也就这么埋下了。

这种不祥的预感，是从一开始，就笼罩在晋朝君臣的心头的：

晋武帝始登阼，探策得"一"。王者世数，系此多少。帝既不说，群臣失色，莫能有言者。侍中裴楷进曰："臣闻天得一以清，地得一以宁，侯王得一以为天下贞。"帝说，群臣叹服。（《世说新语·言语》）

晋武帝刚刚登基的时候，用蓍草占卜，推算本朝可以传多少代。

结果得到的数字，竟然是"一"。

当时群臣吓得脸色都变了，谁也不敢说话。

只有侍中裴楷接住了这个哏，背了一段《老子》："天得到'一'就清明，地得到'一'就安宁，君王得到'一'就是天下的正统。"

这当然是最高规格的赞美，又引自当时最流行的经典，显得依据特别坚实，理论特别高端。现场是圆过来了。

但王朝的未来究竟如何，可不是靠机敏的清谈，就能圆回来的。

十四、兄弟怡怡

晋武帝去世之后，很快天下大乱，所以很多人都在反思，原因到底是什么。

时人共论晋武帝出齐王之与立惠帝，其失孰多？多谓立惠帝为重。桓温曰："不然，使子继父业，弟承家祀，有何不可？"（《世说新语·品藻》）

有人认为，根子出在晋武帝一定要齐王司马攸到自己的封国去，不让他留在朝廷。

有人认为，晋武帝有那么多儿子，为什么一定要选立晋惠帝？

争论下来，认为立惠帝是更大错误的人，比较多。

只有桓温说："不对，儿子继承父亲的事业，弟弟承担家族的祭祀，有什么不可以呢？"

桓温这句话，不是那么好理解，我们先放到一边，梳理一下这番争论牵扯到的历史事件。

这说的是晋武帝司马炎和齐王司马攸兄弟的事，而溯本追源，又要说到司马师和司马昭兄弟。

当年司马懿和曹爽的权力之争，给很多人的印象是司马懿老谋深算，一开始就扮猪吃老虎给曹爽下套，最后突然收网。讲权谋故事，这么设定比较吸引人，但实情不是这样。

其实开始阶段，曹爽是占到上风的，司马懿被排挤了将近十年。但曹爽得势之后，吃相太难看，引发曹魏老臣普遍不满，于是很多本来并无明确立场的人，都成了支持司马懿的力量。

这意味着，如果司马懿政变能够成功，会获得大量政治上的支持，但这些老臣手里本身也没多少兵力，对直接发动政变，帮助并不大。

于是大儿子司马师就成了关键人物。

当时司马师任中护军，掌握着一部分禁军的军权，更重要的是，还有部分选任禁军武官的权力。

司马师之前的中护军，基本都把这项权力当作捞钱的工具了。司马师却"举不越功，吏无私焉"，出身好、走后门的人没功劳也不提拔，中下层干得好一样也有机会。这种情况下，其实无私就是最大的有私，很多出身不好但能力很强的基层干部很清楚，只有在司马师手下，自己的命运才有可能改变，于是就都成了司马师的"私人"。

结果，司马师"阴养死士三千，散在人间"，曹爽对中护军正式的兵力，也是严密防范的，但防不住这些散养在人间的死士。

到了政变那天，这些人"一朝而集，众莫知所出也"。

《晋书》说，政变之前，司马懿有事只和司马师商量，司马昭连父亲和哥哥有这个计划，都根本不知道。《晋书》还特意记录了一个细节：政变前一天夜里，司马懿悄悄派人观察两个儿子的表现。司马师该睡觉睡觉，跟没事一样；司马昭却在床上翻来覆去。

总而言之，高平陵之变成功，司马家掌控权力中枢，司马师和司马昭兄弟俩的贡献，根本没有可比性。

政变成功之后有个问题，那些曹魏老臣只是支持赶走曹爽，没想杀他，更不支持司马家大权独揽。

司马懿在的时候，人家虽然不满，也很难说什么做什么，毕竟司马懿这么多年的资历威望足以服众，他的手段，大家没领教过也见识过。

司马懿一死，他的儿子还想继续掌权，很多人可就都不干了。

所以司马师执政时间虽然不算长，但局面可真是内忧外患，不过司马师靠既诡诈多变，又强悍凶残的手段，把最难啃的硬骨头都给嚼碎吞了。

而且，场面上司马师也没弄得太难看，嘉平六年（254），司马师把皇帝废了，流程是先废皇后，再立新皇后，再由皇太后下诏，宣布皇帝的一系列重大罪行，再由资望极高的老臣高柔去宗庙向列祖列宗汇报，这才把皇帝废为齐王。

虽然真相是怎么回事，懂的人自然懂，但形式上，所有行为都是合乎儒家礼法，也可以找到历史先例的。人家也很难说出太多话来。

作为比较，司马昭执政的时候，皇帝手上已经真是没什么力量可用了，控制起来容易得多。但司马昭还是让皇帝杀出了皇宫，最后被当街捅穿，闹得"内外喧哗"。

但司马昭就有一点比哥哥强，他会生儿子，司马师的女儿很多，却没有儿子。

所以司马昭的二儿子司马攸，就过继给司马师当继承人。

后来司马昭多次表态，天下是哥哥挣来的，自己没什么功劳，将来继承大权的，将会是司马攸。

他必须要这么表态，因为自己的头上还有许多叔叔，平辈还有许多兄弟，家族创业史是怎么回事，大家都看在眼里。

但司马昭最后还是改变了主意。

《晋书》说，这是因为司马攸固然很优秀，但是司马昭的大儿子司马炎也很不错，所以很多重量级大臣都支持司马炎。另外还有个原因，这牵涉到司马昭自己的历史地位问题。

司马炎即位当晋王，然后接受曹魏禅让当皇帝，于是爷爷、伯伯、爸爸都要追认为皇帝。于是，司马懿是高祖宣皇帝，司马师是世宗景皇帝，司马昭是太祖文皇帝。"祖"比"宗"要高级，也就是司马昭的定位胜过了司马师。

如果司马攸当皇帝的话，他已经是司马师一系，司马昭就要回归到过渡者的角色，谁是"祖"谁是"宗"，就要反过来了。

应该说，司马炎担任接班人这个安排，还是得到了整个司马集团家族内外普遍认可的。

司马昭死的时候，司马炎三十岁，司马攸二十岁。

此前十年，司马炎已经建设好了自己的政治关系网。而且三十岁的年纪接受曹魏皇帝禅让，显然既年富力强又不年少轻狂，刚刚好。二十岁的毛头小伙子，就还是嫩了一点，再等几年的话，支持司马氏的各路人马可都已经迫不及待了，都指望改朝换代之后自己也跟着加官晋爵呢。

在很多人的想象里，司马炎当了皇帝，只怕不会放过这个曾是竞争对手的弟弟，但至少一开始，事态发展完全不是这样。

司马炎一登基，果然大肆封赏。汉代最高级别的官员只有"三公"，晋朝一上来就弄了八个公一级的官位。司马炎大封了一批同姓王，司马攸得到了特别优待，被册封为齐王，皇帝封给他的户数，比很多叔叔都多。而司马攸也显得高风亮节，朝廷允许诸王自己选拔封国的官吏，只有齐王主动放弃了这项权力，全部官员的任命，都请求皇帝指派。

真是一副"兄弟怡怡"的美好景象。

但后来情况还是慢慢有了变化。

如上一篇讲到的，晋武帝是个好脾气的皇帝，那么多人怼他，也很少见他生气。他当然也有当好皇帝的自我期许，只是身上富贵公子的习气更重一些，他爱玩，有情调，喜欢泡在女人堆里，只从这些角度看，倒是有点像贾宝玉。

宝玉的性情再可爱，当了皇帝那就是可怕的事。而从贾宝玉的角度说，最好自己的弟弟就要像贾环那样，这样自己虽然不够好，但和弟弟一比，就显得还不错。

但偏偏司马攸孝敬、节俭、体恤下情、关心民生……却还显得非常低调，总之，一切好弟弟的优点，他几乎都集齐了。在大家对现状并不很满意的时候，他简直就成了理想的寄托，从这点来说，司马攸又仿佛像贾珠。不妨想象一下，如果贾珠不死，宝玉该承受多么大的压力，还能活得这么众星捧月吗？宝玉挨打、宝玉的亲妈王夫人可是喊着贾珠名字哭道："若有你活着，便死一百个我也不管了。"

更糟糕的是，晋武帝司马炎的太子司马衷，看起来好像是个白痴，或者比白痴强不了多少。

所以在很多高官看来，当初我们支持陛下您当皇帝，将来您不幸离开我们之后，就不要传位给你的傻儿子了，传给弟弟吧。

《世说新语》里也有一些这方面的记录：

晋武帝既不悟太子之愚，必有传后意。诸名臣亦多献直言。帝尝在陵云台上坐，卫瓘在侧，欲申其怀，因如醉跪帝前，以手抚床曰："此坐可惜。"帝虽悟，因笑曰："公醉邪？"（《世说新语·规箴》）

晋武帝不明白自己的傻儿子究竟傻到怎样一个地步，一定要传位给他，大臣们纷纷直言劝阻。

晋武帝曾在洛阳城东的陵云台坐着，老臣卫瓘追随在侧。

卫瓘假装喝醉了，跪在晋武帝面前，用手抚摸着晋武帝的坐床（床是坐具）说："这个位子，可惜了。"

晋武帝明白他的意思，但还能说啥，只好笑着问："您喝醉了吗？"

晋武帝很期待大臣们能承认，自己的儿子并不傻：

和峤为武帝所亲重，语峤曰："东宫顷似更成进，卿试往看。"还，问："何如？"答云："皇太子圣质如初。"（《世说新语·方正》）

和峤是晋武帝亲近、重视的大臣，晋武帝对和峤说："我儿子最近好像长进了点，卿不妨去看看他。"和峤回来了，晋武帝又问："到底咋样？"

和峤回答说："皇太子圣明的资质，还和当初一样。"

顶撞皇帝，怎样把话说得文雅又扎心，这属于经典案例了。

这条被收入《世说新语·方正》，是被赞美的。而顺着晋武帝的意思说话的官员荀勖，则被舆论痛斥，认为这人就该灰飞烟灭。

咸宁元年（275）冬天，洛阳城发生了大瘟疫，死者数以万计。第二年，晋武帝本人也染上重病。很多大臣都觉得，皇帝的御体已经无法康复，支持齐王司马攸的人，就都行动起来了。

出人意料的是，皇帝痊愈了。他知道了自己病重时发生的一切，再也无法按捺住心中的怒火。终于，晋武帝下诏，要求齐王离开朝廷，前往自己的封国。

不管怎么说，以孝治天下的规矩仍神圣不可侵犯。孝悌自来并称，兄弟一伦与孝道密不可分。孔夫子更曾经说过，"孝乎惟孝，友于兄弟"，一句话中，就包含着政治学的全部精髓。从诏书的措辞里，我们还是可以看得到皇帝对齐王的尊崇。司马攸被比作西周初的第一任齐国国君太公望，是诸侯的领袖，让他就国，是进一步突出他的特殊地位。同时，晋武帝还增加了齐国的封地，进一步提高齐王仪仗方面的待遇，并额外加封司马攸的一个儿子为王。

朝臣里有太多老狐狸，当然不会为这些美妙的言辞所迷惑。他们太熟悉这种明尊实贬的把戏：齐国是一个大国，但没有驻军，而齐国周边各地，则多有重兵屯驻，这等于是把司马攸包围监控了起来。他们纷纷表示反对。反对的理由许多仍然出自儒家经典，比如说齐王是皇帝陛下一母所生的弟弟，所以更适合被比作周公旦而不是太公望，而周公，恰恰是留在朝廷的。

晋武帝的姐夫王济，还让妻子常山公主去找晋武帝哭诉。常山公主是瞎子，面对这个瞎姐姐的哭诉，晋武帝更加心烦意乱，于是引出《世说新语》中的下面这条：

武帝语和峤曰："我欲先痛骂王武子，然后爵之。"峤曰："武子俊爽，恐不可屈。"帝遂召武子，苦责之，因曰："知愧不？"武子曰："'尺布斗粟'之谣，常为陛下耻之！它人能令疏亲，臣不能使亲疏，以此愧陛下。"（《世说新语·方正》）

晋武帝告诉和峤说，自己想先痛骂王济一顿，然后再给他加个爵位。这意思，对自己的姐夫开骂，晋武帝有点底气不足，所以盘算着打一巴掌给颗枣，还要事先跟别人商量才敢行动。

和峤也是支持齐王的，那为啥要问他呢？因为王济是和峤的小舅子，他们比较熟。总之，皇帝和这些权贵之间，绕来绕去，彼此都是亲戚。

和峤还是很直接："武子是才智出众、性情直爽的人，这招恐怕没用。"

武帝到底还是召见了王济，狠狠地责骂了他之后问道："你知道羞愧了吗？"

王济说："想起'尺布斗粟'的民谣，我倒是经常替陛下感到羞愧。"

"尺布斗粟"是与汉文帝有关的典故，汉文帝逼死了弟弟淮南王刘长，民间就唱起了这样的谣言："一尺布，尚可缝；一斗粟，尚可舂；兄弟二人不相容。"这是直接痛骂晋武帝容不下兄弟。

要知道，这么些年来，晋武帝虽然心里对弟弟很猜忌，但门面上的工作做得很到位，各种物质待遇荣誉称号一样没少给，甚至是超额地给。这恐怕不只是演戏给天下人看，也是演戏给自己看，王济这是直接把皇帝最珍惜的遮羞布撕下来了。

王济还不罢休："别人能让关系疏远的人亲近起来，臣却不能使亲近的人变得疏远，就因为这一点对陛下有愧。"意思是，我不能让你把你儿子的太子之位给废了，这就是对不起你的地方。

王济与和峤是相反又相似的人：拿人奶喂猪的王济，穷奢极欲到丧心病狂；和峤和王济一样有钱，抠门程度却和王戎有得一拼。两个人都不知道搜刮了多少民脂民膏，《世说新语》也分别在"汰侈"门和"俭啬"门里批评过他们。不过既然敢于顶撞皇帝，"方正"门里给他点道德好评，总是不错的。

这次皇帝态度坚决，无论如何不为朝臣的请求所动。齐王称自己需要养病，并请求为母后守陵。他提出这个请求看起来十分自然，齐王自幼就是以孝心知名的。但皇帝相信这只是借口，他认定齐王只是不愿意脱离权力中心，好继续等待机会而已。至于养病，任何时候，生病难道不都是最常见的推托借口吗？爷爷司马懿的权力之路，是怎么一路装病才走出来的，谁还不是烂熟于心？

晋武帝派御医去探视齐王，御医知道皇帝想听到的是什么，所以带回来的消息总是齐王健康状况良好。晋武帝于是召见司马攸，司马攸"以礼自拘"，用今天的话说，就是比较习惯于端着。在皇帝面前，他更是强撑着让自己举止如常。于是晋武帝越发确信司马攸并没有病，勒令他赶紧上路。

就这样，司马攸踏上了前往封国的征程。仅仅挨过了几个晚上，他便呕血去世。晋武帝听到这个消息，不能不表示后悔，他杀了御医，自己则失声痛哭。这时有人出来冷冷说了句："齐王名过其实，而天下归之。今自薨陨，社稷之福也，陛下何哀之过！"皇帝的眼泪立刻也就收住了。

这就是开头那段争论里，所谓的"出齐王"，这么一闹，把王朝最好的继承人，活生生给耗死了。

主张"立惠帝"问题更严重的人，大概观点是，晋武帝不愿意传位给弟弟也就罢了，你有二十多个儿子，活到成年的也有九个，干吗非传位给傻儿子司马衷，他不行就换一个呗。

而桓温的意见既然与众人对立，那就显然是认为，祸根在"出齐王"。则他的话的意思似乎应该理解成：晋朝天下本来很大程度是靠司马师挣来的，让司马攸当皇帝，是"子继父业"；当初司马昭继承司马师的地位，就是"弟承家祀"，这是有先例的；司马炎传位给司马攸，还是哥哥传位给弟弟，自然"有何不可"了。

没挑明的是，齐王司马攸是难得的当时各派势力都支持的人，晋武帝就是不接受他。司马攸死后，就是换个儿子当太子，人心也已经散了，各派势力都会跃跃欲试，之后恐怖的八王之乱，总是不可避免的了。

附：八王之乱大事记

西晋的诸多名士，命运沉浮都和八王之乱有关。所以要谈论这些名士，这段历史是必须要了解的背景。

而这段历史又是出名的难读。清代学者赵翼的《二十二史劄记》中说："惠帝时八王之乱，《晋书》汇叙在一卷；《通鉴纪事本末》，亦另为一条。然头绪繁多，览者不易了。"

赵翼是厚道人，整理叙述了八王之乱的本末。下面部分主要是据他的整理改写的。

事件一　贾后杀杨骏（291）

人物：（加×者在此事件中死亡，下同）

贾南风：惠帝皇后

杨骏：杨太后之父（×）

司马亮：汝南王，司马懿之子，武帝的叔父

司马玮：楚王，惠帝之弟，武帝第五子

晋武帝临终前，安排汝南王司马亮，和皇后的父亲杨骏一同辅政。但是杨骏藏匿了遗诏，反而假传旨意，让司马亮出镇许昌。司马亮是一个懦弱的庸才，老实接受了杨骏的安排。

惠帝即位后，杨骏擅权。但杨骏并没有执政能力，只会滥肆封赏收买人心，而为人却严厉琐碎而又专横刚愎，结果引起了朝廷上下的普遍不满。于是贾后利用这种心理，联络楚王玮，轻而易举地杀杨骏，废杨太后。这之后，征召司马亮入朝，与卫瓘一同辅政。

事件二 楚王玮杀汝南王亮，贾后杀楚王玮（291）

人物：

贾南风：见事件一

司马亮：见事件一（×）

司马玮：见事件一（×）

老迈颟顸的司马亮与少壮派的楚王司马玮关系紧张。楚王玮谄事贾后，诬陷司马亮、卫瓘有废立皇帝的阴谋，贾后一向与卫瓘有仇，当然也乐意除掉他们。于是，贾后先指示楚王玮杀了司马亮和卫瓘，又以此为罪名，杀了楚王玮。

事件三 赵王司马伦杀贾后（300）

人物：

贾南风：见事件一（×）

司马遹：惠帝太子，非贾后所生（×）

司马伦：赵王，司马懿第九子，惠帝的叔祖

司马冏：齐王，惠帝的堂弟，司马攸之子

孙秀：司马伦的亲信

所谓八王之乱，明显分两个阶段。中间有将近十年的太平岁月。

贾后荒淫日甚，废太子司马遹。赵王伦一向谄事贾后，他的亲信孙秀游说他说："太子被废，人们都说您也参与了此事，应该废黜贾后，来洗雪自己的名声。"

太子为人聪明，孙秀因此担心他恢复地位后，也不会信任赵王伦，所以又劝赵王伦不如等贾后杀掉太子后再废贾后，这样还可以赢得为太子报仇的名声。孙秀于是对贾后一党煽风点火，贾后果然杀了太子。赵王伦于是与齐王司马冏率兵入宫，废贾后，把她幽禁到金墉城，不久又让她服金屑酒自尽。

于是，赵王伦自任相国、侍中，都督中外诸军事。但赵王伦才具平庸，实际上又受制于孙秀。孙秀等恃仗权势，纵横肆虐，齐王冏因此心中不平，孙秀发觉了问题，便让齐王冏出镇许昌。

——这一事件中著名的插曲甚多，比如"绿珠坠楼"，比如美男子潘岳之死。

事件四　齐王司马冏杀赵王司马伦（301）

人物：

司马伦：见事件三（×）

司马冏：见事件三

司马颙：河间王，比较疏远的宗室，惠帝的堂叔，当时镇守长安

司马颖：成都王，惠帝之弟，武帝第十六子，当时镇守邺城

孙秀：见事件三（×）

赵王伦、孙秀装神弄鬼，假称司马懿的指示，要赵王伦尽快入西宫称皇帝。于是，赵王伦篡位，以惠帝为太上皇，并把他幽禁到金墉城。于是齐王司马冏及河间王司马颙、成都王司马颖一同起兵

讨伐司马伦。赵王伦兵败，他的部下叛变，杀孙秀，迎惠帝复位。不久后，司马伦也被诛。

这一时期，朝廷中声望最高的人物无疑是成都王颖和齐王冏。成都王颖以退为进，回到邺城，广收名誉。而齐王冏入京，惠帝拜齐王冏为大司马，身份地位，就好像司马懿、司马师在曹魏时一样。

——赵王伦称帝后封赏极滥，貂尾、蝉羽等高官的饰物不足，只好拿其他东西混充。"狗尾续貂"的出典即在此。

——之前的政变，动乱基本局限在京师以内，这次则几乎扩大为全国性的战争，部分战役打得相当惨烈，战事前后持续六十多天，将近十万人丧命。

事件五　长沙王司马乂杀齐王司马冏（302）

人物：

司马冏：见事件三（×）

司马颙：见事件四

司马颖：见事件四

司马乂：长沙王，惠帝之弟，武帝第六子

司马冏大权在握后，沉湎酒色，横行不法。校尉李含从洛阳奔赴长安，诈称有诏书让河间王司马颙讨伐司马冏，司马颙于是上表，要求废掉司马冏，以成都王司马颖辅政。并传檄给洛阳城中的长沙王司马乂，让他作为内应。司马冏得到消息，派兵攻打司马乂，但反而被司马乂所杀。

——来自东吴的张翰，因秋风起，思鲈鱼、莼菜而回江南的事，即在这期间。

事件六　河间王司马颙杀长沙王司马乂（303—304）

人物：

司马颙：见事件四

司马颖：见事件四

司马乂：见事件五（×）

司马越：东海王，皇室疏宗，惠帝从叔父

张方：河间王颙部将

论实力，齐王司马冏强，而长沙王司马乂弱，所以上一事件的结果大出河间王颙的意料。河间王颙本来指望齐王冏杀掉长沙王乂，自己再以此为罪名，讨伐齐王冏，进而废掉惠帝，改立成都王司马颖，自己做宰相。现在，这个计划就全落空了。

而成都王颖则认为长沙王乂待在洛阳是个障碍，他使自己不能遥控朝政。于是成都王颖与河间王颙的部将张方，各自率兵杀向洛阳。司马乂与张方等连续大战，先胜后败。此时，东海王司马越在洛阳城内，担心城破后牵连到自己，于是联合殿中诸将，收捕了司马乂送到金墉城，而迎司马颖入洛阳。

结果，司马乂为张方所杀，而司马颖并没有留在京城，不久后便回到邺城。

而战争规模再次升级，洛阳城内外，军民死者无数。

——陆机死于此次动乱。

事件七　东海王司马越杀河间王司马颙（304—306）

人物：

司马颙：见事件四（×）

司马颖：见事件四（×）

司马越：见事件六

张方：见事件六（×）

司马腾：东嬴公，司马越之弟

王浚：司马越一党，平北将军，都督幽州诸军事

司马炽：豫章王，惠帝之弟，武帝第二十五子，后来的晋怀帝

在河间王颙的拥护下，成都王司马颖被立为皇太弟，担任丞相，在邺城遥控朝政。不满这种局面的人，尊惠帝以讨伐司马颖，荡阴一战，司马颖获胜，干脆把惠帝掳到邺城。东嬴公司马腾、平北将军王浚起兵讨伐司马颖，司马颖战败，只好又拥着惠帝回到洛阳。此时司马颙派遣张方救援司马颖，张方于是挟持惠帝和司马颖回到长安。司马颙废掉司马颖的皇太弟身份，改立豫章王司马炽为皇太弟。

东海王司马越从徐州起兵讨伐司马颙。司马颙又命司马颖统兵迎敌，司马颖在河桥战败，司马越的军队进入函谷关，迎惠帝还洛阳。司马颖流窜于武关、新野之间，不久被人杀死。司马颙虽然仍据有长安，但已没有实力，不久后有诏书征召司马颙入京，司马颙在途中为人所杀。

从这里开始，敌对双方都开始借助胡人的力量。这之后，王爷们逐步退出舞台，而原来充当打手的胡人，则变成了主角。

事件八　东海王司马越死（311）

人物：

司马越：见事件六（×）

各地乱军：这已经不属八王之乱的范畴了

　　惠帝驾崩，怀帝即位。此时天下分崩，谁也无力挽回大局。永嘉五年（311），司马越出讨石勒，卒于途中。

　　之后这支队伍被羯族首领石勒屠杀，中朝名士的领袖王衍死于此役。

十五、一场宅斗背后的全面抗争

《世说新语·贤媛》中有个极富戏剧性的场面：

　　贾充前妇，是李丰女。丰被诛，离婚徙边。后遇赦得还，充先已取郭配女。武帝特听置左右夫人。李氏别住外，不肯还充舍。郭氏语充："欲就省李。"充曰："彼刚介有才气，卿往不如不去。"郭氏于是盛威仪，多将侍婢。既至，入户，李氏起迎，郭不觉脚自屈，因跪再拜。既反，语充，充曰："语卿道何物？"（《世说新语·贤媛》）

先翻译大意。

贾充原来的妻子，是李丰的女儿，据说名婉，字淑文。

李丰被杀，贾充就和李氏离婚，李氏被流放到边疆去了。

后来遇到大赦，李氏回到洛阳，而贾充已经又娶了郭配的女儿。

晋武帝特意为贾充行方便，让他"置左右夫人"，也就是同时有两个正妻。

李氏在外面单独居住，不肯回到贾充家里。

郭氏对贾充说："我想去看看李氏。"

贾充说："她的性情刚强坦直，又有才气，你去还不如不去。"

郭氏于是准备了盛大的仪仗，带着许多侍婢去见李氏。结果，郭氏刚一进门，李氏站起相迎，郭氏不知不觉脚就软了，于是跪下再拜。

回家后，郭氏把这情形告诉贾充，贾充说："我跟你说啥来着？"

看这个片段，这是个有文化有性格的女子，气场怎样碾压有排场又泼辣的女子的故事。

要说清这个故事的前因后果，则牵涉到魏晋之际的许多大事。

贾充是平阳襄陵（今山西临汾东南）人，平阳贾氏属于士族圈子的边缘人，不过贾充的父亲贾逵，靠自己出类拔萃的军政才干和耿耿忠心，挤入了曹魏的领导阶层。

所以，贾充才有机会娶到李丰的女儿。和贾氏这种地方性的大族不同，李丰字安国，是享有天下盛誉的名士，他品评人物，总是会引起所有人极大关注。魏明帝曹叡曾经问东吴投降过来的人说："江东闻中国名士为谁？"人家当即回答："闻有李安国者。"

李丰的形象也特别好，《世说新语·容止》里描述李丰说："李安国颓唐如玉山之将崩。"

这句话也被用来形容嵇康。不过嵇康如玉山将崩，是因为醉，李丰则是因为病，他是个病恹恹的美男子。正始年间，李丰任侍中、尚书仆射，经常借口生病不去上班。按规定，生病达一百天就要解除官职，所以李丰生病几十天，就会突然康复一下去打个卡，然后继续休病假。

当然，李丰一直这么泡病号，至少不全是因为懒，而是因为当时司马懿和曹爽斗得正厉害，他并不想明确站队。

后来司马懿发动政变除掉了曹爽，把消息告诉了李丰，李丰吓得"遽气索，足委地不能起"，这座玉山看来像棉花一样软。

司马懿去世后，儿子司马师继承父亲的权力。李丰被任命为中书令。

中书令本来是由宦官担任的官职，后来慢慢也有士人任中书令的。当时中书令从品级上看地位还不算很高，所谓"非显选"，但这是和皇帝亲近，非常重要的职务。

司马师同意李丰担任这个职务，是因为他相信李丰是自己人，或者认为李丰足够没用，自己需要知道什么，一定可以从李丰嘴里问出来。

但是李丰选择做曹魏的忠臣。

李丰做了两年中书令，皇帝曹芳多次召见李丰单独谈话，谁也不知道说了什么。但总之，李丰等人想除掉司马师。可惜在阴谋布局这个领域，司马师丝毫也不逊于他的父亲。很快计划败露，李丰被传唤到司马师面前，面对司马师的责问，病弱的李丰突然爆发出英雄气概，痛斥司马师说："卿父子怀奸，将倾社稷，惜吾力劣，不能相禽灭耳！"司马师很愤怒，让勇士用刀环狠狠在李丰的腰上敲击，李丰也就真的如崩塌的玉山，死掉了。

这个案子当然会株连很广，贾充作为李丰的女婿，该怎样选择呢？

贾充的父亲贾逵，是曹操、曹丕、曹叡三代帝王都非常重视的忠良，甚至被树立为忠臣的典型。后来还有传言说，司马懿去世，就是被贾逵的鬼魂吓死的。

所以难怪有人痛骂贾充："你不配当你爸爸的儿子！"

贾充的人生选择，是坚决站在司马氏一边。可能在他的印象里，父亲为了曹魏舍生忘死一辈子，明面上虽然被抬得很高，可实际好处并不多，还被曹魏宗室看不起。曹丕曾想重用贾逵，被曹休阻止了，后来太和二年（228）曹休伐吴大败，全亏贾逵以德报怨救了曹休，结果曹休反而埋怨贾逵救援太迟，还让贾逵去捡自己丢弃的仪仗。而朝廷知道了这件事，也不过采取息事宁人的态度，两不责怪而已。

这些事，做父亲的可以忍辱负重忠心不改，做儿子的知道了记在心里，产生些其他想法，也很自然。

何况，贾充是绝顶的聪明人，知道怎样站在胜利者一边。

于是贾充就和李丰的女儿离婚，坚决和这股反动势力划清界限。

李丰等人遇害，激起了淮南地区的兵变。司马师亲自率军平定叛乱，贾充追随在他身边。后来司马师病重返回许昌，留下贾充统率诸军。显然，贾充已经被视为司马氏集团的重要成员了。

皇帝已经换成了曹髦，执政者也成了司马昭，贾充担任中护军，职责是统率皇宫外的驻军和选拔禁军将校。也就是说，中护军负责保护皇帝的安危，反过来看，皇帝的一举一动，也处在中护军的监控之下。这也曾是高平陵之变前，司马师担任过的职务。可见这个岗位何等重要，也可见当时司马昭对贾充有多么信任。

绝望的皇帝曹髦带领宫中的几十个童仆，想要出击司马昭。贾充替司马昭干了最脏的活，吩咐手下人动手，把皇帝捅了个"刃出于背"。

这之后，有人劝司马昭杀了贾充以谢天下，司马昭舍不得。这标志着，贾充已经是司马氏集团最核心的成员了。

等到魏晋禅代，司马昭的儿子司马炎当上了皇帝，贾充也就理所当然是晋朝的开国元勋了。

杀死皇帝是贾充生平最著名的事迹，但这是他人生中最紧要关头的孤注一掷，其实此举并不符合贾充一贯的行事风格。贾充是典型的官场人物，换句话说，多数事情上他并不喜欢过于招摇。

在一些人事关系上，贾充显得相当大度。他乐于引荐士人，并且总是对之提携到底。有依靠贾充而步入仕途的人，转而去投靠别的权贵，贾充也并不改变对他的态度。这种宽容毫不令人惊奇，在后世的秦桧、严嵩等人那里，我们可以看到类似故事的更详细的细节。

能这样做，是因为贾充非常清楚自己不必介意什么。查看一下贾充的履历表，会发现他不停地在对这样那样的官爵和赏赐表示推辞。这当然也不是他性情淡泊，只是为了有些无关紧要的利益而引得朝臣侧目，贾充知道这是不值得的。

但不管有多么会做人，贾充还是卷入了一场对他来说命运攸关的权力斗争，也就是司马炎和齐王司马攸的那种说不清道不明的面子上维持着兄弟怡怡骨子里又无法相容的复杂关系。

司马炎能够当上皇帝，据说贾充还是发挥了重要作用的，因为他经常在司马昭面前称道司马炎"宽仁且又居长，有人君之德，宜奉社稷"，司马昭临终前，还特意向司马炎指明，了解你的，就是贾充啊。

所以司马炎当了皇帝后，非常宠信贾充，但司马炎心里，还是有一个解不开的心结。

贾充和司马攸有一重特殊的关系：贾充当初和李丰的女儿生过

一个女儿，嫁给了司马攸，现在是正牌的齐王妃，也就是说，司马攸是贾充的女婿。

现在我们回头再看《世说新语》中这段文字。对大家族赶尽杀绝不是魏晋时期的风格，新王朝建立，历史翻开新的一页，大批流放者得以回到洛阳，李氏的名字，也出现在遇赦者的名单中。

朝廷的大赦令人感恩戴德，却也带来了许多家庭纠纷。贾充已经娶了第二个妻子，应该怎样处置两个妻子的关系，就成了一个难题。当时类似的问题并不在少数，他们闹到朝廷的礼官那里请求决断，由于两个女人很可能都出身于根基深厚的家族，所以礼官也只能表示茫然。

晋武帝司马炎让贾充"置左右夫人"，和《世说新语》里强调李氏自己不肯回家不同，《晋书·贾充传》说，是贾充拒绝了这个优待，理由是自己作为丞相，要以身作则，同时有两位夫人过于浮夸。于是，他另外找个地方把李氏安置好，便不再与她往来。

贾充的考虑，有可能是避嫌，保持和李氏的距离，也就是保持和女婿齐王司马攸的距离，这样皇帝看着比较开心。

其他书还有其他说法。总之，这种家务事特别容易众说纷纭。

不过一般舆论最热衷传播的，总是怕老婆的故事。贾充后来的妻子郭槐，出身太原郭氏，她父亲郭配也还罢了，伯父郭淮是曹魏西北军区战功赫赫的名将。郭槐本人性格泼辣，忌妒心极强，她神经质地不容忍贾充和任何其他女人接近。家中的两个乳母先后被郭槐所杀，原因仅仅是贾充抚摸亲吻儿子，而儿子此时又被乳母抱在怀中，郭槐便觉得贾充抚摸亲吻了乳母。接下来的结果是很多厌恶贾充的人乐于看到的，两个襁褓中的孩子都因为恋慕乳母很快夭折，贾充因此没有了后代。

让李氏回来，那当真是卧榻之旁，岂容他人鼾睡。

但贾充的母亲，却无疑更喜欢李氏。老太太价值观和去世的丈夫相近，特别看重忠孝节义，听说皇帝遇害，经常在家里痛骂凶手，谁也不敢告诉她，弑君的逆贼正是他儿子贾充。但弑君的事可以瞒，李氏已经被赦免回洛阳了，却没法瞒。出身于文化士族的知书达礼的儿媳，哪里是将门泼妇可比的？

晋朝以孝治天下，贾充也很难违背母亲，面对母亲的要求，只能装傻拖延。

贾充和李氏所生的两个女儿，也催促父亲接母亲回家，她们甚至要求父亲把郭槐休了，让母亲重新成为唯一的正妻。她们在各种私下和公开的场合哭泣着要求贾充这样做，尤其是大女儿贾荃可是齐王妃的身份，她在重要仪式上突然出现，叩头流血向贾充陈述应该把自己母亲接回来的道理，吓得贾充的同僚和下属，只能赶紧四散回避。

这种局面下，贾充很有点焦头烂额，而郭槐则不免憋了一肚子气，几乎所有人的同情都不在她一边。

郭槐是何时去和李氏碰面的，《晋书·贾充传》补充了一个关键的时间点：贾充和郭槐的女儿贾南风，嫁给了晋武帝司马炎的太子，未来的晋惠帝司马衷。

这对贾充来说是一个胜利，终于向晋武帝清楚表白，我不会偏向齐王的；对郭槐来说更是胜利，你生的女儿是齐王妃，我女儿可是太子妃，我不是更胜你一筹了吗？

于是就出现了后来那一幕：郭槐气势汹汹去见李氏，结果一见面，脚就软了，人就跪下去了。

为《世说新语》作注的刘孝标对事件的真实性表示了怀疑：郭槐性格强狠，但并不是一个头脑简单的泼妇，不少证据表明，她甚至不乏政治上的眼光。她的膝盖，又怎么可能就这么轻易地软了？

这个怀疑只怕并无多少道理。气场有时候和能力无关，即使有了能力，也未必就不会在某个瞬间，折服于气场。

李氏的父亲李丰，是与何晏、夏侯玄并列的名士；而平阳贾氏也好，太原郭氏也好，安身立命之本，是政绩与军功。在无所事事而富有情调的文化士族眼里，这样的家族就是卑贱的。

郭槐见李氏而"不觉脚自屈"，不仅是一个女人见另一个女人的自卑，而且是一类家族面对另一类家族时的底气不足。

魏晋的时代氛围，支持着这种鄙视和自卑，今天的读书人觉得魏晋风度使人心驰神往，多少也是因为喜欢这种重文化轻事功的心态。

只不过那个时代，终究要为这种心态付出代价，并且这个代价，会大到所有人都无法承受的地步。

十六、石崇的性情是怎样养成的

　　石崇简直就是有钱人的代名词。《世说新语·汰侈》一篇，收录各种骄奢淫逸的故事，其中一半内容在讲石崇：

　　石崇每要客燕集，常令美人行酒。客饮酒不尽者，使黄门交斩美人。王丞相与大将军尝共诣崇。丞相素不能饮，辄自勉强，至于沉醉。每至大将军，固不饮，以观其变。已斩三人，颜色如故，尚不肯饮。丞相让之，大将军曰："自杀伊家人，何预卿事！"（《世说新语·汰侈》）

　　石崇请客，常常让美人劝酒。如果客人饮酒不尽，就叫家奴接连杀掉劝酒的美人。

　　王导和王敦到石崇家做客。——他们都出自琅邪王氏，是同族兄弟，未来都成为大人物，王导做到丞相，王敦做到大将军，因此这里这么称呼他们，其实是因为现在他们还很年轻。

王导一向是不能喝酒，但不忍心看见美人被杀，就勉强自己喝，终于大醉。

王敦却坚持不喝，来观察石崇的反应。

三个美人接连被杀了，王敦神色不变，还是不肯喝。

王导责备他，王敦说："他自己杀他家里的人，干你什么事！"

同样有名的还有石崇、王恺斗富的故事：

王君夫以饴糒澳釜，石季伦用蜡烛作炊。君夫作紫丝布步障碧绫里四十里，石崇作锦步障五十里以敌之。石以椒为泥，王以赤石脂泥壁。（《世说新语·汰侈》）

王恺字君夫，出身于东海大族。他的爷爷是曹魏名臣王朗，父亲王肃则担任过中领军这样关系到皇帝安危的军职，还是当世大儒。当然他的名声未必好，比如他注释《孔子家语》时，伪造了许多孔子语录借以表达自己的思想，导致这部古书变得真伪莫辨。王肃还是司马昭的老丈人，换言之，当今皇帝司马昭的儿子司马炎，得管王肃的儿子王恺叫舅舅。

王恺用糖水洗锅，石崇便用蜡烛当柴烧。——古代蜡烛制作工艺繁复，价格很贵。宋代被认为是蜡烛成本大为降低的时期，名臣寇準喜欢点蜡烛而不点油灯，仍然被当作生活奢侈的不良作风，则魏晋时可想而知。

王恺做了四十里的紫丝布步障，还配上绿绫里子，石崇便做五十里的步障，全用锦缎。

石崇用花椒涂墙，王恺用赤石脂涂墙壁。——《诗经》里说，"椒聊之实，蕃衍盈升"，花椒是能生孩子的象征，所以本来是在后妃的住处涂的；赤石脂则是一种彩色条纹的风化石，五石散的原料之一，据说有壮阳的功效。

斗富斗到最后，还要把皇帝拉出来做个陪衬的角色：

> 石崇与王恺争豪，并穷绮丽，以饰舆服。武帝，恺之甥也，每
> 助恺。尝以一珊瑚树，高二尺许赐恺。枝柯扶疏，世罕其比。恺以
> 示崇。崇视讫，以铁如意击之，应手而碎。恺既惋惜，又以为疾己
> 之宝，声色甚厉。崇曰："不足恨，今还卿。"乃命左右悉取珊瑚
> 树，有三尺四尺，条干绝世，光彩溢目者六七枚，如恺许比甚众。
> 恺惘然自失。(《世说新语·汰侈》)

既然王恺是晋武帝的舅舅，就常能得到外甥的帮助。晋武帝曾
经把一棵二尺来高，枝条繁茂的珊瑚树送给王恺，好让他压倒石
崇。没想到石崇拿起铁如意一击，珊瑚树应手而碎。王恺既惋惜，
又认为石崇是妒忌自己的宝物，不禁声色俱厉起来。石崇淡淡说了
一句："没啥好遗憾的，现在就还你。"石崇叫手下的人把家里的珊
瑚树都拿出来，三四尺高，造型举世罕有，光彩溢目的有六七枚，
至于像刚砸碎的那种就更多了。王恺不禁惘然自失。

今天我们生活在社会财富大爆炸的时代里，所以看到这些古代
富豪的享受，容易觉得不过如此。理解这个问题，必须设身处地：
同样的产品，其中凝结的劳动力，古代和现在完全不可同日而语。
西晋一尺合公制24.12厘米，二尺高也就将近半米，石崇随手打碎
的大珊瑚，以今天水下作业的能力，只能算是比较珍贵，但当时得
到一株，可能就要付出好多渔民的性命。

总而言之，这些故事都传递着这样的信息，石崇真是既富豪，
又残忍。

石崇怎么会这么有钱呢？

石崇的父亲石苞，是晋朝的开国元勋，官至司徒，又有"不修小节""细行不足"的名声，史书里这类说辞，往往就是贪财好色的委婉表达。但石崇的钱，却不是从父亲那里来的。

石苞临终，分财物给儿子们，却没有留什么给石崇这个小儿子。石崇的母亲为儿子争取，石苞回答说："此儿虽小，后自能得。"

石崇步入仕途后，果然善于利用一切机会捞钱，尤其是在做荆州刺史期间，天高皇帝远，他"劫远使商客，致富不赀"。虽说晋朝士族横行不法的事比较多，但身为一州的长官却抢劫本地商客，这么浮夸的事，却也很少见。

石崇残忍的性情，又是怎样养成的呢？这恐怕还要从没留遗产给他的老爹石苞说起。

石苞的出身很卑微，属于这个讲究门第的时代，本来几乎没有出头之日的人。要想有改变命运的一线机遇，第一需要碰上异乎寻常的大事件，第二本人需要能干一些最玩命也最不要脸的事。

石苞人生中碰到三次这样的事件。

第一次是高平陵之变。为了发动政变除掉曹爽，司马师要招募"死士"，这种时候，当然不可能去挑剔死士的门第是不是足够高。石苞就做了司马师的死士。

之后石苞不断在行政和军事领域表现出自己的才能，成了司马氏集团中一个重要人物。但限于出身，仍不可能进入权力核心。

于是石苞迎来了第二次机会。皇帝是曹髦的时候，石苞到朝廷来汇报工作，年轻的皇帝把他留在身边谈了整整一天。虽然不知道皇帝对他谈了什么，但总之，石苞就去找司马昭汇报说，这个小皇帝绝非寻常之辈。几天后，皇帝就被杀害了。

第三次机会倒是来得顺理成章，司马昭去世，石苞来奔丧时大哭说："基业如此，而以人臣终乎！"于是定下来，给司马昭举行皇帝规格的葬礼。接下来逼曹魏皇帝让位，让司马炎登基当皇帝，石苞也是特别积极的一个。

有这样的经历，石苞才和郑冲、王祥、荀颢、何曾、陈骞这些世家大族出身的名士一起，成为晋朝的开国元勋。

也因此，石苞显得非常孤独。

虽然石苞官做得大，但很多出身高贵的官员都喜欢跟石苞过不去；很多别的同级别官员理所当然可以获得的待遇，石苞要靠皇帝强行袒护，才可以得到。

所以石苞内心，恐怕颇有些压抑，也很没有安全感。而这种心态，自然也会传递给儿子石崇。

石崇疯狂地圈钱，又疯狂地烧钱炫富，或许就是这种心理的反映。他要引人关注，让人羡慕，也要宣泄内心的不安。

除了烧钱，展示学识也是石崇证明自己的一种方式。《晋书》的石崇传记，特别强调他"好学不倦""颖悟有才气"。《世说新语》里也有这样的故事：

石崇每与王敦入学戏，见颜、原象而叹曰："若与同升孔堂，去人何必有间！"王曰："不知余人云何，子贡去卿差近。"石正色云："士当令身名俱泰，何至以瓮牖语人！"（《世说新语·汰侈》）

石崇和王敦一起进入太学，看见颜回、原宪的塑像，于是回头叹息说："若和他们一起拜入孔子门下，我辈和他们未必有什么差距。"

颜回、原宪都是孔门高弟，尤其以德行高洁著称，石崇却认为自己和他们可以相提并论。

王敦说："不知道别人谁该和谁对应，你恐怕和子贡比较接近。"——子贡是孔子的学生里最聪明而有钱的，拿他来比石崇，确实合适。但王敦这么说是语含讥讽的：子贡曾去探视贫困的原宪，却被原宪讥讽了。所以王敦的意思是，恐怕安贫乐道的颜回、原宪不会觉得你和他们是一路人。

于是石崇很严肃地说："士人的身体和名誉都应该处于舒适状态，何至于住在用陶瓷做窗户的房子里跟人放些空话！"按古书的说法，原宪批评子贡奢侈，子贡虚心领受教训，这里石崇却替子贡怼回去了。

和很多人想象的不同，石崇有非常精致的文艺趣味。他在洛阳城东北建了著名的金谷园，和一帮朋友组成了一个文学团体，号称"金谷二十四友"，在其中诗酒流连。这些朋友里，包括当时最顶级的文人潘岳（著名美男子，民间喜欢叫潘安）、陆机（东吴大将陆逊之孙）、陆云（陆机之弟）、左思（造成洛阳纸价上涨的天才丑男）、刘琨（闻鸡起舞的主人公之一）……而石崇处身他们之中，并不只是一个掏钱的赞助人，文学上也并不逊色。最显著的例证在《世说新语·企羡》里：

王右军得人以《兰亭集序》方《金谷诗序》，又以己敌石崇，甚有欣色。（《世说新语·企羡》）

《兰亭集序》在后人心目中是何等崇高的地位！但对王羲之来说，听说《兰亭集序》可以与石崇的《金谷诗序》相提并论，而自己被比作石崇，他的反应是"甚有欣色"。

金谷园毫无疑问是当时富丽第一的私家园林，石崇处身其间，脑海中涌现的是什么念头呢？

困于人间烦黩，常思归而永叹！（《思归引序》）

感性命之不永，惧凋落之无期！（《金谷诗序》）

既厌倦了人世间的纷纷扰扰，又充满了人生无常的感叹。他也想远离官场，可是做不到，总是恐惧不知道什么时候，灾祸也就降临了。

石崇的这个预感是对的。石崇所在的政治派系在权力斗争中失败，而他拥有的巨额财富，使得他成为一块格外诱人的肥肉。

有得势的新贵来向石崇索要他心爱的姬妾绿珠，石崇把家里的婢妾几十人摆出来，让人家挑。你在劝酒时可以随便杀掉的美人，人家当然也不稀罕，人家只要绿珠。石崇舍不得给，随后绿珠坠楼自杀，石崇的死期很快也就到了。

史书上说，石崇对来抓捕自己的人说，你们就是看中了我的家财。对方的回应是："知财致害，何不早散之？"

这对话未必属实，只不过反映了一般人对有钱人的朴素期待，以及看到有钱人倒霉时还能在口舌上占他一点便宜，难免有些卑微的快感。

十七、乱世佳人潘岳

（一）挟弹出洛阳道

潘岳，字安仁，中国文化史上最著名的美男子之一。古代的话本小说里，形容男人长得好，就说"貌比潘安，颜如宋玉"。对偶句讲究平仄相反，岳和玉都是仄声，念起来不好听，换成平声字"安"，就悦耳多了。虽然按说人家字"安仁"你却只提一个"安"字，没有这么称呼的道理，但古人为了押韵或平仄和谐，是什么事都干得出来的。

潘岳最著名的事迹，见于《世说新语·容止》：

潘岳妙有姿容，好神情。少时挟弹出洛阳道，妇人遇者，莫不连手共萦之。左太冲绝丑，亦复效岳游遨，于是群妪齐共乱唾之，委顿而返。（《世说新语·容止》）

潘岳的姿态容貌都很美妙，神情尤其迷人。少年时代，他挟着弹弓出现在洛阳道上，女人看见他，都会手拉手围绕着他。

另一位著名文人左思，相貌丑陋至极，也学习潘岳的样子。

大概这个举动把潘岳的粉丝尤其是妈妈粉激怒了，你也配学我家偶像？于是老太太们冲上去向左思乱吐唾沫，把左思弄得萎靡不振地回家了。

这段小故事也有可争论的地方，就是所谓"少时"，究竟少到什么地步？是潘岳十来岁的时候，还是大一些的青春期少年时？

《晋书·潘岳传》里，罗列潘岳的劣迹的时候，是把"挟弹盈果"和"拜尘趋贵"相提并论的，后者是潘岳公开做的最不要脸的事。而如果是一个小朋友太可爱了被怪阿姨怪奶奶围观，无论如何不能算成劣迹。看来唐代史臣认为潘岳当时已经成年，而且拿了人家水果之后，可能还干了点别的。

清代学者卢文弨说，当时潘岳一定年纪很小，这些女人一定年纪很大，所以这事一点都不奇怪，"今人亦何尝无此风？"余嘉锡先生也对他的观点表示了支持，又说，就算潘岳当时已经"成童"了，掷果的也是"老妪"啊，无非是"老年妇人爱怜小儿"的心理，潘岳的表现没毛病。

这两位都是可敬的学者，这么说一来是为潘岳辩护，二来他们都生活在男女大防被特别重视的时代氛围里，所以大概认为，女性就算喜欢美少年，也会比较含蓄，很难想象她们看见长得帅的男人，可以积极主动到这等地步，所以难免觉得这个剧情不合理。

实际上，潘岳"弱冠辟司空太尉府"，这才到了洛阳。所以"挟弹出洛阳道"的潘岳，总得有二十来岁了。

何况，《世说新语》里又说左思模仿潘岳，左思是齐国临淄人，因为妹妹左芬入宫，才"移家京师"的。学者推算左芬入宫是在泰始八年（272）前后，而这一年潘岳已经二十六岁了。

也就是说，不管《世说新语》里这个故事是否可信，他主观上想讲的就是一个青春年少的美男子如何受欢迎的故事。

直到唐代，社会风气都还很开放，所以唐代史臣读到这个故事，理解仍毫无障碍。到卢、余等先生的时代，却有了隔阂，而现代人看惯了女孩追星的宏大场面，再看这段，才真是"今人亦何尝无此风"，就又觉得息息相通了。

（二）自是生寒门，良媒不相识

潘岳可以说出身于一个文学世家。他的同族伯父潘勖，曾写过一篇政治意义极为重大、影响极为深远的文章：汉献帝给曹操加九锡，那篇《册魏公九锡文》，就是潘勖的手笔。汉朝的忠臣，想必会骂潘勖无耻，但潘勖获得的回报，却也想必会相当丰厚。应该承认，这类文章骨子里固然极端谄媚，面子上却确乎无比端庄，"铺张典丽，为一时大著作"（赵翼语），技术含量是很高的，有媚骨的人从来车载斗量，真能把画皮打磨得光鲜璀璨的，却是凤毛麟角。

潘勖的孙子潘尼，论辈分虽是潘岳的侄子，两人年纪却差不多大，文学史并称"两潘"。

潘岳正始八年（247）出生，到高贵乡公甘露三年（258）的时候，十二岁的潘岳文学才华已经初露锋芒，被乡里赞誉，号称"奇童"。潘岳的父亲潘芘有个朋友叫杨肇，一见这个孩子就非常喜欢，预订了潘岳做自己的女婿。

这对潘岳是非常幸运的事。杨家的官做得比潘家大得多，而且杨肇当时是司马昭大将军府参军,等于在当时的政治斗争中,未来的岳父帮潘岳在胜利一方的队伍里,预订了一个位置。很多年以后面对行刑队,潘岳回首自己一生,会发现自己选边站的时候,再也没有做过这么正确的选择。

潘岳的父亲担任过的最重要的职务,是琅邪内史。——琅邪是国名,国是和郡平级的行政单位,区别是国理论上是封给某位诸侯王了,但实际上由内史负责治理,也就是说王国的内史相当于郡的太守。

潘岳跟着父亲到了琅邪,少年潘岳有很多才华需要挥洒,写了一些非常精彩的诗文。但少年人很难知道收敛,过人的容貌、超群的才华再加上本地一把手领导的公子爷这个身份,也使潘岳养成了一些恶少脾气。比如有个叫孙秀的小官吏,潘岳对他非常厌恶,"数挞辱之",甚至用脚践踏他,根本不把他当人看待。

当然,在那时的潘岳看来,羞辱孙秀只是一个微不足道的游戏。那些洛阳城的权贵子弟,羞辱甚至杀戮部曲、仆役,不是最寻常不过的行为吗?他不知道,这是自己人生中最昂贵的一次放纵。

很快,潘岳就把孙秀抛在脑后,离开琅邪,到洛阳去探寻自己的仕途了。

到洛阳之后潘岳才发现,自己引以为豪的那些优点,不说不值一提,但确实没什么稀罕。

潘岳长得帅,但当时的上流社会里,帅哥并不是很稀缺的资源。

何晏、嵇康虽然都已经是过去时了,但江山代有美男出,颜值特别能打的,现在还有的是:

潘安仁、夏侯湛并,有美容,喜同行,时人谓之"连璧"。

（《世说新语·容止》）

潘岳和夏侯湛在一起，大家说是"连璧"，固然是夸潘岳长得帅，但也未见得就胜过夏侯湛。而人家夸夏侯湛长得帅，想必也会有人摇头叹息说："君未见其叔耳！"夏侯湛是曹魏名将夏侯渊的曾孙，有个玉树临风，还给人感觉明媚得像抱着日月的族叔叫夏侯玄。

再说了，玉璧诚然很珍贵，但也算不得稀有。别的不说，琅邪王氏的老老小小坐一屋子，就让人觉得"触目见琳琅珠玉"，再如老一辈的裴楷裴令公，人称"玉人"；等到潘岳四十岁的时候，卫玠出生了，王济这样的资深帅哥往卫玠身边一站，就觉得"珠玉在侧"而自惭形秽，这可是让所有老辈帅哥觉得自己要被拍死在沙滩上的后浪。

总之，丑成左思那样的也许反而有点稀罕，长得像美玉的男人，洛阳城里扔块石头能砸到好几个呢。

就算单比颜值潘岳还是能略占上风，但人家出身门第都比你高啊。

潘岳诗歌、文章是写得好，但文学才能高，不是本来就是寒门的标志吗？

魏晋时的"寒门"，含义和今天大不相同，实际上，社会上的绝大多数人家，是不够格称寒门的。

所谓寒门是这样一个阶层：地方上有头有脸，家财不少甚至豪阔，大小也是个官，还挺有文化。老百姓高攀不起他们，但碰到门阀大姓，他们又高攀不上。

潘家就属于寒门。

西晋最重要的诗人，有所谓"三张二陆两潘一左"，即张载、张协、张亢、陆机、陆云、潘岳、潘尼、左思。这八个人里，只有陆家兄弟是吴郡著姓，但是，南方的士族到中原来，不类似于法国人嘴里的"科西嘉贵族"吗？另外，如傅玄、张华、束皙、郭泰机、嵇含、皇甫谧、成公绥……这些有点名气的诗人，都大体可算是出身于寒素士人阶层。

那个年代，寒门要引起关注并证明自己，很重要的一个途径就是创作政治性的或特别富有娱乐性的诗赋，因为很多出身名门望族的人，都喜欢读这类作品，于是就可以被看见。现代学者评价西晋的诗，往往觉得缺乏真情实感，手法却特别地堆砌烦琐。这也难怪，很多诗本来就不是自己抒怀，而是在迎合别人的趣味。

门阀子弟爱读诗文的不少，但自己的创作欲却一般不太高，写东西还是太累，他们有更舒适地展示自己的方法，也就是清谈。

清谈却是潘岳不擅长的，一来他本不善言辞，二来口才好其实也没用，清谈很多时候是一种辩论，你就是把那些出身比你好，官做得比你大的人说得哑口无言或恼羞成怒，也不会算你赢的。

所以，归根结底潘岳的致命软肋，还是在于他是寒门，他也就只好"栖迟十年"了。

（三）潘鬓入秋悲

潘岳在洛阳的十多年，朝廷里党争闹得很厉害。

一派以贾充为领袖；另一派包括山涛、王济、裴楷、和峤这些颇有些名士范儿的人，除掉老一辈的山涛，大多是出身名门的高干子弟。

潘岳最晚在泰始八年（272）做了贾充掾属（之前领导是谁不

太清楚，也可能早就是贾充了），自然也就算作是贾充一派的。

潘岳提到贾充，那真是充满了感激之情。后来贾充去世，潘岳为贾充写过诔文，其中说到"昂昂公侯，实天诞育，八元斯九，五臣兹六"，对人臣的赞美，这些话都是顶配。老天爷为了让世界更美好，刻意创造了一个贾充。尧舜时代的贤臣有所谓"八元"，加上贾充就有九个了；舜治理天下靠"五臣"，有了贾充从此就是六个。——所谓"五臣"，其实倒都是广为人知的人物，即禹（夏朝始祖）、稷（周朝始祖）、契（商朝始祖）、皋陶（天下第一大法官）、伯益（秦朝始祖），可以感受下潘岳这褒奖的分量。

后面还有许多夸耀功业和德行的话，总之，和后世史书里的贾充形象，没有一点对得上。

但潘岳在贾充手底下并没得到太多提拔，可见，他认为自己仕途不顺，不能怪贾充不帮忙。——这倒是和正史记述完全符合的，《晋书·贾充传》告诉我们，贾充是极会当官的，以贾充的领导水平，不管有没有使劲帮潘岳，让潘岳相信他已经竭尽全力了，那是轻而易举的事。

那么，《晋书·潘岳传》里说的，"才名冠世，为众所疾"，这个"众"是些什么人，也就浮出水面了，就是王济、裴楷、和峤他们。

他们未必是讨厌潘岳，而是痛恨贾充。

两派政治势力，在皇权的威严下斗而不破，对方阵营里根基深厚的实力派是斗不倒的，对方的软柿子捏起来却也没什么意义，像潘岳这种名气巨大、优势突出、短板明显的角色，才是最适合的开刀对象。

于是潘岳跑到尚书官署外面的柱子上，写了这么一段歌谣：

阁道东，有大牛。王济鞅，裴楷鞧，和峤刺促不得休。(《晋书·潘岳传》)

这是《晋书·潘岳传》的版本，前面我们讲山涛时讲到，《世说新语》里也有这条谣言，内容大同小异。这一年很可能是咸宁四年（278），潘岳在这年写了著名的《秋兴赋》，其中说道，"余春秋三十有二，始见二毛"，美男子三十二岁就长了白头发，情绪难免比较激动。

这样的谣言，自然会不胫而走，迅速成为大晋朝官场上最受欢迎的酒桌段子。但对潘岳本人，无疑没好处。甚至他因此在朝廷里待不下去了，也就是这一年，他外放去河阳当了县令。

京师的十来年蹉跎加上最后的挫折，大约使潘岳的棱角被磨平了不少，他在地方官任上颇为勤勉，待人接物也变得比较友善。基层的历练也使他能够以更务实的眼光看待一些问题。比如当时朝廷认为，流动人口导致社会治安下降，所以应该封禁民间旅舍，并加大盘查力度。潘岳上书，指出这种做法"唯商鞅尤之，固非圣世之所言也"，并详细分析了其可能造成的危害，终于让朝廷收回成命。

八年时间做了两个地方的县令后，潘岳被调回朝廷任"尚书度支郎"，潘岳在这个负责财赋的统计和支调的岗位上表现应该是中规中矩，后来又平调为"廷尉平"，这个职务"掌平决诏狱"，颇为敏感：诏狱是不走一般司法程序，由皇帝下诏审理的高级官员犯罪的案件。也就是说，必然会牵涉到权力斗争。史料中含糊其词地说，不久后潘岳"以公事免"，看来是因为某个案件得罪了某家权贵，可惜具体是什么就不知道了。

这一年是晋武帝太康十年（289）也即他在位的倒数第二年。老皇帝临终，各派政治势力角力特别复杂，确实容易摊上事。

潘岳已经四十三岁了。

（四）高情千古闲居赋

但不久之后，潘岳的命运却似乎迎来了转机。晋武帝去世，他的杨皇后升格为杨太后，太后的父亲太傅杨骏是托孤大臣，权倾朝野，而杨骏引用潘岳做太傅主簿，也就是自己的机要秘书。

同时，杨骏还把裴楷、和峤这些当年压制潘岳的人，统统调到太子的东宫去做官，名义上是要给太子安排几个好老师，实际上就是把他们踢出权力中枢。

看起来，潘岳时来运转的机会到了。

然而事实刚好相反。

按照晋武帝本来的安排，杨骏本来是不该有这么大的权力的。晋武帝原计划是杨骏和自己的四叔父汝南王司马亮共同辅政。这样，一个外戚，一个宗室，彼此配合又互相牵制，好让自己的傻儿子平稳接班。

但是杨骏利用皇帝临终时只有自己在他身边的优势，篡改了遗诏。

可惜，夺权这件事，并不是改改遗诏这么简单。晋武帝为了这个计划，已经布局多年，司马家的王爷们，控制着天下绝大部分兵力，这哪里是一道遗诏就可以改变的？

所以杨骏大权独揽的那一天，也就把自己送到了千夫所指的位置上。

晋惠帝的皇后就是贾充的女儿贾南风，她是个政治野心极强的女人，自然想取杨骏而代之；而她和杨太后两个女人之间，各种说得清和说不清的怨愤纠葛也是堆积如山。

贾南风的手腕配得上她的野心，她利用皇帝的弟弟楚王司马玮等人做杀人的刀，发动政变，杀死了杨骏，接下来自然是对杨骏势力的大清洗，洛阳城里杀得人头滚滚。

和潘岳同样担任太傅主簿的朱振，追随在杨骏身边，还替杨骏拟订了绝地反击的方案，但没有被采纳，之后他的死期自然也就到了。

但不知道是碰巧还是事先得到了一点消息，政变那天晚上，潘岳"取急在外"，就是因私事请假没去值班。

当然，没值班本来也是要作为从犯被追究的，但潘岳做河阳县令的时候，对一个叫公孙宏的人很好，公孙宏现在做了楚王司马玮的长史，他替潘岳求情，潘岳也就没事了，只是又变成平民了而已。

不久之后，潘岳被任命为长安县令，后来又被调回中央做博士，但是接受任命的时候，因为母亲突然病重，没来得及向皇帝谢恩就走了，再次被免官。

这一年是晋惠帝元康六年（296），潘岳已经五十岁了。

也就是这一年，潘岳写了著名的《闲居赋》。

差不多一千年之后，金元之际的诗人元好问读到了这篇作品，写了这样一首诗：

心画心声总失真，文章宁复见为人。
高情千古闲居赋，争信安仁拜路尘！（《论诗三十首·其六》）

"拜路尘"是说，潘岳看见贾充的孙子贾谧的车子驶过，对着车后扬起的灰尘都要跪拜。

于是元好问说，潘岳能写出《闲居赋》这样清高的作品，怎么能想象，他会做出"拜路尘"这么谄事权贵的事来？可见文章反映人品之类的话，是靠不住的。

只能说，元好问并没有好好读《闲居赋》，文章确实不一定"见为人"，但《闲居赋》却刚巧是能见出潘岳为人的。

这就是一篇极其热衷的作品。

赋前有小序。潘岳先赞叹古人求官的"巧"，然后感叹自己做官的"拙"。

然后他就把自己的仕途履历详细报了一遍，总结说："八徙官而一进阶，再免，一除名，一不拜职，迁者三而已矣。"魏晋时期留存至今的史料并不多，基层文官怎么在不同岗位上打转，潘岳算是给历史学家提供了重要依据。不但文学史家把这段材料视为研究潘岳生平的重要资料，研究制度史的学者，对这段材料也非常重视。

生到今天，潘岳一定也是能把职称材料写得特别清楚的人。

于是潘岳一唱三叹地说起自己做官有多"拙"，"拙者之为政"可说是这篇小序的主题，后来还成了典故，如明朝一个苏州的贪官给自家园林起名字，就叫"拙政园"。

赋的正文，一起笔就描写自己"闲居"的周边环境：西边是军营，渲染了几句军队操演的热闹场景后，潘岳没有嫌吵，而是幻想这样的战士可以如何"耀我皇威"；东边是学校，于是潘岳想到了伟大的先皇司马昭；想到了开春的时候，天子来祭祀的场面有多壮观；想到本朝的教学体系如何可以吸纳不同出身的人才（"右延国胄，左纳良逸"）……总之，这一大段环境描写，就是一曲正能量的颂歌。

接下来当然要描写自己的农家庄园有多美，在母亲膝下承欢有多幸福，最后还是一遍遍说，我不适合当官不适合当官不适合当官。

天天嚷嚷我要躺平的人，就是还不甘心躺平。同理，真不想当官，想明白了不再提这茬儿就是了，这么反复念叨，就是还是挺想的。

钱钟书吐槽谢灵运："余尝病谢客山水诗，每以矜持矫揉之语，道萧散逍遥之致，词气与词意，苦相乖违。"又讥讽阮大铖："圆海况而愈下；听其言则淡泊宁静，得天机而造自然，观其态则挤眉弄眼，龋齿折腰，通身不安详自在。"

这些话拿来说潘岳，自然也合适。

但事情也可以反过来看：潘岳想当官，有什么不对吗？

他自己也说了，"非至圣无轨微妙玄通者，则必立功立事，效当年之用"，人不能默默无闻过一辈子，作为一个十二岁就有"奇童"美誉，相貌那么俊美，文采那么出众，行政能力经过实践检验表现也不差的人，凭什么那些高门子弟可以平流进取坐至公卿，自己就得憋屈一辈子呢？

五十岁了，是还可以搏一把的最后的年岁了，而这时的局面，看起来对潘岳还真是非常有利。

当年潘岳的恩公，"太宰鲁武公"贾充虽然早就不在了，但贾家的势力，现在却如日中天。

皇帝是傻的，一切都听皇后贾南风的。当然，说皇后丑陋而淫乱，喜欢抓美少年到宫里去享乐，以此揣测老帅哥潘岳是不是和皇后有什么特殊关系，那是不足凭信的段子。

真正赏识潘岳的，就是贾充的孙子贾谧。

（五）春荣谁不慕，岁寒良独希

贾谧的身世，比较神奇。《世说新语》讲了一个故事：

韩寿美姿容，贾充辟以为掾。充每聚会，贾女于青琐中看，见寿，说之。恒怀存想，发于吟咏。后婢往寿家，具述如此，并言女光丽。寿闻之心动，遂请婢潜修音问。及期往宿。寿蹻捷绝人，逾墙而入，家中莫知。自是充觉女盛自拂拭，说畅有异于常。后会诸吏，闻寿有奇香之气，是外国所贡，一著人，则历月不歇。充计武帝唯赐己及陈骞，余家无此香，疑寿与女通，而垣墙重密，门阁急峻，何由得尔？乃托言有盗，令人修墙。使反曰："其余无异，唯东北角如有人迹。而墙高，非人所逾。"充乃取女左右婢考问，即以状对。充秘之，以女妻寿。（《世说新语·惑溺》）

贾充的小女儿贾午与贾充的掾属韩寿私通。贾午太喜欢韩寿了，就偷了父亲收藏的西域进贡的香料，送给了韩寿。这种奇香"一著人，则历月不歇"，因此韩寿的同事们（不确定其中有没有潘岳）很快便发现了韩寿身上的香气，并向贾充说起。贾充知道，这种香料皇帝仅仅赏赐给了自己和大司马陈骞，联系前因后果，就猜到了问题所在。

贾充倒是没有做《西厢记》里的老夫人，没想拆散这对小情人，而是很干脆地把女儿嫁给了韩寿。

而贾谧，就是韩寿和贾午的儿子。就是说，他本该叫韩谧，是贾充的外孙。因为贾充没有子孙，就拿外孙当孙子，作为继承人。

中国的传统，是严格排斥女性的继承权的，外孙和孙子自然也绝不能相提并论。所以这个做法，被讲究礼法的人严厉抨击，认为会"令先公怀腆后土，良史书过，岂不痛心"，就是回顾前世，这对不起祖宗，眺望未来，这会成为永恒的丑闻。

所以，贾谧从小就享受着罕与伦比的荣华富贵，同时要时不时遭遇各种鄙视的眼光和刻薄的言辞。

贾谧养成了既豪奢又浮夸的性格，表现之一，就是喜欢文学。

皇后贾南风是居于幕后的，在前台更多和官员们打交道的，正是贾谧，史称贾谧当时"权过人主"。但同时，人家把他比作西汉的落魄才子贾谊，他似乎也引以为荣。贾谧身边聚集起一个半文学半政治的团体，经常在石崇的金谷园里聚会，史称"金谷二十四友"。

贾谧很欣赏潘岳，有说法是，潘岳是"二十四友"之首。所谓"安仁拜路尘"，也就发生在这个时候。

而潘岳的仕途确实也就顺畅起来，"寻为著作郎，转散骑侍郎，迁给事黄门侍郎"，这几个职务品级虽然仍不是很高，但颇为清要，尤其是黄门侍郎，工作地点在宫门之内，是内朝和外朝沟通的枢纽，可谓至关重要的职务。所以这个官职也就和潘岳的名字结合在一起，潘岳文集，就叫《潘黄门集》。

当然，贾谧也会把一些重要任务交给潘岳。

比如元康八年（298）的"晋书限断"事件。

这一年，西晋朝廷里有一场大讨论，就是本朝的历史，该从哪一年写起。一派意见认为，当然是从司马炎接受曹魏禅让开始；另一派则认为，应该上溯得早一点，在司马昭甚至司马懿的时代，既然已经大权在握，晋史就已经可以开始了。

这不是抽象的理论问题，也不是把本朝史拉得越长越有面子。

关键在于，从晋武帝司马炎开始的话，有资格继承帝位的，就只能是司马炎的后代；上溯到司马懿，则身为其后代的宗室王（如当时很活跃的赵王司马伦），要提出皇位继承权，就不能说一点道理没有。

贾谧当然是捍卫前一种观点的，这是论证当今傻皇帝的权威，同时敲打皇帝那些痴心妄想蠢蠢欲动的叔叔和叔公。这无疑是国之忠良应该做的事，因此也得到了朝廷里声望卓著的官员的广泛支持。

贾谧的观点，是由潘岳写成稿件的。这项工作，真是既实惠多多，又光荣体面，潘岳迎来了人生中最辉煌的时刻。

但接下来，贾谧就让潘岳去做了一件最无耻的事。

贾谧想置当今太子于死地。

太子司马遹自幼聪明，可以说是朝野人望所系，虽然随着年龄的增长，太子表现出越来越多的顽劣习气，但许多人也还是愿意相信，这是太子在韬光养晦。因为当今皇帝是傻的，所以人们期望，等到皇帝驾崩太子即位，一切就都会好起来。

但太子不是贾皇后所生，贾皇后视太子为眼中钉，而贾谧曾经"侍讲东宫"，和太子相处得尤其糟糕。

其实明眼人不难看出，皇后、贾谧如果能和太子搞好关系，其实对贾家倒是好事。皇后年轻时没能生育，现在已年过四旬，是不可能生出一个儿子来了。那么太子就是皇位唯一的合法继承人。如果和太子相处和谐，那样等到太子变成皇帝的时候，贾家的特殊地位，多少能够得到保全。相反，一旦做了什么对太子不利的事，倒是给了所有敌对势力行动的借口。

但怨愤之心，有时不能为理性所改变。

皇后把太子骗进宫中，把他灌醉，然后让他抄写一段向神明祈祷的文字。这段"祷神之文"是非常难认的草书，太子醉得昏昏沉沉，根本弄不清自己抄的究竟是些什么，就照着写了。

实际上这段文字是：

陛下宜自了，不自了，吾当入了之。中宫又宜速自了，不自了，吾当手了之。并与谢妃共要克期而两发，勿疑犹豫，致后患。（《晋书·愍怀太子遹传》）

这里提到的谢妃，是太子的亲生母亲。

于是就有了太子谋反的证据。

这段大逆不道的"祷神之文"，就出自潘岳之手。

史料中没有谈及伪造这份文件时潘岳的心理。他也许有过抗拒，但憔悴困顿大半生，贾谧终于给自己的仕途带来一点曙光，潘岳实在没有勇气拒绝贾谧。潘岳也许想起了族伯潘勖的那篇《册魏公九锡文》，那也是一篇不要脸的文章，可它给潘勖带来多大的荣耀啊。区别就是，自己只需要模拟醉汉的胡话并把字写得潦草一点，相比潘勖的"一时大著作"，只从技术角度讲，实在有点轻松。

终于，太子被丢进大牢，接下来一起更没有技术含量的投毒案发生了：贾后派医生去给太子下毒，由于太子只吃自己煮的东西，投毒者实在找不到机会，便用药杵将太子打死。

而潜伏已久的野心家们，也纷纷行动起来了。

（六）投分寄石友，白首同所归

发动政变的，是司马懿的第九个儿子，当今皇帝的叔祖父赵王司马伦。

从各方面看，司马伦都是一个非常平庸的人，不过，在改封赵王之前，司马伦还做过一段时间的琅邪王。在琅邪郡，司马伦得到了一个野心勃勃而精于策划阴谋的助手。

这个人，就是当初被少年潘岳鞭打并踩在脚下的孙秀。

孙秀的计划执行得非常顺利，皇后被杀，贾谧被杀，朝中一大批名臣都被杀，潘岳一个文人，倒是暂时没有太被关注，继续做自己的黄门侍郎。

只不过，孙秀为赵王伦建立了这样的大功勋，自然加官晋爵当上了中书令，也就是黄门侍郎的顶头上司：

> 孙秀既恨石崇不与绿珠，又憾潘岳昔遇之不以礼。后秀为中书令，岳省内见之，因唤曰："孙令，忆畴昔周旋不？"秀曰："中心藏之，何日忘之？"岳于是始知必不免。后收石崇、欧阳坚石，同日收岳。石先送市，亦不相知。潘后至，石谓潘曰："安仁，卿亦复尔邪？"潘曰："可谓'白首同所归'。"潘《金谷集》诗云："投分寄石友，白首同所归。"乃成其谶。（《世说新语·仇隙》）

孙秀和石崇有仇，因为他向石崇索要美丽的绿珠，石崇不给。

孙秀也记得当初潘岳对自己的羞辱。

潘岳在官署里看见孙秀："孙令，忆畴昔周旋不？"他喊着孙秀的官位问，还记得过去我们两个人的交往吗？

孙秀回答："中心藏之，何日忘之？"孙秀虽然出身卑微，相貌丑陋，但一样很有文化教养，随口就背了《诗经·小雅·隰桑》中的一句。这本是一句爱情诗：我那么爱你，为什么却不对你说呢？因为这份爱恋牢牢藏在我心里，一天也不敢忘记。

当然，按照赋诗断章的伟大传统，这里的"爱恋"，要替换成"怨恨"。

在场的不明就里的同事们，听到两个人温柔而文雅的对话，一定以为两个人是在叙旧。

只有潘岳自己心里冰凉，他知道自己死定了。

几天后，潘岳被押送到刑场，在那里，他还看见了石崇。

两个人都很意外。石崇问："安仁，你也落到这一步了吗？"——另有一个版本，石崇问的是："天下杀英雄，卿复何为？"为什么会牵连到你一个文人呢？潘岳回答："俊士填沟壑，余波来及人。"

《世说新语》这个版本，潘岳是背了一句当年在金谷园欢聚的时候，自己作的诗："白首同所归。"

三十二岁的时候，潘岳就已经是"二毛"了，现在潘岳五十四岁，大约也是美人迟暮满头白发了。当年潘岳给石崇赠诗，说我们的情谊像金石般牢固，但愿能够白头偕老地离开这个世界。一语成谶。

孙秀给潘岳定的是叛乱的罪名，所以应该"夷三族"，具体说是："岳母及兄侍御史释、弟燕令豹、司徒掾据、据弟诜，兄弟之子，已出之女，无长幼一时被害。"

魏晋在中国历史上，是一段脱轨的乱世，魏晋文学在中国文学史上，经常也被当作是一股跑偏的支流。

潘岳在西晋的文学家里，算是排名靠前的几个人之一，但从唐代到明清，往往就被当作二三流作家看待，有时还会得到一些特别难听的评价。如叶燮《原诗》说："六朝诗家，惟陶潜、谢灵运、谢朓三人最杰出，可以鼎立……最下者潘岳，沈约，几无一首一语可取，诸如其人之品也。"沈德潜《古诗源》中称："安仁党于贾后，谋杀太子遹与有力焉。人品如此，诗安得佳。"

说起来是论诗，归根结底，还是谈到人品上。

热衷仕宦倒也罢了，偏偏他所依附的那股势力，从贾充到贾皇后到贾谧，最是声名狼藉。——其实潘岳生活的年代，倒未见得都如此，这是潘岳的不幸。当年，潘岳因为要照看生病的母亲，丢掉了博士的官衔，因此作为孝子的代表，很被称颂了一阵，但潘岳不顾母亲的劝阻继续求升职，最后连累得老母亲也被送上刑场，于是就又从孝子名单里被开除掉了。

但有人说，潘岳因为汲汲于荣华富贵，结局才会这么悲惨。这却有点难说。

不妨回头再看看开头那个洛阳道上求关注的故事里，作为潘岳的反面的左思的命运。

论颜值，左思学潘岳真是东施效颦，论文学史地位，左思比潘岳却高得多。王夫之说："三国之降为西晋，文体大坏，古度古心，不绝于来兹者，非太冲其焉归？"意思是别人都不用看了，就看看左思吧。

潘岳的诗文繁丽绮靡，左思却质朴凝练。潘岳想表达一点心声，曲曲折折遮遮掩掩，好像李瓶儿和西门庆上床之前，还要谢谢西门庆一直在照顾自己的老公；左思也是贾谧的"二十四友"之一，不过卷入没有那么深，他为人爽快得多，想当官的时候就求官，觉得不公就骂不公，骂完了就回家，请我当官也不当了。

感到时局越来越乱，左思就离开了京师是非之地，把家搬到了冀州。

《晋书》说，左思是几年后病故的，估算下来，大约是305年或306年吧。

接下来公元307年，皇帝换了一个好听的年号，叫"永嘉"。

那是中国古代史上最恐怖的社会大崩溃。

左思自己及时病死还算善终，他的家人呢？永嘉之乱时，各路军阀指挥麾下人马，在冀州纵横来去，见人就杀，那时整个北方，就是真正的人间地狱。

潘岳不求官的话，也许可以多活几年，但他将要面对的，也就是这一切。

大时代从每个人身上碾过，对你精心盘算的人生选择，经常真没有那么关心。

十八、"妾身未分明"的陆机

陆平原河桥败，为卢志所谮，被诛。临刑叹曰："欲闻华亭鹤唳，可复得乎！"（《世说新语·尤悔》）

平原内史陆机在河桥兵败后，受到卢志的谮害，被杀。临刑时叹息说："想听一听故乡华亭的鹤鸣，再也听不到了！"

（一）遗少的难题

陆机是东吴名将陆逊的孙子，陆抗的儿子。

西晋灭吴的那一年（280），陆机二十岁，刚刚步入仕途。庸俗地看，这个运气比他的哥哥陆晏、陆景要好，但比弟弟陆云要略微坏一点。

陆晏是夷道监军，陆景是水军都督，都是东吴军队系统里的重要人物。从晋军方面说，他们是重点打击的对象；从陆家忠义的家风说，他们有殉国的责任。所以他们也就确实战死了。

陆机当时是牙门将，这是杂号将军的一种，手下也没多少军队。他大概是被擒了，《晋书·杜预传》说："凡所斩及生获吴都督、监军十四，牙门、郡守百二十余人。"陆机大概就在其中。

所以有人推测，这之后陆机就作为俘虏到过一次洛阳。因为晋朝优待俘虏，所以在洛阳他的行动倒没受太大拘束，而且很快就被放回家了。

陆云比陆机还要小一岁，身体也不大好，这时未到军中，所以逃过一劫。

灭吴之前，晋朝对东吴投降过来的人士，当然是优待的。吴已经灭了，政策就要转向，要表彰忠义了。当初被孙皓迫害打击的，这个要提拔；在东吴时地位相当高，吴被灭后展示过气节才投降的，可以给予一定优待；在东吴还没有做过官的，也欢迎你来为新政府工作。但已经在东吴做了官的，没机会没条件没资格表现气节，而现在还想做官的，那肯定就要降级了。

陆机刚好就是最后一种。

所以，弟弟陆云可以很早就应了扬州刺史的征辟，陆机就只能一直在家隐居，这一待，就是十余年。

这期间，陆机、陆云兄弟有很多诗文唱和。兄长陆机对弟弟有很多勉励，期待他重振家声。身为兄长而说这样的话，当然包含着对自己混得不如意的羞惭。弟弟陆云则常常显得很矛盾，既对在晋朝任职颇感愧疚，又对在家业国事上有所作为颇觉期待。

这真是一个死结。要继承祖、父的遗志，则不能为新政权效力；要再现祖、父的辉煌，则必须加入新政权。

哥哥陆机早晚也要面对这个问题。后来有人这样描述兄弟俩的差别：

> 陆机兄弟住参佐廨中，三间瓦屋，士龙住东头，士衡住西头。士龙为人，文弱可爱。士衡长七尺余，声作钟声，言多慷慨。（《世说新语·赏誉》）

陆机的个子比陆云高，嗓门比陆云大，性子比陆云雄健慷慨，这种自相矛盾，在他身上表现出来，当然也就更尖锐激烈得多。

陆家虽常出武将，但其实是很有文化传统的家族。

陆抗的传记中保存着他的几道奏章，多引经典，写得文采斐然。陆逊更是以"书生"自居，尤其是在大破关羽之后，他居然以抚边将军、华亭侯的身份，回扬州举了个茂才，真是"仕而优则学"的典范。

家学本有渊源，陆机更是青出于蓝。十余年里，陆机写了很多文章。人虽然在家隐居，文章却不胫而走。所谓"誉流京华，声溢四表"，"况乃海隅，播名上京"。

这些年里，吴地隔三岔五地有叛乱发生。到太康九年（288），东吴故地发生了多次地震，按天人感应的思维，这会被理解为南方人怨气郁结的反映。这一年初，晋武帝已经下过"令内外群官举清能，拔寒素"的诏书，地震之后，引用江东的人才的力度想必会大大增强，甚至于在政策执行的过程中，工作人员提出"你不来也得来，你这么坚决不来是不是对朝廷有什么想法"之类的质疑，也不可避免。

大概也就是在这个时候，陆机北上赴洛阳了。著名的《赴洛道中作二首》其一是这么写的：

总辔登长路，呜咽辞密亲。

借问子何之？世网婴我身。

永叹遵北渚，遗思结南津。

行行遂已远，野途旷无人。

山泽纷纡余，林薄杳阡眠。

虎啸深谷底，鸡鸣高树巅。

哀风中夜流，孤兽更我前。

悲情触物感，沉思郁缠绵。

伫立望故乡，顾影凄自怜。

哭哭啼啼的调子，完全看不出要去当官的好心情。

（二）南方来的战斗"机"

陆机对北方的态度，似乎并不友好。史书上说："陆机兄弟志气高爽，自以吴之名家，初入洛，不推中国（指中原）人士。"

其实，当时的主流，肯定是北方人看不起南方人。不过大多数南方人对北方人的嘲戏，选择了忍气吞声，所以陆机毫不客气的反击态度，格外引人注目，足以为他赢得看不起"中国人"的名声。

各类史料里，陆机和北方人吵架的例子确实非常多。

陆机诣王武子，武子前置数斛羊酪，指以示陆曰："卿江东何以敌此？"陆云："有千里莼羹，但未下盐豉耳。"（《世说新语·言语》）

陆机见王济，王济是有名的花天酒地的公子哥儿，也是有名的臭嘴。

王济指着面前的几斛羊奶酪说："这么好吃的东西，你们江东没有吧？"

陆机回答："千里湖①的莼菜汤，没搁盐豉②的时候，跟这玩意儿口味算一个档次的。"意思是，加上盐豉，羊奶酪就比不了了。

卢志于众坐，问陆士衡："陆逊、陆抗是君何物？"答曰："如卿于卢毓、卢珽。"士龙失色，既出户，谓兄曰："何至如此，彼容不相知也？"士衡正色曰："我父、祖名播海内，宁有不知，鬼子敢尔！"（《世说新语·方正》）

一个公开场合，卢志问陆机："陆逊、陆抗是你什么人啊？"

当时人最重"家讳"，当面喊人家父祖的名字，就和当面打脸差不多。所以陆机当时就怒了，一巴掌抽了回去："就像卢毓、卢珽和你的关系一样。"

陆云觉得兄长有点太过，出门后劝解："何至于此，他或许是真不知道这层关系，这才不小心说错了话。"但是陆机很严肃，说："我爷爷我爸爸是什么人，天下还有不知道的吗？'鬼子'（子读上声，儿子的意思）怎么敢这样！"

细想下来，陆机的逻辑是有问题的。知道陆逊、陆抗是一回事，知不知道你陆机，又是一回事，至于知不知道你陆机和他们的关系，更是另一回事。

---

① 千里湖，位置约为今江苏溧阳市东南十五里处，现已不存在。
② 盐豉，大豆烧熟发酵后加盐做的调味料。

从陆机骂卢志"鬼子"看，对怎么和卢志交往，他准备工作是做得很足的。卢是河北大姓，传说有个叫卢充的，曾与女鬼（当然是大家族的女鬼）结婚生子。这个卢充，就是卢志爷爷的爷爷的爸爸。

我连你爷爷的爷爷的爸爸的八卦都打听清楚了，我爸爸是谁你不知道？这也太伤自尊了。所以你卢志如果是不小心说错话了我要反击，假若是真不知道那我更要骂。

和王济不同，卢志总体而言算个靠谱的人。他是成都王司马颖最主要的谋士，后来，正是因为他，成都王司马颖少添了不少乱。八王之乱中早期的死难者，很多亏得他的建议才得到了安葬，死者家属也拿到了一笔说得过去的抚恤金。张方要劫惠帝去长安的时候，别人全跑了，就卢志还留在惠帝身边。张方要烧洛阳他给拦了，更算功德无量。再后来成都王颖落魄，也只有他，一直追随到成都王死，表现出相当可敬的忠诚。

当然，总体而言靠谱不影响其人在某一件事上狭隘阴暗。陆机当众给他来这么一下，卢志是怀恨在心了，这算是为后来陆机的杀身之祸埋下了种子。

陆机还攻击过左思。左思要写《三都赋》，对东吴首都建业的情况不了解，就去找陆机打听。这之后陆机给陆云写信说：

此间有伧父，欲作《三都赋》，须其成，当以覆酒瓮耳。（《晋书·文苑传》）

这边有个粗鄙的北方佬，竟想写《三都赋》，等他写完，稿纸用来盖酒罐，想必是极好的。

左思是客客气气来求教的，这次完全是陆机主动出击。当然，后来陆机看到左思写成的作品，认输了：承认人家写得好，甚至放弃了自己写《三都赋》的计划。可见，这不是什么文人相轻，恰恰相反，作为文人，他乐意承认同行的才华，但认清楚才华之前，他还是喜欢对北方人（"伧父"是南方人骂北方人的口头禅）攻击了再说。

陆机写过一篇《羽扇赋》，虚构了一场辩论，宋玉、唐勒和山西、河右的诸侯争论，到底是羽扇好还是麈尾好。

宋玉、唐勒都是战国时楚国的文人，当然是南方人。羽扇是南方人爱用的，比如陆机的好朋友顾荣，后来指挥作战时就曾"麾以羽扇"。

山西、河右则是许多北方名士的老家。麈尾是用鹿尾巴毛做的既像扇子又类似拂子的东西，是这些名士清谈时必备的道具。

既然是陆机写的，那当然结论是羽扇好。宋玉滔滔不绝，最后说得诸侯们"伏而引非，皆委扇于楚庭，执鸟羽而言归"。

不知道陆机是不是真就这个话题和北方佬辩论过，总之，码字作文，确实是宣布自己胜利的好办法。

这些都还是日常小事，几乎捅了大娄子的，就是元康八年（298）的"晋书限断"事件。

前面已经说过，这是重大而且实际的政治问题，高级官员们都忙着站队。像陆机这种官场上的小角色（当时任秘书监著作郎），连站队都轮不上，本来只需要扮演好围观群众这个很有乐趣的角色，或者顶多帮大人物打理一点文案工作就可以了，但是他居然发表意见了。

陆机大喝一声，当然应该从晋武帝开始算，但不是从曹魏禅位算，必须等太康元年（280）灭了东吴之后才可以算。这之前，属于"三国同霸"，谁也不算！

正统问题，一直是东吴的一块心病。曹丕可以宣称，皇位是汉献帝让给自己的，所以自己是正统；刘备可以宣称，原来的皇帝没有了，我身为宗室，只能勉为其难地即位，所以我才是正统。而孙权什么理由也没有，所以对他来说最好的解释就是，大家都是"霸"，谁也不是正统。

在三国鼎立的时候，讲讲这套理论也还罢了。现在已经是我大晋的天下，还这么讲，连历史是胜利者写的这种常识都不懂了吗？

史书上没提陆机此论一出，大家都是什么反应。估计第一反应都是有点晕，以为这家伙是从三国穿越过来的，但好在大家都是官场老手，迅速稳定情绪，装没听见，继续把讨论保持在正确的轨道上。——《晋书·贾谧传》里，保存着当时讨论的纪要，对陆机的意见，就根本没提。

秘书监贾谧，是皇后贾南风的侄子，当时最有权势的外戚，他身为陆机的直接领导，没有把问题扩大化，而是派潘岳出面，以自己的口吻给陆机写了一首诗。

派潘岳去对付陆机，当然是绝佳人选。

陆机形象好，潘岳更是帅得让大妈围着他跳广场舞（"妇人遇者，莫不连手共萦之"）。

两人都是文学大家，后世以为"陆海潘江"，似乎更看重陆机，当时的风评，却大概是当时地位潘高于陆。

两人还有仇，当年西陵之战，陆机的父亲陆抗大破晋军，导致荆州刺史杨肇丢官免职，而这个杨肇不是别人，正是潘岳的岳父。——如果诗人的话竟然可信，那么潘岳是非常爱自己的老婆的（《悼亡诗》至今还是中文系学生的背诵篇目），当然也是非常敬重自己的岳父的。

潘岳代贾谧写的诗里，讲的道理没啥可说（本来这种事就只是假装讲道理的样子，能有啥可说呢），不过其中有"在南称柑，度北则橙"两句，似乎是个警告：在家你是个玩意，到北方来就别太把自己当回事了。

陆机的回应则是："惟汉有木，曾不逾境。惟南有金，万邦作咏。"别把我比树木，是树木我就不到北方来了。我是金子，金子到哪里都是金子。

（三）"进趣获讥"

陆机和贾谧的关系，多少是个悬案。

按照《晋书·陆机传》，陆机先是"好游权门，与贾谧亲善，以进趣获讥"，后来又"豫诛贾谧功，赐爵关中侯"，这个人品实在让人有点寒。

不过要说陆机跟贾谧有多"亲善"，那是真不见得。就好比"晋书限断"这个例子，陆机对贾谧的宣传导向就相当不配合。从现在能找到的各种材料看，陆机虽然名列贾谧身边的"二十四友"，但他和贾谧一党的人，尽在闹别扭。

潘岳是贾谧的亲信，而陆机和潘岳的关系很不好。除了上面那场争论外，还有一条潘陆交锋的记录是这样的：

士衡在坐，安仁来，陆便起去，潘曰："清风至，尘飞扬。"陆应声答曰："众鸟集，凤皇翔。"（殷芸《小说》）

看见潘岳来了，陆机就要走。潘岳说："清风来了，尘土飞扬。"陆机应声回答："凡鸟落下，凤凰飞翔。"——众是普通的意思，集是落下的意思，集字上隹下木，正是鸟在树上栖息的样子。

这么公开的彼此不给脸，矛盾肯定是尖锐到一定地步了。

潘岳和石崇是好朋友，而石崇的外甥欧阳建，发表了很多鄙视陆机的文学水平的言论。什么"张（华）、潘（岳、尼）与二陆为比，不徒步骤之间也"，什么"二陆文辞源流，不出俗检"（《太平御览》卷599）。大师想打笔仗，自己却不出手，让小杆子冲锋陷阵，这是传统文化的精髓。

"二十四友"中又有京兆杜斌，弘农王粹。杜斌是杜预的从兄，王粹是王濬的孙子，而杜预、王濬是灭吴的关键人物。论起来，这几位的家族和陆机都有国仇家恨，相处的时候，陆机的脸色，大概也不会怎么好吧。

有可能，只是因为贾谧有权有势，又是秘书监的领导，而陆机作为秘书监的工作人员，对顶头上司表示过尊敬。贾谧也看重他的族望和文名，就顺手把他放进自己身边的圈子里来。大家也说不上多亲多近。

不过，以陆机一向"不推中国人士"的讨人嫌姿态，对谁稍微谄媚一点，"以进趣获讥"就免不了了。

说诛杀贾谧的政变中陆机有功，这就更可疑。

这种顶层的权力之争，人不在关键位置上，要想立功还真不容易。政变当然要有兵，所以首先要争取拉拢的，是禁卫系统的军官，这和陆机当然没关系。陆机既不属于贾谧集团的核心层，当时和赵王司马伦更没什么关系，参与计划拟订，传递关键信息之类的行为，他都没啥机会参与。

杀了贾谧后他"赐爵关中侯"，其实恰恰可说明，他并没在这事里出什么大力。

西晋不比秦汉时，关中侯这个头衔，已经不怎么值钱，当初晋惠帝即位的时候，就曾"二千石以上皆封关中侯"。

政变时赵王伦对三部司马（禁军中的戟盾、弓矢和硬弩部队）放过话，我的军队要打进中宫废皇后了，"汝等皆当从命，赐爵关中侯。不从，诛三族"。这意思，只要不武装对抗，能跟着赵王伦起哄的，就可以封个关中侯了。

政变成功后，赵王伦自知这事自己干得不地道，就想花钱买好评，封赏搞得国库都空了，修饰官帽的貂尾不够用，最后只好拿狗尾巴代替，留下一个"狗尾续貂"的掌故。至于关中侯的头衔，也是搞大派送的，"文武官封侯者数千人"。

所以，能够认清潮流看清形势，没有自绝于人民坚决要为贾谧陪葬，这大概也就是陆机的功了。

但政变之后，赵王司马伦确实对陆机挺重视。

也好理解，赵王伦的权力来路不正，尤其是，诛贾谧人家可以接受，张华这样忠厚的老臣也杀，自然大失人心。

所以，他跟原来构成文官集团骨干的北方文化士族闹得很僵。他们都不愿意到赵王伦这里来任职。赵王聘任谁，谁就宣布自己生病，最极端的，有的人看见赵王的使者来请自己上任，飞身上马就跑，还在马背上转身说你敢追我就放箭的。

正因为在原官僚集体那里获取的支持不够，在这个班子的边缘发掘可用的人物，就是必须的了。陆机作为边缘人里名望特高的，很自然就被看中了。

赵王伦给自己加了丞相的头衔，而引用陆机为相国参军。陆机后来自己说："相国参军，率取台郎，臣独以高贤见取，非私之谓。"大概是实话。

在赵王伦手下任职这件事，后来成了陆机被人诟病的一个理由。但陆机当然也有自己的理由。

这么些年，陆机对北方士人摆出相当有攻击性的对抗姿态，但骨子里，他对这些"伧父""众鸟"的态度，当然是很在乎的。

他早年和兄弟唱和，大多写的是四言诗。但后来五言就渐渐多起来，这是北方流行的时髦诗体。有人猜测，陆机十余年隐居，干的很重要的一件事，就是琢磨新诗体该怎么写。具体说，陆机的五言诗是学的曹植，这个明眼人也都看得出来。

《水经注》里说，陆机到洛阳途中，曾经遇到王弼的鬼魂，两人讨论了一通玄学，但王弼对陆机那种"题纬古今，综检名实"的风格不大欣赏。《晋书·陆云传》则说，碰到王弼鬼魂的是陆云，陆云本来不通玄学，被王弼教导一番，然后就成名嘴了。

两个故事也不矛盾。总之，就是陆家兄弟在玄学上都下了功夫，而且希望在自己和王弼之间，建立一点联系。当时洛阳玄学正风行，曹魏正始年间是玄学兴起的年代，而王弼是正始男神，无数北方士人心目中的偶像。

既求交往，又瞧不上，不管多么瞧不上，终究还要求交往，这种心理，我们都知道其实是很常见的。

但这么多年过去，北方士人对陆机兄弟的认可，还始终停留在口头表彰的层次上。朝廷里需要有一些南方人装门面，不然体现不出咱们是一个统一政权，但权力中心当然不给你进。陆机、陆云兄弟和其他所有的南方名士，就只好一直在一些低级闲散的官位上蹉跎着了。

现在，赵王伦主动把比较清要的工作岗位送到面前来了，我为什么不接？

陆机对东吴感情那么深，对晋朝这个北方人的政权的认同，本来就只是基于理智，因为无法改变事实而选择屈服而已。那屈服于谁不是屈啊？对这个政权内部合法性的辨析，他当然不必像北方士人那么考究。

另外，陆机身上，承担着一些很实在的责任。

《晋书·陆机传》说，陆机"志匡世难"，他有没有这么高远的志向，难以断定。但他在北方待着，显然有个很重要的意义，就是向朝廷举荐南方人物。

随便翻检《晋书》的传记和《陆机集》中的表章：

纪瞻，丹杨秣陵人（治今江苏省南京市）。开始举孝廉，没去，后来又举秀才，是当时担任尚书郎的陆机给他考的试。

贺循，会稽山阴人（治今浙江省绍兴市）。因为"无援于朝，久不进序"，后来"著作郎陆机上疏荐循"。

郭讷，武昌人（治今湖北省鄂州市）。做过县令，因仕途不顺而离任，然后陆机向朝廷夸他"风度简旷，器识朗拔，通济敏悟，才足干事"。

戴渊，广陵人（治今江苏省扬州市）。本是无行少年，打劫时碰巧打到陆机头上，陆机觉得他气度不凡，"在舫屋上遥谓之曰：'卿才器如此，乃复作劫邪！'"戴渊于是感悟，改过自新，学当官了。后来陆机向朝廷举荐这个转业了的强盗，称他是"东南之遗宝，宰朝之奇璞"。

……

总之，很多南方人进入仕途前一个重要环节就是陆机的推荐。

要想被推荐，就得找陆家兄弟，在南方人心目中应该是留下了很深的印象的，以至于在《世说新语》书中，除三害的周处，也是受到陆家兄弟的教导后才改过自新进入仕途的。——事实上，周处比陆机大二十五岁，比陆云更要大上二十六岁，这事的可能性微乎其微。

吾彦是东吴的一个将军，吴被灭时，他的城防战打得很漂亮，而且是在孙皓投降之后才投降的，算得上是忠勇双全。所以晋武帝很欣赏他，曾问吾彦说，陆喜、陆抗这两人比起来，谁强些？吾彦回答："道德名望，抗不及喜；立功立事，喜不及抗。"

后来，陆机兄弟知道了这个回答，很恼火，你是我爹陆抗提拔的，怎么能说他还有不如人的地方呢？于是就"每毁之"。《晋书·吾彦传》中记载有人劝陆机说：

> 卿以士则（吾彦字士则）答诏小有不善，毁之无已，吾恐南人皆将去卿，卿便独坐也。

这话交代了一个很关键的信息，就是南方人本来是围绕在陆机周围的。大家在北方受歧视，当然要抱团取暖，而陆机，是南方人的核心之一。

所以，陆机在官场上混得如何，不是他一个人的事，几乎是整个南方士人集团的事。对陆机而言，清高啊恬退啊，文章里写写可以，实践起来太奢侈，赵王伦把机会送上门来，哪怕明知是烫手山芋，陆机也要接。

（四）拖稿法与还乡潮

赵王伦是座冰山，这个陆机早有预感，但问题比他预感的还要严重得多。

因为这座冰山还爱玩火，他想当皇帝。

赵王伦篡位之前，陆机应该是吓坏了。在一个名声不好的王爷手下任职，无非挨北方名士两句骂（反正本来也要对骂的）；为乱臣贼子篡位出力，那后果可就严重了。——赵王伦吃相难看，手段拙劣，他最终不可能成功，这个可不难看得明白。

篡位的流程，当然是曹丕以来的老办法——禅让。就是说，形式上必须要晋惠帝主动来让，于是，就需要笔杆子出手，以惠帝的口吻写一篇"我想让位给叔爷爷赵王司马伦"的大文章。

陆机知道，赵王伦优待自己，本来就是因为看中了自己这支笔，现在自己又已经被调到了中书省做侍郎，写这篇文章，简直成了本职工作。

最终，陆机想了这么个拖稿大法：借口为兄弟陆云的妻子发丧，不去上班，也就躲着不写。后来陆机回忆说，自己吊丧时，陆云狠哭了一回。按照当时一般人分配感情的方式，这一哭，伤心亡妻的成分比较少，担忧哥哥和家族命运的成分会比较多。

最终，那篇禅让的文章到底是谁写的，《晋书》也没给明确的说法。不过，结合其他一些材料看，确实不是陆机的手笔。毕竟，这个时候愿意出手的投机者，人还是不少的，也不是非陆机不可。

能想出这么个主意，陆机大概也算费尽了心机。但这个成功，仍然接近毫无意义。

称帝之后，赵王伦把自己弄成了众矢之的，然后在各方势力的讨伐下，他就垮了。

新得势的王爷开始追究赵王伦的党羽，那篇禅让的文章的作者，当然也是要严惩的对象。陆机有重大嫌疑，于是就被移交司法机关（廷尉）处理，一家老小，都被丢进了监狱。

　　文章的草稿和定稿，在中书省都有存档，只要一核对笔迹，很容易就可以证明陆机的清白。

　　但是，打击反革命集团的时候，办案人员往往是唯恐不能把问题扩大化的。人家为什么一定要替你去核对呢？

　　所以，说到底还得靠贵人相助。最后，幸赖成都王司马颖等人出面说情，陆机死罪减等，流配边疆。接下来就赶上大赦（清除政敌就要滥刑，收买人心就要大赦，所以那一阵两者同样普遍），连徒边也免了。

　　这时候八王之乱差不多逼近高潮，朝廷的局势眼瞅着不可收拾，于是南方士人的回乡潮，也就出现了。

　　纪瞻、贺循等人相继南归。最著名的例子，则是好酒而任性，人称"江东步兵"（来自江东而有步兵校尉阮籍之风，所以叫江东步兵）的张翰。当初他北上得莫名其妙，遇见要去洛阳的贺循，聊得投机，于是也不跟家人招呼一声，就一道往洛阳来了；现在秋风一起，他说是思念江东的菰菜、莼羹、鲈鱼脍，于是撂下一句："人生贵得适志，何能羁宦数千里，以要名爵乎？"于是便弃官回家。真是今天我任性地走了，正如当初我任性地来。

　　陆机的姐夫，和陆家兄弟并称"江东三俊"的顾荣倒是没有走。他在齐王手底下任职，本来明明不是酒鬼，却偏偏每天把自己灌得醉醺醺的，完成不了起码的工作。暗地里他给朋友写信说，自己看见刀和绳子就想自杀。

　　但他还是不走。

　　不好好干活，是因为怕被当作是齐王的死党，将来齐王垮台，自己也要跟着陪葬。留着不走，是因为江东顾家名望太大，辞官朝廷也不会答应，如果辞得太坚决，也许还会引起意想不到的后果。

自己走得潇洒的张翰对顾荣就很体谅："有四海之名者，求退良难。"

这个时候，正是陆机回家最好的时机。

本来，他会面对和顾荣一样的困境，可是现在他已经"退居散辈"，在洛阳赋闲，此时回家，情理和制度上都没有障碍。

包括顾荣在内，都劝陆机回家。但陆机到底还是决定留下。

《陆机集》里的好多诗文，都纠结着一个问题：究竟是否只有归隐才意味着安全，积极进取是不是一定会招致祸患。他想到傅说，想到伊尹，想到萧何，想到陈平，借此证明也不是每个热心当官的人都下场糟糕的。他也知道，伊尹、萧何的时代和现在完全不同，于是他最终告诉自己，"生亦何惜，功名所叹"，翻译过来，就是做官比活着更重要。

他的南方老乡，自己在收拾行囊的时候，大概也颇有些是不希望陆机、顾荣们也回去的。虽然大家都在说，大晋朝要完，但这种吐槽的话，原是稍不如意就有人爱说的，他们那时也未必自信，这个预言就一定那么准确。

自己跳出北方的这些是非和残杀，是保全自身，也可以很体面地说，是替南方士人保存元气；陆机们留在北方，那么如果将来朝政重回正轨，自己再想回来，也是多了一级台阶。

看起来，陆机将会是很好的一级台阶。

陆机感谢成都王司马颖的救命之恩，又觉得他"推功不居，劳谦下士"，认准了这是自己的明主。于是四十三岁的陆机就像四十三岁情路坎坷的老姑娘终于遇见了自己的男神，"遂委身焉"。

成都王颖是晋武帝的第十六个儿子，年纪虽然不大，但绝对是大人物，当时的身份是"大将军、都督中外诸军事、假节、加黄钺、录尚书事，入朝不趋，剑履上殿"。大将军表明高贵的身份，都督中外诸军事，就是皇宫内外的中央军，理论上都归他管；假节、加黄钺，意味着在军队里，他基本可以说想杀谁就杀谁；尚书省是中央决策部门，录是总领的意思，录尚书事就是所有的行政事务，他都有权插手。

这位年轻的大人物对陆机也很赏识，在他的安排下，陆机成为了平原内史。平原国的国都在今天的山东省平原县西南，与成都王颖的根据地邺城（今河北临漳西南）距离不远。

成都王颖又引陆机入自己的幕府，"为司马，参大将军军事"。

然后，天下当然还要接着乱，邺城的成都王颖要和洛阳的长沙王司马乂开战了。

成都王颖把伟大而光荣的任务给了陆机，他委派给陆机的头衔和权力是：

> 后将军、河北大都督，督北中郎将王粹、冠军牵秀等诸军二十余万人。（《晋书·陆机传》）

当年，陆机的爷爷陆逊为东吴大都督，在猇亭大破刘备时，麾下各部，不过五万人。看起来，陆机强爷胜祖的机会到了。

（五）西晋的叶名琛

成都王的这支军队，开出去确实是很拉风的。所谓：

> 列军自朝歌至于河桥，鼓声闻数百里，汉魏以来，出师之盛未尝有也。（《晋书·陆机传》）

既然是汉魏以来，也就是说什么赤壁之战啊，西晋灭吴啊，规模统统比不上这一场兄弟相残的战争。

然而作为统帅，陆机的表现很丢人。

还没开战，一个叫孟超的军官就纵兵大掠百姓。陆机想整顿军纪，把带头抢劫的人给抓了。结果孟超率领铁骑百余人，直入陆机麾下夺走人犯，还回头对陆机说："你一个貉奴，做什么都督？"

面对北方文士的挑衅，陆机的反应向来是很机敏的，嘴上从不饶人。但此刻面对这么一个粗鄙的北方丘八，陆机似乎是一下子不知所措了。

史书上没提陆机被骂时是什么反应，在场的其余诸将看到这一幕又是什么反应。但总之，陆机最终没有做出任何反应。

陆机身为都督，手握节钺，他理论上有杀孟超的权力，但他到底没有杀。

成都王颖有个最宠信的宦官叫孟玖，孟超就是孟玖的兄弟。满营的将佐和孟超的关系如何虽然不好确定，但他们都是北方人，看陆机这个说话带着南方口音的貉子主帅不爽，那是摆在脸上的。真杀了孟超，只怕他们要一起哗变。

陆机不敢。

有人说，"陆机仰慕的祖父陆逊在其'未远其名'时亦遇到过类似的情形，而陆逊选择不杀最终赢得声誉"，陆机或者也有类似的考虑。这个脑洞开得未免有点大。

别人都知道你有本事杀，而你选择不杀，那是恕道；别人都拿准了你不敢杀，等着看你的笑话，结果你就真给别人看了笑话，那就是怂，没啥好解释的。

所以接下来战局的发展，就完全不是陆机可以控制的了。

陆机的主力部队推进得比较慢，孟超就公然宣称，陆机是与长沙王勾结，意图谋反。然后孟超不听陆机的调度，轻兵独进，结果给长沙王乂打得全军覆没。

然后各支冲到洛阳城外想抢功的军队，纷纷被打败。不用长沙王亲自杀到，败兵就冲散了陆机的大营。二十万大军彻底崩溃，"赴七里涧而死者如积焉，水为之不流"。

于是陆机当然知道，自己的死期到了。

粗读《晋书·陆机传》，会觉得这一战中陆机的无能是惊人的。一不能整顿军纪，二不能协调和同僚的关系，三不能赶紧辞职，整个作战过程中，看不见他这个主帅存在的作用，比之"不战、不和、不守，不死、不降、不走"，实在也不遑多让。

但转念想想，就是真让他那身为一代名将的父、祖和他易地而处，要想改变大局，怕也一样很难。

陆机面前摆着三个几乎无法解决的问题。

第一个问题，是士人和宦官的关系。

君王照例是会比较信任宦官的，无论明断还是昏庸，都是如此，无非是用到什么地步，是有效控制还是被反制的区别。

士人有自己的社会基础，不听皇上的，也还有地方可去，宦官则只有君王给予的权力，离开了皇权，他得不到任何社会认同。所以，认为宦官对自己的忠诚度更高一些，对帝王而言是一个很理性的判断。在魏晋这样一个士人势力庞大的时代，更是如此。政治斗争如此残酷，士人们却笑看风卷云舒，照旧高官厚禄的例子，不知道有多少。

而且，宦官和皇帝朝夕相处，彼此间有一种来自日常生活的亲近感，这也不是难得见上一面，见面都谈正事说大道理的士人所能取代的。对成都王司马颖这样一个成长于深宫，精神似乎从未断奶（很多次，他表现出来的对母亲的依恋是惊人的）的大孩子来说，当然更是如此。

所以，成都王颖身边的宦官，是万万不能得罪的。孟玖想让自己的父亲为邯郸令，左长史卢志这些北方士人，心里肯定也是不爽的，但不为这事抬杠。倒是陆云出来替他们当了出头鸟，说的还是对宦官而言最犯忌的话："此县皆公府掾资，岂有黄门父居之邪！"

所以，早在陆机担任大军统帅之前，弟弟就已经替他把最不能得罪的人得罪过了。这也是陆家家风如此，英雄一世的陆逊陆伯言，结局也是被孙权派去的宦官轮番责骂，给活活骂死的。

第二个问题，是南人和北人的矛盾。

这个前面已经说了很多，陆机到成都王颖门下，尤其算是冤家路窄，因为成都王颖向来最信任的谋士，正是卢志。——也就是被陆机当面叫过祖父、父亲的名字，还骂作"鬼子"的那位。

成都王颖的地盘在幽冀一带，而卢家世为冀州大族，所以现在陆机是到了人家的根据地。

成都王颖对卢志向来是"爱其才量，委以心膂"，成都王要是当了皇帝，卢志对自己将成为中央的行政长官，大概也是自信满满。

但偏生陆机、陆云兄弟凭空出现，一下子获得了成都王颖异乎寻常的信任和厚遇。成都王颖对陆机说："若功成事定，当爵为郡公，位以台司，将军勉之矣！"这正是卢志心目中自己的位置，他怎么可能不羡慕嫉妒恨呢？

第三个问题，是军事统帅权的争夺。

当时成都王颖方面的共识是：第一，长沙王手下只有残缺不全的禁军，所以仗能打赢是必然的；第二，打完这一仗，成都王颖走过必要的程序就要即位当皇帝，也是必然的。

所以，当这一仗的统帅，就是白捡一份开基定鼎的功绩。

卢志是文人，这个位置倒轮不到他来夺，但邺城现放着一位北中郎将王粹，是最合适的人选，就是牵秀、石超等人，在军中的资历也远比陆机深厚。

至于军队的中层，孟玖一向插手比较多。除了孟超是孟玖的弟弟之外，"王阐、郝昌、公师藩等皆玖所用"，所以得罪了孟玖，也就等于把这些人都得罪了。

在这种情况下，陆机这个都督，实在是没法当的。所以陆机的第一反应，也确实是跟成都王"固辞"。

但成都王不答应，就你了。

这时，陆机唯一可以依赖的，只有成都王的充分信任，所以他跟成都王说："想当年，齐桓公信任管仲，建立了九合诸侯的功业；燕惠王怀疑乐毅，本可以吞并齐国却功败垂成。今日之事成功与否，关键在您，而不在我陆机。"

这是跟成都王要一个承诺：我在前线，要做什么，您都要允许我放手去做；而不管别人在您耳边说我什么，您都不要听。

当时卢志也就在旁边。前一个比喻他应该听着很不爽，自比管仲的应该是我，哪里轮得到你陆机？后一个比喻，则令他大喜过望。

他立刻开口接话了："陆机自比管、乐，而把您比作昏暗的君主，自古命将出师，没有臣下凌驾在君主之上还能够取得成功的。"

成都王的反应是"默然"。很明显，卢志的话他听进去了。

当时陆机内心应该是已经绝望了。您既坚决要任用我，又并不信任我，我带着一大群骄兵悍将，在北方士人和宦官们的冷眼围观下，这仗可怎么打？

但陆机不能再推辞。当初靠拖稿大法没为赵王伦写禅让的文章，已经表明我是个一面在人手下任职，一面怀有二心的人，现在继续如此，就证明自己对成都王也并不忠诚。那么，推掉的就不是这一次任命，而是整个仕途。自己当初没听人回家的劝告而选择留在北方，就彻底成了笑话。

也许唯一还可以稍存指望的，就是自己这边情况虽然糟糕，但长沙王那里会更糟糕。看见二十万大军的浩大声势，他能不战而降。

但是很不幸，长沙王司马乂，是此时司马家的王爷中，唯一一位将帅之才。

（六）善良的成都王

大败之后，陆机还能追求的，就只剩让自己死得尽量像个名士了。

他脱下戎装，换上丧服，静静等待收捕自己的人到来。

他对来者说，吴国灭亡之后，自己受到晋朝和成都王的厚恩，这次本不想统兵，却没有获得批准，结局如此，大概都是命运吧。他给成都王写了一封"词甚凄恻"的信，又长叹说："华亭的鹤鸣，以后再也听不到了吧。"

《晋书》上说，陆机死的那一天，"昏雾昼合，大风折木，平地尺雪"。也许是碰巧，也许只是《晋书》的作者喜欢用这种方式表达对陆机的同情。

《晋书》还说，陆机"既死非其罪，士卒痛之，莫不流涕"，这个就感觉不大可信。毕竟，陆机打了败仗是实实在在的。士兵可没工夫了解高层的那么多算计和苦衷，救死扶伤之不暇，流泪多半也是为了悲叹自己的命运，对无能的主帅，不当作怨气发泄的对象，就算很体谅了。

同情他的，是历代文人。仕和隐之间的纠结，他们往往都有，读陆机的传记和诗文，很容易就代入进去。但要说他们从中吸取了什么经验教训，那就只能是说说了。就像跟已经吸上毒的人再讲吸毒的危害不会有效果一样，跟求官的人讲官场凶险，有什么用呢？

成都王颖的心态，则要复杂一些。

他这支"汉魏以来，出师之盛未尝有也"的部队，给人三下五除二打成这样，他心里一方面是窝了火，一方面怕也很茫然：优势明明这么大，怎么就败了呢？

他需要一个解释，而主帅通敌，显然就是一个很好的解释。

所以诸将捏造了一通陆机心怀两端的鬼话，他一下子就信了。但这套鬼话也确实太不合情理，杀了陆机之后不久，成都王又有点怀疑，自己的处置是不是错了。

事到如今，诸将当然由不得他改主意，于是又伪造了一份陆机下属的口供给他看，证明陆机确实谋反。

成都王颖看了口供，松了一口气，证据如此确凿，那就不能只杀陆机一个人了，于是他诛了陆机的三族。

当初陆机感谢他的救命之恩，曾说"非臣毁宗夷族所能上报"，算是一语成谶。

《晋书》上说，这位王爷"貌美而神昏"，"然器性敦厚"。这个评价大概是不错的吧，正因为相信自己善良，所以不能承认自己做错了事。

十九、大地沉没者王衍

桓公入洛，过淮、泗，践北境，与诸僚属登平乘楼，眺瞩中原，慨然曰："遂使神州陆沉，百年丘墟，王夷甫诸人，不得不任其责！"袁虎率尔对曰："运自有废兴，岂必诸人之过？"（《世说新语·轻诋》）

太和四年（369），东晋大司马桓温大军北伐，兵锋直指洛阳。

这时距离永嘉之乱，中原沦陷已经六十余年。十三年前，桓温曾经收复过这座伟大的都城，但四年前，它不幸又落入了前燕之手。

为了减轻行军负担和后勤压力，就要更多利用水路。桓温的军队从京口出发，先通过人工运河进入淮水，然后继续北上进入泗水，深入北方疆界。

桓温带着僚属们登上"平乘楼"——这是当时对船上有几层楼的大船的称呼。

桓温眺望中原，不禁感叹："使得神州大地沦丧，百年基业化为丘墟，王夷甫这些人，不得不承担起这些责任。"

桓温的僚属中，有名士袁宏，他小名阿虎，因此也常被呼为袁虎。

袁宏不假思索地回答说："国运本来就有时兴盛有时败落，难道一定要说是这些人的过错？"

王夷甫究竟是什么人？桓温为什么要把西晋灭亡的大灾难归咎于他？袁宏又为什么会情不自禁地顶撞领导，要为他辩护呢？

（一） 完美的名士

王衍，字夷甫，他是所谓"中朝名士"的领袖，自然也是《世说新语》中高频出现的人物。

王衍有三个巨大的优势。

第一自然是家庭背景好。他出身顶级高门琅邪王氏，是曹魏幽州刺史王雄之孙，平北将军王乂之子，他有一个大他二十多岁的堂兄，就是竹林七贤中年纪最小的王戎。

王戎很提携王衍，变着法子夸他，说他"神姿高彻，如瑶林琼树，自然是风尘外物"；也动员自己的社会关系夸王衍，如山涛对王衍就有非常夸张的好评。

夸到晋武帝司马炎都听说王衍的名声了，问王戎："当世哪个人可以和王衍相比？"王戎说："未见其比，当从古人中求之。"就是王衍的优秀，超越了这个时代。

要是寒门出身，哪能得到这么强势的宣传？

但光是出身好显然还不够。作为生命力旺盛的大家族，琅邪王氏生儿子的能力非常强悍。族里年纪差不多的兄弟叔侄一大堆，要在家族内部脱颖而出，本身就不是容易的事。

王家重点推王衍，前提是王衍有值得推的独特价值。

第二，王衍长得很"美貌"。虽然王家人普遍生得都好，但王衍显然尤其突出。《世说新语·容止》里，他是频频亮相的人物。

王家人在一起，使人觉得"触目见琳琅珠玉"；王衍和其他人在一起，则"似珠玉在瓦石间"。很多年以后，著名画家顾恺之给王衍画像，又留下了这样的赞语："岩岩清峙，壁立千仞。"最著名的描述则是下面这则：

王夷甫容貌整丽，妙于谈玄，恒捉白玉柄麈尾，与手都无分别。(《世说新语·容止》)

王衍的容貌，既端庄又有魅力，他谈玄极尽精妙，手里拿着麈尾，麈尾的白玉柄和他的手，竟浑然一体。

说到谈玄，就又要说到王衍的第三个优点，他的清谈，代表当时的最高水平。

诸名士共至洛水戏。还，乐令问王夷甫曰："今日戏乐乎?"王曰："裴仆射善谈名理，混混有雅致；张茂先论史汉，靡靡可听；我与王安丰说延陵、子房，亦超超玄著。"(《世说新语·言语》)

名士们一起到洛水边游玩。——从这则里出现的人物看，这事应该发生在晋惠帝元康年间（291—299），即八王之乱中间的那段相对太平的岁月。

回来后，尚书令乐广问王衍："今天玩得高兴吗?"

王衍就举了三个代表：

第一是尚书左仆射裴頠谈"名理"，字面上说，名理就是"辩名析理"，就是讨论一个概念如此被定义，背后的逻辑何在。魏晋时，这种讨论往往关注的焦点是人的天性和才能的关系，于是又延伸为人才选拔的标准问题。

这是当时最热门的话题，裴頠谈得滔滔不绝，又意趣高雅。

第二是张华张茂先谈《史记》《汉书》，这段时日能维持相对稳定，张华被认为是定盘星式的人物，同时也是《博物志》的作者，是当时最有学问的人。他谈得比较实在，关注历史经验。因为他的谈话内容充满细节，所以显得娓娓动听。

第三就是王衍自己和王戎。他们谈的是延陵和子房。

延陵是延陵季子，也就是春秋时期吴国的公子季札，当时大家都想他做吴王，可他就是不当。而季札出使列国时的风度和见识，让中原华夏的大贵族，全部都佩服得不得了。

子房是张良张子房。他运筹帷幄之中，决胜千里之外，更重要的是，最后功成身退，从赤松子游，据说是成仙了。

总而言之，别人苦苦追求的荣华富贵，是追着这两个人跑的，但这两个人却不屑一顾，只想着归隐。

谈名理，这两个人身上就体现着最高级的名理；谈历史，这两个人妙就妙在既身在历史之中又飘然于历史之外。所以很自然的，王衍、王戎聊的话题才是最高级的，既超尘拔俗，又玄妙透彻。

有关王衍的清谈，《晋书·王衍传》里还为后世提供了一个著名的典故：

义理有所不安，随即改更，世号"口中雌黄"。

雌黄是一种柠檬黄色的矿物，古代书写用纸多为黄色，写错的地方，可以用雌黄将错字涂抹遮盖掉。宋代沈括说，改错字，用粉涂半天也盖不住，贴小纸条盖住又粘不牢，还是雌黄效果最好。

这话今人听起来，好像是说王衍的观点，前后矛盾破绽百出。后世，"信口雌黄"也确实是用来骂人的。

但从这句的上下文看，这是王衍盛名最著的时候世人对他的评价，应该是好话。

王衍擅长的是玄谈，喜好的是老庄，根据需要把论据改来改去，按照庄子的标准，确实可以算优点。

精深的大道不可言说，能用语言表达的都是糟粕。人都有固有偏见，庄子叫"成心"，围绕"成心"展开逻辑严谨的论述，其实是在糟粕里越陷越深。《庄子·列御寇》讲：

知道易，勿言难。知而不言，所以之天也；知而言之，所以之人也。古之人，天而不人。

王衍被王戎盛赞为"古之人"，当然也就应该"天而不人""知而不言"的，但他偏偏忍不住要说话，说得还比谁都多。所以，难点在让别人抓不住话里的把柄，既说了话又突破了语言的桎梏，也就是庄子所谓的"言无言"。

《庄子》书里自己概括，庄子的话术，有所谓三言：寓言、重言和卮言。简单说，寓言是讲故事。重言是把自己想说的话，安放到某个大人物嘴里，让人家去说。卮言呢？卮是一种酒器，"满则倾，空则仰"，所以卮言的特点也就是"因物随变"，根据说话对象随时更改。

口中雌黄，正符合卮言的特征。

这种不然而然、无可无不可的话风，代表庄子（至少是魏晋名士理解的庄子）的至高境界，也符合王衍的人生需求。

（二）将无同

前面提到那个善于"谈名理"的裴颜，是王衍最重要的辩论对手。

裴颜和王衍，都可以算是晋朝的外戚。两个人之间的关系，说起来则有点绕。

当今皇后贾南风的母亲叫郭槐，外公叫郭配。

郭配另有一个女儿，是裴颜的母亲；郭配还有个孙女，是王衍的妻子。

裴颜又是王戎的女婿，王衍是王戎的族弟。

王衍还有个女婿裴遐，和裴颜是族兄弟。

所以，裴颜和王衍两大宗师辩论，既是清谈界顶级学术研讨，也是俩亲戚间的拌嘴。

王衍最推崇的清谈家是乐广，当然，乐广也和贾、裴、王三家都关系密切，这里就不详细梳理了。

王衍似乎自认为不如乐广，曾说："与人语甚简至，及见广，便觉己之烦。"和别人说话，我自以为简明而直击主题，但面对乐广，就觉得自己废话太多。

裴颜和乐广辩论，则似乎占了上风，"乐广尝与颜清言，欲以理服之，而颜辞论丰博，广笑而不言。时人谓颜为言谈之林薮"。乐广走大道至简路线，裴颜来个掌法虽繁，功力不散，气势上淹没乐广。裴颜的词锋之盛，也因此被誉为茂密幽深的森林，水草环绕的湖泊。

但王衍和裴頠辩论，还是略占上风的：

> 裴成公作《崇有论》，时人攻难之，莫能折。唯王夷甫来，如小屈。时人即以王理难裴，理还复申。（《世说新语·文学》）

裴頠死后的谥号是"成"，所谓裴成公就是裴頠。

裴頠写了一篇《崇有论》，认为无不能生有，世界的本质就是"有"，维持这个世界正常运转的，也就是"有"。

自从何晏、王弼之后，天下名士都高唱"天地万物以无为本"，裴頠这个说法，简直犯了众怒。于是裴頠被"贵无"派的高手围攻，但没有谁是他的对手。

连天下第一的前辈高手乐广，看起来都败了。

只有王衍出场，才能让裴頠稍稍落一点下风。

但只要王衍不在，别人用王衍的理论去和裴頠辩论，还是会被裴頠啪啪打脸。

看起来，乐广是孙老头，裴頠是上官金虹，王衍是小李飞刀。

王衍手里，看起来和他的手融为一体的麈尾，不就是他的飞刀吗？

不管怎么说，王衍对裴頠是很欣赏的：

> 中朝时，有怀道之流，有诣王夷甫咨疑者。值王昨已语多，小极，不复相酬答，乃谓客曰："身今少恶，裴逸民亦近在此，君可往问。"（《世说新语·文学》）

王衍有点疲倦的时候，人家请他答疑，他就回答说，你去问裴逸民（裴颜的字）吧。

崇有还是贵无，一般人认为是根本对立的。王衍倒是一点不怕裴颜把自己的粉丝带歪。

王衍看待有无的态度，在另一个著名的案例中，体现得更分明：

> 阮宣子有令闻，太尉王夷甫见而问曰："老、庄与圣教同异？"对曰："将无同？"太尉善其言，辟之为掾。世谓"三语掾"。（《世说新语·文学》）

阮修，字宣子，出身陈留阮氏，是竹林七贤中阮籍的孙辈，阮咸的从侄。

阮修的名声好，王衍接见他，问了个问题："老、庄与圣教同异？"——孔子是圣人，孔子留下来的经典就叫"圣经"；孔子传下来的教诲就叫"圣教"；又因为孔子讲礼，所以圣教也叫"礼教"；还因为讲礼就重视"正名"，因此还叫"名教"……这些词意思都差不太多，但和宗教无关。

阮修回答："将无同？"

"将无"二字是语气助词，表示不大确定的意思，所以这句应该翻译成：恐怕一样吧？

这是跟大人物说话，要留有一点余地，阮修的回答其实就是一个字："同。"

王衍很欣赏这句话，就让阮修到自己的部门来上班。政府里的工作人员当时称为"掾吏"，阮修说了这么三个字就得到这么一份好工作，世人就称之为"三语掾"。

老庄的根底是"无"，圣教的根底是"有"，所以政治理论上的

"老庄与圣教之辨"，上升到世界观层面，也就是"有无之辨"。这明明是不一样的，阮修为什么硬说一样呢？王衍又为什么欣赏阮修的回答呢？

这是历代学者非常关心的话题，相关讨论汗牛充栋。照例，我们这里只取一个最俗气的解释。

魏晋之前秦汉时代的政治理论，叫"王霸杂之"也好，"儒表法里"也罢，总之，大概归结下来就是儒家和法家两套。

儒家、法家的共同点，是都很尊崇君主，区别是尊君之外，儒家贵民也贵官，法家贱官也贱民。

儒家尊重君主的崇高地位，更强调道义的伟大价值。按照"道"来运作的政府与社会，才合乎理想，而士人出身的官员，正是道的承担者。于是大家道德责任感爆棚，相应地，也就要有严格的道德自律。

法家不同，按照法家的逻辑，官是狗官，民是愚民，贵族是死贵族（因为都被干掉了），所以，对官员对权贵，一定要建立严格的制度约束。

显然，只有儒家或只有法家，都不足以维持社会的正常运转。

只讲道德自律不讲制度约束，大家都知道人性是靠不住的，实际上大多数人没那么强的自律能力。尤其是身为官员拥有那么大权力，更加不可能了。

只讲制度约束不讲道德自律，第一是人使起坏来防不胜防，第二是人在太严格的外在约束下，会把自己当作一个执行命令的工具，完全丧失主观能动性，这个体制会失去活力。

所以一定要儒法互补。

至于老庄，老子里阴谋诡计的部分，早已经完全融入法家了；庄子一派，有个很实际的功能，是给权力斗争留个退场的后门。

争权夺利失败了的人，读读《庄子》，会反而产生一种精神优越感，也就安于退场的状态，不想卷土重来，更不会掀桌子了。这对当权者其实也是好事，所以聪明的当权者，并不会去戳穿这种优越感的虚妄，相反满足于这么安置退场者。

这样，儒、法、道三大思想体系，在现实政治中，就构成了一种表面上互相争吵，实质上分工明确而合作良好的关系。

但对于魏晋名士来说，这种关系仍然不够好。

他们最憎恶法家（会公开说），不想接受制度监管；也不喜欢儒家（通常不会公开说），不想寻求道德自律；他们喜欢老庄，但是不甘心喜欢了老庄就退场，和荣华富贵说再见。

从这个角度看，嵇康其实是个非常保守的人。

《与山巨源绝交书》里，说什么"必不堪者七，甚不可者二"，看起来狂狷不羁，但换个角度看，嵇康还是承认，官场规则就是官场规则，不该为谁就发生改变。

嵇康说"越名教而任自然"，也就是我追求"自然"，我就摆脱"名教"；我羡慕隐士，我就远离官场。隐士比较自由，官场可以富贵，二者不可得兼，挑一个就得放弃一个。

而如果采用"将无同"的理论，就不必如此了。根据这个理论，大可以批评嵇康的境界还是有点低。

你喜欢老庄，反感周孔，可是你真读懂老子、庄子，又真的读懂周公、孔子了吗？难道你没有发现，在终极意义上，他们其实并没有什么不同吗？

你把自然和名教对立起来，但难道没有发现，名教正是基于自然本性创建出来的吗？

归隐，最重要的是一种心态，追求的是内心而不是身体的自由。那么，身体在哪里，有那么重要吗？

在山林，内心可以是归隐的；在官场，内心仍然可以归隐。碰到俗人就愤怒，看见公务就厌烦，说到底还是修为欠缺的结果。真正自由的灵魂，是可以做到"居官无官官之事，处事无事事之心"，仍然与天地精神往来的。

这就是所谓"大隐隐于朝"啊！

睡懒觉，想唱就唱，一边聊公务一边抓虱子，不给人回信（还有把别人托他捎的书信都丢进长江，并且高调宣称"不做致书邮"的——那你当初不能不收人家的书信吗？），到别人的丧礼上混闹，觉得人家是寒人就给人家脸色看，啥公务也不处理……这是嵇康认为进了官场就不能再干的事，后来的名士在官位上，哪一件少干了呢？

但有了他们那套更高明的对《庄子》的理解，这些就都不但不是混闹，而且是境界是情怀了。

"三语掾"这个故事还有另一个版本，对话基本一样，但主角换成了阮瞻和王戎。版本会多起来，正说明了这种价值观有多么受到名士欢迎。

对于王戎、王衍们来说，"将无同"是一个多么美好的理论。正如陈寅恪先生所说：

其人可兼尊显之达官与清高之名士于一身，而无所惭忌，既享朝端之富贵，仍存林下之风流，自古名利并收之实例，此最著者也。（《陶渊明之思想与清谈之关系》）

又如钱钟书先生说：

晋人之于老庄二子，亦犹六经注我，名曰师法，实取利便；藉口有资，从心以扯，长恶转而逢恶，饰非进而煽非。晋人习尚未始萌发于老庄，而老庄确曾滋成其习尚。（《管锥编·全晋文卷三十三》）

境界最高的理论，说穿了不过是最贪心的人在为自己的吃相辩护。

（三）清谈误国

当然，王衍和王戎也有区别。

王戎贪婪又吝啬，王衍却不大在乎钱。

王夷甫雅尚玄远，常嫉其妇贪浊，口未尝言"钱"字。妇欲试之，令婢以钱绕床，不得行。夷甫晨起，见钱阂行，呼婢曰："举却阿堵物。"（《世说新语·规箴》）

王衍的老婆是个贪财的浊物，王衍本就是高雅的人，又嫌弃老婆庸俗，干脆连"钱"字都不愿意说了。

老婆大概也嫌他清高得矫情，趁王衍睡觉的时候，让婢女用钱把床都围住了。

王衍起来后，发现自己被钱困住了走动不得。

老婆的期待，是王衍喊一声："把钱都拿开。"那王衍不提钱的戒律，就算破了。

结果王衍喊的是："举却阿堵物。"把这东西拿走。

"阿堵"本来是当时口语，就是"这个""这玩意儿"的意思，因为这起事件，阿堵物就成了钱的代名词。

这事王衍有点矫情，还有人说，他早就"求富贵得富贵"，家里的钱堆积如山（不然怎么把床围住呢？），用也用不完，嘴里谈不谈钱，又有什么分别呢？（王隐《晋书》）但各种史料中，确实没有王衍贪财的记录，倒是有书记载说，王衍的父亲当年借出去不少钱，父亲去世后，王衍就把借据全烧了。

王衍爱的就是"名"。也正是为了保全自己的"名"，王衍这辈子，除了不断发表微妙动听的言辞和展示倾倒众生的风度外，做得最多的事，就是逃避责任。

他年轻的时候，本来是喜欢谈合纵连横之术的，以他的天分，自然一谈，就会使人觉得他是苏秦、张仪再世。

刚巧当时东北边疆多事，有人推荐他做辽东太守。王衍当然不敢去，于是从此就只"雅咏玄虚"而已。

王衍的官越做越大，儿女也到了谈婚论嫁的年纪，于是和皇家亲上加亲。两个女儿，一个嫁给了皇后贾南风的外甥贾谧，一个嫁给了太子司马遹。据说，因为两个女儿一美一丑，还引起了这两个当时天下最有权势的年轻人的冲突。

后来，太子遭贾后陷害被废，王衍明知道太子有冤情，可是不敢为太子申辩一句。反而提出，让女儿和太子离婚，撇清关系。

但旋即贾后就被赵王司马伦杀了，王衍的这次撇清，就成了丑闻，被禁锢终身，也就是一辈子不许再做官。

其实赵王伦禁锢王衍，原因可能倒是王衍本来就不想做他的官。王衍为了证明自己不适合做官，还假装狂疾发作，砍伤了自家的一个婢女。

禁锢终身自然是说说，赵王伦很快垮台，掌权的王爷走马灯似的更换，换谁都很乐意请王衍到自己身边来做官。司马家的王爷有一大堆，任是谁大权独揽，都显得有点合法性不足，所以很需要名士的支持。王衍这样"累居显职，后进之士，莫不景慕放效"的顶级名士愿意支持谁，是给王爷面子。

王衍最终选定的合作者，是东海王司马越。

司马越的爷爷，是司马懿的弟弟，算起来是血统距离当今皇帝相当远的一位王爷。不过，血缘比他近、资格比他硬、权势比他大的王爷们，在之前的争夺中一个接一个死了，情势就对他越来越有利。终于，晋惠帝暴毙，晋怀帝即位，而朝廷的政局，完全控制在了司马越的手里。

东海国和琅邪国是紧挨着的，东海王妃出身于裴家，而裴家和王家自然是有千丝万缕的联系。王衍辅佐东海王越，一切都非常顺理成章。

王衍并没有从头收拾旧河山的雄心壮志。他向东海王越推荐自己的弟弟王澄做荆州刺史，同族弟弟王敦做青州刺史。在他看来，自己留在中枢，两个弟弟分别掌控着有江汉之固的荆州和负海之险的青州，也算是狡兔三窟，对琅邪王氏的前途，总是大有裨益。

所以后人读这段历史，便忍不住要感叹，"六朝何事，只成门户私计？"

但当时的局势，实在比王衍预想的还要糟糕得多。正如田余庆先生在《东晋门阀政治》一书中概括的：

胜利的司马越赢得了疮痍满目的山河，也独吞了八王之乱的全部恶果。

这时国家的经济完全崩溃，整个北方哀鸿遍野、民不聊生，朝廷失去税收来源，华夏最精锐的部队，也在残酷的内战中，自相残杀几乎死光了。

而匈奴刘渊、羯人石勒的军队纵横来去，皇帝所在的洛阳城岌岌可危。

靠权谋诡计和明哲保身赢得的中枢权力，在太平盛世可以威风无限号令天下，现在却好像狂风暴雨中的一缕游丝，抓在手里，又有什么用呢？

危局中，王衍被授予最大限度的军事指挥权，而且竟莫名其妙取得了一次胜利，因此升任太尉。尽管很少掌握实权，但太尉始终是理论上的中央最高军事长官，天下武官之首，手握天下兵马大权。这是王衍生平拥有的最高级的头衔，所以《世说新语》里也总是称他为王太尉。

但一场胜利改变不了什么，司马越最终决定把皇帝抛弃在洛阳，自己率领几十个王爷，半数朝臣和最后的几乎全部部队，去东方讨伐叛军。这个公开的理由不确定有几分属实，也许只是洛阳一带已经找不到吃的，这大批人想到东方就食。甚至于，也可能是东海王和他的核心班底内心已经绝望，既然家乡在东方，就算死也要回到家乡。

王衍也在这支队伍之中。

结果东进的途中，司马越病故，于是王衍被推举为全军主帅。毕竟他是这支队伍里威望最高的人，再说，谁让你是太尉呢？

王衍的第一反应自然还是推辞："吾少无宦情，随牒推移，遂至于此。今日之事，安可以非才处之。"他说自己从小就不想做官，只是因命运的安排才到了这一步而已。现在局势这么危急，怎么可以让一个并无军政才能的人处在这个位置上呢？

其实他的后半句话，倒是实话。但这支队伍里有许多名士，都一向是以王衍为偶像的，同样热衷玄谈，同样擅长逃避，同样毫无军事才能。

所以，一辈子面对各种重担飘然闪过的王衍，这次终于闪不开了。

于是这支十多万人的队伍，在王衍的带领下继续前行，并终于陷入了石勒骑兵的包围圈中。

石勒是羯族的首领，奴隶出身，他是一名天生的政治领袖和军事家，以及凶残的屠夫。

石勒率领着他的部下展开了一场即使在这个恐怖的时代也显得触目惊心的屠杀。十万人在如蝗的箭雨中束手待毙，最终尸体堆积如山。

石勒故意留下了几位王爷和王衍等朝廷高官的性命。可以想象，这样大规模的屠杀必然需要耗费很长时间，王衍一直处身于这个修罗场的中心，死亡的气息重重包围着他，但始终就是不发动最后一击。不知道那一刻，王衍手里是不是仍握着他的白玉柄麈尾，是不是仍在努力保持着"神情明秀，风姿详雅"的仪态。

毕竟，他还指望这样的仪态能够救命。

经历了这样的煎熬之后，王衍被带到石勒面前。

《晋书》在正史中是以不惮使用小说笔法著称的，它精心布局了石勒和王衍之间的遇合。《晋书》称，其实这不是石勒和王衍第一次相遇。很多年前，石勒还是一个卑贱的小贩的时候，他曾有一次倚门长啸。"啸"本是名士的标志，石勒何以能够掌握这项专利技术不得而知，总之这啸声却引起了路过的王衍的注意。王衍说："向者胡雏，吾观其声视有奇志，恐将为天下之患！"

王衍吩咐手下人去把石勒抓起来，但是为时已晚，王衍也就没有继续追究。

现在两人再次碰面的时候，彼此的人生，都已经全然不同。

石勒显得很愿意和王衍谈谈，竟"与语移日"，就是聊了好几个钟头。

石勒问王衍晋朝衰乱的原因。

王衍照例称自己从小就是不管世事的，自然一切与自己无关。为了活命，他还拍石勒的马屁，劝他称帝。

石勒发怒说："你的名头传遍天下，身居重任，年纪轻轻就在朝廷里做官，一直到现在头发也白了，怎么能说不管世事呢？天下破坏到这个地步，正是你的罪过造成的！"

但王衍的风度倒也不是没有打动石勒，石勒觉得动刀子杀他这样的名士不合适，便选择了把王衍和他的同伴赶回房里，半夜里推倒屋墙压死。

王衍临死前对身边的人说："呜呼！吾曹虽不如古人，向若不祖尚浮虚，戮力以匡天下，犹可不至今日。"时年五十六岁。

应该说，石、王二人早年的偶遇过于传奇不足采信，王衍临死前的低语怎么流传下来的也令人怀疑。史书会写成这样的原因，只不过是唐代的著史者相信，王衍作为清谈领袖该为那个时代的崩溃负责。他们不但要借石勒之口坐实王衍的罪过，还需要王衍亲口忏悔。

回到开头引的那一则"轻诋"。这些唐代史官的态度，和说"遂使神州陆沉，百年丘墟，王夷甫诸人，不得不任其责"的桓温，显然一脉相承。

概括下来就是一句话："清谈误国。"

袁虎不同意这个说法，也是自然的。他也是名士，东晋时王衍仍然是许多名士的偶像，这么一口大锅扣下来，当然谁也不乐意。

今天回头看，西晋覆灭那场天塌地陷的大灾难，究竟该由谁来负责？历史学家还在不断提出新说法，但王衍这些占有巨量社会资源，把持重要政治权力，却拒不负责的名士，肯定不会是雪崩时无辜的雪花。

翻一下王衍的履历，做过中领军、尚书令、司空、司徒、太尉……这才有所谓"居宰辅之重，不以经国为念"，这样的人，才说得上"清谈误国"。

这告诉我们一些简单的道理：第一，若论及"清谈误国"，应该去找相当于王衍这个位面的人；第二，一般人爱聊个闲天的，听到人骂"清谈误国"，千万不要幻觉自己受到了冒犯，和您没有关系，就算确实有人指着鼻子这么骂你，也只需要回一句"不敢当，不敢当"，就可以了。

江河之异

二十、不得不去的南方

　　三国归晋之后，东吴的故土很难说在多大程度上融入了帝国。它像是长江以南一块巨大的漂浮物，无法给以一个准确的定位。

　　晋武帝颁布过优待吴地士人的诏令，然而诏令显然不曾得到有效的推行。征服者的优越感萦绕在广大官员和人民的心头，足以抵消皇帝圣旨的效力，何况皇帝也未必真的很在意这项政策。太康年间，吴郡人蔡洪举秀才入洛阳，洛阳人对他的评价是："你是吴楚的人士，亡国之余，有什么特殊才能，敢来接受这样的选拔？"

　　这样充满地域歧视的文字在史料中俯拾皆是。同样遭到嘲笑的，还有文采风流的陆机、陆云兄弟。而著名的"除三害"故事的主角，勇猛到可以屠虎斩蛟的周处，在西北战场上，可以说是被几个愚蠢的王爷给轻易地玩死了。

　　出身寒微的陶侃在洛阳时曾被人嘲笑为"小人"，嘲笑者是谁却有两种不同的记载，温雅，抑或是顾荣？事实似乎不难判断，周一良先生这样分析道，温雅来自太原望族，把陶侃视为小人那是理所当然。而顾家虽然是吴中高门，但是在洛阳，顾荣的地位比陶侃又能高到哪里去呢？

一个激愤的说法是："扬州地区没有担任郎官的人，而荆州的江南部分，竟无人能够到京城任职。"话说得如此绝对自然有些夸张，然而吴人极少能够进入权力中枢，却是事实。

另一方面，朝廷的势力，似乎也难以在吴地扎根。相比而言，蜀地倒是容易治理得多，曹魏与蜀汉固然曾是死敌，但曹操父子崇尚刑名，诸葛亮则是家世相传的法家，因此虽然政权更迭，政策上却仍然体现着一种延续性。

东吴各大家族的名士们在中央越前途无望，也就越发控制住在家乡的权力不能放松。曾经有人向晋武帝建议，派遣年长能干的亲王去东吴坐镇，也许能够改善局面。但事实上，晋武帝所封的吴王司马晏并未到自己的封国去，即使他去了也不会有什么效用，吴王晏患有风疾，几乎丧失了视力，并且被公认为"于武帝诸子中最劣"。

晋武帝曾经感叹，"吴人轻锐"，容易动乱而难以安定。他采取的对策是，让东南六州的将士轮流到江东驻守镇压。当然，这只会加剧吴人的抵触情绪，并且，这显然不是长久之计，比如，到了八王之乱的时候，这项政策不可能继续维持下去。

西晋后期，一系列倒行逆施的决策中夹杂着一个明智的措施，一部分吴人得到了用武之地。但是，要北方士人真正接纳他们，显然还需要时间。

已经没有时间了，随着中原的动荡，滞留在洛阳等待机会的南方人大多数打算回去。于是就有了张翰思念鲈鱼莼菜，而辞官回乡的故事。辛弃疾在他的名作《水龙吟·登建康赏心亭》中，以"尽西风，季鹰归未"这样的句子，表达了对张翰做出这样对国家民族缺乏责任心的选择的委婉批评。然而，这只能是一个宋朝人的想法，在当时，张翰们对这个北方人的政权，还实在难以有太深的感情。

相应地，北方人到南方去，就有很大的心理障碍。

元帝始过江，谓顾骠骑曰："寄人国土，心常怀惭。"荣跪对曰："臣闻王者以天下为家，是以耿、亳无定处，九鼎迁洛邑。愿陛下勿以迁都为念。"（《世说新语·言语》）

作为东晋的第一个皇帝，晋元帝司马睿刚到江南的时候却是这样的心态——他对骠骑将军顾荣说道："寄居在他人的国土上，心里常常感到惭愧。"

当然，身为南方人的顾荣用很有历史高度的回答把问题圆过去了："臣听说帝王把天下看成自己的家，因此商代王都在耿邑、亳邑等地不断迁移，周武王灭商得到九鼎，也只是搬到洛邑。希望您不要对迁都的事有什么心理障碍。"

但无论如何，在江东，司马睿确实把自己当一个外人。

魏晋南北朝时期，最重要的小说集有两部，写人的，自然是《世说新语》。志怪的，则是《搜神记》。

《搜神记》的作者干宝，在《世说新语》中也客串出场了一次。

干宝向刘真长叙其《搜神记》，刘曰："卿可谓鬼之董狐。"（《世说新语·排调》）

董狐是春秋时代的史官，以秉笔直书著称。刘惔称干宝是"鬼之董狐"，固然是玩笑话，但也反映了一点：干宝记了许多鬼怪故事，而他并不是讲着玩，而是像记录历史一样，当真事写下来的。

干宝是汝南新蔡（今属河南）人，《搜神记》里讲的南方故事，不管在今天的人看来多么荒诞不经，当时真能反映北方人的南方印象。

《搜神记》第十二卷里，这类故事比较集中：

秦始皇南征的时候，在南方发现了一种"落头民"。白天，他们看起来除了耳朵大一些，和普通人并没有什么不同，但是天一黑，他们的耳朵就扑扇起来，于是头离开了身体，在夜空中飞来飞去。现如今，落头民已经融入了人们的生活，如东吴的朱桓将军，家里有个婢女就是落头民。

江汉流域，有一种"貔人"。他们有时是人形，和普通人一样从事某种职业，甚至成了国家公务人员，有时却会变成老虎。没有脚后跟的人，或有五个脚趾的虎，其实都是貔。

临川郡的山间，有一种"刀劳鬼"，它们常常在狂风暴雨的时候出现，发出的声音仿佛是人在吹口哨一样。它能够射击人，被射中的人在片刻后就会身体肿胀，不及时抢救就会中毒而死。

长江的水流里，有一种神秘的动物叫作"蜮"，也叫"短狐"，它能用沙子射人，导致人身体痉挛，头痛发热，甚至死亡。有儒生研究了蜮这个物种的起源，认为是因为南方人不讲究礼法，男女在同一条河里洗澡，女方采取主动而发生了关系，产生的淫乱之气导致了蜮的诞生。

诸如此类的故事还有很多，众多荒诞不经的说法反映着中原人对南方的恐惧。病因纯属脑洞，病情却诚然属实。到南方来，他们太容易被各种稀奇古怪的疾病击倒，一不留神便撒手人寰。

《世说新语》里也有些北方人南来后水土不服的故事，当然风格会写实得多：

> 蔡司徒渡江，见彭蜞，大喜曰："蟹有八足，加以二螯。"令烹之。既食，吐下委顿，方知非蟹。后向谢仁祖说此事，谢曰："卿读《尔雅》不熟，几为《劝学》死。"（《世说新语·纰漏》）

后来当上司徒的蔡谟，刚到江南时见到蟛蜞，非常高兴。他知道螃蟹有八只脚，两只大钳子，自己所见，自然就是螃蟹了。

于是他命人煮来吃，结果上吐下泻，疲惫不堪，才知道这压根不是螃蟹。

后来他向谢尚（字仁祖）说起这件事，谢尚说："你《尔雅》读得不熟，差点被《劝学》害死。"

《尔雅》里提到有三种甲壳类动物都是八足二螯，并非都是螃蟹，熟读《尔雅》，自然不会发生这种误会了；《劝学》里提到螃蟹是八足二螯[①]的，你见到八足二螯的生物就以为是螃蟹，几乎就被坑死了。

这是文化人说段子，从科学的角度看却不见得对。蟛蜞未必不可食，但吃了容易腹泻（尤其是夏季）也是事实。蔡谟初来乍到，哪里知道其中的讲究？他也还算是运气好，在当时的医疗条件下，若因此一命呜呼，实在也不奇怪。

正因为南方如此神秘而危险，所以对很多中原人来说，不到失去最后一丝希望，他们是不愿意去的。

---

① 《荀子·劝学》里说"蟹六跪而二螯"，这个"六"显然应该是"八"，《大戴礼记》中也有《劝学》，基本就用《荀子》的内容而改六为八。蔡谟的曾祖是大学者蔡邕的从子，蔡邕也作过《劝学篇》，已失传。有学者推测，"蟹有八足，加以二螯"，可能就是蔡邕《劝学篇》里的句子。

然而永嘉年间，确实就是无数北方人失去最后一丝希望的时候。

战乱愈演愈烈，胡羯与乱兵的屠刀，在所有人头顶挥舞，同时又发生了空前严重的旱灾与蝗灾，大片农田颗粒无收。留下来没有活路，甚至能否早一刻做出南下的决定，往往就是生死之别。

郭璞是一个学者，也被认为是拥有神秘的预测命运能力的人，《世说新语·术解》里，就讲了好几个关于他的奇异故事。《晋书·郭璞传》记录，郭璞占筮国运，结果投策而叹："嗟乎！黔黎将湮于异类，桑梓其翦为龙荒乎！"百姓将会被异族淹没，而我的家乡，将会变成胡人的土地吗？——匈奴祭天处是所谓龙城，未开化的族群生活的地方叫荒服，所以"翦为龙荒"，就是原来的农业区被胡人摧残破坏的意思。

于是郭璞集聚了素有往来的几十个家族向东南地区逃亡。途经江淮之间的庐江郡（郡治在今安徽省安庆市潜山市）的时候，郭璞提醒太守胡孟康和自己一起南下。但当时江淮地区还没有被战乱波及，所以胡孟康没有这个打算。

拉一把拉不动，郭璞也就不再拉了，他看中了胡孟康的一个婢女，于是略施小计把人家骗到手就离开了。"后数旬而庐江陷"，几十天后，庐江郡沦陷，本来"江淮清晏"的土地，也变成了尸横遍野人头滚滚的人间地狱。

郭璞早有预谋，所以途中还能这样好整以暇。那些拖到最后关头才下定南下决心的人，一路上的处境就要狼狈得多。

邓攸始避难，于道中弃己子，全弟子。既过江，取一妾，甚宠爱。历年后讯其所由，妾具说是北人遭乱，忆父母姓名，乃攸之甥也。攸素有德业，言行无玷，闻之哀恨终身，遂不复畜妾。（《世

说新语·德行》）

邓攸字伯道，平阳襄陵人（今山西省临汾市襄汾县）。邓攸早年被举为"灼然二品"，这是九品中正制的标准下的最高评分，后来他的仕途也算顺畅，所以八王之乱的时代，尽管亲身经历着局势一点点崩坏，邓攸也选择留在北方，没有要走的意思。

直到邓攸做了石勒的俘虏，石勒没有像杀掉王衍那样杀掉他，相反对邓攸很不错，任命他做自己的参军，征战时也把他带在身边。但是邓攸无法认同石勒，这时候，对胡羯的恐惧压倒了对南方的恐惧，邓攸才找了个机会，全家逃亡南下。

这就是所谓"邓攸始避难"。

邓攸带在身边的，有自己的儿子和弟弟的儿子邓绥。他觉得自己没有能力保全两个孩子，就抛弃了自己的孩子，带着弟弟的儿子，终于逃过长江。

《世说新语》的记录比较简单。后世流传着更详尽的故事：邓攸觉得弟弟早亡，只有这一个儿子，不能让弟弟绝后，又相信自己将来总能再生儿子的，于是只带弟弟的儿子逃亡。但他的儿子可能也不是很小了，追一天赶了上来。第二天，邓攸把儿子绑在树上，这才离开。

这个细节却有点触目惊心。古人确实往往是把孩子当作父亲的财产看待的，但如此残酷地对待自己的儿子，也实在过分。所以唐代修《晋书》，记录了这个细节，然后又对邓攸大加批判：

弃子存侄，以义断恩，若力所不能，自可割情忍痛，何至预加徽缳，绝其奔走者乎！斯岂慈父仁人之所用心也？卒以绝嗣，宜哉！勿谓天道无知，此乃有知矣。（《晋书·邓攸传》）

抛弃儿子保存侄子，为了兄弟之义断了父子之恩，如果确实力不能保全两个孩子，忍痛割舍儿子也是可以的，但何至于把他捆起来，让他走不了呢？这难道是慈父仁人的用心吗？所以邓攸绝嗣，也是活该。不要说天道无知，让邓攸断子绝孙，正是上天有知啊。

后来的学者，对《晋书》这段议论，大都表示支持。不过宋朝刘辰翁说，把儿子捆树上这个情节，是后人讲邓攸保全侄子的故事时，越讲越夸张编出来的，所以他评价此事为"言系者谬，罪系又非"，就是说邓攸捆绑儿子的故事，根本不是事实，批判也就难免是射错了靶子。

鲁迅先生也是这个看法："邓伯道弃子救侄，想来也不过'弃'而已矣，昏妄人也必须说他将儿子捆在树上，使他追不上来才肯歇手。正如将'肉麻当作有趣'一般，以不情为伦纪，诬蔑了古人，教坏了后人。"

应该说，这个推测是颇有道理的。毕竟，较早的史书如孙盛《晋阳秋》、王隐《晋书》都讲了邓攸的事迹，却没有这个残忍而浮夸的细节，直到《世说新语》也还是没有。它最早见于略晚于《世说新语》的《晋中兴书》，唐修《晋书》这样的正史而采用这一说法，不过以讹传讹罢了。

抛开传言，也许只需要关注这个点：邓攸这样一个上流社会的成功人士，也要在保全儿子还是侄子这个问题上艰难抉择，则一般黎庶的处境如何，也就可想而知了。

邓攸过江之后，生活条件慢慢恢复，买了一个妾，很喜欢。一年多以后问妾的出身，妾还记得父母的姓名，因为北方大乱，自己沦为市场上的商品。邓攸也因此大受打击，他才发现，妾的父亲，正是自己的外甥，所以自己无意间做了乱伦的事。邓攸是在意自己名声的人，他因为这件事而懊悔终身，后来也就不再蓄妾了。

按照儒家经典，本有"取妻不取同姓，故买妾不知其姓，则卜之"的规矩。就算遵从这规矩的人向来并不多，但邓攸对这个妾号称宠爱，却一年多以后才问及她的身世，其实只把对方当作一个玩物，而毫不关心她内心的牵挂与痛苦，也是显而易见的。

这个女孩子的命运更是令人神伤：她父亲家能和邓家这样的士族通婚，本来她至少也是小康人家受宠爱的千金，乱世到来之后，她变成商品，变成玩物。玩物就玩物吧，本来好歹可以衣食无忧地活下来了，结果发现，自己曲意逢迎的这个男人，却是自己的舅公。邓攸这样要面子的男人，当然不会再要她做自己的妾了，为了了断这段不名誉的关系，邓攸会逼她自杀吗？《世说新语》里没有写，也许是不关心，也许是不忍言。邓攸自己，倒是只需要"不复畜妾"，就足以宣示自己的忏悔和彰显自己的高尚了。

这自然只是这个乱世里无数悲剧中的一个。根据现代学者估算，在连续不断的灾难之后，当时北方的人口，损失了四分之三。活下来的人们，不论是留在中原还是逃亡南方或者东北还是凉州，很多也失去了太平年景里的良民身份，而沦为强宗大族的奴婢和僮客。

正是在这样的年代里，祖逖和刘琨仿佛乱世狂潮中的两座灯塔，发出微弱但温暖的光芒。

二十一、祖逖与刘琨

（一）平庸的早年

洛阳城的月光下，荒野的鸡鸣声中，两个少年翩翩舞剑的情景，成为流传千古的佳话。这时的刘琨刚刚二十出头，祖逖略微年长一些，但也不超过二十六岁。

当时两个人的职务，都是司州主簿。司州也就是京畿地区，国家的核心地带，州治即是洛阳，而主簿掌管着本州的各种文书。年轻人热衷谈论政治，这个身份无疑给他们提供了数不清的话题。这时武皇帝刚刚去世，大家在悄悄议论新即位的太子是否是个白痴，而各种社会、政治矛盾都已暴露得十分清晰，显然，就看谁来点燃那根导火索了。

于是祖逖对刘琨说："如果海内鼎沸，豪杰并起，我们两个在中原，要彼此避开。"

"吾与足下当相避于中原耳",这句话在有些书上,仅被理解成祖逖要和刘琨各自干出一番事业。我想,还是唐代的史臣看得更加准确,祖逖不是安分的人,他"思中原之燎火,幸天步之多艰",这是在跟刘琨说:为了现在的友谊,如果将来我们各自成为割据一方的势力,不要挨得太近,可不要由我们来争锋逐鹿。

这是一个狂热的梦想,也是一个苍凉的预言。真的天下大乱之后,他们确实都成为了拥有独立——也许该说孤立——力量的豪杰,并且,从此一南一北,再也不曾有机会见上一面。

最初看起来,祖逖这句话和多数年轻人的豪言壮语一样,仅仅是说说而已。祖逖的工作在几个王爷之间调动,只是按部就班地升迁。刘琨在仕途上似乎要得意一些,并且活跃在一个贵族文化沙龙里。他是金谷园的"二十四友"之一,这个团体才华横溢,但出入于权贵之门,说起来并不那么好听。

西晋的八王之乱,两个人都没有能够置身事外。荡阴之战,嵇康的儿子前侍中嵇绍为了保护皇帝而血溅帝衣,与这位忠臣的表现形成鲜明对照的是,这时惠帝身边的"百官侍御皆逃散",在逃散的人群中,就可以看见祖逖的背影。

这之后,祖逖在洛阳城里安静地居住下来。他目睹了其后这座古老都市所经历的劫难,然而他没有再介入任何纷争。祖逖先后拒绝了范阳王司马虓、高密王司马略、平昌公司马模等人发出的邀请。等到东海王司马越任命他为典兵参军、济阴太守的时候,祖逖的母亲去世,他更可以用守丧的名义,名正言顺地不去上任了。

刘琨被卷入得则要深得多,永康元年(300)之后的一系列无聊而恐怖的动乱中,刘琨的活动相当频繁。他的对手为刘琨兄弟的脑袋开出的悬赏是"封三千户县侯,赐绢五千匹"。并且,厌恶他们的不仅是敌人,刘琨的兄长刘舆被人比作油垢,意思是沾上就不免被污染，刘琨和这个哥哥走得很近，他的名声，在这期间大约也不会好上很多。

事实上，正是在刘舆的建议下，在光熙元年（306）刘琨出任了并州刺史，加振威将军，领匈奴中郎将。这仍然是王爷们争权夺利的计划中的一部分。并州虽称边境，其实却接近中央，它向南通往河内郡，往东则联系司州和冀州，并州出产的武器精锐，并州的健儿和良马更是驰誉中原。控制并州，就是在北方多了一个战略重镇。

所以，刘琨一开始可能并没意识到自己此行的意义。他将在这一年的九月底出发北上，从此他的人生，将全然改变。

（二）并州刺史刘琨

沿途的经历，对刘琨显然是个考验。他已经亲历过战争，对流血和死亡并不陌生，然而眼前的景象，还是触目惊心。

刘琨上任的两年之前，在并州已经出现了一支实力强劲的反政府武装，匈奴人刘渊建立了汉政权。魏晋以来，匈奴人和羯人大量涌入并州，各种民族矛盾积蓄已久，在这时一并爆发。两年内，匈奴人的势力迅速扩张，并州东南的一系列军事重镇落入了刘渊手中。也就是说，并州刺史的行政命令已经无法下达到本州的东南地区。

然后，并州发生了严重的饥荒。刘琨的前任司马腾，实际上是在刘渊和饥荒的双重压力下逃离的。他在离开时，兼职充当了人口贩子，抓了大批胡人作为奴隶贩卖到太行山以东。另外一万多逃亡者组成了他的军队，这支队伍的名字真切地点出了当时并州人的心境，叫作"乞活"。

刘琨招募了千余人，上任的道路变成了转战之旅。一路上交替出现在刘琨眼前的，是大批绝望中流亡的难民，和暴露于荒野中的白骨。一时是哀号之声刺穿了天地间的和谐之气，一时则是不闻半点人声的死寂。山路险峻，群胡数万周匝山野。政府高官的身份不能带来安全感，刘琨于途中写了一道奏章，其中略微夸张地说到，一睁开眼看见的就是敌人，只要挪一挪脚跟，就可能遭遇新的劫掠。

因此耽搁在路上的时间，远比预计的要漫长。只有在壶关，他得到过一次物资支援，终于携带的资粮告罄，唯有靠薇、蕨之类的野菜充饥。刘琨出身高贵，在洛阳时更是生活豪奢，交往的朋友里不乏像石崇、王恺这样的人物：

> 刘玙兄弟少时为王恺所憎，尝召二人宿，欲默除之。令作坑，坑毕，垂加害矣。石崇素与玙、琨善，闻就恺宿，知当有变，便夜往诣恺，问二刘所在？恺卒迫不得讳，答云："在后斋中眠。"石便径入，自牵出，同车而去。语曰："少年，何以轻就人宿？"（《世说新语·仇隙》）

石崇这样关心刘琨兄弟的性命，说明彼此关系相当不错。而兄弟俩愿意住在王恺家里，显然也是一个圈子里的人。

石崇、王恺都以精于美食著称，由此也可以推想刘琨在洛阳时的肴馔水准，所以眼前的食物会令刘琨格外难以下咽。

整整半年以后，刘琨终于到达了并州的州治晋阳（今山西太原）。当两山之间的缝隙里，隐隐露出晋阳城城垣一角的时候，可能会让人有长出一口气的感觉，但走进晋阳后就会发现，这里的景象，更加令人绝望。

刘琨这个并州刺史已经没有了办公的地方，因为府寺建筑早就被全部焚毁。城市内荆棘遍布，豺狼在大街上行走，僵卧的尸体覆盖了地面。

在描写自己这段经历的诗作中，刘琨尽情宣泄了脆弱的伤感情绪，并表达了对洛阳城华美宫阙的思念之情。"据鞍长叹息，泪下如流泉"，"去家日已远，安知存与亡，慷慨穷林中，抱膝独摧藏"这样的句子也许会让人觉得，这位作者处于精神崩溃的边缘。然而，这一次诗人比诗歌坚强。

擦干了眼泪，掩埋了尸体，剪除了荆棘，重建了府朝市狱，刘琨以城门为战场，一次又一次打退了来犯之敌。刘琨来晋阳的途中，洛阳城里晋惠帝驾崩；当刘琨筚路蓝缕地在晋阳进行市政建设的时候，他的哥哥刘玙又策划了一起政变。然而，现在这些都已经和刘琨无关，他要考虑的，只是怎样面对眼前并州的危局。

此时，汉政权建都于离石，位置在晋阳的西南方向，相距大约仅三百里，快马奔驰，在一日之内就可以到达。看起来晋阳的处境相当危险，但是刘琨相当程度地瓦解了匈奴人的联盟，使得大批匈奴以外的胡人部落不再对刘渊表示效忠。加上一些其他因素，最终，反而是匈奴人选择了迁都。

北方大动乱的风暴还在愈演愈烈，在刘琨的经营下，晋阳城成了一个难得的避风的孤岛。终于，人口慢慢聚集在这里，一处传出鸡鸣犬吠之声，远远地，在另一处也可以听到一些呼应了。

然而，这差不多也就是刘琨所能做到的极限。

刘琨善能招延，而拙于抚御。一日虽有数千人归投，其逃散而去亦复如此。所以卒无所建。（《世说新语·尤悔》）

刘琨长于使远方的人前来归附，但却没有能力安抚和驾驭他们。所以恢复到一定规模之后，就会发生这样的情形，一天之内，晋阳城有数千流民到来，也有差不多同样数量的人离开，所以终究不能有所建树。

这可能很大程度上要归咎于刘琨的名士习气。在洛阳城，刘琨交际的圈子大抵不出皇亲国戚、政府官员和高级知识分子（几个身份往往是交叉的）这个范围。即使是到各地奔走游说的那几年，他接触的也仍是朝廷的方面大员。刘琨很容易让这些人感受到自己的魅力，也懂得如何利用他们的心理弱点。但此刻，面对眼前这些来自底层的饥民，即使充满同情心，刘琨恐怕也不免和他们产生隔膜，缺乏沟通。很多时候，他并不知道他们最迫切需要的是什么。

尤其致命的是，本质上，刘琨仍然是一个公子哥儿。一旦情况稍有好转，他就无法克制对奢侈生活、音乐还有女人的爱好。永嘉六年（312），即洛阳沦陷之后的一年，这个局势紧张的关头，他为了一个音乐家而处死了一位重要的将军。这时，连刘琨的母亲都对儿子感到绝望，她说：

"你没有深谋远虑，也不能驾驭豪杰，专门想除掉那些胜过你的人让自己安心，还靠什么取得成功？这样下去，我也逃不过你带来的灾祸。"

老太太的担忧迅速成为事实。这位将军的儿子为父报仇，投靠了匈奴刘聪，也带去了晋阳的全部军政机密，然后他作为向导，引着汉军杀来。匈奴人的进攻证明了一点：这些年里刘琨没有赢得部下的忠诚。上党太守投降，雁门的乌丸反叛，太原太守和并州别驾则干脆联手献出了晋阳。刘琨仅率领几十个骑士败走常山，他的父母则没有能够逃得出来。

其后，刘琨虽然在拓跋鲜卑的帮助下赢得了一次反击，但是元气已伤，他只能将自己的驻地向北后撤一百多公里，驻扎到了阳曲（今阳曲县）。

（三）流民帅祖逖

刘琨身上天然具有一种煽动性，如果机缘合适，他甚至能够让人做出几乎是忘我的奉献。但是和一切煽动一样，这种影响力很难持久。所以刘琨多次制造出希望，最后却都没有能够把握。

而祖逖，则完全是另一种人。

天下分崩，北方大乱之后，汉族人口开始大量地向南流徙。祖逖率领着自己的族人、乡党和宾客也加入其中，希望能避难于淮泗。这个角色很适合他，才十四五岁的时候，祖逖就有"轻财好侠，慷慨有节尚"的名声，是个带头大哥型的人物。看起来，祖逖相当能与群众打成一片，他把车马让给老弱，自己步行，药物、衣服、粮食的配给都不搞特殊。但同时，祖逖的领袖权威是不容挑战的，而管理的手腕和谋略，也一样是他的特长。

流民的生活极其艰苦，在移动的过程中，能够生存下来的人都不得不变成了军队的一分子。因为和刘琨前往晋阳途中的遭遇一样，抢劫随时随地都会发生，所以必须要有足够的军事力量加以对抗。

乱世中，抢劫者的身份十分复杂，只要稍微有一点实力，大家都可能会干这种营生。哪怕同是天涯沦落人，也会相逢就抢不相识，那些实力强大的流民武装，一样也会盯上其他流民的钱袋。

祖逖的队伍，就是这种强大的流民武装。

根据惯例，正在经营江左的琅邪王司马睿会找出理由拒绝军事化的大股流民过江。但也许因为范阳祖氏是"北州旧姓"，司马睿觉得可以信任，祖逖和他的人一度被允许住在京口。于是出现了这样一幕：

祖车骑过江时，公私俭薄，无好服玩。王、庾诸公共就祖，忽见裘袍重叠，珍饰盈列，诸公怪问之。祖曰："昨夜复南塘一出。"祖于时恒自使健儿鼓行劫钞，在事之人，亦容而不问。（《世说新语·任诞》）

初到江南的祖逖财源紧张，衣服用度都相当寒酸。但是有一天，拜访者发现他那里忽然焕然一新，问起时，祖逖回答的态度十分平淡：

"昨夜复南塘一出。"昨天夜里去秦淮河南的堤坝那边，干了一票。

这样的事祖逖干了远远不止一次，有关部门对此也只有装聋作哑。应该尊重每一个人的生存权和财产权，祖逖不可能会对诸如此类的人道主义说教有任何同情。这时他显然只注重军人的拥戴，而他比刘琨更清楚，要做到这一点，除了拿理想主义的激情感染他们之外，你还需要满足他们的欲望。

晋元帝建武元年（317），祖逖重新渡江北上。今天镇江和扬州之间，长江几乎已经只是一道窄窄的水流，但当时的景象完全不同，这里已经临近喇叭状的入海口，江宽达二十公里，波翻浪涌，气势悲壮。正是在这种气氛下，船到江心，祖逖说了那句千载之下，仍然激励人心的名言："祖逖不能清中原而复济者，有如大江！"

很明显，祖逖和东晋流亡政府的主流作风格格不入。祖逖一心北伐，而后者只图偏安，这当然是主要的差别。但那些热衷于谈论世界的本质是否虚无，圣人的人格究竟是怎样的高级士人，更愿意用一只看不见的手对老百姓加以盘剥，而不喜欢明目张胆地杀人越货，这可能也是他们与祖逖的分歧之一。

（四）刘琨的魅力

翻检刘琨在并州时的战绩，感觉相当令人沮丧。胜少败多，并且胜利往往只是在延缓失败，而失败则意味着精兵勇将的阵亡和战略要地的失去。

除了南方的刘氏匈奴之外，刘琨东北面的邻居，是西晋的幽州刺史王浚，此人倚仗鲜卑骑兵，在八王之乱后期的战争中起家。从过去的渊源上说，刘琨和他属于同一个政治派系。当然谁都知道，这点渊源是不可靠的。

果然，为了争夺土地、人口和少数民族盟友，刘琨和王浚打了一仗，结果是刘琨的族人刘希被杀，整整三个郡的百姓被王浚掳走。

这一阶段里，羯族人石勒正在迅速崛起。刘琨很早就注意到这个变化，认为这是情况在向好的方面发展，他希望能够说服石勒归顺晋朝。为此刘琨特意找到石勒失散的母亲给石勒送了过去，并劝他效忠王室，建立功业。石勒回报以厚礼，然而回信的措辞则含着讽刺意味："事功殊途，不是腐儒所能够知道的。"

下面这个决定，对刘琨来说差不多是致命的。晋愍帝建兴二年（314），石勒准备长途奔袭幽州的王浚。这时刘琨本可以出兵抄略石勒的后路，然而他却按兵不动。原因是石勒在出兵前给刘琨写了一封信，这次没有再说什么"非腐儒所知"，而是深刻检讨了自己的错误，并称消灭王浚是为了报效刘琨。于是刘琨大喜过望，他向各州郡公告了这条新闻，以展示自己多年来积蓄的诚灵所取得的成果。

可能这条新闻还在传播途中，王浚就已经为石勒所吞并，并且石勒立刻就掉转锋刃指向了刘琨。至此西晋东北地区的八个州，已经有七个在石勒的统治之下，刘琨不得不承认，被夹在匈奴人和石勒之间，自己已经"进退唯谷，首尾狼狈"了。但事实也许更糟，因为两股势力的其中任意一个，这时都不是刘琨对付得了的。

建兴三年（315）八月，刘琨的军队在襄垣战败，如果不是匈奴人急于集中力量拿下长安，因而主动撤退的话，实在看不出刘琨有什么扭转局势的希望。

同年，刘琨被朝廷任命为都督并、冀、幽三州诸军事，名义上该管的地盘越来越大，以致听起来很像是一个讽刺。一度，他收编了一支从鲜卑拓跋部流亡出来的军队，看来是恢复了一些实力，但这只是回光返照，十一月，石勒的伏击战术让这支军队全军覆没。

从此刘琨只有依附于鲜卑段部，已经不再是一支独立的力量了。好在，刘琨有一种特殊的能力，即能够伴随着失败，不断提高自己的声望。这一点的精神意义仍是至关重要的，他成为了一个留在北方，精忠报国的象征性存在。

同样是在建兴四年（316），匈奴人攻陷了长安，西晋灭亡。远在建康的琅邪王司马睿即位称帝，已是势在必行。但是，司马睿是司马懿的儿子琅邪王司马伷的孙子，只好算皇室疏宗，血统不很过硬，所以登基需要更多前戏，刘琨这样的人物也就必不可少。《世说新语》中收录了这样的对话：

　　刘琨虽隔阂寇戎，志存本朝，谓温峤曰："班彪识刘氏之复兴，马援知汉光之可辅。今晋祚虽衰，天命未改。吾欲立功于河北，使卿延誉于江南。子其行乎？"温曰："峤虽不敏，才非昔人，明公以桓、文之姿，建匡立之功，岂敢辞命！"（《世说新语·言语》）

　　刘琨派自己的外甥温峤南下江东劝进，带去了这番豪言壮语，还带去了一百八十位北方将领联名的劝进上书。理所当然地，温峤在江东引起了"举朝属目"，司马睿也"器而喜焉"。这是司马睿变成晋元帝的过程里，必不可少的点睛之笔。

（五）祖逖的手腕

　　晋元帝大兴二年（319），祖逖的军队和石勒手下的将军桃豹在蓬陂坞对峙。两军驻扎在同一座大城的两个堡垒里，相持四十多天，双方都已经筋疲力尽，并且，粮食都快吃完了。

　　于是祖逖用布囊盛土，调集一千多人往高台上运送，就好像是运米的样子。另外，单独有几个人停在道边休息，只有他们的担子里，装的是真正的白米。

　　不出所料，桃豹的士兵袭击了落单者。那几担白米让他们误以为祖逖军粮充足，所以失去了战斗下去的勇气。然后，祖逖又成功劫获了对方补给上来的粮食，于是桃豹只有带人在夜幕掩护下逃走。

　　这可能是祖逖北伐的故事中最著名的片段，以其戏剧性而为人所津津乐道。然而这种胜利并不是关键性的，祖逖面对的形势仍然严峻且错综复杂。

被阻而不得过江的流民，当然还有豫州境内原来的居民，都在这一带建立坞堡以自守。依据形势，坞堡组织的领袖一会儿接受晋政府的册封，一会儿又依附于石勒。他们彼此之间是结盟还是攻战，也变化无常。除了石勒的后赵政权这个最大对手外，稍有不慎，这些大大小小的坞堡，也都完全可能变成敌人。

北伐刚刚开始的时候，看来祖逖并不太善于和这些坞堡主打交道。由于交际不善引发的战斗持续了几乎两年，还有一个本来倾向于东晋的坞堡主因此倒向了石勒。这时祖逖调整了策略。尽管无法确切地知道他使用了什么方法，但他确实使几股颇具实力的半割据力量愿意接受他的指挥。对于黄河南岸那些较弱小的坞堡主，祖逖则显得态度开明。由于他们往往已经把儿子送到石勒那里作为人质，所以祖逖听任他们同时归附晋赵双方，又不时派出游击部队假装抄掠他们，以向后赵方面表示他们和自己没什么交情。

这种富于人情味的做法让这些坞堡主感恩戴德，从此，他们就成了祖逖在石勒那里的眼线。情报战上的先手，使祖逖在战场上可以接连获胜，他几乎收复了黄河下游南岸的全部地区。出于慎重，石勒停止了在河南的军事活动，于是这里的生产，终于得到了一点恢复的空间。

兵荒马乱的年头，这一点点恢复足以使人感念无已。一次军民联欢的酒会上，豫州耆老把祖逖比作父亲，又把当前的形势描述为"三辰既朗"，大意即是，祖将军庇佑下的天，是明朗朗的天。

石勒开始向祖逖示好。他派人修缮了后赵境内祖逖先人的坟墓，又请求祖逖开放边境的贸易。祖逖的回应具有典型的中国式智慧，即不予回应。

但这绝不意味着祖逖不同意石勒的建议，他只是不给答复而已。没有许可证的交易结果也相当理想，"收利十倍，于是公私丰赡，士马日滋"。

应该承认，《晋书·祖逖传》中描述祖逖北伐的胜利，不无夸大的成分。祖逖去世后不到二十年，东晋一位大臣回顾他屯田的收益，结论也相当悲观。所以，此时的局势很可能是，祖逖确实取得了很大的战果，但也无力再打下去，暂时的和平与通商，对双方都是最好的选择。

宋代、明代的士大夫们，对和谈有一种条件反射似的敌意。东晋时还不至于如此，但反感一样是存在的。比如咸和八年（333），石勒遣使到建康修好，晋政府就焚烧了他的礼物。公开接受石勒的要求很可能会引起不必要的不满情绪，所以祖逖没有这样做，而宁可选择睁一只眼闭一只眼的方式。这样即使被追究起来，无非就是渎职，而对于晋政府的官员来说，恐怕很少有比渎职更普遍和微不足道的罪过了。

（六）英雄之死

刘琨对人说，祖逖是开朗通达的人，他还记得，自己这个朋友少年时代就让一代枭雄王敦赞叹。

> 刘琨称祖车骑为朗诣，曰："少为王敦所叹。"（《世说新语·赏誉》）

听说祖逖被任用时，刘琨又写信给自己的亲朋故旧说："我枕戈待旦，立志枭平逆虏，常担心祖逖抢在我的前面。"

但他没有机会跟祖逖竞争了。甚至于，刘琨没有能够看到大兴三年（320）祖逖所取得的北伐以来的最大胜利。在此前两年，刘琨已经遇害。

刘琨一直和鲜卑部落关系良好，曾在战场上多次得到他们的支持。所以失去阳曲之后，他远走幽州蓟城，投奔了鲜卑人段匹磾。刘琨仍然保持着他作为诗人特有的乐观，他热烈地设想着怎样在河朔地区为朝廷立功，怎样用晋元帝赠送的名刀，亲手割下刘聪、石勒的头颅。但是鲜卑部落内部从来都不是稳定的，最糟糕的是，刘琨的儿子卷入了他们的内乱。

段匹磾很尊敬刘琨，应该说，这个鲜卑人是一个正直的好人，然而他不是圣徒，他不能不顾虑别人利用刘琨的号召力来生事，那对他将构成致命的打击。

刘琨预感到自己非死不可，于是写下了这样的诗句：

握中有悬璧，本自荆山璆。
惟彼太公望，昔在渭滨叟。
邓生何感激，千里来相求。
白登幸曲逆，鸿门赖留侯。
重耳任五贤，小白相射钩。
苟能隆二伯，安问党与雠？
中夜抚枕叹，想与数子游。
吾衰久矣夫，何其不梦周？
谁云圣达节，知命故不忧。
宣尼悲获麟，西狩涕孔丘。
功业未及建，夕阳忽西流。

时哉不我与，去乎若云浮。

朱实陨劲风，繁英落素秋。

狭路倾华盖，骇驷摧双辀。

何意百炼刚，化为绕指柔。

诗的题目是《重赠卢谌》。后来这首诗令许多读者感动不已，尤其是最后几句更被反复传唱，然而当时它却并没有打动获赠者。卢谌诚惶诚恐地回答说："这诗里有帝王的大志，不是做臣子的所该说的话。"卢谌是个庸人，刘琨应该也是知道的。大概是这个时候他太想找人倾诉，但却实在找不到人了吧。

反复犹豫之后，段匹磾终于还是动手了。刘琨是被绞死的，根据汉人要留个全尸的观念，这是一种很厚道的杀人方式。

不厚道的是东晋的执政者。段匹磾的实力还很强大，他之所以效忠朝廷，完全是出于个人的道德感，朝廷没有任何手段可以控制得了他。所以东晋方面害怕因为纪念刘琨而得罪了段匹磾。最终，经研究决定，东晋的中央政府顾全大局，没有为刘琨发丧。

三年后的某个夜晚，祖逖仰望天空，他看见豫州的分野上，突然多了一颗妖异的星星。祖逖有一种不祥的预感，他说："这是为我出现的吧。"

这一年七月，朝廷任命尚书仆射戴渊为征西将军，都督司、兖、豫、并、雍、冀六州诸军事，也就是说，他是祖逖的顶头上司。河南已经恢复，现在要有人来过江摘桃子了。

何况，戴渊是江南本地人。在北方，他没有故土，没有先人的坟茔，没有对童年的记忆，也没有失散或死难的亲人和朋友。这样的人对光复中原历来最不热衷，安排戴渊来担任上面这个职务，朝廷的政策意图，也可说是太明显了。

祖逖已经病重，糟糕的消息还在不断传来，荆州的王敦和晋政府的矛盾正在不断激化。一旦发生内乱，要对外进兵那就更不可能。当年，祖逖吓退过王敦直接干涉朝政的念头：

> 王大将军始欲下都处分树置，先遣参军告朝廷，讽旨时贤。祖车骑尚未镇寿春，瞋目厉声语使人曰："卿语阿黑：何敢不逊！催摄面去，须臾不尔，我将三千兵，槊脚令上！"王闻之而止。（《世说新语·豪爽》）

大将军王敦当初想领兵到建康去，处置朝政，安插自己的亲信为官。他先派一名参军向朝廷通报，并向当时的贤达暗示自己的意图。当时车骑将军祖逖还没有去镇守寿春，也就是还在建康城里。祖逖怒视使者，厉声说："你去告诉阿黑，怎么敢如此无礼！赶紧收起老脸回去，如果不这样的话，我带三千兵，用长矛戳他脚把他撵走！"王敦听说之后，也就放弃了这个计划。

但是现在，祖逖已经没有力气像当年那样喊着王敦的小名瞋目厉声大喝了。他的最后一点精力，只能留到营缮武牢城的壁垒上，他知道，一旦自己不在，后赵的军队就会杀来，豫州百姓平静的生活，将就此结束。

很多人都看见了那颗奇怪的星星，对朝政的不安使他们得出了同一个结论：今年西北大将当死。

九月，祖逖去世，豫州的百姓哭之如丧父母。谯、梁两地，更是为之立祠祭拜。自然，那些当年遭他劫掠的流民的冤魂，已经无人过问。

当祖逖最初冀图北伐时，晋政府只给了他一千个人的口粮，三千匹布，没有士兵，没有兵器盔甲。没有那肮脏的第一桶金，祖逖只能一事无成。他转型得非常及时，局势稍微安定，他就变成了一个勤政、廉洁而又公平的地方官员。或者不得不承认，当时那种情况下，道德上也许有人可以比他更高，但那几乎注定是空洞的崇高。但论做事情，不可能有人做得比他更好了。

有时，想到这一点，不免使人心头发堵，或者对历史产生更悲观的感想。所以，我还是宁可把下面这个场景放到文章的最后。

刘越石为胡骑所围数重，城中窘迫无计。刘始夕乘月登楼清啸，胡贼闻之，皆凄然长叹。中夜吹奏胡笳，贼皆流涕，人有怀土之切。向晓又吹，贼并起围奔走。（《艺文类聚》卷四四引《世说新语》）

晋阳城被重重包围，城中窘迫无计。于是，刘琨乘着月色，登上城楼，发出清啸，城外的人听见，都不禁凄然长叹。月过中天，刘琨吹奏胡笳，悲凉激越的音乐中，胡人骑士们开始流泪，乃至低声啜泣，每个人心头，都泛起故乡大漠的风光。等到天将黎明，刘琨再次吹起胡笳时，他们都忘了战争，纷纷拨转马头，绝尘而去。

这一段《世说新语》的佚文，为《晋书·刘琨传》征引，却没有被收入《资治通鉴》。司马温公是一个平实严谨的历史学家，大概，他不能想象会有如此传奇性的事件。

但如果这是事实，倒也并不难以解释。战争和仇恨使人变成野兽，变成杀戮机器，然而总是这样，当兽化达到顶点的时候，人也会变得无比脆弱。灵魂深处有某个点，在那里，他将一触即溃。

清啸吹笳，并不是为了退敌刻意制定的一个策略。刘琨只是累了，感到厌倦，他需要一个空旷的地方，用自己最熟悉的方式去宣泄一下情绪。他走上城楼，这时他的眼中没有敌人，也没有听众。

于是，刘琨吹奏出的旋律，就轻轻敲打在这个点上。

晨光熹微，胡骑的背影，在烟尘中渐渐隐去，刘琨缓缓放下手中的胡笳，他还沉浸在自己的状态里，没有发觉城外的变化，只觉得心里柔软到了极点。

二十二、梦中的卫玠

永嘉六年（312），洛阳陷落，晋怀帝成为匈奴人的俘虏之后的一年，江夏郡某处长江渡口，一个无比俊美的青年，看着眼前的滔滔江水出神。

这个青年的名字，叫卫玠。

卫洗马初欲渡江，形神惨悴，语左右云："见此芒芒，不觉百端交集。苟未免有情，亦复谁能遣此！"（《世说新语·言语》）

当时卫玠的职务，是太子洗马，所以称他为卫洗马。——洗就是先，太子洗马就是太子出行时，在马前引路的人。

这一年卫玠二十七岁，他的面容憔悴，神情凄惨，对身边的人说："看见这茫茫大江，不禁百感交集。只要还不能摆脱感情，谁又能排遣得了这种种忧伤！"

说这句话的时候，卫玠很可能想起了竹林七贤中的王戎。不久前卫玠刚刚续弦，娶了征南将军山简的女儿。而山简曾经被王戎的一句话深深感动："圣人忘情，最下不及情，情之所钟，正在我辈。"

此刻卫玠心中，充满了一种钟情者的痛苦。

卫氏是河东高门，卫玠是曹魏尚书卫觊的曾孙，西晋太保卫瓘的孙子。

卫玠年五岁，神衿可爱。祖太保曰："此儿有异，顾吾老，不见其大耳！"（《世说新语·识鉴》）

卫瓘非常喜欢这个孙子，卫玠五岁时，就显出超凡脱俗的可爱神采。卫瓘说："这孩子异乎寻常，只是我老了，看不到他长大成材了！"

《世说新语》把这条语录收入"识鉴"一门，既因为这条准确预言了未来卫玠的成就，恐怕也为了这是关于卫瓘自己的致命的谶语。

这一年是公元290年。八王之乱最初的几场屠杀，就发生在这一年。卫瓘当初是主张废太子的，但太子司马衷终究还是成了晋惠帝，皇后贾南风自然也就视卫瓘为眼中钉。

贾南风设局，借刀杀了卫瓘满门。那个恐怖的夜晚，卫玠和哥哥卫璪刚巧都因病住在医生家里，因而逃过一劫。

说到卫瓘的死，也有两派意见。一派认为卫瓘是遭了报应，因为当年灭蜀战争的时候，卫瓘陷害、杀死了功勋卓著而忠心耿耿的邓艾。但更多名士和高官是另一派，他们认为卫瓘是一个各方面都很优秀的士族，而邓艾出身寒微，士族弄死寒人，怎么能算值得一提的劣迹呢？而这一次卫瓘确实是无辜遇难的，所以他们的同情心都在卫瓘一边。

这样的心态和舆论氛围里，朝廷很快就为卫瓘平反了，杀害卫瓘的凶手也被处死。至于贾皇后，她一直隐藏在幕后，这次事件看起来并不是她的责任。

于是卫玠就成了一个没有来自家族史的负担的孩子。昔日的罪孽，在那个灭门之夜都已了结；而凶手都已经伏诛。后来贾皇后当然也不可避免地死在了某次政变中，所以他也不必背负血海深仇。

他的过去，没有血污，他的未来，没有仇恨。

卫玠慢慢长大，越长越好看，他来到这个世界上，好像就是为了轻轻松松、漫无目的又不由分说、势不可当地长得好看。

十岁左右的时候，卫玠坐着羊车路过市场，看见他的人都以为是个美玉雕琢成的人儿，整个洛阳城都被倾倒了。

这个轰动效应看起来和潘岳很像，但其实有本质不同。潘岳"好神情"，"挟弹出洛阳道"，他知道自己的形象有多么迷人，他是以一种T台走秀的状态，出现在大众面前的。但"观之者倾都"对卫玠来说却是一个意外，发现自己的魅力之后，卫玠也就不再这样做了。

卫玠在意的不是这些，他的兴趣，总是沉浸在一些玄妙的问题里。

卫玠总角时问乐令"梦"，乐云："是想。"卫曰："形神所不接而梦，岂是想邪？"乐云："因也。未尝梦乘车入鼠穴，捣齑啖铁杵，皆无想无因故也。"卫思"因"，经日不得，遂成病。乐闻，故命驾为剖析之。卫既小差。乐叹曰："此儿胸中当必无膏肓之疾！"（《世说新语·文学》）

十来岁的卫玠，小脑袋里在思考，人为什么会做梦呢？

老辈清谈家乐广就告诉他："是想。"日有所思，自然夜有所梦。

卫玠说："身体和精神都不曾接触过的东西，却在梦里出现，这怎么可能是'想'呢？"

乐广回答："因也。"有些梦中的景象，虽然没有接触过，但是可以寻溯到它的源头，这也就无所谓"因"。

于是乐广举了两个例子，人们不曾梦见坐车进老鼠洞，或者捣碎野菜去喂铁杵，这都是因为既没有这样的想法，追溯不到它的源头。

于是卫玠就开始思考梦的源头，想着想着，也就生了病。

乐广听说了这件事，就吩咐赶紧套车，特意又去给卫玠详细分析这个问题。

卫玠的病有了起色以后，乐广感慨说："此儿胸中当必无膏肓之疾！"肓是膈，膏是人心尖尖上的一点脂肪，病入膏肓之间，人就无药可救。但会躲到那里的疾病，是两个污浊的小人儿，内心如此澄澈纯净的孩子，心里是不会有这样污浊的小人儿的吧？

后来，乐广就把女儿嫁给了卫玠。这是当时无数人叹赏的一门婚姻，人们说："妇公冰清，女婿玉润。"老丈人像冰一样清朗，女婿像玉一样润泽。

卫玠的妻子是一个什么样的女人，却好像无人关注，只知道，她死得很早，卫玠来到长江边的时候，她早已故去了。卫玠已经又娶了山简的女儿。

卫玠的体质也一直很不好。后来成为中兴名臣的王导，年轻的时候也曾见过卫玠，他评价说：

居然有羸形，虽复终日调畅，若不堪罗绮。（《世说新语·容止》）

一眼就能看出来（"居然"是明显的意思），卫玠有一副病弱的皮囊，虽然整天调理疏导，但即便是最轻便的丝绸衣服穿在他身上，他还是像不堪重负。

但也就像西子捧心一样，病恹恹的卫玠，显得更好看了。

卫玠的母亲不许卫玠再清谈了，因为清谈是最劳心伤神的事。只有逢年过节的时候，亲友们才会请卫玠说两句，卫玠一开口，听众无不以为达到精微的境界，不禁欢喜赞叹。

卫玠给人印象最深的地方，是和人相处时的淡然。卫玠很早就意识到这一点，"人有不及，可以情恕；非意相干，可以理遣"，意思为：是人就有缺陷，因此体谅别人的过失，是最根本的人情；别人冒犯了你，但这冒犯本来就和你追求的东西无关，这个道理想通了，各种流言蜚语，也就统统可以丢开了。

所以在卫玠秀美的脸上，从来也看不见"喜愠之容"。

也许正因如此，卫玠特别能让那些飞扬跋扈的名士，感觉自己活得太刻意，太多负累，因此也就太低俗。

卫玠的舅舅是骠骑将军王济，他是一个骄傲、自恋也确实"俊爽有风姿"的美男子，可是王济一看见卫玠，就总是叹息说："珠玉在侧，觉我形秽。"

王平子迈世有俊才，少所推服。每闻卫玠言，辄叹息绝倒。（《世说新语·赏誉》）

王澄王平子，是名士领袖王衍的弟弟，他也是一个自视极高的人，但听到卫玠的清谈，却佩服得五体投地。

以卫玠的家世和名望，各路权贵都是希望他到自己身边来做官的。可是卫玠却"辟命屡至，皆不就"。

转眼到了光熙元年（306）年底，晋惠帝吃了几块麦饼，然后在显阳殿驾崩。有人说，这只是一起偶然的食物中毒事件，更多人则认为他死于东海王司马越的谋杀，不管怎么说，随着这个傻皇帝的死，恐怖的八王之乱结束了。

洛阳城里很少有人意识到之前的战乱只是更大的恐怖的序幕，朝廷里颇有些喜气洋洋的气氛。皇太弟司马炽继位，是为晋怀帝。盛大的典礼上，有人甚至感叹："今天又看到了武帝的时代了。"

在这样懵懂的欢乐氛围里，二十一岁的卫玠接受了任命，拜太子洗马。而他的哥哥卫璪，则到了晋怀帝身边当散骑侍郎。

转眼又到了永嘉四年（310），卫玠对母亲说，我们应该搬到南方去。

母亲并不想走，她舍不得留在皇帝身边因此走不开的卫璪。可是卫玠说，为了保全卫家的门户，必须要走。他对哥哥卫璪说："在三之义，人之所重。今可谓致身之日，兄其勉之。"

所谓"在三之义"，意思是人生在世，要尽三种责任：对父母的孝，对师长的敬，对君主的忠。

卫玠的意思是，自己带着母亲南下尽孝，哥哥留在皇帝身边尽忠。看眼下危难的时局，卫玠知道，哥哥一定会死。他平平淡淡说"今可谓致身之日，兄其勉之"，就是表示，兄弟要从此诀别。

卫玠选择自己活下来，当时的人并不会认为这是贪生怕死。在那个时代，江南卑湿的土地，对男人的寿命来说，被认为构成了降维打击。中原还流传着各种传说，南方遍布着蛊毒、瘴气和各种奇怪的生物，比起"引刀成一快"的尽忠，南下冒险，使命更加艰巨。只不过兄弟俩莫逆于心，"兄任其轻，玠任其重"之类的话，就不必说了。

就这样，卫玠带着母亲来到江夏郡。两年后，北方局势彻底不可收拾的消息传来，卫玠继续南下，于是就出现了本文开头的那一幕。

在长江以北的江夏郡，心里总还存着危机可能过去，一家人可以回去的指望，现在，皇帝蒙尘，兄长遇难，自己不得不继续南下，而过江之后，就真的要与北方的一切诀别了。

所以一直无"喜愠之容"的卫玠，情绪一瞬间爆发出来。

然而，他终究也只说了这样一句话。

于是卫玠来到了豫章郡。在这里，他本该还能遇见当年为他绝倒的王澄，但王澄已经被自己的同族兄弟王敦杀掉了。所以卫玠遇到的是王敦，还有王敦的长史谢鲲，当然对卫玠来说也许这没什么不同，毕竟，见到身上散发着玉璧般温润的光泽的卫玠，谁不会为之绝倒呢？

关于这次见面，《世说新语》中留下了两则记录：

王敦为大将军，镇豫章。卫玠避乱，从洛投敦，相见欣然，谈话弥日。于时谢鲲为长史，敦谓鲲曰："不意永嘉之中，复闻正始之音。阿平若在，当复绝倒。"（《世说新语·赏誉》）

卫玠始度江，见王大将军。因夜坐，大将军命谢幼舆。玠见谢，甚说之，都不复顾王，遂达旦微言。王永夕不得豫。玠体素羸，恒为母所禁。尔夕忽极，于此病笃，遂不起。（《世说新语·文学》）

综合起来看就是，谢鲲也是很善于清谈的，他和卫玠聊得很投机，不知不觉，就从白天谈到天黑，从天黑又谈到天亮。

王敦根本插不上话，但王敦听得很入迷。

王敦说，想不到我们生在永嘉乱世，却听到正始年间的那种最高水平的清谈。他还有点恶作剧似的想起了被自己杀掉的族兄王澄，于是说了一句，阿平要是还在的话，应该会再绝倒一回吧。

唐代史臣修《晋书》的时候，大约是读到这段记录也很动情，被撩起了创作欲，于是本该是粗豪性格的王敦，台词被他们修改得非常复杂而文雅：

"昔王辅嗣吐金声于中朝，此子复玉振于江表，微言之绪，绝而复续"，明确把卫玠和王弼（字辅嗣）并列，两个天才少年，应该在一起。

又觉得王澄的分量毕竟还是不够，把"阿平若在，当复绝倒"改成了"何平叔若在，当复绝倒"，能够让何晏倾倒，当然就显得卫玠水平更高了。

但这次清谈对卫玠来说是致命的。他身体本来羸弱，又不见得适应江南的环境，本来胸中积郁难抒，现在突然兴奋，于是就得病去世了。

> 卫洗马以永嘉六年丧，谢鲲哭之，感动路人。咸和中，丞相王公教曰："卫洗马当改葬。此君风流名士，海内所瞻，可修薄祭，以敦旧好。"（《世说新语·伤逝》）

谢鲲哭得非常伤心，到了十多年后的晋成帝咸和年间（326—334），丞相王导想起了这个病弱的少年，于是下教令说，把卫玠迁葬到都城建康来吧。他这样的风流名士，受天下人仰慕，大家应该整治薄祭，以示我们对旧友的怀念。

于是卫玠改葬江宁新亭，也就是今天的南京菊花台一带。

显然，建康城里的人们，都希望卫玠这样可爱的人物，离王敦那个乱臣贼子远一点，也希望卫玠就是死在南京的。所以另一个说法很快被发明并流行开来：

> 卫玠从豫章至下都，人久闻其名，观者如堵墙。玠先有羸疾，体不堪劳，遂成病而死。时人谓"看杀卫玠"。(《世说新语·容止》)

《晋书》说得更直白，卫玠发现王敦"豪爽不群，而好居物上，恐非国之忠臣"，于是坚决要离开。

从豫章到建康（公元 312 年还叫建邺）顺流而下，所以叫"下都"。

卫玠在洛阳这样最繁华广大市民最有鉴赏力围观群众最挑剔的都市里都令万人倾倒，何况到了建邺这样当时还比较边缘化的城市呢？

自然就引起轰动，自然就围观者人山人海，自然就使卫玠不堪重负，于是卫玠病重而死。

刘孝标注释《世说新语》的时候，引用了一条早期记载说，卫玠到豫章郡是永嘉六年（312）五月六日，到六月二十日，就去世了。这么短的时间，他根本不可能再到建康来。何况，当时刘孝标还能看到许多其他记载，都说卫玠是死在豫章的。更何况，如果卫玠就死在建康，那么何必再有后来王导迁葬的事呢？

所以，这个"看杀卫玠"的故事，不可能是真的。但是它实在太迷人，所以《晋书》的作者虽然肯定读过刘孝标这段无可反驳的论证，却仍然选择把这个故事写进正史，直到今天，这个故事也仍然众口传播。

卫玠短暂的一生，被人们铭记的，就是无与伦比的美貌，超凡绝尘的清言。

卫玠没有什么事迹可以称述，但也许正因如此，他的人生，显得格外纯洁无瑕。卫玠之外，任何一个西晋时曾经声誉卓著的名士，身上都难免缠绕着各个政治派系复杂的权力斗争，也都有怎么洗都洗不干净的人生污点。

逃亡到江南的名士们，也就是所谓"南渡衣冠"们，心中都充溢着乡愁。可是，当名士聚会，思念一位故人的时候，你的挚友，可能刚巧是我的仇人，于是就不可避免牵扯出无穷昔日恩怨。一起重温甜蜜而忧伤的过去的氛围，就会被破坏得荡然无存。

要找一个大家都能接受的美丽而哀愁的象征，有谁比卫玠更适合呢？

卫玠被东晋的士人誉为渡江名士第一人，实在是理所当然的吧。他是名士们关于"中朝"那段永远也回不去的好时光的一个梦。

二十三、谁是可爱的人

可爱，是桓温对王敦的评价。桓温（312—373）活动的年代，比王敦（266—324）晚半个世纪，他们并没有什么直接来往，最著名的一幕，是桓温看着王敦的墓发感慨：

桓温行经王敦墓边过，望之云："可儿！可儿！"（《世说新语·赏誉》）

桓温是想篡位的，很多人看来，他说王敦可爱，是因为王敦也想篡位。

唐代编《晋书》，也是把王敦和桓温合为一传。乱臣贼子要往后放，所以这篇是列传的倒数第三篇，他们之后还有两篇，写的是比较不上档次的乱臣贼子，因此也就没他俩可爱。

王敦也是《世说新语》里频繁亮相的人物。因为他后来是造反的，所以要表现某人眼光特别准，就可以说，他早就看出王敦要造反了。

潘阳仲见王敦小时，谓曰："君蜂目已露，但豺声未振耳。必能食人，亦当为人所食。"（《世说新语·识鉴》）

潘滔字阳仲，是潘尼的侄子，也就是潘岳的族孙。

他看见小时候的王敦，就对这孩子说："已经露出了胡蜂一样的眼神，只是还没有噑出豺狼般的声音罢了。你一定能吃人，也会被别人吃掉。"

能跟一个孩子这么说话，真不知道是什么仇什么怨。

王敦出生于公元266年，所谓"王敦小时"，应该还是晋武帝时代（265—290）。

刘孝标给《世说新语》作注，引了两种材料。

一种说，潘滔和王敦都做过太子舍人，是同事关系，所以说了这句评价。根据王敦做太子舍人的时间推断，则这话是在晋惠帝初年说的。

另一种说，王衍曾向东海王司马越建议，把王敦调去当扬州刺史。潘滔当时是东海王越的长史，劝阻他不要这么做。那这话应是惠帝在位的最后时刻说的。

也就是说，三种史料都提到这个预言，却给了三个不同的时间。

与这句话是何时说的飘忽不定不同，这话的内容，却惊人地稳定。

它本来根本不是用来说王敦的，这话最早的出处是《左传》，杀害父亲楚成王的太子商臣，就被描述为"蜂目豺声"。

后来，《汉书》里形容王莽的长相，也说了差不多的话，并评价说，长成这样的人，"故能食人，亦当为人所食"。

也就是说，潘滔这话其实是史书上形容乱臣贼子的套话，这个预言故事，听听就好了。

另一个预言王敦会造反的故事，发生在石崇家里。

王敦在石崇家，不肯喝酒，却还是想上厕所，而石崇家的厕所很有特点：

> 石崇厕，常有十余婢侍列，皆丽服藻饰。置甲煎粉、沉香汁之属，无不毕备。又与新衣著令出，客多羞不能如厕。王大将军往，脱故衣，著新衣，神色傲然。群婢相谓曰："此客必能作贼。"（《世说新语·汰侈》）

石崇家的厕所里，常有十几个穿得漂亮、精心打扮的婢女排列整齐侍候着。厕所中放着各种香料，甲煎粉、沉香汁之类，应有尽有。又为客人准备了新衣服，让他们换上再出来。客人上厕所大多会不好意思。但王敦进去（当时当然还不是大将军），脱旧衣，换新衣，神色傲然。婢女们凑在一起议论说："这位客人，是个做叛贼的料！"

这个故事，大概也是后来补上的预言，不过写得实在比潘滔那个好多了。那个是毫无创意地照搬古书，这个厕所里的段子，却既迷离尴尬，又飞扬生动。大户人家里做丫头的，有一点和奢侈品店的导购员类似，就是打量客人的眼光最毒，这个设定也特别合情理。

苏轼读到这个故事，发议论说："此婢能知人，而崇乃令执事厕中，殆是无所知也。"（《东坡志林》卷三），竟是读出怀才不遇来了。

其实，王敦当然并不是生来就要当乱臣贼子的。

王敦的伯祖父王祥，祖父王览，在西晋初年是被当作孝悌吉祥物供起来的，排在开国名臣的最前面，特别体面。

王敦父亲一辈，无论是伯祖父那支还是祖父这支，没有再出现过这么引人注目的人物。所谓"一无殊勋，二无显位，三无高名，《晋书》也未给他们立传"。

但这并不意味着王家败落了，王祥有五个儿子，王览有六个儿子，仕途的基本特征是低调稳健。或成为刺史、太守这样的中高级地方官，或在朝廷的军事、司法、文化部门担任重要职务。没有风云人物，但大多是体制中坚。

这一时期，朝堂上活跃的王戎、王衍，属于琅邪王氏，是家族的另外一支。大家族的不同分支，谁当面子谁当里子，也要轮流来。

有这样的底子，王敦才能以世家子弟的身份，和石崇这样的顶级富豪玩到一起，并且被皇帝招为驸马。

王敦娶了晋武帝的女儿襄城公主。

王敦初尚主，如厕，见漆箱盛干枣，本以塞鼻，王谓厕上亦下果，食遂至尽。既还，婢擎金澡盘盛水，琉璃碗盛澡豆，因倒著水中而饮之，谓是干饭。群婢莫不掩口而笑之。（《世说新语·纰漏》）

这个故事又和厕所里的婢女有关，这时王敦刚娶了公主，因为身份的转变家中也发生了相应的变化。

王敦上厕所，看见漆箱里盛着干枣，这本来是用来堵鼻子的，王敦以为厕所里也摆设果品，便吃起来，而且竟吃光了。——今人读到这种细节，更感慨的恐怕不是王敦土，而是古人的厕所实在太臭，即使是大富大贵之家，也没办法解决这个问题，只好采用塞鼻子这么粗暴恶心的手段。所以今人穿越回古代，是怎么都没法适应的。

从厕所里出来，侍女们当然早就伺候好了：手里捧着一只金澡盘，装水，一只琉璃碗，装澡豆。——澡豆是古代洗涤用的粉剂，以豆粉添加药品制成。

王敦以为是干粮，便把澡豆倒入水里，喝了。

这次没触发婢女们说什么名言，不过是大家都捂着嘴笑话他而已。

后人读这则，往往觉得王敦也是世家大族出身，不至于土到这个地步。所以认为王敦是在演戏，"妆村得好"，"直是英雄欺人耳"。

王敦没什么教养，不懂上流社会的生活，确实是令人印象深刻。《世说新语》里还有个不见得可靠的故事：

> 宋祎曾为王大将军妾，后属谢镇西。镇西问祎："我何如王？"答曰："王比使君，田舍、贵人耳！"镇西妖冶故也。（《世说新语·品藻》）

宋祎是绿珠的弟子，笛子吹得特别好，是能代表精致的艺术品位和会撩起人关乎中朝岁月的乡愁的人物。她死后葬在南琅邪郡（今南京市栖霞区）城门外的山下，东晋后期的名士袁崧，做琅邪太守，喝了酒，就跑到宋祎的墓前，唱《行路难》歌，可见她成了一种怎样的寄托。

所以，宋祎这么有品位的人评价人家的品位，自然是很有说服力的。

这里说她先做了王敦的妾，后来又归了镇西将军谢尚。谢尚问她："我比王敦如何？"宋祎回答："王敦和您比，是乡巴佬和贵人的区别。"

经余嘉锡先生考证，这个故事年代有点问题。说穿了，这条就是想突出王敦这人很土。

土气中透着豪爽，可能是王敦刻意打造的人设：

> 王大将军年少时，旧有田舍名，语音亦楚。武帝唤时贤共言伎艺事。人皆多有所知，唯王都无所关，意色殊恶，自言知打鼓吹。帝令取鼓与之，于坐振袖而起，扬槌奋击，音节谐捷，神气豪上，傍若无人。举坐叹其雄爽。（《世说新语·豪爽》）

这条也说，王敦少年时，就有田舍儿之名，人称乡巴佬。

所谓"语音亦楚"，就是说话带南方口音。按照当时的评价标准，琅邪王氏的山东口音，本该是最高贵的，但在汉末乱世，王敦的伯祖父王祥，祖父王览，曾经带着一大家子人"避地庐江，隐居三十余年"。虽然王敦出生的时间要更晚一些，但也许这三十年里弄得王家某些子侄满嘴南方话，然后又影响到孙子辈，倒也并不奇怪。

王敦做了晋武帝的女婿，晋武帝召见当时的名流一起谈论才艺的聚会，他自然也就参加了。

但王敦和哪样才艺都不挨着，而且明显表现出嫌弃的神情。

于是他自我介绍说自己会打鼓。——"鼓吹"这里是复词偏义，就指鼓，不涉及吹。

晋武帝就让人拿了面鼓给他。王敦就在满座高雅的宾客之中，一甩袖子站起来开始击鼓。

王敦击鼓的表现，原文太精彩，没法翻译。可以想象，那效果就如同人家刚演奏完小夜曲，他突然来了一场重金属摇滚，王敦站在名士之间，也如同一头出现在一群锦鸡里的雄狮。

于是大家都"叹其雄爽"，这如果不是看在王敦是驸马的分上，为了给晋武帝面子才说的客气话，那在场这些名士的胸襟和审美宽度，倒都还是不错的。

王敦还有个自我评价：

> 王大将军自目："高朗疏率，学通《左氏》。"（《世说新语·豪爽》）

他认为自己是个高蹈、开朗、通达、直爽的人，并且读别的书也许不算高明，但一部《左传》，是读通了的。

读《左传》，在魏晋时期有特殊意涵。《左传》战争写得好，因此很多人是把《左传》当兵书读的。

那个年代，《左传》简直是文化程度高一点的武将的心头好，最著名的例子，自然就是《江表传》里说的："（关）羽好《左氏传》，讽诵略皆上口。"

又如建立汉赵政权的匈奴人刘渊，汉化程度很深，最喜欢读的书是"《春秋左氏传》孙子、吴子的兵法书"，这是明确把《左传》与最著名的兵书并列。

王敦说自己"学通《左氏》"，就是说他虽然身为琅邪王氏这样的文化士族的子弟，却对军事很感兴趣。他"少有奇人之目"，大概就是因为这种独特的作风。文雅风流方面，这个年代高手太多，很难杀出重围，王敦这么做，意思就是不陪你们玩了，也算是另辟蹊径。

王敦早年的仕途，也确实比较顺利。

晋惠帝时代，王敦当了太子舍人。

晋朝太子舍人是七品，总计十六人，为太子做些宿卫、侍从、文秘方面的工作。官不大，但和太子亲近，等到太子即位当了皇帝，前景就比较看好。

但众所周知，晋惠帝的太子司马遹，是皇后贾南风的眼中钉，太子顺顺利利即位的机会，看起来并不大。

但也正因为如此，太子的地位如何，成了朝廷里各派势力角力的焦点，太子东宫各色人等来来去去，高蹈的名士，忠直的大臣，务实的干吏，奇葩的王爷……一样不缺。

王敦的长项，就擅长周旋于各路人物之间，他这个太子舍人，也就因此积累了许多人脉和资源。

终于，太子被废了，发配许昌。皇后还特意让晋惠帝下诏，太子身边的官员，不许给太子送行。

王敦不能公然违背禁令，但他和东宫的另外几个官员（包括前面说到的预言他是乱臣贼子的潘滔），一起在路边等着，看见太子就流着眼泪下拜。

这自然是忠义之士才能有的行为，也就很能提升名誉，但也有很大风险：皇后要是怒了，下场可能就很悲惨。但很快就发生了一场政变，赵王司马伦把皇后杀掉了，风险也就解除了。

之后王敦就升了官，给事黄门侍郎。前面讲潘岳的时候提到，这个职务是非常显要的。王敦能做到这个职务，可能也正是因为原来的黄门侍郎潘岳被杀了，位置空出来了，王可儿接了潘美人的班。

赵王伦升王敦的官，还有个考虑，就是王敦的叔父王彦，当时任兖州刺史，是地方上的实力派。赵王伦篡位，需要王彦表态拥护，就派王敦去安抚他。

其实，赵王伦一篡位，自然就成了众矢之的。齐王司马冏群发檄文，号召各地起义兵，讨伐这个叛逆。王彦也收到檄文了，但恐惧赵王伦兵强，正在犹豫。王敦再次站在正义一边，不但没完成赵王伦交代给他的任务，反而敦促叔父起兵。

这一来，王彦立了大功，王敦的名誉，自然也再次提升，之后一路升迁。

到了八王之乱收官阶段，东海王司马越大权在握，名士的领袖王衍，则成了他最重要的谋主。史称：

衍虽居宰辅之重，不以经国为念，而思自全之计。说东海王越曰："中国已乱，当赖方伯，宜得文武兼资以任之。"乃以弟澄为荆州，族弟敦为青州。因谓澄、敦曰："荆州有江、汉之固，青州有负海之险，卿二人在外，而吾留此，足以为三窟矣。"（《晋书·王衍传》）

这段文字，前面讲王衍时已略略讲过。值得注意的是，王澄是王衍的亲弟弟，王衍重用他，是自然不过的。这么重视王敦是为什么呢？大概一来是王敦和王衍关系处得不错，二来王敦大概此时已经是琅邪王氏中，影响力排第三的人物了。

但王敦这个青州刺史，并没有干多久，就又被调回中央，任中书监。——中书监是魏文帝曹丕发明的岗位，是中书省的长官。与中书令职务相等而位次略高，可以算是中央最关键重要的几个官位之一。

此时中原已经大乱，青州的局势，根本控制不住了。《晋书》说，王敦走得特别急，把娶公主时得到的百余侍婢都分给了麾下将士，金银宝物也都赏了人，自己"单车还洛"。

《世说新语》里有这样一条：

王处仲世许高尚之目，尝荒恣于色，体为之弊。左右谏之，处仲曰："吾乃不觉尔。如此者，甚易耳！"乃开后阁，驱诸婢妾数十人出路，任其所之，时人叹焉。（《世说新语·豪爽》）

王敦是被世人品评为"高尚"的。他曾经沉迷女色，身体因此搞坏掉了。左右规劝他，王敦说："我都没意识到这个问题。既然这样，不好色也很容易。"

于是王敦打开后院的门，把几十个婢妾都放出去，爱去哪儿去哪儿。这事办的，让当时人都很慨叹。

这条记录，和史书中的"单车还洛"对照看，也许是两件事，也许其实是一件事，《世说新语》把这个收买人心的举动彻底段子化了。

之后，王敦被委派到江东去任职。在那个地方，王敦的大伯父王裁的儿子王导，正脱颖而出。

二十四、"江左管夷吾"王导

王导在《世说新语》里出现次数之多,仅次于谢安。《世说新语》中对他的称呼也特别复杂。有时称他的字"茂弘",有时喊他的小名"阿龙",有时喊官位,曰"丞相",曰"司空",有时又干脆简单地尊称为"王公"。

这八十多条记录,当然是非常零碎的。只知道很多人原来对江东政权的前途很不看好,但看见王导,就有了信心。还称赞王导是当代管仲。

孔子说:"微管仲,吾其被发左衽矣。"管仲有捍卫华夏文明的大功,这些人认为在这个五胡乱华的时代,王导的功绩也一样大。

《晋书》里倒是有一篇完整的王导的传记,不过一般读者读这篇,恐怕很难感受到王导有多了不起。清代的王鸣盛,是很有成就的史学家了,对《晋书·王导传》的评价却是:

一篇凡六千余字,殊多溢美,要之看似煌煌一代名臣,其实乃并无一事，徒有门阀显荣、子孙官秩而已。所谓"翼戴中兴"称江左夷吾"者，吾不知其何在也。（《十七史商榷》卷五十"王导传多溢美"条）

幸亏有两位当代大学者，关于王导都写了极富洞见的文章，即陈寅恪先生的《述东晋王导之功业》，和田余庆先生的《释"王与马共天下"》。

有了这两篇文章提供的框架，回头读《世说新语》里的一件件逸事，感受自然也会大不相同。

（一）天生名士

王导是一个天生适合成为名士圈的领军人物的人。

王导（276—339）比王衍小二十岁，这个年龄差距，意味着两个人不是竞争关系，王导很适合成为琅邪王氏的下一个代表。

虽然魏晋是一个不太重视嫡庶关系的时代，不过王导作为开国名臣王览的长房长孙，这个血统拿出来，还是能让人情不自禁地高看一眼的。

和走土豪路线的堂兄王敦不同，王导就是按照典型的名士标准塑造自己的。

第一，王导的相貌，虽然不像潘岳、王衍、卫玠他们那样帅得有震撼性，但也是很好的：

有人诣王太尉，遇安丰、大将军、丞相在坐；往别屋见季胤、平子。还，语人曰："今日之行，触目见琳琅珠玉。"（《世说新

语·容止》）

琅邪王氏一大家子人，都是琳琅珠玉。王导在其中不算突出，但也不拖后腿。

王敬豫有美形，问讯王公。王公抚其肩曰："阿奴恨才不称！"又云："敬豫事事似王公。"（《世说新语·容止》）

这一则说，王导的儿子王恬（字敬豫）长得很"美形"，但王导对儿子不满意，嫌弃他才能配不上容貌。但别人的评价却是，王恬哪儿哪儿都像王导，反过来说，王导应该也和儿子一样，是"有美形"的。

刘孝标给这则做注释，则引《语林》说，谢安小时候见过王导，后来回想起来还说，"便觉清风来拂人"。

看起来，王导的相貌，是那种不会让女孩子惊声尖叫，但是看起来特别舒服的类型。

第二，名士们都爱清谈，王导也不例外，而且水平很高。

王丞相过江，自说昔在洛水边，数与裴成公、阮千里诸贤共谈道。羊曼曰："人久以此许卿，何须复尔？"王曰："亦不言我须此，但欲尔时不可得耳！"（《世说新语·企羡》）

王导到了江东之后，经常说起当年，自己多次和裴頠（谥号成）、阮瞻（字千里，竹林七贤中的阮咸之子）一起在洛水边清谈论道的事。

说多了，自然有人烦。羊曼就说："你有这个经历你很牛，大家都赞美你很久了，何必老说这个呢？"

王导说："我也不是一定要说这个，只是感慨，当年的时光，再也回不去了。"

裴颜和阮瞻当时都已经故去，王导这话是思念亡友的意思，当然也是显摆一下自己早就加入前辈高手行列的身份。

昔日的清谈对手不在了，但清谈还要继续。

旧云：王丞相过江左，止道声无哀乐、养生、言尽意，三理而已。然宛转关生，无所不入。（《世说新语·文学》）

王导在江东，就谈三个命题：声音本身不传达哀乐情绪，养生的关键是保养身体还是保养精神，语言可以完全表达想要呈现的意义。这三个都是曹魏和西晋时名士们就热衷的老话题，可是王导的表述，婉转如丝带，可以把各种命题都关联进来，并不断生发出新的意义，对他来说，没有什么不能放进这三个命题里来的。

以柔克刚、以简驭繁，自然是高手境界。

"文学"门里还提供了一个生动的案例：

殷中军为庾公长史，下都，王丞相为之集，桓公、王长史、王蓝田、谢镇西并在。丞相自起解帐带麈尾，语殷曰："身今日当与君共谈析理。"既共清言，遂达三更。丞相与殷共相往反，其余诸贤，略无所关。既彼我相尽，丞相乃叹曰："向来语，乃竟未知理源所归，至于辞喻不相负。正始之音，正当尔耳！"明旦，桓宣武语人曰："昨夜听殷、王清言甚佳，仁祖亦不寂寞，我亦时复造心，顾看两王掾，辄翳如生母狗馨。"（《世说新语·文学》）

殷浩（303—356）比王导小二十七岁，他做征西将军庾亮的长史，是咸和九年（334）六月之后的事，这时王导的年纪已经很大了。

殷浩到建康城来，王导为了表示对他的重视，就为他召集了一次清谈聚会。

当时到场的人物，还有未来的枭雄桓温，出身太原王氏的两个名士王濛（王长史）和王述（王蓝田），以及后来做到镇西将军的谢尚（字仁祖）。

这里面，谢尚和殷浩是交过手的。

作为陈郡谢氏的后起之秀，谢尚清谈的功力，当然颇为了得。

谢尚听说了殷浩擅于清谈的名声，想去和他较量较量。殷浩也没和谢尚认真展开辩论，就是提示了几个道理，说了几百个字。结果谢尚琢磨着这些道理，不知不觉脸上汗就下来了。

于是殷浩徐徐对身边人说："取手巾与谢郎拭面。"

可见，殷浩实在是清谈界的超一流高手。

王导为了表示对殷浩的重视，亲自起身，解下了系在帐子上的麈尾，对殷浩说："我今天要和您一起谈谈玄理。"

麈尾是名士清谈时展示性情增加气势的重要道具，手里拿着一件名贵的麈尾，清谈的战斗力仿佛可以加倍。

这件麈尾是王导的心爱之物，不过据一条《世说新语》佚文，这里王导解下麈尾，并不是自己用的，而是把它送给了殷浩。

你有了极品装备，然后才可以与我一战。

于是王导和殷浩开始清谈，高手过招，别人根本插不进嘴去。

转眼天已三更，王导和殷浩都已经用尽了生平绝技，可是都找不到对方的破绽。

于是王导感叹："一向谈论玄理，竟然还不知道玄理的本源在什么地方。至于旨趣和比喻不能互相违背，正始年间的清谈，正是如此！"

有意思的是，天亮之后，全程吃瓜的桓温显得比谁都热衷谈论昨晚的经历，他对人家说了三点。

第一，王导和殷浩，谈得确实好。

第二，自己和谢尚虽然插不上话，但听得有滋有味。

第三，那二位姓王的工作人员，则像两条未驯服的母狗一样手舞足蹈。

王濛、王述也是名门子弟，尤其是王濛，号称"辞旨劭令，往往有高致"，并非清谈界的弱者，但在王导和殷浩面前，只能表现得像两条狗一样。

这个案例，很能看出王导的清谈功力。但是关于王导怎么清谈的故事，并不像殷浩那么多。

大概是殷浩的风格非常张扬，喜欢直接打脸，而若有疏失，也容易被打脸。所以不论胜负，场面都比较惨烈，失败者会非常难堪，于是战况就广为传播。而王导却是"宛转关生，无所不入"，立于不败之地，但也给对方留足面子，因此不容易留下精彩战例。

总之，王导清谈的风格，正如他的长相，刺激性不那么强，而让人觉得很舒适。

对礼法的态度，王导是自己并不很放纵，但对别人的放纵很宽容：

> 高坐道人于丞相坐，恒偃卧其侧。见卞令，肃然改容云："彼是礼法人。"（《世说新语·简傲》）

高坐道人指帛尸梨蜜多罗，他是龟兹国人，传说他本是太子，但把王位让给了弟弟，浪迹到汉地来。当时人尊称他为"高坐"，道人则是魏晋时对高僧常用的尊称，和后世用法不同。

高坐道人在王导面前，态度常常很随便，经常就在王导身旁躺平。见到尚书令卞壶，就变成严肃庄重的姿态和表情，说："他是礼法中人。"

言下之意，自然王导是礼法之外的人。

要在名士圈做到朋友多，敌人少，王导这种风格，其实是最好的。

要说王导有什么毛病，那应该是比较好女色。

王丞相有幸妾姓雷，颇预政事纳货。蔡公谓之"雷尚书"。（《世说新语·惑溺》）

蔡公是指蔡谟，也是东晋的一位重臣，他是对王导宠爱女人最看不惯的人，经常加以攻击。

王丞相作女伎，施设床席。蔡公先在坐，不说而去，王亦不留。（《世说新语·方正》）

王导设女乐款待客人，蔡谟已经落座了，见此情形又走了。王导也不挽留。你彰显你的方正，我也秀一下我的包容。

但后来蔡谟到底把王导气得骂人了：

王丞相轻蔡公，曰："我与安期、千里共游洛水边，何处闻有蔡充儿？"（《世说新语·轻诋》）

王承字安期，阮瞻字千里，据《晋书》，蔡充应为蔡克，是蔡谟的父亲。

王导骂："我和安期、千里在洛水边共游的时候，何曾听说过蔡克有你这么个儿子？"

蔡谟是怎么把王导惹火了的呢？据一本叫《妒记》的书说：

王导的妻子曹夫人，把王导管得很严，回到家里，王导就没机会和别的女人亲近，婢女稍微漂亮一点，都会被赶走。

王导受不了，就悄悄建了别馆，"众妾罗列，儿女成行"，不但小老婆娶了很多，还生了好些娃。

有一年元旦，曹夫人在自家青疏台上观望，——当时风气，大户人家的楼台漆成青色，所以当时的青楼不是后世妓院的意思，反而是高贵奢华的象征，所以说一个贵妇人是"青楼女子"，那时还是真赞美而不是骂人。疏则是镂刻花纹的窗户。"青疏台"三字，是形容王导家房子气派。

曹夫人看见远处几个长得很可爱的小孩，在骑羊玩，就让奴婢去打听，这是谁家孩子。

奴婢没搞清状况，竟然把实话说了："是第四、五等诸郎。"这还用打听吗？您先生和别的女人生的小四、小五他们啊。

曹夫人怒了，当即吩咐备车，带着几十个男女奴仆，每个人拿着厨房里的刀具，杀奔王导的别馆。

王导得到消息，也赶紧上车，要抢在老婆前面过去。

魏晋名士是习惯坐牛车的，王导嫌车速太慢，就左手攀住车辕，右手倒拿麈尾，用麈尾的柄去打牛屁股，才终于及时赶到。

作为雅士象征的麈尾被用来干这事，也和拿手机当板砖拍人差不多了。

无论如何，发现小老婆有被大老婆收拾的危险，王导不是玩失踪，而是抢上去堵枪眼，仅此一点，即胜过泰西大神宙斯多矣。

这事怎么翻篇儿的，不知道。但王导赶牛的狼狈样，是被蔡谟知道了。

蔡谟对王导说："朝廷想给您加九锡，您知道吗?"

这时王导位分极高，声望极大，享受九锡待遇，确实是可能的。所以王导还信以为真，赶紧谦逊。

蔡谟说："别的有啥不知道，短辕犊车，长柄麈尾，听说是一定会有的。"

这个羞辱让王导极生气，所以才骂了上面那句话。

不过，在名士圈子里，像蔡谟这样反对好色的是极少数。大多数名士的生活，比王导还要骄奢淫逸得多，至于王导的糗事，大家固然喜闻乐见，但也不会因此对他有什么反感。

总之，从任何角度看，王导都是典型的名士。

这点很重要。你先要是名士，然后你身上那些不那么名士的才能，才有发挥的平台。

因为这个时代，门阀士族掌握着土地、人口、话语权等绝大多数重要的社会资源，更通过九品中正制垄断了入仕途径。你如果不是这个圈子里的自己人，就意味着你可能获得的支持很有限。

但是，绝大多数圈里人，都只是沉溺在这些仪态、清谈或别的精致的文化品位里，没有什么行政能力，不知道怎样把自己拥有的资源，整合成一套有效的政治秩序。

但王导却是难得的例外。

（二）晋元帝司马睿

王爷们和自己封国内的世家结交本是惯例，司马睿（276—323）是世袭琅邪王，琅邪王和琅邪王氏搞好关系，本是自然不过的事。王导和司马睿同一年出生，两个人成为朋友，就更自然不过了。多年以后，他们仍然乐意提起这份"布衣之好"或"管鲍之交"。

但是，一开始看起来，司马睿并不像是能有多大前程的人。

他的祖父司马伷是司马昭的弟弟。论起血缘来，与晋武帝司马炎一系，已经是疏而又疏。司马睿又能力平庸，在司马家诸多的王爷之中并不显山露水。他身上最足以构成谈资的，倒是一桩丑闻，据说他的母亲夏侯太妃给老王爷戴了一顶绿帽子，司马睿其实是她和一个姓牛的小吏所生。

所以在八王之乱中，司马睿没有成为一股独立的政治势力，而是依附于东海王司马越。

按照司马越的布局，永嘉元年（307）九月，司马睿被任命为安东将军，都督扬州江南诸军事，与王导一起南渡建邺。

前面讲王衍时提到，当时最被重视的地方，一是有江汉之固的荆州，二是有负海之险的青州。

扬州地区的价值不如荆州、青州，相应地，司马睿、王导这两个人，对司马越来讲不能说不重要，但肯定不是特别重要。

但情势很快起了变化：战乱愈演愈烈，青州被胡羯的军队吞没，荆州地区由于江面较窄，渡江比较容易，也比下游的扬州更容易受到北方政权的攻击。不打算"天子守国门"的话，那里更适合做一个军事重镇，而不是帝王之宅。

扬州地区越来越显得将是国运所系。

与此同时，留在北方的强有力的皇位竞争者，一个接一个都死了。

首先，永嘉五年（311），东海王司马越内外忧困，急血攻心，病死于项城。

紧接着司马越之死，匈奴人刘聪遣刘曜等攻陷了洛阳城，晋怀帝做了刘聪的俘虏，到永嘉七年（313），怀帝被毒杀，时年三十岁。

得知晋怀帝遇害的消息，他的侄子司马邺即皇帝位于长安，改元建兴，是为晋愍帝。建兴四年（316）八月，长安城也陷入匈奴人的重重围困之中，同年冬，晋愍帝食断粮绝，选择了投降，一年之后，受尽羞辱的愍帝也被杀害，年十八岁。

于是，身在扬州建康城里的司马睿，身上那点不多而且可疑的皇室血统，就显得珍稀起来。

对这个时代的天下士人来说，再立一个新皇帝，是很迫切的需求，而且，大家都不想改朝换代。司马家当年上位的手段固然够卑鄙，但禅让手续还是齐备的，就让他们家继续干吧，已经够乱的了，不要再增加不必要的动荡了。

毕竟，稳定的皇权是良好的社会秩序的象征，哪怕装装样子，大家也离不开一个象征物。

作为世家大族，支持一个人当皇帝，那个人会给你回报；自己出头抢皇帝当，却可能成为众矢之的，这笔账，体面人都是算得清的。

司马睿越来越成为理所当然的皇帝人选。

但司马睿各方面的素质都很不过关，王导作为他的"布衣之好""管鲍之交"，当然就要格外出力。王导长袖善舞，精于和各色人等酬酢周旋的本事，也就有了特别大的发挥空间。

首先，当然是敦促司马睿活得稍微端庄清醒一点。

> 元帝过江犹好酒，王茂弘与帝有旧，常流涕谏。帝许之，命酌酒，一酣，从是遂断。(《世说新语·规箴》)

王导逼司马睿戒了酒。还好，司马睿倒也不是刘伶那样任诞的名士，酣饮一场，也就真的不再喝了。不然，要是说好最后一顿，突然来个"帝跪而祝曰：'天生牛后，以酒为名，一饮一斛，五斗解酲。阿龙之言，慎不可听。'便引酒进肉，隗然已醉矣"，那场面就尴尬了。

王导帮助司马睿提升声望的故事，最著名的是下面这个：

> 及徙镇建康，吴人不附，居月余，士庶莫有至者，导患之。会敦来朝，导谓之曰："琅邪王仁德虽厚，而名论犹轻。兄威风已振，宜有以匡济者。"会三月上巳，帝亲观禊，乘肩舆，具威仪，敦、导及诸名胜皆骑从。吴人纪瞻、顾荣，皆江南之望，窃觇之，见其如此，咸惊惧，乃相率拜于道左。(《晋书·王导传》)

司马睿到了建康，一个多月时间，当地人根本不理会他。

王导担忧这件事，刚巧王敦到建康来，王导就和他商量，帮司马睿炒作一下。因为这时王敦已经成名，他亮个相，会比较有震慑力。

到三月上巳这天，司马睿亲自去"观禊"。

所谓"三月上巳"，在汉代以前是指三月上旬的巳日，但两晋时已经固定在夏历三月初三。

这一天人们结伴去水边沐浴，洗去往年的秽气，迎接新的生活，称为"祓禊"，这是当时最重要的节日之一。

王导安排了威严的仪仗，让司马睿乘上肩舆，在大众面前亮相。王敦、王导兄弟以及一众北方来的名士，则骑马侍从在司马睿身边。

江东最有名的人士如纪瞻、顾荣，见此景象都大感惊惧，一个跟着一个在道路旁边下拜。

这个故事虽然见于正史，但历来受到广泛质疑。而那么热爱这类段子的《世说新语》里竟然没有这事，就使它显得更可疑了。

司马睿永嘉元年（307）九月到建康来，这件事发生在之后不久的三月上巳，则应该是永嘉二年（308）的春天。

那一年王敦在别的地方忙着，不可能来建康。

学者们对此有三个处理办法：

第一种是保留这个故事但删掉王敦，但如果没有"威风已振"的王敦在场，这次出行为什么震撼力这么强，就不大好理解。

第二种是保留王敦，而把故事发生时间挪后到永嘉四年（310）。这么处理的问题是，来几年了人家都不搭理，也太惨了一点，按说司马睿再怎么也是个王爷，不至于被晾到这个地步。

第三种是干脆完全不信，认为这件事不存在。

不过段子往往是高度浓缩后变形的事实。类似于赵匡胤杯酒释兵权这事也许并不存在，但这个段子能反映出宋太祖要求高级将领交出兵权这个事实。类似的如这个段子，也反映了司马睿影响力提升，靠的是王导的推手。

《晋书》还说，王导向司马睿建议说，顾荣、贺循是南方士人的领袖，您应该派我去登门拜访他们。只要他们愿意合作，"二子既至，则无不来矣"。王导果然把两个人的思想工作都做通了，接下来轮到司马睿自己直接与顾荣、贺循对谈，《世说新语》里刚巧都有例子：

元帝始过江，谓顾骠骑曰："寄人国土，心常怀惭。"荣跪对曰："臣闻王者以天下为家，是以耿、亳无定处，九鼎迁洛邑。愿陛下勿以迁都为念。"（《世说新语·言语》）

元皇初见贺司空，言及吴时事，问："孙皓烧锯截一贺头，是谁？"司空未得言，元皇自忆曰："是贺劭。"司空流涕曰："臣父遭遇无道，创巨痛深，无以仰答明诏。"元皇愧惭，三日不出。（《世说新语·纰漏》）

两次对话，司马睿表现都可谓糟糕。

面对顾荣，司马睿把江东地区当作外国，认为自己是流亡者。幸亏顾荣比较配合，说普天之下莫非王土，这里就是您家，您不是在流亡，而是守着自己南边的半壁家业。

和贺循对话，更是出了大纰漏。明知道会稽贺氏是江东大族，贺循本人更是"此土之望"，司马睿居然事先不做基本的资料收集工作，一上来就戳人家心窝子："我听说孙皓用烧红的锯子截断了一个姓贺的人的脑袋，那是谁呀？"然后还自言自语："是贺劭。"

弄得贺循只好哭着说那就是我爹。

那个年代，当面提人家父祖的名字是极大的不恭敬，何况还直指人家的伤心事。

之后，司马睿羞愧得三天不出门，外面肯定得王导帮着擦屁股。

不管怎么说，王导把司马睿的声望，算是炒作起来了。未来的皇帝在这里，思想动员工作自然就比较好做。最著名的场景是这个：

> 过江诸人，每至美日，辄相邀新亭，藉卉饮宴。周侯中坐而叹曰："风景不殊，正自有山河之异！"皆相视流泪。唯王丞相愀然变色曰："当共勠力王室，克复神州，何至作楚囚相对？"（《世说新语·言语》）

从北方逃离而越过长江的名士们，每到天气清朗的日子，就互相邀约，登上建康城南的新亭，坐在草地上饮宴。

新亭在今天的南京安德门地铁站附近的菊花台，是地势高敞的所在。宋元以后，由于江水枯竭，长江水道开始西移，所以今天这里四望都是陆地，但当时在这里一低头，就可以看见山脚下的滔滔江水。

出身汝南大族的武城侯周颉忽然长叹说："这里的风光虽然与家乡并没有什么分别，却不是同样的山河。"——《晋书·王导传》中也有这句话，"山河之异"却写成"江河之异"，那表述的就更直白：眼前的是长江，可我们的家乡却在黄河边，现在正被异族蹂躏。

这话一出口，所有人都流下泪来。

只有王导大义凛然地变了脸色，他说出了这样的豪言壮语："我们应当齐心协力效忠王室，克复神州，怎么能像囚徒一样相对哭泣呢！"

当然，王导其实完全没有北伐的打算，但口号还是必须喊一喊的，有"勠力王室，克复神州"这面大旗，才好凝聚人心提振士气。它让人们恢复中原的激情得以宣泄，所以恢复中原的行动，也就可以不必那么迫不及待了。

（三）十七字方针

王导为司马睿拟定的"谦以接士，俭以足用，以清静为政，抚绥新旧"的十七字理政方针，看似无甚新意，实际贯彻起来却极考验施政者的能力。正如王导的清谈风格，"宛转关生，无所不入"，是什么问题都可以包括进来的。

①谦以接士

"谦以接士"不仅是别的时代所谓的礼贤下士之类的行为，而是说，身为这个时代的帝王，就不要去和秦皇汉武对标了，要低调低调再低调。对门阀大族的特权，要充分尊重。

按照王导的建议，司马睿从流亡过江的人中选拔了一批掾属，人数达一百多人，这就是著名的"百六掾"。"百六掾"中有多少人具备政治才能显得可疑，但只要他们绝大部分出身于高级士族，这就够了。

王导和本族的先达王戎、王衍一样，都特别擅长变着法儿夸人。《世说新语》里，"赏誉"和"品藻"这两门都是花式夸人集锦，而王导在其中分别出现六次和九次。当然，其余不论哪门，也常见王导夸人。举几例：

诸葛道明初过江左，自名道明，名亚王、庾之下。先为临沂令，丞相谓曰："明府当为黑头公。"（《世说新语·识鉴》）

诸葛恢是前文提过的晋武帝的"竹马之好"诸葛靓的儿子。

诸葛恢到江东来，名望仅次于王导、庾亮。当初，诸葛恢到王导的家乡临沂做县令，王导对他说："明府是可以年纪轻轻就做到三公的。"

汉代规矩，尊称太守为明府，县令为明廷，两晋正是这个名词开始贬值的时期，王导称还是县令的诸葛恢为明府，算是引领着这股风气。

做到三公这样的高官，一般是要熬到头发变白之后，用"黑头公"恭维发达得早，生动有表现力，后来就成了固定表述。

诸葛氏和王氏都是琅邪著姓，两家是很憋着互相较劲的，王导和诸葛恢也并不例外：

> 诸葛令、王丞相共争姓族先后。王曰："何不言葛、王，而云王、葛？"令曰："譬言驴马，不言马驴，驴宁胜马邪？"（《世说新语·排调》）

王导说，大家不说葛王，而说王葛，可见我们王家要厉害一些。诸葛恢说，大家还说驴马呢，也不说马驴，难道驴能胜过马吗？

不过不关紧要的虚名可以互怼，大场面上，王导还是总表现得对诸葛恢很支持的。

> 王蓝田为人晚成，时人乃谓之痴。王丞相以其东海子，辟为掾。常集聚，王公每发言，众人竞赞之。述于末坐曰："主非尧、舜，何得事事皆是？"丞相甚相叹赏。（《世说新语·赏誉》）

前面已经提过的蓝田侯王述，是大器晚成的一类，当时人们往往认为他痴呆。——从吃鸡蛋的表现看，或许确实有点呆。

但王述是东海太守王承的儿子，王承是太原王氏的领军人物，更被人誉为"中兴名士第一"，所以对王述，王导总还是要想法子提拔的。

王导就征辟王述做自己的掾属。开办公室会议的时候，王导每次讲话，大家都争着赞美，只有坐在末座的王述说："主公不是尧、舜，怎么能事事都对！"

于是王导就对王述大加赞赏，当然，这种赞赏是既高抬了王述，又能彰显自己慧眼识人且包容大度的。

> 王丞相辟王蓝田为掾，庾公问丞相："蓝田何似？"王曰："真独简贵，不减父祖；然旷澹处，故当不如尔。"（《世说新语·品藻》）

王导还曾对庾亮夸王述说："这个人真率、孤高、简约、高贵，这些方面不比他父亲、祖父逊色，可是说到旷达、淡泊，还是有差距的。"

所谓"真独简贵"，实际含义可能是这样的："真"是不识相，"独"是不合群，"简"是没礼貌，"贵"是耍大牌，至于说王述不如他父祖"旷澹"，自然就是说王述的功名富贵心重。

毛病都含蓄点出了，但你看王导这词儿用的，听着就是那么入耳。

琅邪王氏的后辈里，有人是很想和太原王氏别苗头的。最著名的例子就是书圣王羲之，他对王述特别看不惯，后来给自己也惹了很多麻烦。王导却很清楚，结这种冤家，犯不着。

说到把名士们团结到一起的能力，王导确实是无可取代的。

②俭以足用

"俭以足用"是说，皇权对世家大族的汰侈是没办法的，国家税收能力又不足，所以要俭只能俭自己，有限的钱，一定要花在刀刃上。

《世说新语》里这方面的案例不多。不过建康城的兴建，就体现了这个思路。有一条王导的孙子东亭侯王珣和人的对话：

> 宣武移镇南州，制街衢平直。人谓王东亭曰："丞相初营建康，无所因承，而制置纡曲，方此为劣。"东亭曰："此丞相乃所以为巧。江左地促，不如中国；若使阡陌条畅，则一览而尽。故纡余委曲，若不可测。"（《世说新语·言语》）

> 桓温移镇南州。——南州指姑孰（今安徽当涂），在建康城以南，所以叫南州。

桓温兴建的南州城，街道平直。有人就对王珣说："当初你爷爷王丞相营建建康城，没有继承北方大城市的传统，把城市设计得道路迂回，与我们南州城相比就差点意思。"

王珣的回应是："这正是我爷爷高明的地方。因为江东地区不比中原，地方狭窄，所以城会修得比较小。城里都是横平竖直的路，就一览无余。道路修复杂一点，就深不可测了。"

魏晋南北朝时期，是中国都城建设的一个重要的转折期。

汉代的都城，城市形状不太规则，宫殿建筑散布城内各处，看不出明显的中轴线。因此，也就很容易出现"制置纡曲"的情况。

从曹魏时代开始，受北方游牧民族的空间概念影响，都城变得更加方方正正。宫殿建筑集中在城北，中轴线居于显要地位。这种气势恢宏又大而无当的形制，被有的学者称为"中国中世纪都城"，从曹魏邺城开始，北方都城往往如此，后来的隋唐长安城，更是它的典范之作。①

王导作为青少年时代习惯了北方新型都城的人，设计建康城的时候，却选择了传统都城的形制。王珣的说法，更多是为爷爷争面子，其实更大的原因，是这种因地制宜的设计，比较省钱。

③以清静为政

所谓"以清静为政"，自然是说，不痴不聋不做阿翁，世家大族干了点啥，心里再明白，脸上要不知道。

> 王丞相为扬州，遣八部从事之职。顾和时为下传还，同时俱见。诸从事各奏二千石官长得失，至和独无言。王问顾曰："卿何所闻？"答曰："明公作辅，宁使网漏吞舟，何缘采听风闻，以为察察之政？"丞相咨嗟称佳，诸从事自视缺然也。（《世说新语·规箴》）

王导任扬州刺史，扬州管辖丹阳、会稽、吴、吴兴、宣城、东阳、临海、新安八个郡，按照惯例，新刺史要往每郡分派一位部从事去视察。

部从事是视察团领队，队伍里的一般从事，地位较高可以单独坐一辆车，称为"下传"，出身吴郡名门的顾和，就是其中之一。

巡视完毕，回去向王导汇报工作的时候，从事们纷纷汇报说，谁做得好，谁有问题。只有顾和一句话不说。

王导就问他："你听说了什么没有？"

---

① 张学锋：《所谓"中世纪都城"——以东晋南朝建康城为中心》，《"都城圈"与"都城圈社会"研究文集——以六朝建康为中心》，南京大学出版社2021年版。

顾和说:"您是国家辅弼之臣,宁可使法网宽松以至于可以漏过吞舟的巨鱼,怎么能寻访传闻,凭这些来推行察察之政呢!"——"察察"是清洁的样子,但实际上经常作贬义用,指吹毛求疵。

王导赞叹着连声说好。从事们反省自己,也觉得缺了点啥,大概是意识到自己看问题的政治高度不够吧。

这种不闻不问,是王导一贯的态度:

王丞相主簿欲检校帐下。公语主簿:"欲与主簿周旋,无为知人几案间事。"(《世说新语·雅量》)

王导的主簿想检查一下下面的工作情况。王导对他说:"我想和你商量一下,不要过问人家办公桌上的事。"

王导不愿意查官员(绝大多数是士族)有没有问题,自然是因为问题实在太多,一查会引发大爆炸。

陈頵是当时少有的靠突出的基层工作表现而熬出头的官员,因为打击世家大族隐匿人口而被提拔,又因为八王之乱时指挥军队的经验而升官。大崩溃后他成了向南逃亡的人中的一员,后来被人推荐给了司马睿。

在两晋之际,这样的人和基本由高级士族组成的官场,作风特别格格不入。

陈頵给王导写信,严厉批评当时的官场作风,诸如"养望者为弘雅,政事者为俗人,王职不恤,法物坠丧"之类。大约是王导没给他什么反馈,他又直接向司马睿进言,提出"自今临使称疾、须催乃行者,皆免官",谁一接到工作任务就宣布生病,需要领导催促才动起来的,都应该免官。

陈頵的建议,大概反映了许多一线基层公务人员共同的心声。

但话语权当然在士族手里，陈頵的呐喊被视为不和谐的声音。当然，也没法说他的建议不对，陈頵做人也挑不出毛病，所以处理办法是把他打发到地方上去做太守。

后世著史和读史的人，很容易为陈頵鸣不平。但王导也别无选择，以东晋政府所掌控的资源来说，确实没有反腐败的本钱。皇帝就是个招牌，一反腐倡廉精兵简政，大家就要想着换招牌了，当时有"五马浮渡江，一马化为龙"的童谣，逃过江的姓司马的王爷，又不是只有司马睿一个，谁化为龙，也不是非你不可。

这当然不是一个有作为的政权应有的气象，但这个时代，不想引爆矛盾，也就只能如此了。

④抚绥新旧

这条是最难的，"新"是指刚刚逃亡过来的北方士族，"旧"则是说江东土著，他们之间注定矛盾重重。

正是在这个问题上，王导表现出无与伦比的天才。

首先，王导让北方名士觉得自己和司马睿的组合，就是他们利益的代言人（事实上很大程度也确乎如此）。然后，王导动用各种手段，试图瓦解南方士族的心理防线。他是那种见面熟的人，交际场上的明星，善于让每一个人都觉得自己受到了重视。《世说新语》中的几则逸事颇能见出他的技巧：

> 王丞相拜扬州，宾客数百人并加沾接，人人有说色。唯有临海一客姓任及数胡人为未洽，公因便还到过任边云："君出，临海便无复人。"任大喜说。因过胡人前弹指云："兰阇，兰阇。"群胡同笑，四坐并欢。（《世说新语·政事》）

王导担任扬州刺史期间，宾客数百人的集会上，他没有让一个人受到冷落，人人面露喜色。

但有两个例外，一个是来自临海郡（今浙江临海）的一位姓任的宾客，还有几个胡人。他们没有融入这欢乐的气氛中。

平庸的主人很容易忽视这种个别例外，或者注意到了，也觉得无法兼顾，只好置之不理。

但王导不是这样，当然，他也不可能在这两个对象身上花太多功夫，那会得罪其他客人。

所以王导要在最短的时间里，让人家开心起来。

王导走到姓任的客人面前，只说了一句话："您出仕了，临海便再无人才。"

这句话等于夸对方是临海郡第一人，自然是极大的赞誉，一下子让这位仁兄大喜过望。王导夸他这么一句，够他回去吹一辈子了。

走到胡人面前，王导则只做了一个弹指的动作，然后说了两个字："兰阇。"

这些胡人很可能是天竺人。弹指是天竺的礼节，兰阇是梵语，是夸人的话。

于是，胡人们欢笑起来，周围的人也更开心起来。

通过说人家的语言拉近和人家的距离，是王导很擅长的手法。

刘真长始见王丞相，时盛暑之月，丞相以腹熨弹棋局，曰："何乃淘？"刘既出，人问："见王公云何？"刘曰："未见他异，唯闻作吴语耳！"（《世说新语·排调》）

炎热的夏天，刘惔去见王导，看见他把冰凉的弹棋盘放在肚子上，给肚子降温，同时说着："何乃渹。"

吴语中，渹是冷的意思，"何乃渹"也就是"真凉快"。王导学作吴语，在北方士人刘惔眼里自然显得可笑，传到江东人耳中，喜剧效果只怕也一样强烈，但他们终究能从这个举动里感受到善意。所以在陈寅恪先生看来，此举与北魏孝文帝为推行汉化政策而禁止鲜卑人用鲜卑语，有着类似的政治内涵。

王导与陆玩间的交往，许多例子要更加典型。

陆太尉诣王丞相，王公食以酪。陆还遂病。明日与王笺云："昨食酪小过，通夜委顿。民虽吴人，几为伧鬼。"（《世说新语·排调》）

陆玩到王导这里来做客，王导请他吃奶酪。当时北方人是真拿奶酪当家乡特有的好东西，前面提到过，王济向陆机炫耀好吃的，也是问你吃过奶酪没。

结果陆玩回去后就生了病（乳糖不耐受？）。

第二天，陆玩给王导写信说："昨天吃奶酪稍微过量了一点，整夜都很萎靡。小民虽然是个吴人，几乎做了伧鬼。"——伧夫、伧子是南方人骂北方人的口头禅，那么北方鬼自然是伧鬼了。

王丞相初在江左，欲结援吴人，请婚陆太尉。对曰："培塿无松柏，薰莸不同器。玩虽不才，义不为乱伦之始。"（《世说新语·方正》）

王导刚到江东，想和吴地的人物结交，就向太尉陆玩提出联姻。陆玩回复说："小土丘上长不了大松柏，香草和臭草不能同放在一个容器里。我虽然没有才能，但不能带头来破坏人伦，这个原则还是要讲的。"

这个回复的刻薄程度，接近关羽那句虎女不与犬子相配的名言了。

陆玩对王导的态度一向轻忽，以说玩笑话为乐。很可能，王导预料到他的拒绝，甚至也预料到会有一个刻薄的答复。但请婚仍然是必须的，给对方一个拒绝你的机会，让他的虚荣心在拒绝中得到满足，原也是一种套近乎的方式。

当然，南北关系能处理好，不可能光靠这些门面功夫，核心利益怎样分配，是要精算的。

《世说新语》对此关注不多，冠冕堂皇的正史里一样很少记录。好在后世学者还是根据史料中的蛛丝马迹梳理出了大致逻辑：

第一，是一些非必要的问题，尽量避免直接冲突。

吴郡、吴兴郡是江东开发较充分的地区，也是江东士族牢牢掌控在手里的地盘；建康既然是东吴的旧都，它附近的庄园，自然都垄断在江东士族的手里。北方大族习惯了奢靡的生活，现在集聚于建康，生活稍稍安定之后，求田问舍的兴致就重新勃发。这些丰沃的土地，看起来如此诱人。

但最终，这场资源争夺没有发生。王、谢等大家族选择了到当时略显荒凉的会稽郡去置办家业。后人欣赏王羲之的书法、谢灵运的诗文的时候，很自然会觉得，浙东的幽美山水是他们作品中灵性的重要来源。但也许不得不扫兴地指出，这道文艺源泉背后，一方面是士族田连阡陌的经济账，一方面又是当年退而求其次的政治算计。

第二，是充分利用南方人的内部矛盾。

大致说，当时江东士族大抵可以分为两类。

如前文提及的顾荣、贺循、陆玩等人，都可以划归为文化士族。他们有较高的文化修养，尽管未必熟悉时尚的玄学，但秉承东汉以来的传统，他们对儒家经典的理解，也称得上是有家学渊源。

另外如义兴周氏、吴兴沈氏则是另一类士族的代表，号称"江南之豪，莫强周沈"，他们是所谓武力强宗。

王导想方设法拉拢和文化士族的关系，对武力强宗的手法，却是不断利用、分化、瓦解、抛弃。如有"三定江南"的美誉①的周玘，实际上就是被王导的政治操作活活气死的。以至于周玘给儿子留下这样的遗言："杀我者诸伧子，能复之，乃吾子也。"

对周玘这个遗言，王导大概是知道的，但毫不发作，仍然赠他辅国将军的头衔，谥曰忠烈，总之让他备极哀荣。同时安抚好周玘的弟弟，所以等周玘的儿子遵照父亲的遗言想行动时，因为叔叔告发，一场叛乱就被消于无形。

第三，是对北方流民这个大杀器，采用悬而不发的手段。

往南方逃亡的过程中，很多北方的流民组织，变成了军纪糟糕但战斗力强悍的军队。

对这些流民而言，逃到长江边之后，该如何确定自己的去向，最费踌躇。建康实际已成为新的首都，他们挤不进去；吴郡一带是顾、陆等江东大族的根据地，已经被盘踞得无缝插针，自然也难以立足；而由于思念故土，他们也不想迁徙到过于靠南的地方。

祖逖就是一个典型代表，一度过江，后来却重返江北，成为朝廷的北方屏障。

祖逖在江南时动不动"南塘一出"，烧杀抢掠，这些行为很可

---

① 惠帝永兴元年（304）讨石冰，怀帝永嘉元年（307）讨陈敏，永嘉四年（310）诛钱㻛。

能成了王导和南方士族谈判的筹码。

这些北方流民还是拥戴朝廷服从中央的，我把他们安置在江北，还可以抵御胡人南下，我们大家可以在江南开开心心过日子。我要是按不住他们，他们全部涌到江南来，当年祖逖都干了啥，你们可还记得？

这张牌亮出来，威慑效果是巨大的。

王导和北方流民帅关系处得不错，《世说新语》里倒也是有生动记述的：

> 王丞相招祖约夜语，至晓不眠。明旦有客，公头鬓未理，亦小倦。客曰："公昨如是，似失眠。"公曰："昨与士少语，遂使人忘疲。"（《世说新语·赏誉》）

祖约（字士少）是祖逖的弟弟，祖逖死后，他继承了祖逖的军队。

王导和祖约聊了一个通宵，第二天头发乱蓬蓬一脸疲倦地接见宾客。宾客问，您昨晚是不是失眠了？王导说："昨晚和祖士少聊天，真是使人不知疲倦。"

祖约是个贪财粗鄙的人，跟他清谈，一个通宵都没把话聊死，也算很见王导的功力。

当然也可能，这一整夜王导和祖约聊的是些别的事，或许就是非常实在的军政问题；但王导对外宣扬得好像和祖约在清谈的样子，却是捧着他，显得他也能算名士圈里人。所以这一则，当然就列入"赏誉"门了。

祖约后来叛乱了，但在王导可以说了算的时候，这样的事却不会发生。

另一例更有名:

郗太傅在京口,遣门生与王丞相书,求女婿。丞相语郗信:
"君往东厢,任意选之。"门生归,白郗曰:"王家诸郎,亦皆可嘉,
闻来觅婿,咸自矜持。唯有一郎,在床上坦腹卧,如不闻。"郗公
云:"正此好!"访之,乃是逸少,因嫁女与焉。(《世说新语·雅
量》)

太傅郗鉴在京口的时候,派门生给王导送信,想招个女婿。王
导对信使说:"您到东厢房去,随便挑。"门生回去禀告郗鉴说:
"王家的那些郎君,都是挺不错的,听说您来挑女婿,就都矜持起
来。只有一位郎君,在东边床上袒胸露腹地躺着,好像没这回事一
样。"郗鉴说:"正是这个好!"

一查访,原来是王羲之(字逸少),郗鉴便把女儿嫁给了他。

据田余庆先生的分析,这个王羲之东床坦腹的故事,背后是真
有政治上的一盘大棋的。

流民的战斗力,是政权存续的安危所系。但这些流民帅,绝大
多数出身门第不够高,或者即使门第够高也缺乏名士的品位,而且
大多数对朝廷是否忠诚,也很可疑。

只有郗鉴是个绝无仅有的例外:掌握着战斗力最强悍的一支流
民部队;他出身于高平郡高门,是东汉御史大夫郗虑玄孙,这个出
身也算是能说得响;他喜欢清谈,虽然水平不高,但越是不高越喜
欢谈,很能满足名士们的优越感;最重要的是,人家对朝廷真是忠
心耿耿。

有什么比和这样一个人搞好关系,更加重要的呢?

史书对王导执政的评价,是"务存大纲,不拘细目",怎么

"不拘细目"，各种段子非常醒目，但怎样才算是"存大纲"，却没那么容易看明白。所以看不懂大纲的人，自然就觉得王导没啥了不起了，非得接手他的工作后才会意识到，这活儿实在太难了。

王导自己也是这么看的，所以他晚年有个自我评价：

丞相末年略不复省事，正封篆诺之，自叹曰："人言我愦愦，后人当思此愦愦。"（《世说新语·政事》）

王导晚年，对具体工作根本不处理了。密封的文件拿到手里，他根本不打开，直接画诺批准，并叹息说："人家说我老糊涂，后人应当会想念这种糊涂。"

后来，那些积极有为的明白人，总是在迅速证明，王导不幸而言中。

（四）王澄的死亡疑云

王导还未成名的时候，琅邪王氏最有影响力的人物，依次是王衍、王澄、王敦。

后来，王衍被石勒杀死，王澄则死于王敦之手。

王澄是王衍的亲弟弟，他小时候的成长环境，大概就不大正常。没有父母管教，哥哥宠溺，嫂子奇葩：

王平子年十四五，见王夷甫妻郭氏贪欲，令婢路上儋粪。平子谏之，并言不可。郭大怒，谓平子曰："昔夫人临终，以小郎嘱新妇，不以新妇嘱小郎！"急捉衣裾，将与杖。平子饶力，争得脱，

逾窗而走。(《世说新语·规箴》)

王衍的妻子郭氏很贪心，让婢女去路上挑粪便。当时十四五岁的王澄看不惯，想劝阻嫂子。

郭氏大怒，对王澄说："婆婆去世的时候，把小叔子你托付给我，可没有把我托付给小叔子。"意思是我可以管你，你可不能管我。

于是郭氏就抓住王澄的衣裾，抄起棍子想抽他。王澄力气很大，挣脱了，从窗户里跳出去跑了。

力气大，会蹦高，是王澄最确凿无疑的长项。

至于他其他的优点，在名士们互相吹捧的气氛里，有多大程度是可信的，就难说得很了。毫无疑问，王衍是特别捧着这个小自己十三岁的弟弟的。除了各种夸赞外，最重要的一招是，王澄评价过的人，王衍绝不再评价，只说王澄的说法就是定评。

王衍可是中朝名士的领袖，他夸谁贬谁，是可以决定人家的前程的。王澄的评价具有同等效力，大家怎么可能不赞美王澄呢？

王澄引人注目的日常包括：一是不穿衣服，毕竟中国传统是以裸体为耻的，用这招彰显任诞，廉价而有效；二就是展示自己的力气大，会蹦高。

王平子出为荆州，王太尉及时贤送者倾路。时庭中有大树，上有鹊巢。平子脱衣巾，径上树取鹊子。凉衣拘阂树枝，便复脱去。得鹊子还，下弄，神色自若，傍若无人。(《世说新语·简傲》)

王衍把自己最看重的荆州地区交给王澄，为他弄到了荆州刺史的任命。王澄上任时，王衍和当时名士全都来送行，把道路都挤满了。

当时院子里有棵大树，树上有个喜鹊窝。王澄脱去上衣和头巾，爬上树去掏鸟窝，汗衫被树枝挂住，就再脱掉，这下就彻底裸体了。

掏到了小鹊，王澄下树玩弄，神态自若，旁若无人。

王衍缺少处理具体事务的能力，但大局观还是有的，所以能意识到荆州的重要性。然而糟糕的是，王澄的大局观如何虽不得而知，但与兄长一样对具体问题束手无策倒确是事实。偏偏荆州的局面纷乱，大股流民涌入之后，到处都是具体问题。王澄很快就搞得怨声载道，一连串惨败之后，他已经输得只剩下那份会迅速把人得罪得忍无可忍的名士风度。于是路过江州豫章的时候，他得罪了自己的同族兄弟王敦。王敦决定杀他，闪避屠刀时，王澄最后展示了一次自己力气大、会蹦高的本事，他逃到了房梁上，但这并不足以使他逃得一命。

按说，这事和王导并没有什么关系。但《世说新语》里有一条奇怪的记录：

> 王平子始下，丞相语大将军："不可复使羌人东行。"平子面似羌。（《世说新语·尤悔》）

王澄逃离荆州想到建康来，所以经过了豫章。

当时在豫章的王敦收到王导的信："不要再让羌人到东边来。"因为王澄长得像羌人，所以这么称呼他。

照这么看，王敦杀王澄，至少部分出自王导授意。

刘孝标对这条记录极不满意，说王澄本来就是王敦杀害的，王导名望高德行好，怎么会干这种事？

不过说实话，不希望王澄来建康，王导的动机还是很强烈的。

王澄是成名远比自己早的族兄，王澄来，王导不能不尊重他。

但王澄却绝不会尊重王导苦心孤诣打造出来的各派势力平衡，按照他的脾气，一定会短时间内把所有人得罪光。

所以从王导的角度说，最好的结果，确实就是王澄到建康来之前就消失。

王导散淡随和，经常被人怼，基本不生气的老好人面目下面，还是偶尔会闪现杀机的。

尤其是，《世说新语》把这一则放在周颙之死前面，更显得大有深意。

二十五、伯仁因何而死

周颐，字伯仁。他出身汝南周氏，父亲周浚是西晋名臣，官至使持节、都督扬州诸军事、安东将军，拜爵武城侯。

周颐弱冠之年，就继承了父亲的爵位，所以《世说新语》里也往往称他为周侯。

拥有这样高贵的门第，周颐是注定要成为成功人士的。如果天下太平，他可以在洛阳城里，平流进取，坐至公卿。虽然事实上天下大乱了，不过这对周颐似乎也并没有太大的影响，只是加入了南渡大潮，做官的地方，换到了建康。

晋元帝司马睿很喜欢周颐，《晋书·元帝纪》说，司马睿到建康后，"王敦、王导、周颐、刁协并为腹心股肱"，周颐被视为最重要的几个辅弼之一。

（一）周氏三兄弟

周伯仁母冬至举酒赐三子曰："吾本谓度江托足无所。尔家有相，尔等并罗列吾前，复何忧？"周嵩起，长跪而泣曰："不如阿母言。伯仁为人志大而才短，名重而识暗，好乘人之弊，此非自全之道。嵩性狼抗，亦不容于世。唯阿奴碌碌，当在阿母目下耳！"（《世说新语·识鉴》）

冬至那天，周颢的母亲赐酒给周颢和他的两个弟弟，周嵩和周谟。

母亲说："我本以为渡江之后，连个落脚的地方都没有。没想到你们家有福气，你们都罗列在我面前，我还有什么好担忧的？"

听到这话，本来跪坐着的二儿子周嵩直起身子，哭着说："不是母亲你说的这样。伯仁志向高大而才华庸短，享有重名而见识暗陋，又喜欢抓住别人的弊端不放，这不是保全自己的道理。我的性情乖张，也不会受到世人宽容。只有老三是个庸人，可以一直侍奉在母亲身边。"

周嵩的自我评价，是挺准的。

他说自己"狼抗"，用《晋书》的说法，则是"狷直果侠，每以才气陵物"，也就是见谁怼谁。

最突出的一个例子，就是阻止司马睿称帝。

建兴四年（316）晋愍帝做了匈奴的俘虏，一年后被杀。应该说，建康城里从司马睿、王导到下面的各级官员，都等着这一天。正统的皇帝死了，司马睿就可以称帝，其余各色人等就可以升官，大家脸上做着悲哀的表情，其实却皆大欢喜。在群臣纷纷上表劝进，各地祥瑞也争先恐后出现的时候，只有周嵩跳出来说，应该"先雪社稷大耻"，"然后揖让以谢天下"，这才当皇帝。

这番道理当然正得不得了。但雪耻就要北伐，要和北方胡虏开战，司马睿、王导也就是喊喊口号，哪里敢真打？这等于是要求司马睿将称帝的事无限期搁置，当然也就是拦着让所有人升不了官。

结果司马睿还算客气，看在他是大士族的分上，尤其是看在他哥哥周顗的分上，把他赶到地方上当太守了事。

周嵩给哥哥惹麻烦不止一次。他嫁女儿，门生搭建办婚礼的青庐，把建康城里的大路给堵住了。因此砍伤路人二人，负责城市治安的建康左尉来过问，也被砍伤。结果也是周顗被弹劾，一度被免官。

虽然经常连累哥哥，但周嵩还就特别瞧不上哥哥：

周仲智饮酒醉，瞋目还面谓伯仁曰："君才不如弟，而横得重名！"须臾，举蜡烛火掷伯仁。伯仁笑曰："阿奴火攻，固出下策耳！"（《世说新语·雅量》）

一次周嵩喝醉了，扭头瞪眼对周顗说："你不如弟弟有才，平白有这么大的名声！"就把点着的蜡烛向周顗扔过来。周顗笑着说："阿奴用火攻，本来就是下策啊。"

阿奴是当时哥哥称呼弟弟常用的昵称，所以这里周顗称二弟周嵩为阿奴，前一则里，则周嵩称三弟周谟为阿奴。

周顗对弟弟，倒是真宠溺。另一例是：

周叔治作晋陵太守，周侯、仲智往别。叔治以将别，涕泗不止。仲智恚之曰："斯人乃妇女，与人别唯啼泣！"便舍去。周侯独留，与饮酒言话，临别流涕，抚其背曰："奴好自爱。"（《世说新语·方正》）

三弟周谟被任命为晋陵（今镇江、常州一带）太守。

周颛、周嵩两个当哥哥的给他送行。

想到要分别了，周谟眼泪流个不停。

周嵩就火了："这人就是个娘们！和人分手的时候只知道哭哭啼啼！"于是就走了。

只有周颛留下来，和三弟喝酒谈心，于是就两个人一起哭。

周颛摸着周谟的后背说："阿奴，你要照顾好自己！"

（二）无能的大哥

周嵩说哥哥没才能，没见识，好像也不错。

周颛的形象和气质，那是没的说，《晋书》本传说他"神彩秀彻"，《世说新语》则有记录说：

世目周侯：嶷如断山。（《世说新语·赏誉》）

当世名流评价周颛，说他像是高峻的峭壁，让人一见就肃然起敬。

当官要有官样，所谓可远观而不可亵玩，就是这个样子。

但周颛的能力，是经不起实践检验的。

晋元帝刚到江东的时候，就任命周颛为"宁远将军、荆州刺史、领护南蛮校尉、假节", 这一串头衔传递出这样的意图: 给周颢最大的信任和充分的权力, 希望他能够控制住荆州地区。这样, 下游的扬州才有保障, 生活在建康城里的小朝廷, 才有安全感。

结果周颢没有能力应对任何叛乱势力, 在荆州狼狈失据, 只能先靠陶侃救援, 后又投奔王敦, 然后就回到建康, 荆州地区自然也就慢慢落入王敦的控制了。

当然, 对周颢这样的士族来说, 多严重的军事、政治上的失败, 也不能算多大的罪责。

周侯于荆州败绩, 还, 未得用。王丞相与人书曰:"雅流弘器, 何可得遗?"(《世说新语·赏誉》)

周颢一时没有重新得到任职, 王导就给人写信说, 这样高雅的一流人物, 弘大的国之重器, 怎么能够被遗漏呢?

于是周颢重回官场, 并迅速升迁。司马睿成了晋元帝, 周颢也就当上吏部尚书, 不但是大官, 而且是负责选官和考核官员的官。后来又升任尚书仆射领吏部如故, 东晋时仆射号为"朝端""朝右", 是居宰相之任的高官了。

不过荆州的失败, 可能对周颢刺激还是挺大的。他知道面对危机的时候, 自己有多么无能, 可是, 他又未必能面对一个庸常的自己。

周颢从此不是那种看来高傲严正、不可亲近的人了。相反, 他变得常常有点过于放纵, 过于想和别人亲近。

第一, 他变得越来越离不开酒:

周伯仁风德雅重, 深达危乱。过江积年, 恒大饮酒。尝经三日

不醒，时人谓之"三日仆射"。(《世说新语·任诞》)

过江后很多年，周颛一直在豪饮。

"三日不醒"有两种理解：一种就是字面理解，一醉就是三天；另一种理解是，"不"是衍文，其实是"三日醒"。

因为有传说，周颛只有姐姐去世时，醒了三天，姑姑去世，醒了三天，别的时间都醉着。

结合"三日仆射"这个说法，倒是后一种解释更合理。他这个尚书仆射，最多能工作三天。

第二，酒喝多了，情欲上他也不克制。

刘孝标注引邓粲《晋纪》说，一次周颛和王导等人一起到纪瞻家里做客，纪瞻有一个爱妾，能唱最新潮的曲调。周颛在满座宾客之中，突然就激动了，要和人家的小妾发生关系，竟当场"露其丑秽，颜无怍色"。这事闹得实在太过分，有关部门上奏，要求免周颛的官，当然，晋元帝还是袒护他的，特地下诏免了他的罪。

因为这些行为，对周颛的指责当然也颇不少。这时周颛证明自己不愧是顶级名士，斗嘴皮子，是绝不输阵的。

有人讥周仆射："与亲友言戏，秽杂无检节。"周曰："吾若万里长江，何能不千里一曲。"(《世说新语·任诞》)

有人讥讽周颛和亲友言谈玩笑，太污秽驳杂，没有检点节制。

周颛说："我好比万里长江，千里奔流后，怎能不拐一个弯儿！"

在南京说长江拐弯，当然是就地取材，特别应景的。

谢幼舆谓周侯曰："卿类社树，远望之，峨峨拂青天；就而视之，其根则群狐所托，下聚溷而已！"答曰："枝条拂青天，不以为高；群狐乱其下，不以为浊；聚溷之秽，卿之所保，何足自称？"（《世说新语·排调》）

谢鲲对周颚说："你就像社树。"社树代表一个地方的土地神，高大的树才会被挑中当社树，当了社树则不会被砍伐，于是就又会长得特别高大。所谓社树，真是草木中的灼然二品。

谢鲲继续说："远远望去，高耸的枝条拂动青天；走近去看，它的根部却是群狐聚居的所在，下面积聚着污秽的东西罢了。"

周颚说："枝条拂着青天，我并不认为高；群狐在它根部乱搞，我并不认为污浊。至于聚集着污秽的东西，那是留给你的，你还有脸拿这个说事？"

他的军政才能要是及得上口才的一半，荆州大概也不会落入王敦手里。

（三）和王导的友谊

渡江以来，周颚一直显得和王导挺投缘。

周仆射雍容好仪形，诣王公，初下车，隐数人，王公含笑看之。既坐，傲然啸咏。王公曰："卿欲希嵇、阮邪？"答曰："何敢近舍明公，远希嵇、阮！"（《世说新语·言语》）

这句话的理解，争议在"隐"字上。

一种理解，隐是倚靠的意思，这是说周颛排场大，下车时多少人伺候着。

另一种理解，隐是映照，是说周颛气场太强大，全身闪着光，他一亮相，周围人全没了。

王导含笑看着他。

周颛落座，也不和王导客套，在那里"傲然啸咏"。——前面说过，阮籍擅长"啸"，而用洛下书生的腔调"咏"嵇康的诗，也是雅士的时尚。

于是王导问："您是在追慕嵇康、阮籍吗？"

这一问，就撩到周颛心尖尖上了，他立刻改变原来高傲冷漠的态度："我怎么敢舍弃近在眼前的明公您，而远远去追慕嵇康、阮籍呢？"

两个人算是一见钟情。

后面两个人还经常互怼，不过看起来实在就有点打情骂俏的味道。

王公与朝士共饮酒，举琉璃碗谓伯仁曰："此碗腹殊空，谓之宝器，何邪？"答曰："此碗英英，诚为清彻，所以为宝耳！"（《世说新语·排调》）

名士们聚会饮宴，王导突然举起一只琉璃碗对周颛说："这碗肚子里这么空，却说它是件宝器，是什么缘故啊？"

这是讥讽周颛没有真材实料。

周颛回答："这碗晶莹华美，确实清亮透彻，所以就是宝贝了。"

好看就行，至于肚子里是空的，这个不是问题，根本不需要解释。在座的名士谁没读过《老子》呢？"当其无，有器之用"嘛。

王丞相枕周伯仁膝，指其腹曰："卿此中何所有？"答曰："此中空洞无物，然容卿辈数百人。"（《世说新语·排调》）

王导把头枕在周颛的膝盖上，又用手指指周颛的肚子。
这画面感简直了。
王导说："你这里面有点什么？"
周颛说："这里面空洞无所有，但像你这样的，能装几百个。"
看起来，两个人斗嘴，总是周颛赢。
当然，王导是让着自己，后来周颛也明白。

元皇帝既登阼，以郑后之宠，欲舍明帝而立简文。时议者咸谓："舍长立少，既于理非伦，且明帝以聪亮英断，益宜为储副。"周、王诸公，并苦争恳切。唯刁玄亮独欲奉少主，以阿帝旨。元帝便欲施行，虑诸公不奉诏。于是先唤周侯、丞相入，然后欲出诏付刁。周、王既入，始至阶头，帝逆遣传诏遏使就东厢。周侯未悟，即却略下阶。丞相披拨传诏，径至御床前曰："不审陛下何以见臣。"帝默然无言，乃探怀中黄纸诏裂掷之。由此皇储始定。周侯方慨然愧叹曰："我常自言胜茂弘，今始知不如也！"（《世说新语·方正》）

晋元帝登基后，因为宠爱郑氏，所以不想立长子即未来的晋明帝司马绍，而想立郑氏所生的未来的简文帝司马昱。
司马绍既是长子，又优秀，从各方面看，太子都该是他的。所以周颛、王导等名臣，都苦苦劝谏晋元帝，只有刁协（字玄亮）顺着皇帝的意思来，支持司马昱。

晋元帝于是决定使个坏，他打算先把周颛、王导召进宫来，然后让刁协去传诏立司马昱为太子。

这样，最好的效果是造成了周颛、王导同意立司马昱的假象，至少也能让外面反对的人少了主心骨。

结果，周、王两人进宫，才走到台阶上，元帝已派传诏官迎着他们，拦住他们，请到东厢房去。

周颛没意识到有什么问题，就退下台阶。

王导却拨开传诏官，一直走到御床前，说道："不明白陛下为什么召见臣？"

元帝被问得说不出话来，就从怀里摸出黄纸诏书来撕碎扔掉。太子之位，这才算定下来。

周颛慨然喟叹说："我常常自以为胜过茂弘，今天才知道不如他！"

周颛只知道口舌之间抢占上风，王导却很明白，什么时候不妨让别人占上风获得快感，什么时候却该骤然发力，让对方体会到全方位被碾压的无力感。

所以他才能只问一句"不审陛下何以见臣"，就震慑得晋元帝把早就拟好的诏书都撕了。

当然这个细节也表明，所谓"王与马共天下"，绝不像表面上看起来那么和谐。

（四）王与马之间

晋元帝司马睿完全是靠王导扶持，才当上皇帝的。他本来可能真没啥政治雄心，但皇帝的宝座是有魔力的，坐上去，乾纲独断的追求，没有也有了。

> 元帝正会，引王丞相登御床，王公固辞，中宗引之弥苦。王公曰："使太阳与万物同晖，臣下何以瞻仰？"（《世说新语·宠礼》）

在正月初一举行朝贺礼时，晋元帝拉着王导的手，让他和自己一起坐到御床上。

王导越是坚决推辞，元帝越是拉着不放。

最后王导说："如果太阳和万物一起发光，做臣下的，又怎么瞻仰太阳呢！"

这件事，当然是晋元帝对王导的"宠礼"，但崇高的礼遇弄到过分的地步，就像一个应该被去掉的最高分。有学者把这个行为理解为对王导的警告，也很合理。

当时东晋的版图，看起来倒也相当广大，不过考虑到人口数量、经济发展水平、交通便利程度等因素，则长江以南，只有荆州和扬州最重要。①

扬州地区，王导是实际话事人，大家都"江左管夷吾"地叫着，皇帝就是个摆设。

荆州地区则基本被控制在了王敦的手里。王敦一向喜欢炫耀自己擅长军事，他到荆州之后证明了自己。虽然按照《晋书》的说法，胜仗实际上都是陶侃和周访打的，但这两人缺乏政治根基，也缺乏政治流氓的作风，所以一旦取得战果后，就被王敦轻而易举地

---

① 西晋末期，把扬州和荆州的交界地区分割出来，增置江州。所以就行政区划而言，重要的是扬州、江州、荆州三个州；但以地理范围论，则仍可以泛泛称为扬州地区和荆州地区。

排挤掉了。

荆州控扼上游，固然是扬州的屏障，但要是翻脸为敌，那威胁更是大到不堪设想。偏生王敦又是一副野心勃勃的样子：

> 王处仲每酒后辄咏"老骥伏枥，志在千里。烈士暮年，壮心不已"。以如意打唾壶，壶口尽缺。（《世说新语·豪爽》）

曹操是什么人？他的诗也是随便念的？！你已经是大将军位极人臣，还在那里"壮心不已"，那是要到什么地步，你才能"已"下来呢？

王敦用如意打唾壶的情报要是曾送到晋元帝面前，晋元帝大概会觉得自己的心脏就是那个唾壶，被敲得全是崩瓷。

《世说新语》里又有这样一条：

> 王丞相云："刁玄亮之察察，戴若思之岩岩，卞望之之峰距。"（《世说新语·赏誉》）

这句话里，王导夸了三个人，刁协（字玄亮）、戴渊（字若思）、卞壸（字望之）。

当然，王导说话照例是很有技巧的，这句说是赏誉，实则明褒里藏着暗贬。"察察"是洁净的样子，也可以指吹毛求疵；"岩岩""峰距"意思差不多，都是山峰高峻的样子①，也可能表达着这样的信息：你们的行为脱离了名士圈公认的价值标准，不近人情。

---

① 《晋书·卞壸传》作："卞望之之岩岩，刁玄亮之察察，戴若思之峰距。"形容卞壸和戴渊的词，掉了个个儿。

事实就是，这三个人的性情和作风，有些礼教气，是许多名士不喜欢的；甚而有些法家气，是绝大多数名士根本不能容忍的。

尤其是刁协和戴渊，正是辅佐晋元帝扩张皇权的关键人物。

刁协和一个叫刘隗的一起，为晋元帝制定了很多新政策。具体内容，无非是强调有法必依，所以要求官员们端正自身，强化对下属的管理，打击地方上的豪强，清算被隐匿的户口，等等。

戴渊虽然也是宦门子弟，但年轻时是当过强盗的，所以晋元帝看重他的军事才能，让他"都督兖、豫、幽、冀、雍、并六州诸军事"。这些州早已沦陷，所以东晋朝廷在江北侨置郡县，安置这些州的流民。这个任命，其实是让戴渊担任江北流民军总指挥。

基本上，晋元帝这些措施，为"改革为什么会失败"这个课题，提供了一个特别经典的案例。

如果晋元帝的目标是结束"王与马共天下"的局面，那么可以用的招数还是挺多的，毕竟琅邪王氏权势大到这个地步，不满的人也很多。

但他这一系列举措，显然是想重振朝纲，或者用现在的话说，叫全面重建强大的中央集权。

这在那个时代根本不切实际。

当时之所以大量户口被隐匿，是因为很多人都做了世家大族的僮客。要清查隐匿户口，就是动世家大族的经济命脉。

江北的流民军，本来互不统属，谁也不服谁，现在突然在他们头上加了一个领导者，引起所有人的反感，哪怕本来愿意支持朝廷的，这下也不支持了。

刁协、刘隗、戴渊这些人，都出身于二三流的士族，本身掌控的资源非常有限。

就是说，晋元帝在除了皇帝的虚名几乎什么也不掌握的情况下，通过一系列新政策，把本来愿意尊奉自己的各派势力，在短时间内都逼到了自己的对立面。

首先做出激烈反应的，自然是王敦。王敦打算以清君侧为名，指挥大军顺长江而下直取建康城，给皇帝一个教训。

对新政不满的世家大族，此时对王敦的行为，基本心态是看热闹。

晋元帝要想挡住王敦的军队，唯一可指望的就是江北流民，但他根本就指挥不动这些流民。

所以皇帝和皇帝身边的改革派要倒霉，是显而易见的了。

周顗固然也是皇帝重用的人，但更是大士族，又总是醉醺醺的清醒不了三天，制定新政的事显然与他无关，何况他还被刘隗攻击过。这时候要选边站，该怎么选看来并不难做决定。

一向瞧不起他的弟弟周嵩，就有很清楚的判断。

周伯仁为吏部尚书，在省内，夜疾危急。时刁玄亮为尚书令，营救备亲好之至。良久小损。明旦，报仲智，仲智狼狈来。始入户，刁下床对之大泣，说伯仁昨危急之状。仲智手批之，刁为辟易于户侧。既前，都不问病，直云："君在中朝，与和长舆齐名，那与佞人刁协有情？"径便出。（《世说新语·方正》）

周顗是吏部尚书，刁协是尚书令，说起来是周顗的上级。

一天，周顗在尚书省值夜班，突发疾病，情势危急。

刁协用尽一切办法照顾、营救周顗，过了很久，周顗才稍微好一点。

第二天天刚亮，就通报给周嵩，周嵩急忙赶过来。

周嵩刚进门，刁协就迎上去对着周嵩哭诉，说昨晚周顗的情况有多危急。

结果周嵩扬手就给了刁协一个耳光，刁协被打得退到门边去了。

周嵩走到周颜面前，也不问病情，直截了当说："你在中朝的时候，与和长舆（即和峤）是齐名的，怎么能和刁协这种佞徒有交情！"

于是周嵩转身就走了。

周嵩这态度，看起来激烈浮夸又无情，但倒是真心护着哥哥的。

这不仅是汝南周氏看不上渤海刁氏的门阀观念，更重要的是表明态度，门阀和皇权的冲突一旦爆发，刁协肯定是要完蛋的，哥哥你要离他远一点。

（五）沉默中的辜负

周颜毕竟年轻时是扎扎实实受过儒家伦理教育的，把忠君思想看得很重；而且周颜是个很重感情的人，对自己好的人，他不忍心对人家不好。

周颜选择站在皇帝一边。

王大将军当下，时咸谓无缘尔。伯仁曰："今主非尧、舜，何能无过？且人臣安得称兵以向朝廷？处仲狼抗刚愎，王平子何在？"（《世说新语·方正》）

王敦的大军即将东下，"时咸谓无缘尔"一句则不大好懂。

　　结合《晋书》和其他一些记载，可能应该这样理解：

　　王敦要清君侧，很多人认为是有"缘"，也就是有理由的。如公认的忠臣温峤就说："大将军此举有在，义无有滥。"这段时间里陛下新政是太过分，难怪大将军起兵，太过分违背道义的事，则相信他也做不出。

　　所以"时咸谓无缘尔"就是，大家都认为，王敦起兵，没有正当理由。

　　大将军起兵合理，又不至于弑君，那我们就看戏好了。

　　但周颛反对这种看法："当今主上并非尧舜，又怎能毫无过失？做臣子的，怎么可以就向朝廷发动战争呢？王敦是个放肆刚愎的人，王平子现在哪里？"

　　意思是，当初王敦能够杀害族兄王澄，当然也就可能杀害皇帝。

　　王敦兵临城下，建康保卫战打响，而结果毫无悬念。有人开城向王敦投降，有人不投降但也不打算对抗，所以战场上稍微接触下就败退了，周颛倒是真心想对抗的，但正像当初在荆州一样，他作为一个将军非常无能。

　　王大将军既反，至石头，周伯仁往见之。谓周曰："卿何以相负？"对曰："公戎车犯正，下官忝率六军，而王师不振，以此负公。"（《世说新语·方正》）

　　王敦占据了建康城最重要的要塞石头城。——汉末以来的政治家、军事家总结了"城大难守"的经验教训，所以对都市级别的大城市，防御思路往往是在城市主体的基础上，再建设一个较小而特别坚固的堡垒。在洛阳，则有金塘城；在邺城，则有铜雀台；在建康，则是当时依山临江的石头城。

晋元帝派周颢去见王敦谈判。

王敦对周颢说："你为什么做对不起我的事？"

这话有两层意思：第一，当初在荆州你被叛军打得那么惨，多亏我救你；第二，我来打皇帝是替士族们出气，难道不也是为你好，你干吗和我对着干？

周颢再次展示好口才，用《左传》式的语言表达了这样的意思："你的兵车冒犯了正统，下官很惭愧地被委以统领天子军队的重任。结果王师一个没准备好失败了，这就是我对不起你的地方。"

王敦还真被他说得没话说。

回去后，周颢被晋元帝召见。晋元帝问自己命运如何，周颢回答，您和太子都没事，我们这些人就不知道了。

有人劝周颢逃亡，周颢说，我们做大臣的，不能让朝廷避免丧败，"宁可复草间求活，外投胡越邪！"

不久后，周颢就被捕了。正像许多杰出的忠臣一样，周颢痛骂叛逆，祈求上天快快结束王敦的性命。

正像安东尼对西塞罗的办法，口才好的人，舌头要受到额外的惩罚。执法者把戟戳进周颢嘴里，周颢的血一直流到脚后跟，但神色不变，举止自若。就这样，周颢从容就义，时年五十四岁。

王敦为什么要杀周颢，还有一个原因，并引出了一句著名的话：

王大将军起事，丞相兄弟诣阙谢。周侯深忧诸王，始入，甚有忧色。丞相呼周侯曰："百口委卿！"周直过不应。既入，苦相存救。既释，周大说，饮酒。及出，诸王故在门。周曰："今年杀诸贼奴，当取金印如斗大系肘后。"大将军至石头，问丞相曰："周侯可为三公不？"丞相不答。又问："可为尚书令不？"又不应。因云：
"如此，唯当杀之耳！"复默然。逮周侯被害，丞相后知周侯救己，
叹曰："我不杀周侯，周侯由我而死。幽冥中负此人！"（《世说新
语·尤悔》）

王敦起事，建康城里的王导当然尴尬也危险。你和叛徒是堂兄
弟，他起兵的理由之一，就是你受到了不公正待遇，你说皇帝该拿
你怎么办？

王导就带着琅邪王氏的兄弟子侄，都到皇宫门前的魏阙下去
谢罪。

周顗担心王家人的命运，心怀忧虑地去宫里见皇帝。

王导看见他走过，就大叫："我们家这百来口人，就托付给
您了！"

周顗不回答，直接就进宫了。

周顗见到晋元帝，苦苦陈说不能杀王导的道理。——理由当然
是很充分的：从个人情谊来说，你们是布衣之好，管鲍之交；从道
德角度来说，你能有今天，全亏王导，不能恩将仇报；从利害算计
来说，杀了王导，就是彻底翻脸了，王敦打进来之后，杀你的理由
就充分了，留着王导，王敦面前大家也好为你转圜，王导就可能为
你求情……总之，周顗把晋元帝的思想工作做通了，王导保下
来了。

于是周顗很开心，在宫里还喝了酒，等到出去的时候，发现王
导一家还在宫门口等着。

周顗说："今年把乱臣贼子都消灭了，一定会拿到像斗大的金
印，挂在胳膊肘上。"——古人的衣服，往往在肘部有个袋子，可
以放东西。

周颛这话说得，好像是他要因为杀贼立功而封侯，也就是说，他和王家势不两立。

周颛为啥要表现出这样一种姿态呢？

宋代有个叫施德操的人分析说：

元帝与王导，岂他君臣比？同甘共苦，相与奋起于艰难颠沛之中。今以王敦，遂相猜疑如此，此君子所以深惜也。故伯仁之救导，欲其尽出于元帝，不出于己，所以全君臣终始之义。伯仁之贤，正在于此。（《北窗炙輠录》）

晋元帝和王导这对君臣，关系太特殊了，他们从极其卑微的起点，历尽磨难走到今天，本来是多么完美的典范，可是现在却互相猜忌，实在是太让人心痛了。所以周颛要帮助两个人和好，而且要给人一种印象，就是两个人自己醒悟，重新心心相印的，没有任何外人的帮助。

这就是言情小说里，备胎默默奉献牺牲自己，也要成全男女主角的纯洁无瑕的爱情那种经典剧情。

只可惜，王导虽然擅长洞悉人性的一切弱点，对一个没用的人的纯净的善意，却不是那么敏感。

王导认为周颛是与王家为敌的。

王敦已经完全掌控大局，决定对朝廷的人事重新做出安排。当然，没有人比王导更了解情况，他要听王导的意见。

王敦问："周侯可以做三公吗？"这是位望最高的官。

王导没有回答。

王敦又问："可以做尚书令吗？"这是当时地位最机要的官。

王导又没有回答。

周顗声望那么大，是自己人的话，给官做就该给最拿得出手的。王导既然认为最拿得出手的官不能给他，就说明他不是自己人。

于是王敦说："既然如此，那就只有杀掉他了。"

王导还是没有说话。

周顗被杀之后很久，王导在中书省的档案里，读到了周顗为自己求情的表章，这才明白了周顗当初的用心。

于是王导叹息说："我不杀周侯，周侯却是因我而死。我在沉默暗昧之中，辜负了这个人！"

周顗字伯仁，所以这句在《晋书》里，作"吾虽不杀伯仁，伯仁由我而死"。

不只是王导，杀了周顗，王敦也一样是会说动情的话的。

王大将军于众坐中曰："诸周由来未有作三公者。"有人答曰："唯周侯邑五马领头而不克。"大将军曰："我与周，洛下相遇，一面顿尽。值世纷纭，遂至于此！"因为流涕。（《世说新语·尤悔》）

一个公开场合，王敦说："周氏这样的大族，本朝还从未出过做三公的人呢。"

有人回答说："只有周侯已经投出了五个领先的筹码，但到底还是没成。"——这是拿博戏打比方，周顗已经是尚书仆射，和三公只是一步之遥了。

王敦就感慨起来："当年我和周侯在洛阳相会，真是一见倾心，无话不谈。只是碰到这纷纭的世事，竟落得今天这样的局面！"

王敦的眼泪，说来也就来了。

和王家人相比，周家人的演技，就显得实在差得太多。

杀了周颛后，王敦派人到周家去吊唁。

一向瞧不起哥哥的周嵩，突然爆发出一句对哥哥的赞美："亡兄，天下有义人，为天下无义人所杀，复何所吊？"

这句话让王敦怀恨在心，后来，就又找个理由杀了周嵩。

周嵩当年预言自家兄弟三人的命运，终于全部说中。

二十六、琅邪王氏的退却

王敦进入建康，并不急于去朝见晋元帝，而是放纵自己的士兵抢劫。这大概是一种猫捉老鼠的心态，王敦知道，眼看着皇宫、朝廷里的人四散奔走，晋元帝心里的恐慌会有多么严重。很快，王敦就得到了元帝使者带来的消息。

晋元帝说："你如果还没有将朝廷置于脑后，那请就此罢兵，天下还可以相安。如果不是这样，那么朕将回到琅邪，为贤人让路。"要回琅邪封国去的话头，元帝说过其实不止一次，然而这一回，这个失败者的语气里似乎反倒有些要挟的意味。

这个要挟是有效的。攻破建康最重要的要塞石头城后，王敦就对自己此举将获得什么样的评价显得有些担忧。他毕竟也是门阀时代的气氛里成长起来的人，对世家大族的立场和舆论，不得不有格外的重视。王敦确实不希望元帝就此退位，这会使自己显得过于猴急。现在，自己已经可以专断朝政，但要换一个皇帝，却还为时太早。

换太子，倒似乎可行：

王敦既下，住船石头，欲有废明帝意。宾客盈坐，敦知帝聪明，欲以不孝废之。每言帝不孝之状，而皆云："温太真所说。温尝为东宫率，后为吾司马，甚悉之。"须臾，温来，敦便奋其威容，问温曰："皇太子作人何似？"温曰："小人无以测君子。"敦声色并厉，欲以威力使从己，乃重问温："太子何以称佳？"温曰："钩深致远，盖非浅识所测。然以礼侍亲，可称为孝。"（《世说新语·方正》）

王敦东下之后，驻扎在石头城，他想把太子司马绍，也就是未来的晋明帝废掉。

王敦知道太子聪明，就想借不孝的罪名废掉他。

宾客满座的时候，王敦每每说起太子种种不孝的行为，又总是说："这是温太真说的。"

温太真也就是温峤，引用温峤的言论，听起来是很有说服力的。温峤当初是作为刘琨的特使到江东的，刘琨是坚守北方的忠臣标杆，温峤的公信力是够的；温峤曾在太子东宫做过官，所以很熟悉太子的情况；又曾在王敦手下任职，所以将自己的见闻告诉王敦，也很自然；还有很重要的一点是，温峤谈到王敦这次起兵，曾"以附其欲"地说过，说"大将军此举有在，义无有滥"，似乎是很有点同情的。王敦有理由相信，温峤会支持自己。

有次正说着，温峤来了。

王敦便展现出威势来，问温峤说："皇太子是什么样的人？"

温峤回答："我这样卑微的小人，不足以估量君子。"这话语气极谦卑，但实际上是拒不回答王敦的问题，也就是表示反对。

王敦的声音和表情都严厉起来，又问："都说太子好，到底好在哪里？"

温峤答："太子思虑深刻，追求远大，不是我这样浅陋的见识所能窥测的。但侍奉父母合乎礼节，可以称得上是孝了。"

群臣对温峤的话一致表示赞同，就这样，太子也没换成。

温峤为什么会既对王敦起兵清君侧表面上表示同情，又反对王敦废太子呢？除了他和太子司马绍个人情谊很深外，更根本的原因是，这就是当时各大家族共同的立场，重点是维持现状，不想皇权扩张，也不想改朝换代，连废太子这种带有危险气息的信号，也不想看见。

现在，处境最进退维谷的，反而成了王敦本人。

当时王敦有两个选择：一是进一步提高南北士族的地位，在舆论上取得他们的支持；二是杀掉他们中的一些人立威，从而把权力更直接地掌控在自己手里。

王敦身边的人也分成两派。劝王敦选择前一种办法的，例如谢鲲，谢鲲指出，这样甚至可以使王敦之前的行为都抹去叛逆的名声。谢鲲是名士，当然是站在世家大族的立场上说话。王敦知道，即使谢鲲个人此刻说这些话是真诚的，时过境迁之后，一切也都会不一样。晋元帝是掀不起什么风浪了，但太子确实聪明能干。等太子即位，很可能会想要报复，名士集团则会乐于牺牲自己换取和皇权之间的和谐。自己从一开始就走了豪爽的路线，在名士里非常特殊，而个性化人物，总是很容易收获额外的掌声，然后又更容易被随意抛弃掉。

王敦手下也有很多实干派。按照王导设计的格局，南北文化士族主导东晋政治，南方的"武力强宗"则被排除在权力游戏之外。

这些人里很有一部分被王敦吸纳为自己的支持者。他们都鼓动王敦挥起屠刀，进而建立一个新的王朝。作为被压抑的群体，对既得利益阶层当然充满仇恨，只有来一次天崩地裂，他们才有出头的机会。

犹豫之后，王敦先退了一步，把大权都交托给王导，自己退回到了上游的武昌。不久后晋元帝去世，晋明帝即位，王敦却又开始步步紧逼。

太宁元年（323），他派人献给晋明帝一颗玉玺，顺便暗示他下诏征自己入朝。明帝不敢不从，于是王敦移镇姑孰。从这里出击建康城，没有大江之限，只需要翻越一些难称险峻的山峦。军队驻扎在这个地方，就好比一把尖刀，抵住了东晋朝廷的后心。

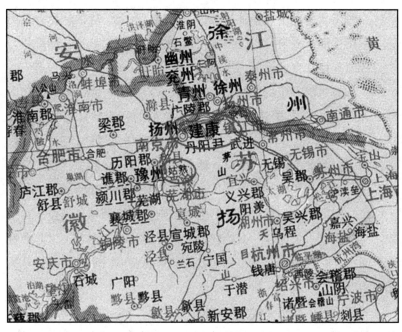

（中国历史地图集·第四册，地图出版社，1962）

王敦亲任扬州刺史，直接管辖京师所在之地。王敦的亲兄长王含，升为征东将军、都督扬州、江西诸军事；两个堂弟王舒和王彬，则分别任荆州刺史和江州刺史。这样，加上坐镇中枢的王导，琅邪王氏可以说控制了朝廷内外的大部分重要职务和军事重镇。

看起来，王敦篡位的条件已经相当成熟，然而我们却看到了这样一个故事：

王右军年减十岁时，大将军甚爱之，恒置帐中眠。大将军尝先出，右军犹未起。须臾，钱凤入，屏人论事，都忘右军在帐中，便言逆节之谋。右军觉，既闻所论，知无活理，乃剔吐污头面被褥，诈孰眠。敦论事造半，方忆右军未起，相与大惊曰："不得不除之！"及开帐，乃见吐唾从横，信其实孰眠，于是得全。于时称其有智。（《世说新语·假谲》）

王右军就是大名鼎鼎的书圣王羲之，他做过右军将军。

王羲之的爷爷王正，和王敦的父亲王基是亲兄弟。

王羲之不满十岁的时候，王敦很喜爱他，常常安排他在自己的帐中睡觉。

曾有一次，王敦先出帐，王羲之还没有起床。一会儿，钱凤进来了。钱凤是吴兴郡人，出身大约是庶族或最低级的士族，在王敦身边，扮演着谋主的角色。

于是王敦和钱凤屏退左右开始商谈，忘了王羲之还睡在帐中，就说起叛乱的计划。

这时王羲之醒来，听到了他们谈论的内容，知道死定了，于是伸手到嘴里抠，开始呕吐，把头脸和被褥都弄脏了，假装还在熟睡。

王敦突然想起王羲之来，和钱凤一说，彼此十分惊慌，说：

"这孩子不得不杀了！"

等到掀开帐子，才看见王羲之吐成这样，就相信他真的睡得很熟。王羲之这才保住了性命。当时人们都称赞他有智谋。

当然，《世说新语》里这一则的真实性有问题，其余所有书里都说，这个机智的男孩应该是王允之。王允之和王羲之是堂兄弟，同年出生。大概还是王羲之太有名，大家都希望有趣的故事发生在他身上，所以明明是王允之吐的，却吐到王羲之头上了。

不过王允之也好王羲之也罢，总之都是王敦的同族侄子。王敦谋反的事被听见了，第一反应竟然是杀人灭口，显然说明，王家人对王敦的宏图伟业，并不支持。

甚至于，这个故事安在王羲之身上固然是假，发生在王允之身上也未必是真，王家人对外宣讲这个故事，就是要广泛传达一个信息：造反是王敦个人的事，和我们整个琅邪王氏，并不相干。

这个年代，抢皇帝当并没有什么好处，确保家族始终留在世家门阀的第一方阵里，才是琅邪王氏的核心诉求。王敦已经是不得不反的处境，那就只能放弃他了。

后来王敦果然造反了。当时他已经病重，王导得到消息后，第一时间便率领王家子弟为还没死的王敦举办丧事，这个举动极大地鼓舞了朝廷方面的士气，当然也意味着，王敦失败后，除掉他的个别死党，朝廷是不会株连到王家其他人的。

王敦上次进攻建康时，世家大族心有灵犀，看守要塞的守将主动开门，江北的流民军置身事外，总之一切都非常顺利。虽然时间仅仅过去两年，但一切都不一样了。王敦的军队遭到了各方势力联合起来的迎头痛击。

王敦临死之前，王敦阵营内部到底发生了些什么事故，史书上有些颇为详细生动而乖张荒谬的记述，但恐怕早已经过各方势力的重重涂抹，也就只能当作故事看看罢了。《世说新语》里没有这些内容，倒是有一段叛乱失败之后的花絮：

王大将军既亡，王应欲投世儒，世儒为江州；王含欲投王舒，舒为荆州。含语应曰："大将军平素与江州云何，而汝欲归之？"应曰："此乃所以宜往也。江州当人强盛时，能抗同异，此非常人所行。及睹衰厄，必兴愍恻。荆州守文，岂能作意表行事？"含不从，遂共投舒。舒果沉含父子于江。彬闻应当来，密具船以待之。竟不得来，深以为恨。（《世说新语·识鉴》）

王敦没有儿子，所以认了自己亲哥哥王含的儿子王应做自己的干儿子、继承人。

王敦一死，王含、王应父子，就成了朝廷最重要的通缉犯。

儿子王应打算去投奔江州刺史王彬（字世儒）。

爸爸王含打算去投奔荆州刺史王舒。

按照当时拿官职称呼人的习惯，所以会称王彬为江州，王舒为荆州。

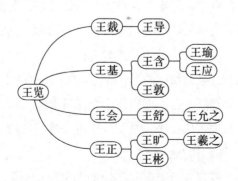

王含教训儿子："你干爹和王彬关系怎么样你不知道吗，你竟

然想去投奔他?"

王彬是琅邪王氏里个性最强的人物之一,而且和周颢关系很好。王敦杀害周颢后,王彬和王敦大吵了一架。

那一架吵得是相当精彩。王彬先哭周颢,然后痛陈周颢不该杀,然后骂王敦"谋图不轨,祸及门户",骂得是"音辞慷慨,声泪俱下"。

王敦火了,说你狂悖到这个地步,我不能杀你吗?

王导打圆场,让王彬给王敦下拜认个错。

王彬说,我最近腿脚不好,看见皇帝都不下拜了,我拜他?

王敦说,我倒要看看是脚痛厉害还是脖子痛厉害。

吵到这里,估计还是王导劝解开了,反正王彬在王敦面前一点没输阵。

所以王含才会认为,我们没有去找王彬求收留的道理。

但是王应说:"这正是我们应该去投王彬的道理,王彬在人家强盛的时候,能坚持不同意见,这不是常人能够做到的。看到我们处于衰微厄运之中,也能同情我们。王舒是个照规矩办事的人,岂能做出常人意想不到的事?"

道理王应讲得好,但是王含是爹,还是只能听王含的。

于是就到了荆州王舒那里,王舒也就是前面提到的听说了王敦的造反密谋就吐得满头满被子的王允之的父亲,也就是说,王敦造反这事,他是一直努力切割的。

果然,王舒就把王含、王应父子丢江里淹死了。

王彬倒是听说王应要来,早就秘密准备船只等待的,但终于没等来,王彬也只能引为憾事了。

这个故事不晓得几分真假(王应的形象与正史记录的王敦死后王应的表现很难接上,但正史的那些描述本身又让人怀疑是对失败者泼脏水），不过对琅邪王氏来说，这个故事不失为一个好故事。

只有王含是个蠢货老爹，在各种文献记录里，王含基本都是负责扮演贪婪的蠢货的，所有的屎盆子都扣在他头上，属于王家的实力挑粪王。

王应却很有知人之明，可以算神童；由此又可推论，王敦能挑中王应做自己的接班人，也算有眼光，虽然是反贼，不失为奸雄。

王舒虽然是被略微讥讽了一下，但他做了国家忠臣该做的事，王家人亲手杀掉了王家的乱党，在朝廷面前，是把家族洗干净了；而王彬的表现，则可以让名士圈看见，王家不缺有情有义有担当的真男子。各色优秀人才很齐全，这样的大家族，才有生命力。

晋明帝时代（322—325）开始，外戚庾氏家族的权势，渐渐大起来，而王导尽管获得的礼遇越来越高，在实际政局之中，却不断被边缘化。等到明帝去世成帝即位，母后临朝，庾家兄弟的权势，更加煊赫起来。

庾亮（字元规）这个人出现在历史舞台上，简直就是专门来和王导做对照的。

严肃。勤奋。强硬。蠢。

丞相尝夏月至石头看庾公。庾公正料事，丞相云："暑，可小简之。"庾公曰："公之遗事，天下亦未以为允。"（《世说新语·政事》）

一个夏天，王导去石头城看庾亮。

庾亮正在处理公务。

王导说："天热，工作上的事，可以稍微简化一点。"

庚亮回应："您遗漏了那么多公事，天下人也并不认为允当。"

这骄傲的回答，真是不给王导面子，也不给南京溽热的夏天面子。

后来两个人大概就很少直接交流了：

> 庾公权重，足倾王公。庾在石头，王在冶城坐。大风扬尘，王以扇拂尘曰："元规尘污人！"（《世说新语·轻诋》）

庾亮的权势已经超过王导了。庾亮办公的地方，在石头城，而王导是在冶城。①

大风扬尘，王导用扇子把尘土拂开说："元规那边吹过来的尘土，真是把人都弄脏了。"

庾亮这么积极有为地工作，结果是把局面搞得一团糟，把本来不想造反的人也逼得不得不反。尤其是流民帅苏峻的叛乱，破坏力远远超过了王敦之乱，所谓"兵火之后，宫阙灰烬"，堪称掀开了南京城波澜壮阔的城市毁灭史的第一幕。

好不容易叛乱平息，庾亮和庾氏家族的其他活跃分子，后来又策划北伐。

握有巨大权力的人物，提出一个绝对正义的目标，当然没有人有办法反对。于是为了北伐而进行的社会动员，把从高门大姓到万千黎庶都折腾得苦不堪言，然后北伐军一出击，就被北方的胡人随随便便击败了。

所以颍川庾氏很快也就从东晋的政治舞台上出局。

---

① 《晋书·王导传》说这是庾亮已经移镇武昌之后的事，那么"庾在石头"一句便不成立了。也有学者牵合两说，认为石头是指湖北石首。

相比而言，琅邪王氏的生命力，就显得要强韧得多。

王导本人不必说了，庾亮想逼苏峻入朝时王导是反对的，王导认为"山薮藏疾，宜包容之"，这么大的摊子，就像高山大湖，该糊弄就得糊弄。庾亮不听，到底把苏峻逼反了，但苏峻打下建康后也是把王导供起来，"以导德望，不敢加害，犹以本官居己之右"，苏峻要让自己的叛乱显得反动色彩淡一点，就得对王导好一点。苏峻身边有人劝苏峻杀王导，苏峻不听，因此这些人和苏峻有了矛盾，王导一看，你们既然有矛盾，那这些人我可以发展啊，于是也不知道怎么做思想工作的，最后让这些人保护着自己离开了建康城。

叛乱平定，王导这么有预见性的老臣，自然还要大大嘉奖。当时晋成帝年幼，所以他和王导说话，方式很特殊。和王导见面，皇帝会下拜，皇帝给王导下手诏，则说"惶恐言"，中书省发给王导的正式诏书，则说"敬问"。

但政治实权方面，王导就不硬往前挤了。他知道，这时候王家的实力，已经不如王敦坐镇上游的时候，用不着霸占着不放然后当众矢之的。

但王家子弟仍然散布在朝廷和地方当体制中坚。还有些具体操作也很耐人寻味，比如王导否决了温峤等人想要迁都的倡议，那就有个重建建康城的问题。主持这项工程的，是前面提到过的王彬，首都市政建设这块儿，大概油水蛮多的。

台湾学者毛汉光在《两晋南北朝士族政治之研究》一书中统计，两晋南朝时期见于史籍记载者，琅邪王氏成为五品以上官员者161人，其中一品大员15人，又有为皇后者8人，尚公主者13人，在所有世家大族中，呈现出超迈绝尘之势头（排第二的陈郡谢氏，四个数字分别是70人、4人、1人、3人）。

另外一个世界通例是，败家出艺术——可能是创造出艺术杰作，也可能是把自己活成艺术。而要当败家子，首先当然是有家可败，而天下第一世家，当然有最好的败家基础。

这些艺术人生，在史书中往往只是一闪而过的配角，但在《世说新语》里，却可能是格外撩人兴味的名字了。

二十七、王羲之的可乐与苦闷

《世说新语·企羡》中提到，王羲之听说别人把他的《兰亭集序》和石崇的《金谷诗序》相提并论，又把他比作石崇，不由得喜形于色。

刘孝标给这条作注：

王羲之《临河叙》曰："永和九年，岁在癸丑，莫春之初，会于会稽山阴之兰亭，修禊事也。群贤毕至，少长咸集。此地有崇山峻岭，茂林修竹。又有清流激湍，映带左右。引以为流觞曲水，列坐其次。是日也，天朗气清，惠风和畅，娱目骋怀，信可乐也。虽无丝竹管弦之盛，一觞一咏，亦足以畅叙幽情矣。故列序时人，录其所述。右将军司马太原孙丞公等二十六人赋诗如左，前余姚令、会稽谢胜等十五人不能赋诗，罚酒各三斗。"

这里引用的《临河叙》显然就是《兰亭集序》，但比今天常见的版本，却少了一大半内容，又多了"右将军司马太原孙丞公"以下40字。

那么，究竟是我们今日所见之注，对《兰亭集序》做了删节，还是《兰亭集序》本来就是这个样子，我们今天习见的版本，反而是后人增益出来的呢？

如果《兰亭集序》本来就是这个样子，倒是能解释不少问题：今本《兰亭集序》，文章做得当然比《金谷诗序》好得多，王羲之听说二者相提并论而感到高兴，我们都要替他委屈，而这个版本倒是和《金谷诗序》差不多在一个水平线上。也正因为这个版本平平无奇，所以唐代以前的文选如《昭明文选》等，不收此文也就顺理成章了。

直到唐高祖武德年间编成的《艺文类聚》里，引录的《兰亭集序》还和刘孝标注里的文章大致是一个样子。今天常见的这个版本，是在《晋书·王羲之传》（传说是唐太宗亲自撰写的赞语）里，才横空出世的。

所以，关于王羲之《兰亭集序》的真伪问题，从唐代开始到当代，争论一直就没停过。

不过不管怎么说，刘孝标所引的这段，是王羲之本人的手笔是没有问题的。文中表达着"信可乐也"的情绪，那真是一段快乐的时光。

所以，注意下时间，是永和九年（353）；注意下地点，是会稽山阴。

永和（345—356）是晋穆帝的年号。

永和六年（350），北方暴虐的后赵政权崩溃，汉人对胡羯民族展开了报复性屠杀，死者数十万，但高鼻多须的汉人被误杀者也不计其数。身在江左的人隔岸观火，就算不幸灾乐祸，自幸灾难没落到自己头上的，总归不在少数。

当然，也有人强调，这是一个挥师北上、光复中原的好机会，比如此时控扼着上游的桓温，就高调这样主张。

桓温的呼吁，被视为一种令人不安的声音。在桓温的施压下，朝廷不得不任命大名士殷浩主持北伐，在一系列颠三倒四的操作之后，殷浩失败。永和八年（352）即写作《兰亭集序》的前一年，王羲之给殷浩写了一封信，其中说道，"天下寒心，固以久矣"，也就是大家对北伐早就没有什么热情。又说：

今军破于外，资竭于内，保淮之志非复所及，莫过还保长江，都督将各复旧镇，自长江以外，羁縻而已。任国钧者，引咎责躬，深自贬降以谢百姓。更与朝贤思布平政，除其烦苛，省其赋役，与百姓更始。庶可以允塞群望，救倒悬之急。（《晋书·王羲之传》）

大意是长江以北的土地，要不要无所谓，但别给老百姓增加赋税和徭役了。不要大国崛起，只要小民幸福的态度，可谓溢于言表。王羲之进而警告说：

复被州符，增运千石，征役兼至，皆以军期，对之丧气，罔知所厝。自顷年割剥遗黎，刑徒竟路，殆同秦政，惟未加参夷之刑耳，恐胜、广之忧，无复日矣。（《晋书·王羲之传》）

为了北伐，本朝推行的政策已经和秦始皇一样了，再这样下去，你就不怕闹陈胜、吴广吗？

不过王羲之虽然确实是当时名士中比较忧国忧民的人物，却也不会因此降低自己的生活质量。所以永和九年（353），前线战事继续从失败走向失败，而时任会稽内史的王羲之则开心地召集了这次兰亭集会。

王导、周颚那代人，说北伐固然多半只是口号，但对北方故土，确实怀有很深的感情。但年轻一辈就不同了。王羲之是公元303年即八王之乱的高潮时出生的，而参加这次兰亭集会的人里，他已经差不多是最年长者。其余人等，如孙绰生于公元314年，那年晋怀帝已经做了匈奴人的俘虏；谢安、谢万兄弟都出生于公元320年，即晋元帝大兴三年；还有王羲之的几个儿子年纪更小，他们都已经完完全全是东晋人了。

也就是说，参加兰亭雅集的少长群贤，他们对北方的了解，更多是来自父辈的描述，就是有点滴记忆，也只是战乱的恐怖，而谈不上什么亲切的思慕了。

南方人不想北伐，北方政权又为什么会放过南方呢？

东晋皇帝是没有多少存在感的，世家大族的势力盘根错节，保持着微妙的平衡，这种平衡如此脆弱，而且极大程度上抑制住了国家的动员能力。看起来，北方的五胡只要有兴致弯弓南下，饮马长江，脆弱的东晋门阀政治根本禁不起冲击。

事件	国名	创建者	建立年代	民族	亡于何时何国
西晋末建立二国	成—汉	李特—李雄	304	巴氐	347年亡于东晋
	汉—前赵	刘渊—刘曜	304	匈奴	329年亡于后赵
东晋初建立四国	后赵	石勒	319	羯	351年亡于冉魏
	前燕	慕容皝	337	鲜卑	370年亡于前秦
	前凉	张寔	317	汉	376年亡于前秦
	前秦	苻洪	350	氐	394年亡于西秦

但辽阔的中原大地上，一个个政权其兴也勃其亡也忽，骁勇善战的北方人忙于自相残杀，实在腾不出手来，去给南方制造多少麻烦。

所以公元329年苏峻之乱被平定后，公元383年淝水之战发生前，江左的东晋政权，确实处于一个相对稳定的时期。

会稽郡山阴县是当时侨姓世族的聚居之处。

当年秦始皇一统天下的时候，会稽郡是一个巨大的概念：领有吴、越两国之地，大致相当于今江苏长江以南、安徽东南、上海西部以及浙江北部。

东汉顺帝时，会稽郡以浙江（今钱塘江）为界一分为二。钱塘江北较发达地区为吴郡，钱塘江以南部分则仍称会稽郡，郡治设在山阴县（今绍兴）。

三国孙吴时，吴郡又被分割成吴郡和吴兴郡。

这样就产生了东晋史料中经常出现的一个概念：吴郡、吴兴郡、会稽郡并称"三吴"。

永嘉南渡，北方士族到江东之后，为了避免和原来的吴地士族产生激烈冲突，选择了到本来相对落后，还有较多未开发土地的会稽郡来圈地发展。

在这里，他们一来积累了巨额财富，二来也确实领略到了山川丘壑之美：

顾长康从会稽还，人问山川之美，顾云："千岩竞秀，万壑争流，草木蒙笼其上，若云兴霞蔚。"（《世说新语·言语》）

王子敬云："从山阴道上行，山川自相映发，使人应接不暇。

若秋冬之际，尤难为怀。"（《世说新语·言语》）

顾长康就是大画家顾恺之，王子敬就是王羲之的儿子王献之。这两句话都说得太精彩，也不难懂，就不翻译了。

魏晋名士都爱读老庄，老庄鼓吹"自然"，而浙东的山水，就把"自然"活灵活现曼妙无比地展现在面前。

也不知道是老庄说透了这里的山水，还是这里的山水活画出老庄。

所以在这个地方，山水玄言诗兴盛起来，实在是理所当然的。

而王导去世之后，庾氏兄弟的执政作风，也促成了会稽更快发展为一个新的文化中心。

史书评价庾亮，说他"风格峻整，动由礼节，闺门之内，不肃而成"，"时人皆惮其方俨"。又这样评价庾氏兄弟："兄亮以名德流训，冰以雅素垂风，诸弟相率莫不好礼。"可见，他们虽然也愿意谈谈玄学，但确实不喜欢放诞。

按照这种风格主政，朝廷无疑会更注重规矩，也就会让那些任诞简傲的名士，在建康城生活不习惯。

相比之下，会稽郡的生活显得随意舒适得多，王羲之一直不愿意去中央任职，多少也为此：

羲之雅好服食养性，不乐在京师，初渡浙江，便有终焉之志。会稽有佳山水，名士多居之，谢安未仕时亦居焉。孙绰、李充、许询、支遁等皆以文义冠世，并筑室东土，与羲之同好。尝与同志宴集于会稽山阴之兰亭……（《晋书·王羲之传》）

参加兰亭集会的究竟有哪些人，固然有不少争论，但当时会稽山阴名士荟萃，则是毫无疑问的事实。

宗白华先生在《美学散步》中有一个著名的论断：

汉末魏晋六朝是中国政治上最混乱、社会上最痛苦的时代，然而却是精神史上极自由、极解放、最富于智慧、最浓于热情的一个时代。因此也就是最富于艺术精神的一个时代。

作为一种关于这四百年大分裂历史的泛泛之谈，这个说法很有理论高度和认识深度。

然而具体到东晋中期的江左，政治也许确实混乱（但不动荡），社会还真谈不上痛苦。

前面已经说了，对江左社会来说，这些年即使有零星战事也没有发生根本性的影响，妥妥的偏安，不去放眼天下，就是太平岁月。

南方经济发展势头不错。北方人一直对长江以南怀有偏见，渡江后不得不定居于此，于是就慢慢发现，北方的生产技术和南方的气候环境、土地资源相结合，获得的收益要远远超过北方。而既然是偏安，也就意味着这些收益可以不用投入军备这个无底洞，而是用于再生产或享受生活。

普通民众的日子，坏处是看不到阶层跃升的机会，门阀大姓欺男霸女的事也绝不会少干；好处是徭役和兵役尽管从法规上看仍相当沉重，但大规模社会动员既然少了，实际操作中力役恐怕还是有所减轻。而且在世家大族的包庇之下，很多人从国家的统计数据中消失，从而也就可以逃避这些（苦差事）。当时隐匿人口的数量是非常巨大的。山涛的孙子山遐，是个难得的严格执法的人，他做余姚县令，八十天的时间，就发现了隐匿人口万余人。这引起当地大族极大不满，纷纷去主管部门控告山遐。山遐向领导请求让自己再干一百天，但到底还是被马上撤职了。

看起来，山遐已经发现但还没有统计出来的人口数，应该还有不下万人。而这仅仅是一个县的隐匿人口数而已。

从国家财政和国防的角度看，这是个很致命的问题，但说到稍有不虞就家破人亡的概率，比起秦皇汉武的盛世，这个时代反而要低很多。葛剑雄教授在《中国人口史》第一卷中指出，东晋的百姓平均寿命不短（当然是古代标准），生育意愿也比较强，因此人口年平均增长率可以达到4‰乃至5‰，即东晋百余年间，南方人口数可能从1000万增长到1700万。

士族作为当时社会结构的最大受益者，生活当然更要好得多。就以王羲之为例：

他小时候不善于言辞，看起来平平无奇，但他爸爸王旷是最早倡议晋元帝渡江的大臣之一，伯父是晋元帝登基时都要拉小手坐一起的"江左管夷吾"王导，自然会有各路名士为他炒作：

首先是周颙。王羲之十三岁的时候，参加一次盛大的聚会，最重要的一道菜品是烤牛心，周颙亲自割了，第一个分给坐在末座的王羲之。

然后是同族伯父王敦，当时做王敦主簿的陈留人阮裕名气很大，王敦就对王羲之说："汝是吾家佳子弟，当不减阮主簿。"

阮裕也很配合，称王羲之和王承、王悦是"王氏三少"，王承是渡江名士第一，王悦是王导一看见就开心得眉开眼笑的宝贝大儿子，这三个人并列，王羲之的位分当然就起来了。①

---

① 王承是前辈，怀疑这里应该是王承的儿子王述。

控制着忠于朝廷的最重要的武装力量的郗鉴，到王家来挑女婿，挑中了东床坦腹的王羲之。

王羲之担任的第一个官职，是极为清选的秘书郎，然后被征西将军庾亮聘请为参军，庾亮临死前，还特意推荐王羲之为宁远将军、江州刺史。

朝廷都爱王羲之的才器，频频召王羲之到朝廷来做官，王羲之总是不断推辞。最后，扬州刺史殷浩亲自给王羲之写信。

殷浩（字渊源）曾长期隐居，导致舆论说："渊源不起，当如苍生何？"现在已经"起"了的殷浩，为了请王羲之入朝，也采用了同样的句式："悠悠者以足下出处足观政之隆替，如吾等亦谓为然。"你到朝廷来做官（出），大家就认为国家兴盛（隆）；你在家隐居（处），大家就认为有改朝换代的风险（替），所以你怎么忍心不出山呢？

以上出现的人物，周𫖮、王敦、阮裕、郗鉴、庾亮、殷浩……彼此关系是非常复杂甚至尖锐冲突的，但全部力推王羲之。

而王羲之除了书法无双无对之外，到底有什么长处，解决过什么难题，做出过什么业绩？反正史书上不大找得到。

这就是琅邪王氏的"佳子弟"与生俱来的人生平台。各大门阀斗而不破，对别人家政治上没什么实际竞争力的下一辈，反而谁都乐于说好话。

所以宗白华先生盛赞的汉末魏晋六朝士人的"艺术精神"，具体到东晋士人这一段，构成其底色的，恐怕并不是积郁难抒的浓黑的现实痛苦，而是生活安逸之后，因为无所事事而内心格外细腻敏感，所以抽象到宇宙人生层面的微茫的忧郁与惆怅，或一地鸡毛的叽叽歪歪。

还拿王羲之来说，令他感到痛苦的是什么呢？

如果我们相信今天常见的《兰亭集序》是他本人的手笔，那令他痛苦的问题是"修短随化，终期于尽"，也就是生死问题。他虽然喜欢服食修炼，却又认为人终究难逃一死，那么自己所做的一切努力，就都显得虚妄。

如果看《晋书·王羲之传》或《世说新语》，则会发现令王羲之痛苦的事也可以说非常卑琐而无聊。

王羲之特别讨厌太原王氏的王述。——王述拜爵蓝田侯，所以《世说新语》里往往称他为王蓝田。

其实王羲之和王述之间并没有什么利害冲突，只不过一个琅邪王氏一个太原王氏，又是同一年出生的，就被好事者拿来相提并论了。

本来只是有点瞧不起你，你竟然和我齐名，那我可要加倍瞧不起你了，这种心态，倒是一点也不奇怪。

王蓝田性急。尝食鸡子，以箸刺之，不得，便大怒，举以掷地。鸡子于地圆转未止，仍下地以屐齿蹍之，又不得，瞋甚，复于地取内口中，啮破即吐之。王右军闻而大笑曰："使安期有此性，犹当无一豪可论，况蓝田邪？"（《世说新语·忿狷》）

王述和一只鸡蛋较劲闹得洋相百出，一般人大概只是觉得好玩，王羲之却要说："你爸爸那么牛，要是有这毛病，都一毛不值，何况你这货呢？"

王右军素轻蓝田，蓝田晚节论誉转重，右军尤不平。蓝田于会稽丁艰，停山阴治丧。右军代为郡，屡言出吊，连日不果。后诣门自通，主人既哭，不前而去，以陵辱之。于是彼此嫌隙大构。后蓝田临扬州，右军尚在郡，初得消息，遣一参军诣朝廷，求分会稽为越州，使人受意失旨，大为时贤所笑。蓝田密令从事数其郡诸不法，以先有隙，令自为其宜。右军遂称疾去郡，以愤慨致终。(《世说新语·仇隙》)

王羲之任会稽内史，前任就是王述。或者说，王述因为母亲去世要守丧，王羲之才得到了这个职务。

王述仍然在会稽郡住着，出于礼貌，王羲之也应该去拜访人家。

但王羲之到任后，经常放话说我要去王述家吊丧，但结果就是不去。

甚而有一次，王羲之到了王述家门口，说明了身份，等王述按照礼节哭着出来迎接时，他却转身走了。

所以，也就难怪王述怀恨在心了。

后来王述官运亨通，升任扬州刺史，也就是王羲之的顶头上司。

王羲之得到消息后，反应很激烈，派一个参军向朝廷申请：会稽郡独立，单设一个越州，以后不归扬州管了。

战乱年代，会稽内史可能带"督五郡军事"的头衔，那时提出把会稽当作一个独立的区域，还有点道理。但现在和平时期，王羲之可没带这个头衔，所以无理取闹的感觉就很强烈。

他派出去的那个参军也不大会说话，所以这件事就闹了大笑话。

而王述派从事也就是负责监察的官员去找王羲之通报，你到任之后，有多少违法乱纪的行为我已经掌握了，你自己看着办吧。

东晋时就是这样，关系好的时候，都是膏粱子弟谁还不认得谁，干啥都没事。但要是有人铁了心要抓你毛病，那是一抓一个准。

于是王羲之就只好称病离职了。

据《晋书》说，王羲之还气得骂儿子："吾不减怀祖，而位遇悬邈，当由汝等不及坦之故邪！"我难道不如王述吗？官做得没他大，都怪你们没出息，谁也比不了他儿子王坦之！

骂完儿子，王羲之又跑到父母坟前赌咒发誓，写了一篇感情非常饱满的誓言，表明自己以后绝不再当官的志向："自今之后，敢渝此心，贪冒苟进，是有无尊之心而不子也。子而不子，天地所不覆载，名教所不得容。信誓之诚，有如皦日！"

这是永和十一年（355）三月，也就是兰亭集会两年后的事。

官都不当了，王述发现的不法行为，当然也就没人追究了。"朝廷以其誓苦，亦不复征之"，对王羲之不继续出来违法乱纪，还是表现得挺惋惜的样子。

后世有人为这事批评王羲之，说他外似旷达而内实狭隘。不过换个角度看，本来不该有冲突的两个人，硬能把关系搞成这样，真挺艺术家的。

而那些胸怀改天换日的豪情壮志的枭雄，对谁是朋友谁是敌人的问题，算计当然要精密得多。

绕不开的老贼

桓温（312—373），字元子，谥号宣武。他做过征西大将军、大司马，所以《世说新语》也经常用这两个头衔称呼他。另外，他的名士朋友会骂他"老贼"，他老婆叫过他"老奴"。

论出场次数，《世说新语》里谢安、王导、桓温是三鼎甲。

王、谢都是名士领袖，桓温算不算名士，却有点难说。他经常和名士做派对着干，但身上又有特别具名士气息的一面。由于他的影响力太大，倒不妨说，他是同时代所有名士都绕不过去的人。

桓温是谯国龙亢人。谯国龙亢桓氏曾是一个很有势力的家族，但史籍中记录桓温祖上的情况，有奇怪的缺环。田余庆先生在《东晋门阀政治》一书中做出了最合理的推测：桓温的五世祖，很可能就是曹爽的智囊桓范。

当初曹爽要是听从了桓范的建议，司马懿即使仍能够取得胜利，也需要经过杀得血流成河的内战，而不仅仅是一场政变的事了。正因如此，曹爽失败后桓氏沦为刑家，失去了高门望族的地位。

照例，社会崩溃可能会给原来的沉沦下僚的人一点出头的机会。到永嘉乱世衣冠南渡的时代，桓温的父亲桓彝抓住机遇，获得了名士圈的一点认可，成为所谓"江左八达"之一，然后他在平定王敦之乱的过程里立功，又在苏峻之乱中，力战叛军慷慨殉国。

桓氏又回到了中等士族的行列。

泾县县令江播是杀害桓彝的凶手之一。桓温枕戈泣血，矢志为父复仇。咸和六年（331），江播去世，他的三个儿子知道桓温可能来报复，所以严加戒备，在哭丧棒中藏了利刃。但桓温展现出惊人的武艺，还是混入丧庐，把三人都杀死了。

东汉以来，人们对法律往往不是那么看重，而是信奉儒家经典里"杀父之仇不共戴天"的教诲，所以桓温手刃父仇，是一种为舆论所赞美的行为。

于是桓温就成了一个出身于不高不低的士族的忠臣爸爸生出来的孝顺儿子。

这样的身份要想进取，往往是比较有利的；而在桓温生活的时代，则特别有利。

此时，原来的超级大家族琅邪王氏处于衰退中，颍川庾氏以外戚的身份执掌朝政，扩张势头迅猛，但始终没有拿出什么像样的政绩，所以很需要吸纳新鲜血液。他们能看重的年轻人，不能是来自其他大家族的，而寒族，他们又瞧不上。

桓温这样的，刚刚好。

桓温被招为驸马，娶了晋明帝和庾皇后的女儿南康公主为妻。

皇后的弟弟庾翼和桓温关系最好，他特意向明帝强调说："桓温少有雄略，愿陛下勿以常人遇之、常婿畜之，宜委以方召之任，托其弘济艰难之勋。"桓温少年时就有雄才大略，希望陛下不要把他当作寻常人，不要当作一个普通女婿养起来就完了。要对他委以重任，让他有机会建立解决这个时代大问题的功勋。

这样，桓温也就进入了晋朝的顶级名士圈子。

二十八、桓温与刘惔

刘惔，字真长。也是晋明帝的驸马，娶了南康公主的妹妹庐陵公主，也就是说，他和桓温是连襟。

庾稚恭与桓温书，称："刘道生日夕在事，大小殊快。义怀通乐既佳，且足作友，正实良器，推此与君同济艰不者也。"（《世说新语·赏誉》）

刘惔也叫刘恢，字道生。惔和恢形近，真长和道生则是近义词，他为什么会有两个不同的名字，是传写导致的，还是别有原因，就不知道了。

重视桓温的庾翼，是很希望桓温和刘惔处好关系的。他说："刘道生从早到晚忙工作，大小事情都处理得得当。心怀仁义，乐观豁达，是个优秀人才，而且够朋友，是个很成器的人。把他推荐给你，你们可以共渡难关。"

刘恢去世后，人家为他写悼文，评价是"居官无官官之事，处事无事事之心"，对照他年轻时获得的这个评价，还是挺有趣的。

不管怎么说，两位驸马爷之间的互动，倒确实是不少。

刘恢大概是当时最嚣张的名士，特别看不起出身寒微的人：

刘真长、王仲祖共行，日旰未食。有相识小人贻其餐，肴案甚盛，真长辞焉。仲祖曰："聊以充虚，何苦辞？"真长曰："小人都不可与作缘。"（《世说新语·方正》）

刘恢、王濛（字仲祖）一起外出，天色晚了还没有吃饭。有个他们认识的"小人"给他们送来了很丰盛的饭菜。

小人指身份卑贱的人，在东晋时，也许你很有钱，也许你已经做了不小的官，但只要出身不是高门，都可能被认为是小人。这个小人就显然挺有钱的。

刘恢当即就推辞了。

王濛大约是真饿了，决定不摆太原王氏的架子，说："姑且用来充饥罢了，何必不接受呢？"

刘恢说："绝不能跟小人发生任何关系。"

刘恢的这种傲慢，按照当时的标准是值得赞美的，所以这则被归类为"方正"。

从出身论，刘恢是不大瞧得起桓温的。桓温大概看他也有点别扭，两个人经常互相招惹两下。

桓大司马诣刘尹，卧不起。桓弯弹弹刘枕，丸迸碎床褥间。刘作色而起曰："使君如馨地，宁可斗战求胜？"桓甚有恨容。（《世说新语·方正》）

桓温后来做到大司马，刘惔后来做到丹阳尹，所以称桓大司马和刘尹，实则这应是两人年轻时的事。

桓温去看刘惔，刘惔躺着不起来。桓温就用弹弓去射刘惔的枕头，弹丸迸碎散落在床褥之间。

刘惔变了脸色起身："使君到了这个地方，难道还可以斗战求胜吗？"

当时桓温的官衔，是徐州刺史，所以称他为使君。斗战求胜是军人的事，名士当然是看不起军人的，所以这话是说：你也跟我们混名士圈了，身上那些丘八习气该收一收了。

所以桓温当然就被骂出愤愤不平的脸色来了。

《西游记》里，孙悟空成正果，是"斗战胜佛"，这个称号没准还真是受《世说新语》启发。孙悟空的气质在满天神佛里有多不和谐，桓温在名士圈里也就有多特殊。

王、刘与桓公共至覆舟山看。酒酣后，刘牵脚加桓公颈。桓公甚不堪，举手拨去。既还，王长史语刘曰："伊讵可以形色加人不？"（《世说新语·方正》）

王濛、刘惔和桓温一起去覆舟山游览。

覆舟山即今天的九华山公园，位于南京市玄武区太平门内西侧，因为临近玄武湖的一侧陡峻如削，像一只倾覆的行船，所以古称覆舟山。当时覆舟山在建康城外，既是皇家苑囿，又是守城的门户。

酒酣耳热之后，刘惔把脚放到桓温的脖子上。

桓温受不了，抬手把刘惔的脚拨开了。

回去后，王濛对刘惔说："他怎么可以给人脸色看呢？"

明明是刘惔招惹在先，结果还是桓温不对，可见桓温处于多么孤立的地位。

桓温的清谈水平，当然是上不了台面的，但是桓温又很愿意显得自己挺懂，所以难免闹点笑话：

> 宣武集诸名胜讲《易》，日说一卦。简文欲听，闻此便还，曰："义自当有难易，其以一卦为限邪！"（《世说新语·文学》）

这里提到的"简文"，是指晋简文帝司马昱。他是晋元帝的小儿子，晋明帝的弟弟，也就是尽管他的年纪比桓温、刘惔都小，但两人跟着媳妇儿得管他叫叔。这件事发生时司马昱显然还不是皇帝，而是会稽王。

桓温召集了一批名流讲《周易》，每天讲一卦。

司马昱本来是想去听听的，但听说这个流程安排后，就不听了，说："不同的卦，义理有难有易，哪能限死一天一卦呢？"

只此一句，就见出司马昱的水平，不知道高过多少评估专家了。当然，也远远胜过桓温。

而司马昱在刘惔眼里是什么水平呢？

> 桓大司马下都，问真长曰："闻会稽王语奇进，尔邪？"刘曰："极进，然故是第二流中人耳。"桓曰："第一流复是谁？"刘曰："正是我辈耳！"（《世说新语·品藻》）

桓温从荆州来到京都建康，问刘惔说："听说会稽王清谈有很大长进，是这样吗？"

刘惔回答："长进大极了，不过仍是第二流里的人物罢了。"

桓温问："第一流的人又是谁呢？"

刘惔说："正是我等这样的人。"

刘惔倒也没有吹牛，说到论辩时气场之强大，他可能是天下第一。

前面提到殷浩是清谈大家，和王导两个人无凭可考无据可查地聊了一个通宵，桓温在旁边听得插不上嘴，可是殷浩却在刘惔手下栽过跟头：

> 殷中军尝至刘尹所清言。良久，殷理小屈，游辞不已，刘亦不复答。殷去后，乃云："田舍儿，强学人作尔馨语！"（《世说新语·文学》）

殷浩到刘惔处与他清谈，你来我往了很久，殷浩渐渐落了下风，于是不断使用"游辞"，不敢硬接刘惔的招数，刘惔也就不再追击。

等殷浩走后，刘惔说："农家子，却硬要学人家说这样的话。"

清谈场上，殷浩嘴下不知道有多少败将，所以刘惔这句话，可谓骂遍天下名士。

清谈水平差距太大，桓温要翻盘，当然也就只能拿出"斗战求胜"的手段了。

> 桓大司马乘雪欲猎，先过王、刘诸人许。真长见其装束单急，问："老贼欲持此何作？"桓曰："我若不为此，卿辈亦那得坐谈？"（《世说新语·排调》）

桓温乘着大雪要去打猎。——自古以来，打猎是重要的军事训练手段，所谓"春蒐、夏苗、秋狝、冬狩，皆于农隙以讲事也"，这里"猎"可能是指军事演习。

行动之前，桓温先去拜访王濛、刘惔这些人。不管打猎还是军演，都讲究衣服要穿得干净利落，不能太厚，所谓"装束单急"。

这和名士们宽袍大袖的风气当然很违背，刘惔就看不惯了，问："老贼你这身打扮，要干啥？"

桓温就说了句千古名言："我若不为此，卿辈亦那得坐谈？"要不是我把这些脏活累活都干了，你们这些人哪能够坐在这里叽叽歪歪？

按《世说新语》里所说的，是桓温反击刘惔胜利。但刘孝标注引裴启《语林》，这对话还有另外一个版本：

> 宣武征还，刘尹数十里迎之。桓都不语，直云："垂长衣，谈清言，竟是谁功？"刘答曰："晋德灵长，功岂在尔？"

桓温北伐凯旋，和刘惔有了这番对话。

桓温的话，可以套现在流行的说法："不是我负重前行，哪来你们的岁月静好？"

刘惔的反击则是："明明可以岁月静好，可你偏偏要负重前行。"北方那么乱，你不打他，他也没本事来打你，这是我大晋朝的灵祚保佑，和你有什么关系？

按这一说，刘惔保持不败。

应该说，包括《世说新语》在内的各种文献，倒并不把刘惔当作一个只会坐谈的人。他的眼光是很准的。

> 小庾临终，自表以子园客为代。朝廷虑其不从命，未知所遣，乃共议用桓温。刘尹曰："使伊去，必能克定西楚，然恐不可复

庾亮、庾翼兄弟先后坐镇上游，任荆州刺史。所以称弟弟庾翼是小庾。

永和元年（345），庾翼临终前，上表说让自己的儿子庾爰之继承自己的职位。——"园客"是庾爰之的小名。

朝廷对此当然很不乐意，荆州这么重要的地方，怎么能让你家族内部传承，好像变成了你庾家的私产了呢？

找不到别的合适的人选，于是一致主张用桓温去接替庾翼，当荆州刺史。

当然大家也很担忧，庾爰之要是借着父亲的势力，激烈反抗怎么办？

刘惔说："让桓温去，西方楚地他一定能够拿下，只是要担忧他成功后就再也没有人能控制得了他了。"

这个预言当然是说中了。

另有些书说，刘惔还建议，会稽王司马昱应该自己去做荆州刺史，自己做军司，这样才安心。

这个建议听起来高瞻远瞩，但实际上刘惔是出了个馊主意。

桓温与庾翼关系密切，两个人"恒相期以宁济之事"，曾约定一起匡济天下。更重要的是，当初庾翼北伐时，桓温曾在他麾下为前锋小督，还拥有"假节"的权力，即可以自行处死违背军令者。可见官虽然不大，权力倒是不小。

这意味着两件事：第一，桓温在庾翼军队干过，应该是干得很不错，接手有群众基础；第二，很大程度上桓温曾被视为庾家的人，他接手不算对庾家表现出太强的敌意。

所以庾家人才会让步。

换会稽王司马昱亲自去的话，就有点朝廷打算和庾家翻脸的意思，后果可能很严重。

幸好朝廷的最终决策，也就是让桓温去。桓温果然很顺利地接手了荆州地区。

桓公将伐蜀，在事诸贤咸以李势在蜀既久，承藉累叶，且形据上流，三峡未易可克。唯刘尹云："伊必能克蜀。观其蒲博，不必得，则不为。"（《世说新语·识鉴》）

桓温任荆州刺史一年之后，即永和二年（346），就准备伐蜀。

当时割据在蜀地的成汉政权（304—347），也传了好几代了，而且占据了上流形胜之地，要逆流而上攻克三峡，可不是闹着玩的。

所以朝廷里掌权的人，认为桓温不能成功的是大多数。

只有刘惔说："桓温是一定能成功的。看他赌博的样子就知道了，不是必胜，他就不赌。"

听这话，看来当初两位驸马爷赌钱，刘惔输给过桓温不少钱。

刘尹道桓公：鬓如反猬皮，眉如紫石棱，自是孙仲谋、司马宣王一流人。（《世说新语·容止》）

刘惔说，桓温的须发，又粗又硬，像进入战斗状态的刺猬，毛刺一根根都竖着的样子，眉棱像紫石棱一样，棱角分明，确实是孙权、司马懿一类的人。

把桓温比作孙权、司马懿，相当于预言他想当皇帝。

像桓温这种被视为乱臣贼子的人，相貌如何，是一定要被炮制出段子来的。《晋书》里有更浮夸的故事：

> 初，温自以雄姿风气是宣帝、刘琨之俦，有以其比王敦者，意
> 甚不平。及是征还，于北方得一巧作老婢，访之，乃琨伎女也，一
> 见温，便潸然而泣。温问其故，答曰："公甚似刘司空。"温大悦，
> 出外整理衣冠，又呼婢问。婢云："面甚似，恨薄；眼甚似，恨小；
> 须甚似，恨赤；形甚似，恨短；声甚似，恨雌。"温于是褫冠解带，
> 昏然而睡，不怡者数日。（《晋书·桓温传》）

桓温自以为是司马懿、刘琨一类的人，有人把他比作王敦，桓
温很不服气。——看这意思，桓温虽然说过王敦是"可儿"，那是
居高临下的好评，相提并论是不可以的。

桓温讨伐前秦（354），得到一个老婢女，一问，是刘琨家的妓
女。刘琨死于公元318年，距此已经三十多年。

老太太一看见桓温就哭了，桓温问为什么，老太太说："您真
像刘司空。"

桓温大喜，出去整理了一下衣冠，让老太太再看看自己，是不
是更像了。

结果老太太说："脸形很像，遗憾的是薄了点；眼睛很像，遗
憾的是小了点；胡须很像，遗憾的是红了点；身材很像，遗憾的是
矮了点；声音很像，遗憾的是娘了点。"

桓温深受打击。

只能说，老太太贯口使得好，包袱抖得响，还有，她把桓温说
得像只猴，那就更像斗战胜佛了。但这个故事当然更加只能听听就
算了。

刘惔除了是驸马爷之外，还是谢安的大舅哥，他是名士圈大受

推崇的人物，但只活了三十六岁，于是就成了无数人记忆中的白月光。他在《世说新语》中的亮相次数，可以排进前五。或许，名士们很愿意把大家认为高明的预言，放进刘惔嘴里，所以桓温未来干了点啥，总归都被他说中了。

但真正和桓温有重要冲突的名士，是殷浩。

二十九、桓温与殷浩

陈郡殷氏本来也算不得什么高门，殷浩的父亲殷羡，是陶侃的左长史。众所周知，陶侃是士族眼里的"溪狗"，高门大姓是不屑于跟着他谋职的。所以刘惔才会讥讽殷浩是"田舍儿"。

殷羡能够出头，靠的是能力。平定苏峻之乱的时候，殷羡提出了抢占石头城，然后占据这个要塞打防守反击的作战方针。这个谋划，是朝廷方面能够取得胜利的关键一步。

咸和九年（334）六月，陶侃病重，临终前派殷羡到建康来，把象征自己的权力的符节、官印之类，全部上交给朝廷。

陶侃掌握着荆、江、雍、梁、交、广、益、宁八州的军政大权，他要是想做第二个王敦，真是很难有谁能拦得住，朝廷也一直担心他想篡位。

现在他的这个举动，真是令建康城里上上下下长出了一口气，而替他完成这个使命的殷羡，当然也就会受到格外的重视。

所以殷浩和桓温一样，都有一个极大提升了家族地位的好爸爸，而且阶层跃升的关键事件，都是平定苏峻之乱。

区别是，桓温的爸爸桓彝，是用命换来了一个忠臣的名声。殷羡却活下来了，然后开始享受生活。

第一，他是个有名的贪官。

第二，他的作风很"任诞"：

> 殷洪乔作豫章郡，临去，都下人因附百许函书。既至石头，悉掷水中，因祝曰："沉者自沉，浮者自浮，殷洪乔不能作致书邮。"（《世说新语·任诞》）

殷羡被任命为豫章太守。临行前，建康城里很多人都托他带信。

殷羡带着一百多函书信出发，来到石头渚（江西赣水西口）时，他把这些信都抛进了水里，并说道："沉者自沉，浮者自浮，殷洪乔不能做送信的邮差。"

你不做"致书邮"，一开始就不要答应别人送信就是了，中途把信扔掉，这算什么事？

这是任诞成了风气而不可避免的恶果。大家都被规则压制着，难得看嵇康、阮籍放纵一下，觉得出了口恶气，挺爽的。但人人都任诞，社会就要崩溃，有人想靠任诞引起关注，那就更糟糕。因为不守规矩这件事，其实没什么技术含量，最后就只能比谁的下限低了。

殷浩的人生道路，也和桓温完全不同。

桓温是一半名士范儿一半实干家的非典型路线，殷浩却是拿名士的最高标准来打造自己的人设的。

第一，东晋名士爱清谈，而殷浩在清谈界，是妥妥的超一流高手。

《世说新语·文学》里，殷浩出场十八次，只有与王导和孙盛是平手，与刘惔互有胜负，此外绝大多数都是漂亮的胜绩，所谓：

> 殷中军虽思虑通长，然于才性偏精。忽言及四本，便若汤池铁城，无可攻之势。（《世说新语·文学》）

殷浩谈什么都是厉害的，但最精通的，还是谈人的才和性的关系。

当时有所谓才性同、才性异、才性合、才性离四种观点，所以叫"四本论"。

一旦谈到这个问题，殷浩的论述，就好像烧开了的护城河，钢铁浇铸的城墙，再也找不到破绽了。

尤其厉害的是，殷浩的汤池铁城，不但可守，而且可攻：

> 支道林、殷渊源俱在相王许。相王谓二人："可试一交言。而才性殆是渊源崤、函之固，君其慎焉!"支初作，改辙远之，数四交，不觉入其玄中。相王抚肩笑曰："此自是其胜场，安可争锋!"（《世说新语·文学》）

支道林是一代高僧，也是清谈界的名家。

支道林和殷浩在司马昱那里，司马昱说："你们两个可以聊两句较量一下。"

司马昱还直接透了殷浩的底给支道林："才性论是他的绝技，就好像崤山函谷关一样坚不可摧，你留点神。"

支道林有数了，就故意躲着这个话题。

但没聊几个回合，就还是给殷浩带进才性论的沟里了。

有时殷浩不是和人辩论，而是就别人难以理解的问题，提出简明透彻的解释：

人有问殷中军："何以将得位而梦棺器，将得财而梦矢秽？"殷曰："官本是臭腐，所以将得而梦棺尸；财本是粪土，所以将得而梦秽污。"时人以为名通。（《世说新语·文学》）

有人问殷浩："为什么要当官了，却会梦见棺材；要发财了，却会梦见屎？"

殷浩回答："官位本来是腐臭的东西，所以要做官就梦见棺材；钱财本来就是粪土，所以要发财就梦见污秽的东西。"

当时人都认为这是经典论述。

由这番论述，又可以引出殷浩的第二个特点：很长时间里，他是拒绝出来做官的。

当时的观念就是，处高于出，隐高于仕。所以他越是这样，名望就越大：

王仲祖、谢仁祖、刘真长俱至丹阳墓所省殷扬州，殊有确然之志。既反，王、谢相谓曰："渊源不起，当如苍生何？"深为忧叹。刘曰："卿诸人真忧渊源不起邪？"（《世说新语·识鉴》）

殷浩住在丹阳的先人墓地里。

王濛、谢尚、刘惔三个人去看他——这里又是拿后来的官位称呼人，此时殷浩当然还没做扬州刺史。

殷浩表现出来的隐居志向很坚决。

三个人回去后，王濛和谢尚说："渊源不出山做官，该拿天下苍生怎么办啊？"

一贯看不上殷浩的刘惔比较直接："你们真担心他不出山吗？"

殷浩以并不高贵的出身，在名士圈子里有那么大的声望，除了擅长清谈和长期隐居外，可能还有个原因：

殷中军妙解经脉，中年都废。有常所给使，忽叩头流血。浩问其故。云："有死事，终不可说。"诘问良久，乃云："小人母年垂百岁，抱疾来久，若蒙官一脉，便有活理。讫就屠戮无恨。"浩感其至性，遂令异来，为诊脉处方。始服一剂汤，便愈。于是悉焚经方。（《世说新语·术解》）

殷浩对人体经脉很有研究，但到了中年之后就不再展示这方面的技能了。

有一个常使唤的仆人，忽然对着殷浩磕头流血。殷浩问他有什么事。仆人说："人命关天的事，不能说。"

殷浩追问了很久，仆人才说了实情："小人的母亲年近百岁，已经病了很久，如能蒙您诊一次脉，就有办法活下去。病好了，杀了我也甘心。"

殷浩被他的孝心所感，就叫他把母亲抬来，给她诊脉开方。

老太太才服了一剂汤药，就痊愈了。

从此殷浩把医书全都烧了。

这个故事怎么说呢？太像老中医装神弄鬼了。

这里说殷浩是中年以后难得干一次这种事，换言之，年轻时展示神医手段的事，他应该没少干。殷浩和王羲之同年，是公元303年出生的，永和二年（346）被征召为建武将军、扬州刺史，出仕时间正是所谓"中年"。所以，他隐居期间养望的手段，恐怕也包括展示这类超能力。

魏晋时期迷信风气很盛，名士尤其执迷于生死玄机，为"修短随化，终期于尽"的问题感到痛苦，看桓温怎么整顿政务操练士卒，觉得特别低级趣味，但是很容易被这类妙手回春的小花招迷住。

所以，殷浩给自己的人生找的那条上升通道，和桓温的路径真是没半点相似之处，也难怪他和桓温之间有这样的对话：

> 桓公少与殷侯齐名，常有竞心。桓问殷："卿何如我？"殷云："我与我周旋久，宁作我。"（《世说新语·品藻》）

比殷浩小的桓温面对殷浩，是有竞争心理的，所以问殷浩："你比我怎么样？"

殷浩的心理优越感却很强，回答也是真高明："我和我自己处惯了，宁可做我。"我就吹吹牛看看病，自然而然名利双收，干吗活得像你那么辛苦？

而桓温的厉害之处，是我把你逼上我的路，然后我再击败你。

殷浩是被当时名士吹捧为管仲、诸葛亮的，但他为人处世，真是和诸葛亮没半点挨着。

梁代殷芸《小说》里有个故事：

> 桓温征蜀，犹见武侯时小吏，年百余岁。温问："诸葛丞相今谁与比？"答曰："诸葛在时，亦不觉异，自公没后，不见其比。"

诸葛亮是公元234年去世的，桓温入蜀是公元347年，所以这个小吏即使"年百余岁"也还是不够。这个故事肯定不可靠，但桓温可能真的是诸葛亮的崇拜者。

他接替庾翼领荆州之后，可以说就是在贯彻"隆中对"的战略。

当年诸葛亮对刘备是这么说的：

> 跨有荆、益，保其岩阻，西和诸戎，南抚夷越，外结好孙权，内修政理；天下有变，则命一上将将荆州之军以向宛、洛，将军身率益州之众出于秦川……（《三国志·诸葛亮传》）

要"跨有荆、益"，桓温干的第一件大事就是灭了割据蜀地的成汉政权。

然后各种内政建设，桓温都做了。

天下有变，则两支军队分别从荆州和益州出发，后来桓温第一次北伐，也就是这么打的。

只有"结好孙权"的问题，变成了怎么和下游的朝廷相处。

对东晋朝廷来说，北伐是关乎王朝合法性的问题，具有绝对的正义性。所以，桓温高调主张北伐，朝廷是不能反对的。

面对桓温的北伐请求，最后执掌朝政的会稽王司马昱想出的对策是，不用你北伐，我们自己来。

而朝廷方面可以承担起北伐重任的，自然只能是很多人相信他有超能力的殷浩了。

永和二年（346），桓温策划伐蜀，殷浩也是这一年出山，任建武将军、扬州刺史。

永和三年（347），桓温灭蜀，适逢殷浩的父亲殷羡病故，殷浩回家守孝。殷浩可能是真想借机就此离职的，但朝廷表示，现在我们虽然又任命了一个扬州刺史，但只是"摄"，要等殷浩回来，这个位子还是他的。

王羲之写信给殷浩，劝他不要和桓温闹矛盾，要尽量与他搞好关系。殷浩读到信后，大概只能哭笑不得：朝廷用我，就是让我对抗桓温的，这事是我自己能做主的吗？

永和五年（349），后赵石虎病死，北方大乱。

桓温上疏朝廷，请求北伐，但却没有得到回复。值得注意的是，上次伐蜀，桓温是不等朝廷答复就出兵了，这次没有回复他就不动，看来也不是真心想在这时候北伐，就是要看朝廷的反应。

于是殷浩被任命为中军将军、假节、都督扬豫徐兖青五州军事。殷浩一边做出"以中原为己任"的样子，一边"将发，坠马"，刚要出发的时候从马背上摔下来。也不知道是真摔，还是想找理由不干了。

永和七年（351）十二月，桓温大军顺流而下，驻扎到武昌（今湖北鄂城）。殷浩"虑为温所废，将谋避之也"，这是明确表示自己不想干了。

但事情到了这一步，真是由不得他。殷浩只得北伐，颠三倒四的指挥带来一系列失败，军需物资的损失，更是触目惊心。

永和十年（354）正月，桓温上奏朝廷，列举殷浩罪状，殷浩被废为庶人。

作为胜利者，桓温是很乐于秀一下优越感，并展示宽容的：

殷侯既废，桓公语诸人曰："少时与渊源共骑竹马，我弃去，已辄取之，故当出我下。"（《世说新语·品藻》）

殷浩被废了，桓温对众人说："小时候，我和渊源一起骑竹马，我扔掉的，他捡起来，他本来就不如我啊。"

桓公语嘉宾："阿源有德有言，向使作令仆，足以仪刑百揆。朝廷用违其才耳。"（《世说新语·赏誉》）

桓温又对自己最亲近的谋士郗超（小字嘉宾）说："阿源这个人，德行不错，也能说，当初要是让他做个尚书令或仆射之类的，也可以做百官的表率，朝廷用他，没用对地方啊。"

据说，后来桓温真打算用殷浩做尚书令，并写信告诉了他。殷浩很激动，回信时怕说错话，反复改，信函打开又合上，合上又打开，最后改糊涂了，反而只寄了空信函回去。这下惹恼了桓温，当然也就被黜免终身了。

殷浩的心情，确实是很不好的：

殷中军废后，恨简文曰："上人著百尺楼上，儋梯将去。"（《世说新语·黜免》）

有论者对这条感到奇怪，逼废殷浩的是桓温，为什么他要恨司马昱？其实道理很简单，是司马昱把殷浩放到对抗桓温的北伐统帅的位子上，这可不就是把他架到百尺高楼上，然后把梯子撤掉，让人下不来台吗？

殷中军被废，在信安，终日恒书空作字。扬州吏民寻义逐之，窃视，唯作"咄咄怪事"四字而已。（《世说新语·黜免》）

殷浩凌空写"咄咄怪事",这就更好理解了。我的人生规划本是当名嘴,充神医,忽悠好了做个太平卿相,从头到尾就没想冒充军事家,谁想到会被摆到那么个位置上?一个人的命运啊,果然是件奇怪的事。

三十、桓温与孙绰

殷浩的失败，证明了朝廷确实完全没有北伐的能力。

接下来，桓温要证明自己有。

桓温总共进行了三次北伐。

第一次北伐就在殷浩被废后一个月，永和十年（354）二月，桓温率军进取关中，讨伐氏族人苻氏建立的前秦。

这次北伐，虽然没能灭掉前秦，但是战况十分激烈，也算重创了对手，证明了晋军不是不堪一战的废物。桓温屯军霸上，让关中百姓牛酒相迎，发出"不图今日复见官军"的感叹，至少从宣传角度说，亮点不少。

第二次北伐是永和十二年（356），桓温进兵河南，在伊水畔击败了羌人领袖姚襄，收复了洛阳。洛阳是晋朝旧都，沦陷四十余年，一旦收复，具有重大象征意义，可谓提振了士气，凝聚了人心。

于是桓温就给东晋君臣出了个难题：

桓公欲迁都，以张拓定之业。孙长乐上表，谏此议，甚有理。桓见表心服，而忿其为异，令人致意孙云："君何不寻《遂初赋》，而强知人家国事？"（《世说新语·轻诋》）

桓温提出，应该把国都从建康迁回洛阳。

这是从道义上讲，无比伟大光荣正确的建议。

但对建康城里的小朝廷来说，这却是个要命的建议。

因为桓温也只是收复了洛阳而已，中原地区还是胡骑纵横，洛阳是个岌岌可危的城市。

到了洛阳，那就只有靠桓温的军队保护，桓温的地位越发提升，甚至所有人的命运，都捏在桓温手里。

我们本来岁月静好，你却要逼我们负重前行，这是要大家伙儿的命啊。

但反对迁都的话，道义上确实说不过去。群臣又都惧怕桓温，谁也不敢说不。

这个时候，名士孙绰跳出来了。

孙绰，字兴公，太原人，袭封长乐侯。所以这里称他为孙长乐。

孙绰常年在会稽郡隐居，他嘲笑山涛，说这人"吏非吏，隐非隐"，真是莫名其妙，又写了《遂初赋》，表白自己要不忘初心，一直隐居。

于是他就自己打脸了。王羲之做会稽内史，任用他做自己的右军长史，孙绰也就同意了。著名的兰亭雅集，他也是重要人物，王羲之写了《兰亭（前）序》，他则写了《兰亭后序》。

孙绰当时文名很大，但德行却不大被看好。会稽郡还有个名士许询，字玄度，两个人经常被拿来做比较：

孙兴公、许玄度皆一时名流。或重许高情，则鄙孙秽行；或爱孙才藻，而无取于许。(《世说新语·品藻》)

支道林问孙兴公："君何如许掾？"孙曰："高情远致，弟子蚤已服膺；一吟一咏，许将北面。"(《世说新语·品藻》)

两条放在一起看就是：当时舆论普遍认为，许的德行高，孙的才情大。孙的自我评价也是如此，并且他对此还挺得意，承认我有才就行，有点缺德就缺德呗。

孙绰性格有很轻佻的一面，又喜欢夸张地表现自恋：

孙兴公作《天台赋》成，以示范荣期，云："卿试掷地，要作金石声。"范曰："恐子之金石，非宫商中声！"(《世说新语·文学》)

孙绰写成了《天台赋》，给范荣期看，说："你把这文章摔地上，可以听见金石撞击的声音。"可见他对自己行文的铿锵有力，是多么自负。

范荣期能当他的朋友，当然也是个嘴贱的："金石声是金石声，但你发出的声音，恐怕不是宫商正音。"还是说他不符合道德规范。

大人物去世，孙绰都要写悼念文章，温峤、王导、郗鉴、庾亮这些东晋名臣，孙绰都写过诔文，但往往借机炫耀自己。所以这些人的后人、朋友，难免情绪比较复杂：一方面不免喜欢孙绰悼文里的金句，要将之刻石纪念；一方面则唯恐不能和孙绰保持距离。

所以孙绰就成了《世说新语·轻诋》里的常客。

刘惔去世，孙绰诔文中"居官无官官之事，处事无事事之心"一句，当时人认为是名言，但是：

> 褚太傅南下，孙长乐于船中视之。言次，及刘真长死，孙流涕，因讽咏曰："人之云亡，邦国殄瘁。"褚大怒曰："真长平生，何尝相比数，而卿今日作此面向人！"孙回泣向褚曰："卿当念我！"时咸笑其才而性鄙。（《世说新语·轻诋》）

褚太傅指褚裒，他是太后褚蒜子的父亲，大名士，是个很不会聊天的人。虽然名士重清谈，但名士大到他这份上，不会聊天也没关系，人家夸他"皮里阳秋"，肚子里有一部《春秋》，褒则褒，贬则贬，都是有账的，不会聊是无招胜有招。

这里说"褚太傅南下"，有个背景：永和五年（349）褚裒北伐（很大程度上是在桓温的压力下被逼的），一败涂地。更糟糕的是，当时北方大乱，百姓二十万口从黄河两岸逃到长江边上，希望能够归附东晋，但失败后的褚裒已经无力接应，结果这些人为异族掠杀，"死亡咸尽"。南下回到京口后，又听到阵亡将士家属哭声一片。褚裒无能，但也不是没良心，所以此时精神压力很大，心情是很不好的。

孙绰见褚裒，说到刘惔去世，孙绰就哭，背表达"这个人死了，可真是国家的不幸啊"的意思的诗，这当然是表现自己和刘惔关系好。

结果褚裒就怒了，所以非常难得地，肚子里的《春秋》笔法竟然发为毒舌评论："刘惔这辈子，何等怼天怼地的做派，能跟你混一块吗？你拗这个造型给谁看呢！"

孙绰哭着对褚裒说："您得照顾我！"

这是褚裒代表刘惔看不起孙绰。

孙长乐兄弟就谢公宿，言至款杂。刘夫人在壁后听之，具闻其语。谢公明日还，问："昨客何似？"刘对曰："亡兄门，未有如此宾客！"谢深有愧色。（《世说新语·轻诋》）

孙绰兄弟在谢安家过夜，聊着聊着就嘴上没有把门的了。

谢安的夫人，是刘惔的妹妹，她把这些都听见了。

第二天谢安问妻子："昨天的客人怎么样？"

刘夫人回答："我去世的兄长门前，可没有这样的客人。"

"友谊的小船"眼瞅着要翻也好，小儿辈大破贼也罢，谢安都跟没事人似的，这时候，谢安却被搞得满脸羞愧。

孙长乐作王长史诔云："余与夫子，交非势利，心犹澄水，同此玄味。"王孝伯见曰："才士不逊，亡祖何至与此人周旋！"（《世说新语·轻诋》）

经常和刘惔在一起的王濛去世，孙绰也写了悼念的文章，其中提到，我们俩真是君子之交淡如水。

王濛的孙子王恭（字孝伯）见了，撂了一句："我爷爷根本不认得你好吗？"

孙兴公作庾公诔，文多托寄之辞。既成，示庾道恩。庾见，慨然送还之，曰："先君与君，自不至于此。"（《世说新语·方正》）

这条被归入"方正"，但实际上和前面几条是差不多的意思，也是"轻诋"：孙绰为庾亮写了诔文，说了很多自己和庾亮交往的事。文章拿给庾亮的儿子看，庾亮的儿子送还说："我爸爸和您的交情，没到这份上。"

但这个被群嘲的孙绰，在桓温逼迫迁都的问题上，发挥了特殊作用。

所谓"我优也，言无尤"，既然被小丑化了，那么我说点实话，你们就不能怪我了。

一般人说大实话的时候，难免措辞比较土，但以孙绰的文采，说出来的却是音韵铿锵、言辞华美，展现着极高文学技巧的大实话：

……天祚未革，中宗龙飞，非惟信顺协于天人而已，实赖万里长江画而守之耳。《易》称"王公设险以守其国"，险之时义大矣哉！斯已然之明效也。今作胜谈，自当任道而遗险；校实量分，不得不保小以固存。自丧乱已来六十余年，苍生殄灭，百不遗一，河洛丘、虚，函夏萧条，井堙木刊，阡陌夷灭，生理茫茫，永无依归。播流江表，已经数世，存者长子老孙，亡者丘陇成行。虽北风之思感其素心，目前之哀实为交切。（《晋书·孙绰传》）

大意是：咱们的中宗元皇帝之所以能当上皇帝，不就靠的长江天险吗？讲大道理咱们要恢复中原，算实际利益咱们就在南边待着就完了。中原都破坏成那样了，想念家乡的老一辈也差不多死光了，所以天凉的时候咱叹息一声就够意思了，我们并不想陷入北方大陆的罗网之中。

于是孙绰提出这样的主张：皇帝就不用回洛阳了，我建议派一员名将坐镇洛阳，把北方贼寇全部扫平，然后皇帝再回去。咱们的皇帝还"富于春秋"（当时的皇帝是晋穆帝，两岁即位，到永和十二年是十四虚岁），可以慢慢等。

这就把皮球给桓温踢回去了。

不谈理想而谈实际情况，那么不但皇帝不能回洛阳，桓温坐镇洛阳，一样也是不现实的。

所以桓温让人去给孙绰带话，按照你自己写的《遂初赋》，你不应该在会稽山阴隐居的吗？这么喜欢操心国家大事算啥意思？

但要说桓温真为这事很愤怒，倒也不见得。

换个角度看，东晋君臣这么不重视合法性问题，那也就意味着，桓温只要功业足够大，改朝换代也是可以的。

所以桓温又开始策划第三次北伐。

当然，其间颇多波折，一转眼就是十多年过去，皇帝从晋穆帝司马聃换成了晋哀帝司马丕，又从司马丕换成了司马奕，等到桓温再次出兵的时候，已经是太和四年（369）了。

桓温已经是一个年近花甲的老人了。

此前桓温已经移镇姑孰，所以大军北征，要从建康城外经过，很快就到了位于今天南京市栖霞区的南琅邪郡。

这里有一个小城，叫金城。

桓温二十多岁的时候，曾经做过琅邪内史，在这里种了许多柳树，自然，这些柳树将成为后世所谓"六朝烟柳"的一部分。

三十多年过去，柳树都已经十围粗了。——这个说法是夸张形容，两手大拇指和食指合拢的圆周长，是为一围。

于是就出现了极有名的一幕：

桓公北征，经金城，见前为琅邪时种柳，皆已十围，慨然曰："木

犹如此，人何以堪！"攀枝执条，泫然流泪。(《世说新语·言语》)

桓温慨然说："树木的变化都如此之大，人怎么经受得起时光的消磨呢？"攀执着柳树的枝条，眼泪流了下来。

这是老贼的文艺范。刘惔、殷浩们自诩我辈第一流，可是他们逼逼叨叨了那么多，而今安在哉？桓温只此一句，胜过名士们清言无数。

顺带说一句，《世说新语》里这一条，没提这次北征的时间，但不论是从行军路线还是桓温的情绪看，都只能是他已经步入暮年移镇姑孰后的第三次北征。所以《世说新语》的表述本来是没有问题的。

《晋书》之类的正史，转述这条时，以为这是桓温从江陵出发的第二次北伐。从江陵到洛阳，那就没有经过建康金城的道理，因此引发了种种不必要的疑问。这是在提醒大家一个基本原则：《世说新语》是小说，唐修的《晋书》是正史，但《世说新语》是产生年代较接近东晋的文献，《晋书》却是初唐才修成的书。判断一条资料的价值的时候，后一个区别有时比前一个更重要。

三十一、桓温与郗超

桓温的第三次北伐，要实现两个目的。

第一，公开的目标，是要消灭或至少重创前燕。

前燕是鲜卑慕容氏建立的政权。之前这些年，前燕太原王慕容恪辅政，治国有方，威震邻邦。公元365年，前燕攻克洛阳，标志着前燕从东晋手中夺得了中原的控制权。从这个角度说，桓温简直不北伐都不行。

对桓温有利的事情则是，公元367年慕容恪去世，接替他执政的慕容评昏庸腐败又嫉贤妒能，前燕上下怨声载道，这是绝佳的出击时机。

第二个目标却是不能公开说的，桓温要加强对东晋朝廷的控制，谋取完整的军事控制权。

桓温为什么这次不打前秦而打前燕了呢？因为打前秦是从荆州出发，打前燕是从扬州出发。自己的大军顺流而下到扬州，顺便就可以对扬州的诸多人事安排，做出调整了。

　　桓温当时已经获得了"都督中外诸军事"的头衔，理论上可以调度东晋所有的军队。但实际上，很多部队都是只听各自的统帅的。

　　朝廷手里，其实还是有两支有战斗力的军队的，都是由北方流民组成：屯驻在寿春、合肥一带的豫州军或者叫"西府军"，指挥部在京口的徐州军，也就是后世大名鼎鼎的"北府军"。

　　尤其是京口的军队，桓温是垂涎已久的，他常说："京口酒可饮，箕可用，兵可使。"

　　这次出兵，桓温拉这两支军队与自己协同作战，希望能找机会获得实际控制权。

　　这件事看起来并不容易。京口的北府之兵，是东晋立国时的重臣郗鉴一手打造的，郗鉴的后人，对京口的军队，具有极大的影响力。

　　当时，"都督徐兖青幽扬州之晋陵诸军事、领徐兖二州刺史、假节"的，正是郗鉴的儿子郗愔。

　　但实际上倒是相当顺利：

　　郗司空在北府，桓宣武恶其居兵权。郗于事机素暗，遣笺诣桓："方欲共奖王室，修复园陵。"世子嘉宾出行，于道上闻信至，急取笺，视竟，寸寸毁裂，便回。还更作笺，自陈老病，不堪人间，欲乞闲地自养。宣武得笺大喜，即诏转公督五郡，会稽太守。(《世说新语·捷悟》)

　　桓温北伐的时候，对郗愔掌控北府兵权，是很不满的。

　　郗愔是糊涂人，完全没意识到这点，听说桓温喊自己一起去收复中原，就回信说："正想和您一起辅佐王室，然后去修复北方的先帝陵寝。"

郗愔的长子郗超（字嘉宾），很早就入了桓温的幕府，当时任大司马参军。

郗愔的信送到的时候，郗超本来出门了，听说了这事慌忙赶回，把父亲的信拿来看了。

看完，郗超就把父亲的信毁成碎片。

郗超用父亲的口吻，重写了一封信，说身体老病，对尘世的案牍劳形吃不消，所以想找个休闲的地方静养。

桓温收到这封信，非常高兴，就把郗愔调到休闲胜地会稽郡去当太守，当然，郗愔本来手缩兵权，为了表示是平调，所以还给了个督浙东五郡军事的头衔，比当年王羲之那个会稽内史，权力要大一些。

这个故事的疑点是，信被儿子换过了，郗愔完全可以不承认信里的内容，他怎么就那么乖乖地服从桓温的安排了呢？

合理的解释只能是，他本来就是乐意交出北府兵权的。

当年，郗愔的爸爸挑女婿，挑中了东床坦腹的王羲之，也就是说，郗愔管王羲之叫姐夫，而且，据说"郗愔章草，亚于右军"，就是说他的书法，不如王羲之，但差距也不大。

更重要的是，郗愔和王羲之一样，"有迈世之风，俱栖心绝谷，修黄老之术"，"虽居藩镇，非其好也"，别人无比眼馋的军政大权，他还真不稀罕。

所以，郗愔给桓温回信说，我要和你同心协力，一起北伐什么的，是说的场面话。因为他虽然懒，却还是想当忠臣的，不好意思显得太不负责任。

而郗超作为桓温的谋主，郗愔的儿子，既知道领导在想什么，也知道爸爸在想什么，一看信，反应就是爸你别装了。

所以这一则，才归入"捷悟"而不是"假谲"，郗超不是在中间捣鬼，而是果断出手，写了封让领导和爸爸都满意的信。

即使在魅力人物多如繁星的《世说新语》里，郗超也是特别有吸引力的角色。

郗超从小就特别聪明又特别叛逆。高平郗氏是名门望族，还具备别的大姓没有的优势：在军方有特别巨大而稳固的影响力。郗超一生下来，一切就唾手可得，但他似乎觉得一切都没有意思，所以郗超"越世负俗，不循常检"，想方设法要做点出格的事。

父亲郗愔是信奉天师道的，郗超就礼佛。郗愔虽然高雅，却很贪财，郗超是真拿钱不当钱：

> 郗嘉宾钦崇释道安德问，饷米千斛，修书累纸，意寄殷勤。道安答直云："损米。愈觉有待之为烦。"（《世说新语·雅量》）

郗超推崇高僧释道安的道德学问，送米给他，一送就是一千斛，还写了连篇累牍的信。

道安回信却只有一句话："蒙您送米给我，越发让我觉得，人离不开对外物的依赖，是多么困扰啊。"——"有待"是《庄子》里的经典命题，读过《逍遥游》就知道了，"水击三千里抟扶摇而上者九万里"的大鹏仍然不逍遥，就是因为它对巨大的风浪有依赖，这就是"有待"。

这件事，雅人自然关心的是大和尚境界之高；我辈俗人，不免震撼于郗超出手之大。

其实这还算不了什么：

> 郗超每闻欲高尚隐退者，辄为办百万资，并为造立居宇。在剡

为戴公起宅,甚精整。戴始往旧居,与所亲书曰:"近至剡,如官舍。"郗为傅约亦办百万资,傅隐事差互,故不果遗。(《世说新语·栖逸》)

郗超听说谁是想退隐的高尚人士,就送钱给他,整百万地给,还给人家修建隐居的房子。

他在剡县为戴逵(字安道)造宅子,还带精装修。戴逵住进去,就给亲朋写信说:"到了剡县后,我好像住进了官府里。"——著名的"王子猷雪夜访戴",王徽之到戴逵家门前突然回去了,不知道是不是看见隐居的宅子竟有官气而无"爽气",所以才撤的。

还有个叫傅约的,郗超也为他准备好一百万,结果傅约各种拖拉到底没隐居成,郗超这一百万也就没送出去。

有了前面这两件事铺垫,下面这件就特别好理解了:

郗公大聚敛,有钱数千万。嘉宾意甚不同,常朝旦问讯。郗家法:子弟不坐。因倚语移时,遂及财货事。郗公曰:"汝正当欲得吾钱耳!"乃开库一日,令任意用。郗公始正谓损数百万许。嘉宾遂一日乞与亲友,周旋略尽。郗公闻之,惊怪不能已已。(《世说新语·俭啬》)

当爹的郗愔大肆聚敛,搜刮了几千万钱。

郗超的金钱观和他很不同,有一天清晨,郗超去请安。按照郗家的规矩,晚辈不能坐着,于是郗超站着跟爹聊了几个钟头,终于说到钱上了。郗愔说:"你就是图我的钱!"于是打开钱库一天,让儿子随便花。

按爹的构想,花掉几百万也就差不多了。谁知郗超一日之中走亲访友，求人家收钱，把钱都送出去了。

郗愔听说后，惊怪到不行。——这则竟然被归入"俭啬"而不是"汰侈"，对郗愔无乃太苛了？儿子这么败家，换谁也受不了啊。

但郗愔非常得意儿子，因为儿子很会给自己挣面子。

郗司空拜北府，王黄门诣郗门拜，云："应变将略，非其所长。"骤咏之不已。郗仓谓嘉宾曰："公今日拜，子猷言语殊不逊，深不可容！"嘉宾曰："此是陈寿作诸葛评。人以汝家比武侯，复何所言？"（《世说新语·排调》）

郗愔刚被任命为北中郎将的时候，王羲之的儿子王徽之（字子猷，做过黄门侍郎）登门拜访。

王徽之的放肆、嘴贱是出了名的，来了就对郗愔说："应变将略，非其所长。"

舅舅刚掌兵权，你就说他不会打仗，哪有这么当外甥的？

而且王徽之不是说了一遍，是"骤咏之不已"，简直没完没了。

郗愔的二儿子郗融（小字仓）对郗超说："爸爸今天上任，子猷说话如此不逊，实在容不得了！"

郗超说："这是陈寿评价诸葛亮的，人家把爹比作诸葛亮，还有啥不满意的！"

轻轻一句话，就把人家的攻击转化为赞美。

王徽之、王献之（字子敬）兄弟大概没少被郗超反手抽脸，所以：

王子敬兄弟见郗公，蹑履问讯，甚修外生礼。及嘉宾死，皆著高屐，仪容轻慢。命坐，皆云："有事，不暇坐。"既去，郗公慨然

曰："使嘉宾不死，鼠辈敢尔！"（《世说新语·简傲》）

郗超活着的时候，王献之兄弟见郗愔，都穿着正式场合的鞋子，乖乖见礼问讯，很有外甥的样子。郗超死了，他们就穿着高底的屐，一脸轻佻傲慢。郗愔请他们坐，都说："有事，没空。"

所以难怪他们一走，郗愔就感慨："我的嘉宾要是还在，这几个鼠辈哪敢这样！"

刘孝标注引《续晋阳秋》说：

超党戴桓氏，为其谋主，以父愔忠于王室，不令知之。将亡，出一小书箱付门生，云："本欲焚此，恐官年尊，必以伤愍为毙。我亡后，若大损眠食，则呈此箱。"愔后果恸悼成疾，门生乃如超旨，则与桓温往反密计。愔见即大怒曰："小子死恨晚！"后不复哭。

郗超知道爸爸虽然没用，但他是晋朝的忠臣，自己却跟着桓温做谋朝篡位的事，老爸知道肯定受不了，所以自己在做啥，一直瞒着郗愔。

后来郗超临死前，拿出一个小信箱交给自己的门生："这些本来该烧掉，但我父亲年纪大了，恐怕他伤心坏身体。我死后，要是他吃不好睡不着，就把这个箱子给他。"

后来郗愔果然伤心成疾，门生就按照郗超吩咐的做了。郗愔打开箱子一看，都是儿子和桓温商议谋反计划的往来信件。

郗愔表现出一个忠臣的愤怒："这小子死晚了！"后来就不再哭儿子了。

这个故事显然令后来很多道学家很抓狂。第一，道学家也不至于完全不通人性，所以也会被这个故事感动；第二，他们又觉得郗超的做法不对劲，所以要写长篇大论，论证郗超确实不对劲，他这么做只是"小孝"，而"大孝"应该如何如何。

当然，这种文章写得再长，也终究不如这个小段子有力量。

也可见，郗超虽然"越世负俗"，但和人相处，却特别善于击中人"心底最柔软的那一块"。

所以郗超去世后，他妻子选择：

郗嘉宾丧，妇兄弟欲迎妹还，终不肯归。曰："生纵不得与郗郎同室，死宁不同穴！"（《世说新语·贤媛》）

也就是使人觉得郗超妻子的选择不仅是因为礼法，而且是因为夫妻之间有真感情。

谢安和郗超关系是不好的，可彼此都是绝顶的聪明人，谢安和郗超之间，还是很有共鸣。尤其是谢安觉得自己和人没法交流的时候，就会想起郗超来：

谢公云："贤圣去人，其间亦迩。"子侄未之许。公叹曰："若郗超闻此语，必不至河汉。"（《世说新语·言语》）

谢安说："圣贤和普通人之间的距离，其实也是很近的。"

谢安这个观点，古话叫"道不远人"，现代学者可能表述为："寓超越性于世俗性之中。"并认为这是中国文化不同于西方一神教文化的最大特征，因为由这一点引申出去，也就意味着不用搞人神二元对立，所以想要建立良好的社会秩序，并不需要一个上帝。

但谢安的子侄不同意这种看法。

谢安叹息说："如果郗超听见这话，我们不至于像隔着银河交流。"

当然，和郗超相知最深的，还是桓温。

这个世界对郗超来说太无趣了，郗超喜欢做出格的事情，而有什么比篡位更出格呢？所以郗超遇到桓温，简直是天作之合：

王珣、郗超并有奇才，为大司马所眷拔。珣为主簿，超为记室参军。超为人多髯，珣状短小。于时荆州为之语曰："髯参军，短主簿。能令公喜，能令公怒。"（《世说新语·宠礼》）

桓温特别宠信王导的孙子王珣和郗超。

王珣是桓温的主簿，个子矮小。

郗超是桓温的记室参军，大胡子——这个形象有点扫兴，所以现在的昆曲舞台上，把郗超改成了没胡子的小白脸。

荆州地区的这个谚语很好懂，就是说王珣、郗超都是能够影响桓温情绪的人。

桓温第三次北伐，郗超作为谋主，始终追随在他身边。史书上说，郗超全程都做出了最正确的判断，可惜桓温不听，最后惨遭失败。

实际上，当时北方对南方的优势，基本是无解的。马镫普及之后，骑兵的战斗力有了跨越式发展，而南方政权失去了马场，根本没有像样的骑兵。

北伐高度依赖水运，而许多河道，只有降水量充沛的春夏季节，才能通航。所以行军的路线和时间，都很容易被预判出来。

何况，东晋君臣都很清楚，桓温北伐要是成功，改朝换代的日子就该来了，他们对桓温其实很不支持，也不乐于看见他取得成功。

而前燕被桓温打到生死存亡的关头，却暂时放下了一切内外矛盾：既重新启用了一代名将慕容垂，又不惜代价，搬来前秦的救兵。

在这样的诸多不利条件下，桓温能把仗打成这样，其实已经很不容易了。桓温听郗超的建议，也许能胜利，也许会败得更惨烈，都不好说。只不过，大概郗超去世后不久，他已经在各种传言中，被当作预判能力最强的人物塑造，所以大家自然要讲，桓温是不听他的才失败的了。

另外正如田余庆先生在《东晋门阀政治》一书中分析的，桓温第三次北伐，对外固然是遭遇了生平军事上最惨重的失败，对内却取得了重大成功：郗愔的北府之兵，指挥权转交到了他手里；战败后归罪于豫州刺史袁真，把他逼反，又从而获得了西府军的兵权。

所以桓温在东晋内部的实权之大，却是前所未有。

《晋书·郗超传》说，有一天晚上，郗超睡在桓温那里，半夜里对桓温说：

明公既居重任，天下之责将归于公矣。若不能行废立大事、为伊霍之举者，不足镇压四海，震服宇内，岂可不深思哉！

您要确立自己的权威，让该闭嘴的人闭嘴，应该废掉现在的皇帝，另外立个新的。

于是桓温的一位老朋友，也就被推到了历史旋涡的中心。

三十二、桓温与司马昱

　　郗超并不是劝桓温直接篡位，而是建议桓温换个皇帝，当然，这个举动通常被视为篡位的铺垫。

　　换皇帝就有个物色新皇帝的问题。

　　人选似乎也是现成的，就是桓温的老朋友司马昱。司马昱在《世说新语》里的称谓也很复杂，他是"会稽王"，又长期担任辅政大臣，既是宰相又有王爵，因此有个特别的称呼"相王"，他还有个军职"抚军大将军"。他是以皇帝的身份死的，死后的谥号是"简文"，庙号是"太宗"。

　　所以，《世说新语》里说到会稽王、相王、抚军、简文、太宗……都可能是他。

　　司马昱是晋元帝司马睿的小儿子，他母亲郑阿春，以寡妇的身份嫁给当时是琅邪王的司马睿，特别受宠。这个女人甚至有时会改变一部儒家经典的名字，为了避她的讳，号称是孔子用来指导后世君王怎么统治天下的伟大著作《春秋》，被改名《阳秋》。

晋元帝是特别宠爱这个小儿子的，考虑过立他当继承人，因为王导、周颧等人的反对没有成功。不过晋元帝去世的时候，司马昱也才三岁，这些都是大人的事，牵扯到多么复杂的政治斗争，司马昱并不知道。

事实证明，晋元帝没换太子，是做了正确的选择。比司马昱大二十一岁的哥哥司马绍即位，是为晋明帝，他差不多是整个东晋历史上最英明的皇帝。

可惜司马绍只当了不到四年皇帝就去世了，儿子司马衍即位，也就是晋成帝。晋成帝当了十八年皇帝去世，因为儿子太小，传位给弟弟司马岳，也就是晋康帝。

成帝、康帝这两个皇帝都是司马昱的侄子，但比他分别只小一岁和两岁。

晋康帝即位两年后就去世了，两岁的儿子司马聃即位，是为晋穆帝。

这一年，司马昱二十四岁，但已经是皇帝的叔祖父。

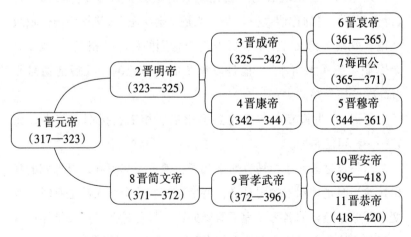

【东晋帝王世系图】说明：1.帝号前的数字，是登基次序；2.括号内，是在位时间。

晋穆帝永和二年（346），发生了这样一件事：

何骠骑亡后，征褚公入。既至石头，王长史、刘尹同诣褚。褚曰："真长何以处我？"真长顾王曰："此子能言。"褚因视王，王曰："国自有周公。"（《世说新语·言语》）

原来的执政大臣骠骑将军何充去世了。

太后褚蒜子的父亲褚裒被征召入朝，显然，他是很有可能接替何充的人。

褚裒到了石头城，王濛、刘惔两个一起去拜访他。

褚裒问刘惔："真长，你看把我放到什么位置上合适？"

刘惔回头看王濛："这位先生会说话。"

褚裒就看着王濛。

王濛说："国家自有周公。"

很久很久以前的西周初年，周武王去世，儿子成王还小，弟弟周公摄政，带领着周人从胜利走向胜利，终于天下归心。

所以王濛这话的意思是，当今宗室当中，有人可以发挥类似周公的作用，所以您作为外戚，就不用多事了。

王濛说的周公，自然是指司马昱。而褚裒也并不是很有权力欲的人，也就心领神会而且心甘情愿地回去了。

不久后，司马昱便掌握了军政大权，"以会稽王昱为抚军大将军，录尚书六条事"：抚军大将军是曹魏时司马懿、司马师、司马炎相继担任过的职务，执掌中央军权；录尚书六条事则意味着总领朝政机要。总之，军政大权，都已经到了司马昱的手里。

有野心的人到了这个位置上，是很容易想篡位的，但司马昱显然只是一个很不用心的权臣。

甚至于，他也不具备一个权臣的素质。把桓温提拔起来去坐镇荆州的就是他，桓温不断扩张自己的权力，司马昱想到的对策，竟是用只会清谈的殷浩去和桓温对抗，当然只能节节败退。

他对付桓温唯一有点效力的手段，就是拖。大概因为这确实比较符合他的本性：

> 简文为相，事动经年，然后得过。桓公甚患其迟，常加劝勉。太宗曰："一日万机，那得速！"（《世说新语·政事》）

司马昱辅政时，有个大事小情，动不动就拖上一整年，然后才通过。桓温嫌他慢，常劝他注重效率。司马昱引了句《尚书·皋陶谟》："一日万机。"每天有成千上万的事必须小心处理，怎么快得起来？

所以司马昱去世之后，他的政治水平，得到的评价可谓相当凄惨：

> 帝虽神识恬畅，而无济世大略，故谢安称为惠帝之流，清谈差胜耳。……谢灵运迹其行事，亦以为赧、献之辈云。（《晋书·简文帝纪》）

谢安把他比作晋惠帝，西晋的悲剧，就是晋惠帝时代酿成的。

谢灵运则把他比作周赧王、汉献帝，那都是亡国之君。

不过谢安总算承认，司马昱的清谈水平，比晋惠帝那个白痴强一点（好像还是不怎么样）。

司马昱是在身边都是名士的氛围中成长起来的，他也就是按照名士的标准塑造自己的。

名士要长得好看，司马昱的形象就很不错，《续晋阳秋》说："帝美风姿，举止端详。"《世说新语》里，对他形象之动人，尤其有很出彩的侧面描写：

> 简文作相王时，与谢公共诣桓宣武。王珣先在内，桓语王："卿尝欲见相王，可住帐里。"二客既去，桓谓王曰："定何如？"王曰："相王作辅，自然湛若神君，公亦万夫之望。不然，仆射何得自没？"（《世说新语·容止》）

司马昱以会稽王的身份辅政时，曾和谢安一起去拜访桓温。桓温对自己的"短主簿"王珣说："你是早就想看看相王的，今天可以躲在帷幔后偷窥。"

事后，桓温问王珣："到底如何？"王珣说："相王是国家的辅弼，气质清澈就像神灵一样，您也是万众期待的人物，不然，谢安怎么会故意收敛自己呢？"

王珣是谢家的女婿，后来却被谢安逼迫离婚，大约是早就有矛盾的。所以这里王珣刻意贬低了谢安。至于桓温活着的时候，谢安还不是仆射，那倒并不构成疑点，直接引语里也乱用后来才有的官衔，是《世说新语》的老毛病了。

> 海西时，诸公每朝，朝堂犹暗；唯会稽王来，轩轩如朝霞举。（《世说新语·容止》）

司马奕（后来被桓温废为海西公）当皇帝的时候，大臣们每次早朝，殿堂里还是暗的，只有司马昱来了，就像有朝霞高高升起，大家觉得眼前都亮了。

这条大约是司马昱成了简文帝之后附会出来的，意在证明他命中注定要取代司马奕当皇帝。但只要夸人还讲点底线，那也是基于司马昱的美貌编出来的段子。

当然，作为名士，清谈水平是格外重要的。司马昱在"言语"门、"文学"门、"赏誉"门、"品藻"门里频频亮相，虽然主要是做听众，但也说明他是爱清谈的名士圈的中心人物，大家都想在他面前证明自己。

而且，虽然刘惔说他只是第二流的人物，谢安对他的评价更损，但《世说新语》记下来的他的言论，往往相当高明。看来他不善谈而善评，直接上场参与辩论模式的清谈，算不得一流高手，但毕竟听得多见得广，评价别人，常能切中肯綮。

高坐道人不作汉语，或问此意，简文曰："以简应对之烦。"（《世说新语·言语》）

传说本是龟兹太子，被尊称为"高坐道人"的帛尸梨蜜多罗，虽然在汉地生活，但并不学习汉语，和人交流，都靠翻译。

当然不免因此有些议论。

司马昱就给解释："这是为了避免无聊的应酬。"

世界上总归是蠢人多，你会说汉语而不跟人说话，那是不礼貌得罪人。现在干脆不会，就从根本上解决了问题。

简文道王怀祖："才既不长，于荣利又不淡，直以真率少许，便足对人多多许。"（《世说新语·赏誉》）

评价王述："才能既不优长，对名利又不淡泊，可是只凭着他那一点真诚直率，就足以抵得上别人很多很多东西。"

这个评价，可以和王导对王述的评价对照看。

简文云："渊源语不超诣简至；然经纶思寻处，故有局陈。"（《世说新语·赏誉》）

评价殷浩："谈的道理不算高超，表述也不简单直接，可是他认真斟酌、探寻过的道理，布局还是很有章法的。"

——难道他是因此觉得殷浩有军事才能的？照这个说法，在名士圈里，殷浩已经是很讲逻辑的了。

简文云："何平叔巧累于理，嵇叔夜俊伤其道。"（《世说新语·品藻》）

评价何晏、嵇康：何晏的毛病，是言辞太精巧了，反而连累了他所阐释的理；嵇康的毛病，是才气俊拔，反而伤害了他追寻的道。

这条评价，就真是有水平了。何晏、嵇康都是玄学大家，顶级名士，挑他们的毛病不易，而两个人都结局不好，哪怕从实用主义的角度说，也得证明下他们的境界还不够。

司马昱点出这两条，都可谓恰到好处。刘孝标作注释："理本真率，巧则乖其致；道唯虚澹，俊则违其宗。所以二子不免也。"是把司马昱婉而多讽的表述，变得透彻直白，好懂了很多，但韵味自然差了。

前面已经引用过的，司马昱听说桓温组织《易经》研讨会，开始虽有兴趣，但知道桓温限定每天谈一卦后，就不想听了。这事也是很体现他这个"第二流中人"眼光有多高超的。

司马昱对谢安的评价也很有意思：

> 谢公在东山畜妓，简文曰："安石必出。既与人同乐，亦不得不与人同忧。"（《世说新语·识鉴》）

这算是最早点破谢安不会一直隐居的评论。谢安在司马昱死后对他评价那么毒舌，未必不是记仇。

司马昱还有个很多名士没有的优点，就是比较善良：

> 晋简文为抚军时，所坐床上尘不听拂，见鼠行迹，视以为佳。有参军见鼠白日行，以手板批杀之，抚军意色不说。门下起弹，教曰："鼠被害，尚不能忘怀，今复以鼠损人，无乃不可乎？"（《世说新语·德行》）

司马昱做抚军将军的时候，坐床上积了很厚的尘土，也不让擦去。老鼠从上面走过留下脚印，司马昱看着出神。——大约床尘鼠迹，正如雪泥鸿爪，也是能引出一些玄想的。

有个参军大概是新来的，不知道领导有这个爱好，看见大白天有老鼠出洞受不了，就用手板把老鼠拍死了。

司马昱当然就流露出不开心的神色。

有拍马屁的凑上来，要求惩罚这个参军。

司马昱就吩咐说："老鼠被害，都不能忘怀，再因为老鼠而害人，恐怕不可以吧？"

此外，司马昱也比较有羞耻心：

简文见田稻不识，问是何草？左右答是稻。简文还，三日不出，云："宁有赖其末，而不识其本？"（《世说新语·尤悔》）

他看见田里的稻子不认得，问是什么草。知道答案后，司马昱三天没出门，说："哪有靠它养活，却不认得它的根本的呢？"

这多少算是以与劳动人民的隔阂为耻吧。在东晋时，真是很难得的品质。

《世说新语》里也有不少桓温和司马昱的互动：

宣武与简文、太宰共载，密令人在舆前后鸣鼓大叫。卤簿中惊扰，太宰惶怖求下舆。顾看简文，穆然清恬。宣武语人曰："朝廷间故复有此贤。"（《世说新语·雅量》）

桓温、司马昱、司马晞共坐一辆车。——司马晞也是晋元帝的儿子，也就是司马昱的异母兄长，是个喜好军事的人。

桓温秘密安排人在车前车后突然敲鼓大叫，制造混乱。

于是仪仗队被惊扰大乱。

司马晞很恐惧慌乱，急着想下车。——有人怀疑，他一个喜欢军事的人，怎么会这么胆小？恐怕是《世说新语》在编段子污蔑他。但换个角度说，秦舞阳这种从小杀人的家伙，刺杀秦始皇的时候也掉链子，日常勇猛和危急关头的表现是两回事，何况紧张也可能是反应快呢。

而司马昱淡定如树懒，你慌你的，我自岿然不动。

于是桓温感叹："想不到朝廷中又有这样的贤人。"

夸司马昱长得好的文字，往往都会强调他有一种安静淡定的气质。按照名士的标准，吃个鸡蛋都着急那叫"忿狷"，"当无一豪可论"。而面对多大危机都没反应，好比嵇康临死前弹个琴，谢安看到淝水战报继续下棋之类，则是交口赞誉的"雅量"。

这么论司马昱是真有雅量。

简文作抚军时，尝与桓宣武俱入朝，更相让在前。宣武不得已而先之，因曰："伯也执殳，为王前驱。"简文曰："所谓'无小无大，从公于迈'。"（《世说新语·言语》）

司马昱和桓温一起入朝，互相客气，都让对方走在前面。

最后桓温不得不先走，于是就引了句《诗经》里的《卫风·伯兮》，表示我走在前面，是给你开路。

司马昱显然对《诗经》烂熟于心，于是引了句《鲁颂·泮水》，表示不是你给我开路，而是我在追随你。

《晋书·简文帝纪》里说："初，帝以冲虚简贵，历宰三世，温素所敬惮。"这个说法不见得不对，但也有可能是，桓温人生的起步阶段，司马昱给他帮助不少，后来桓温要专权，以司马昱的身份而言，是个障碍，但这个障碍太容易逾越了，倒让桓温可以用赏玩的眼光看待他。

所以桓温第三次北伐失败，想通过换个皇帝来立威，自然就想到司马昱了。

当然，首先要找理由把原来的皇帝废掉，桓温找的理由比较缺德。

当时皇帝是司马昱的侄孙司马奕，桓温说他：

凤有痿疾，嬖人相龙、计好、朱灵宝等参侍内寝，而二美人田

氏、孟氏生三男，长欲封树，时人惑之。(《晋书·帝纪·第八》)

大意是司马奕阳痿，是不可能有儿子的。他有些男宠，可以出入宫禁，所以后宫的美人所生的三个男孩，不是司马奕的儿子，是这些男宠的儿子。现在这些孩子要被当作皇子给予封爵，这就令人猜疑了。

就这样，司马奕被废为海西公。不过司马奕也比较认命，被废之后不和别人接触，以免人家利用自己这个特殊身份生事。他成天和内宠（应该是有男宠也有女宠）在一起厮混，生了孩子决不抚养，表示自己确实阳痿，这些孩子和自己无关，桓大司马废掉自己理由充分证据有力。这样，他活到四十五岁去世，也算是东晋皇帝里比较长寿的一位。

这就是特权阶级的好，我再失败，也可以祸害这些女人和孩子不是？

司马昱被推上了皇帝宝座，但当然一切在桓温监控之下，没有任何实权，自由也比原来少了很多。

司马昱对付桓温的办法，主要就是哭：

桓宣武对简文帝，不甚得语。废海西后，宜自申叙，乃豫撰数百语，陈废立之意。既见简文，简文便泣下数十行。宣武矜愧，不得一言。(《世说新语·尤悔》)

桓温想向司马昱解释，这次自己废立，用意到底在哪里，是多么正义的目标，有多么伟大的意义。但司马昱一见他就哭个没完，让桓温一句话都说不出。

你跟我说废掉司马奕的理由，我表示赞同，那我就成了你的同谋；但我也不敢不赞同，所以我就使劲哭，这个问题我们不交流。

桓宣武既废太宰父子，仍上表曰："应割近情，以存远计。若除太宰父子，可无后忧。"简文手答表曰："所不忍言，况过于言?"宣武又重表，辞转苦切。简文更答曰："若晋室灵长，明公便宜奉行此诏。如大运去矣，请避贤路!"桓公读诏，手战流汗，于此乃止。太宰父子，远徙新安。（《世说新语·黜免》）

那个听见鸣鼓大叫就吓得要下车的司马晞，是好武的，桓温对他比较猜忌，捏造了个谋反的罪名，把他父子给废了，然后又继续上表，请求司马昱同意处死他们，以绝后患。

司马昱亲手写了回复："这事我都不忍心说，何况比我不忍心说的还要严重呢。"司马晞毕竟是我哥，废他就已经是我不忍心说的，杀他当然更不行了。

桓温继续请求，司马昱固执起来："如果晋朝的国运还长远，你就按我说的，不要杀害他们。如果大晋朝要完了，那我愿意给贤人让路。"

桓温读到这份诏书，手也抖了，汗也下来了，于是也就放弃原计划，把司马晞父子流放了事。

因为这件事，后世学者往往觉得司马昱毕竟是厚道人，觉得谢安把他比作晋惠帝太过分。晋惠帝眼睁睁看着多少亲人死在面前，也没有多说一句话，司马昱毕竟是护着家里人的。

简文在暗室中坐，召宣武。宣武至，问上何在？简文曰："某在斯。"时人以为能。（《世说新语·言语》）

司马昱在幽暗的屋里坐着，召见桓温。

桓温来了，没看见他，桓温年纪也很大了，腿脚不方便，眼神也不好，于是问："圣上在哪里啊?"

司马昱说："某在斯。"

当时人都认为，司马昱实在答应得好。

因为这时候司马昱和桓温说话，提到自己时第一人称代词很不好处理，不能太尊贵也不能太谦卑，不能太正式也不能太随便。而这句"某在斯"是《论语》里的话，这就属于用典而应景，完美回避了这个难题。

而且，《论语·卫灵公》里，这句话是出现在这个场景里的：

师冕见，及阶，子曰："阶也。"及席，子曰："席也。"皆坐，子告之曰："某在斯，某在斯。"

孔子和师冕（盲乐师叫冕的）见面，到台阶了，孔子就说："这儿是台阶。"到座席了，孔子就说："这儿是坐席。"大家都坐下了，孔子就告诉师冕："某在斯。"我在这里。

等于是司马昱自居孔子，而把桓温当盲人。

这时候，能够让司马昱稍微喘口气的，也只有皇家的园囿华林苑了。——当时洛阳、邺城等重要的都城，皇家园囿都叫华林苑（园）或芳林苑。

简文入华林园，顾谓左右曰："会心处，不必在远。翳然林水，便自有濠、濮间想也。觉鸟兽禽鱼，自来亲人。"（《世说新语·言语》）

司马昱到了华林苑，对身边人说："人与自然交会为一体的感觉，不一定要到遥远的旷野才能领会到。这里浓荫匝地，林水相映，自然便有濠梁、濮上那样的想法，觉得鸟兽禽鱼，自然来与人亲近。"

庄子和惠施争论"子非鱼，安知鱼之乐"的问题，是在濠梁。

楚王请庄子做官，庄子头也不回继续钓鱼，说我宁可当烂泥潭的小乌龟，是在濮上。

庄子的快乐究竟是什么？是当时流行的话题，司马昱无疑日常和人谈论过好多次，但其实大家也不过说说罢了。现在当了皇帝，他对濠梁、濮上的向往，倒反而是发自心底了。

然而，该来的事，终究是逃不过去的：

初，荧惑入太微，寻废海西。简文登阼，复入太微，帝恶之。时郗超为中书在直。引超入曰："天命修短，故非所计，政当无复近日事不？"超曰："大司马方将外固封疆，内镇社稷，必无若此之虑。臣为陛下以百口保之。"帝因诵庾仲初诗曰："志士痛朝危，忠臣哀主辱。"声甚凄厉。郗受假还东，帝曰："致意尊公，家国之事，遂至于此！由是身不能以道匡卫，思患预防，愧叹之深，言何能喻？"因泣下流襟。（《世说新语·言语》）

当初，火星（荧惑）进入代表皇帝的太微区域，不久后司马奕就被废为海西公了。

荧惑入太微，这是最凶的天象，就意味着皇帝要出事。

司马昱当了皇帝，又出现了荧惑入太微的天象，司马昱感到很厌恶。

——值得说明一下的是，古代天人感应的思维下，天文学也是社会学尤其是政治学。台湾学者黄一农先生在《社会天文学史十讲》中指出，史书中记录的很多天文现象都是伪造的。但实际上，问题并不像他说的那么严重，只是史官和星象学家有了分工之后，史官转述星象学家的观察结果，往往表述不准确。比如《汉书》里曾把"荧惑入太微"说成是"荧惑守心"，这两种天象都是大凶，固然是说错了，但不能说大凶的天象并不存在。

据刘次沅先生所做的天象检验，这里提到的两次"荧惑入太微"，都是确实发生了的。[①]

这时郗超任中书侍郎，正好当值。

简文帝招呼他进来，说道："天命的长短，本不是我所能考虑的。只是最近发生的事，不会再来一次吧？"

郗超当然是知道桓温的计划的，所以透底给他："大司马正要对外巩固边疆，对内安定社稷，一定不会有这样的打算。臣用家中百口的性命，来给陛下担保。"

司马昱就背了庾仲初的两句《从征诗》："志士痛朝危，忠臣哀主辱。"声音非常凄厉。

不久后郗超休假，回东边的会稽郡看望父亲，司马昱对他说："代我向令尊致意。王室和国家的事情，竟到了这个地步！这是因为我不能以道来纠正失误，捍卫国家，意识到灾难而预先防患。我的愧叹之深重，非言语所能表达！"说完便哭得泪满衣襟。

司马昱不至于不知道郗超是桓温死党，现在任这个职务，就是来监视自己的。所以他对郗超说这番话，并不仅是对郗超的父亲郗愔说，而是对桓温说。

司马昱可能在想，当年要是发个狠，听刘惔的，自己去坐镇荆

---

① 刘次沅：《魏晋天象记录校勘》，《中国科技史杂志》2009年第1期。

州，也许一切都会不一样——虽然以他的能力这么做基本只会更惨，但人总是会假定当年做了不同的选择，人生就会不一样的。

不过事已至此，司马昱的命运，实际上固然不掌握在自己手上，也不只掌握在桓温手里。

世家大族的态度，很重要。

三十三、桓温与陈郡谢氏

（一）冶城上的对话

王右军与谢太傅共登冶城。谢悠然远想，有高世之志。王谓谢曰："夏禹勤王，手足胼胝；文王旰食，日不暇给。今四郊多垒，宜人人自效；而虚谈废务，浮文妨要，恐非当今所宜。"谢答曰："秦任商鞅，二世而亡，岂清言致患邪?"（《世说新语·言语》）

这则王羲之与谢安的对话，《世说新语》没有给出具体的时间。不过，两个人同时出现在都城建康的机会很少，还是可以推算个大概。

当时谢安年方二十，而王羲之比谢安年长十七岁。

两个人一起登上了冶城，当年南京的地貌，和今日完全不同。今日这里是毫无特色的街市，当时站在冶城城墙上，却可以看见秦淮河汇入长江的景象。一千七八百年来，南京人的生活垃圾不断投入秦淮河中，于是河道不断收窄，河水变成了俞平伯、朱自清眼里的样子——那两篇著名的散文，都把秦淮河写得华丽而浓稠，华丽是文人妙笔，浓稠却很真实。

但王羲之、谢安那个年代，建康城还是一个新生的城市，他们眼里的秦淮河，河面宽阔，河水清澈。稍远处的长江，气魄则更非今日可比，十五公里的浩瀚江面，气象万千。在不舍昼夜的浩浩洪流面前，人世间的纷扰，显得短暂而渺小。

所以也就难怪谢安悠然玄想，产生超脱世俗的志趣了。

王羲之则很有责任心，看不得年轻人这样不求上进的样子，于是说："夏禹勤于政事，手脚都长满老茧；周文王忙到很晚才吃饭，时间根本不够用。现在国家危难，到处都是防御工事，应该人人为国效力。"

王羲之说"四郊多垒"，是《礼记》里的话，后面还有半句，"此卿大夫之辱也"。王羲之知道，作为一个出身高贵的年轻人，谢安一定很熟悉这句话，他也期待，谢安应该有和身份相称的羞耻心。

他又补了一句："虚幻的高论废弛政务，浮华的文字妨碍机要，恐怕不是当今所应该提倡的。"

年轻气盛的谢安完全没有给王羲之留面子："秦朝采用商鞅的法律，结果二世而亡，难道也是清谈造成的祸患吗？"

谢安的反驳是十足的诡辩，相当于有人警告你，不吃饭会饿死，你回了一句，还有人是撑死的呢。不过魏晋玄谈，从来不是靠逻辑取胜的。

令人感慨的是，主张务实的王羲之，后来一辈子没有干成什么实事，谢安却成就了魏晋名士里空前绝后的功业。

不必怀疑他们此刻说话的真诚，只是人生的变数，远比江河上的浪花更无法捉摸。

（二）新出门户

后世习惯王谢并称，而两家最杰出的人物，则是谢安文雅过于王导，使得一般人很容易忽略一点：陈郡谢氏其实远不如琅邪王氏根深本固枝繁叶茂。

诸葛恢大女适太尉庾亮儿，次女适徐州刺史羊忱儿。亮子被苏峻害，改适江彪。恢儿娶邓攸女。于时谢尚书求其小女婚。恢乃云："羊、邓是世婚，江家我顾伊，庾家伊顾我，不能复与谢衰儿婚。"及恢亡，遂婚。（《世说新语·方正》）

诸葛恢的大女儿嫁给太尉庾亮的儿子，二女儿嫁给徐州刺史羊忱的儿子。庾亮的儿子被苏峻杀害了，大女儿又改嫁江彪。诸葛恢的儿子娶了邓攸的女儿为妻。

吏部尚书谢衰为儿子求亲，想娶诸葛恢的小女儿。

诸葛恢就说："羊家、邓家和我家世代联姻，江家是我看顾他，庾家是他看顾我，我不能再和谢衰的儿子结亲。"

等到诸葛恢去世后，两家的亲事才结成。

诸葛恢曾和王导争论，两家谁才是琅邪最大的世家。

当然，过江之后诸葛家显然是不如王家的，这里诸葛恢也承认，自家也不如颍川庾家，但仍然高于陈留江氏，但对谢家，则根本瞧不上。

这则里被诸葛恢拒绝的"谢尚书",就是谢安的父亲。

谢万在兄前,欲起索便器。于时阮思旷在坐曰:"新出门户,笃而无礼。"(《世说新语·简傲》)

谢万在兄长面前,想起身找便壶。当时阮裕(字思旷)在座,说:"新冒出来的家族,真是粗陋无礼。"

谢万是谢安的四弟。

阮裕最著名的事迹,是他有一辆豪车,有人想跟他借车却不好意思,他就把车子烧了。可知他的性格是比较高尚矫激的一类。

他骂谢家是"新出门户",其实倒可能说明谢家当时的影响力,已经超过了没落中的陈留阮氏,所以阮裕只能摆老资格傲人。当然,这仍然说明谢家没什么历史底蕴。

阮裕还直接教训过谢安:

谢安年少时,请阮光禄道《白马论》,为论以示谢。于时谢不即解阮语,重相咨尽。阮乃叹曰:"非但能言人不可得,正索解人①亦不可得!"(《世说新语·文学》)

少年谢安向阮裕(曾为光禄大夫)请教《白马论》,阮裕就写了论文给谢安看。谢安一时不能理解,就一再追问。

阮裕就感叹:"不仅能讨论这个问题的人找不到,就是找个能读懂这个问题的也没有。"

"白马非马"这种命题在玄学语境中讨论,说穿了就是:我说

---

① "索解人"有两解,一是认真探寻答案的人,二是找一个能够理解答案的人。这里取后一说。

了你听不懂的话，如果我推崇你，那是我没说清楚；如果我瞧不上你，那就是你的理解力有问题。并不存在统一标准。

阮裕没把这个年轻人放在眼里。——阮裕生卒年不详，但他眼里王羲之是晚辈，比谢安大二十多岁是有的。

后来谢安也表明了对阮裕的态度：

王右军与谢公诣阮公，至门，语谢："故当共推主人。"谢曰："推人正自难。"（《世说新语·方正》）

王羲之和谢安去拜访阮裕，走到门口，王羲之对谢安说："我们俩都要捧捧主人。"

谢安说："捧人是很难的事。"

其实看谢安的生平言论，捧人是他的日常，看来他对阮裕也是很不满。

总的说来，谢安对自家是"新出门户"，是很有自觉的，比他兄弟强得多。王羲之在琅邪王氏的人里，是比较随和的，可以交，跟有的人就不必自讨没趣：

谢公尝与谢万共出西，过吴郡，阿万欲相与共萃王恬许，太傅云："恐伊不必酬汝，意不足尔。"万犹苦要，太傅坚不回，万乃独往。坐少时，王便入门内，谢殊有欣色，以为厚待己。良久，乃沐头散发而出，亦不坐，仍据胡床，在中庭晒头，神气傲迈，了无相酬对意。谢于是乃还，未至船，逆呼太傅，安曰："阿螭不作尔。"（《世说新语·简傲》）

所谓谢安、谢万"共出西"，因为谢家在建康东南方向的会稽，从会稽出发，到建康也好，到豫州任职也罢，都叫出西。

经过吴郡时，谢万想和谢安一起去拜访王恬。——王恬是王导的儿子，字敬豫，小名阿螭，长得很好看。但王导曾评价他："可惜你的才学配不上你的长相。"能让老爸这么说儿子，王恬是怎么做人的，也就可想而知了。而且，大家族内部被歧视的子弟，对外还特别爱炫耀大家族身份，也是自然不过的事。

所以谢安的意思是算了，不必去。

谢万一再坚持，见谢安就是不听，谢万就自己去了。

到王恬那里坐了一会儿，王恬就进屋了，谢万很高兴，认为王恬是张罗招待自己去了。

过了很久，王恬洗了头，披散着头发出来，也不就座，只是靠在胡床上，在院子里晾头发，神气高傲超迈，就当没谢万这个人。

谢万只好走了，还没上船，就迎面叫哥哥。

谢安当然早已预见到这一切："阿螭不作兴你吧?"——后世吴语区，"作兴"还有器重、推崇的意思，对照这句"阿螭不作尔"，还真是一脉相承。

那么，谢家是怎么在几代人的时间里，一跃成为东晋的第一流门阀的呢? ①

---

① 这一小节里涉及的多数证据，田余庆先生都早已在《东晋门阀政治》一书中指出。田先生还另提了一个证据，谢安的伯父谢鲲葬在石子岗，而当时石子岗是乱坟岗，可见其时谢家实力有限。这却说服力不足，谢鲲选择石子岗，因为是"假葬"，希望将来尸骨能迁回北方。谢家后人坟地不断南迁，在铁心桥，在溧阳，却是"安厝"，是安心终葬于此，不想回归中原了。这主要体现的是心态变化而不是地位变化。

（三）从豫章到豫州

陈郡谢氏第一个有重大影响力的人物，是谢安的伯父谢鲲。

谢公道豫章："若遇七贤，必自把臂入林。"（《世说新语·赏誉》）

谢安赞美这个提升家族地位的伯父，描述了一个特别动人的画面：谢鲲（曾任豫章太守）如果遇到阮籍、嵇康他们，会彼此挽着胳膊，走入竹林。

由于谢安的巨大影响力，这差不多成了谢鲲的标准形象，唐修《晋书》，也把谢鲲和阮籍、嵇康写进了同一篇传记。

实际上谢鲲的为人，可能更复杂一些。

他是两晋之际的人。西晋末天崩地裂的永嘉之乱，享有最多社会、政治资源的一流门阀许多坚持留在北方，最后被屠戮殆尽，对南渡的一流门阀里的边缘人和二三流士族来说，那却是一个上升的窗口期。

对他们来说，最有利的进取方式，是同时修炼两门技能：一方面，为人放达，清谈玄妙，能够获得大名士的欣赏，融入他们的圈子；另一方面，能够非常干练地处理一些大名士不想做而又不得不做的实际事务。

当然，找到一个愿意不拘一格用人的大人物是第一步。

谢鲲显然是找到了，他做了王敦的长史。

谢鲲留在《世说新语》和《晋书》中的形象，基本都是属于前一面的，一来这一面本来就引人注目，二来越是取得成功，谢家人也越希望只有这一面被注意。但关于后一面，也有这样一句话："以讨杜弢功封咸亭侯。"

谢鲲是能立军功的人物。

史书有大量谢鲲与王敦的单独对话，包括谢鲲劝谏王敦要善待皇帝，不要造反的内容。这种精彩的对话照例伪造起来最是容易，所以不能贸然判定真假。但谢鲲及时从王敦身边离开去做了豫章太守，没有卷进后来导致王敦身败名裂的一系列事件，是显而易见的事实。

这样，他既借助王敦提升了自己的社会地位，又没有被王敦连累。

谢鲲的儿子谢尚，可信据的资料要丰富得多，他的人生轨迹也可以看得更清楚。

谢尚，字仁祖，官最大做到镇西将军。谢仁祖、谢镇西都是他。

谢尚的容止很"妖冶"，行为很"任诞"，虽然清谈水平不太高，但非常有文艺范儿，总之，就是个典型的名士的样子。

但谢尚做事，相当务实。他开始在朝廷里做黄门侍郎这样的清望官，后来就到了地方上，既管民事，也抓军务。他为政清简，也很爱惜士卒，《晋书》本传特意讲了个小故事：有次他刚到任，当地官员用四十匹布，给他造了一顶乌布帐篷。谢尚就吩咐，把帐篷拆了，给将士们改裤子穿。

而且谢尚也赶上了好时候。

他在公元308年出生，三十岁当打之年，正是晋康帝、晋穆帝的时代，原来的王、庾两大家族，现在都出现颓势，也就是说，原来的天花板又有了窟窿，上升空间很大。

尤其幸运的是，谢尚的妹妹嫁给褚裒，生了一个女儿叫褚蒜子。而褚蒜子就是晋康帝的皇后。

朝廷想加强中央的权威，就考虑用一用外戚。褚家的人才少，皇后的妈妈的娘家就被重视起来了。

谢尚被任命为西中郎将、豫州刺史、督扬州六郡诸军事、镇历阳的时间，和桓温任安西将军、荆州刺史，持节都督荆司雍益梁宁六州诸军事，并领护南蛮校尉的时间，几近前后脚。

谢尚比桓温大四岁，谢尚是皇后的舅舅，桓温是皇帝的姐夫，两个人的任命，是朝廷为了对付原来得势的庾氏家族，接连下出的两步棋。

但庾家退缩速度之快，出乎所有人的预料。于是谢尚和桓温的关系也就有了变化。

桓温还真是没事就喜欢评论两句谢尚，别人也喜欢将他们放一起说事。

袁彦道有二妹：一适殷渊源，一适谢仁祖。语桓宣武云："恨不更有一人配卿。"（《世说新语·任诞》）

袁耽（字彦道）有两个妹妹，名字都很气派，大妹叫女皇，二妹叫女正。

女皇嫁给了殷浩，女正嫁给了谢尚。

袁耽对桓温说："我就是遗憾没个三妹可以嫁给你。"

袁耽这话可能是好意，但对桓温来说，被排在殷浩、谢尚后面，也算伤害性不大，侮辱性极强。偏生袁耽是少有的桓温不敢对他发怒的人，少年桓温好赌，而袁耽是赌博高手，桓温输得精光时，要指望袁耽救自己。

前面讲王导时引过的，殷浩从上游到建康，王导组织了一次清谈，桓温、谢尚、王濛、王述都只能当听众，当时桓温、谢尚都是

三十尚不足、二十颇有余的年纪。事后桓温评论:

桓宣武语人曰:"昨夜听殷、王清言甚佳,仁祖亦不寂寞,我亦时复造心,顾看两王掾,辄翛如生母狗馨。"(《世说新语·文学》)

桓温的结论,殷浩最高,我和谢尚平级,那俩姓王的不行。看来对谢尚评价还不错。

罗君章为桓宣武从事,谢镇西作江夏,往检校之。罗既至,初不问郡事,径就谢数日,饮酒而还。桓公问:"有何事?"君章云:"不审公谓谢尚何似人?"桓公曰:"仁祖是胜我许人。"君章云:"岂有胜公人而行非者,故一无所问。"桓公奇其意而不责也。(《世说新语·规箴》)

这则里涉及的人物关系略有疑问。谢尚任江夏相的时候,任荆州刺史的应该是庾翼。

罗含(字君章)作为庾翼手下的从事,去检查谢尚的工作。到江夏后,罗含也不问具体情况,就是到谢尚那里住了几天,喝喝酒就回来了。

当时在庾翼身边工作的桓温问,谢尚那边什么情况。

罗含说:"不知道您觉得谢尚是什么样的人呢?"

桓温说:"仁祖比我要高一点点。"

罗含说:"哪里有比您还高的人还会做坏事呢?所以我啥也没问。"

这则读下来,总觉得桓温是想要使坏的,但表面上,仍对谢尚高度评价。

或以方谢仁祖不乃重者。桓大司马曰："诸君莫轻道，仁祖企脚北窗下弹琵琶，故自有天际真人想。"(《世说新语·容止》)

第一句里的"方"是评价的意思。

有人对谢尚评价不高。

桓温说："你们不要口齿轻薄。谢仁祖踞脚在北窗下弹琵琶，确实像天外飞仙啊。"

桓大司马真不愧语言大师，一句话画面感就出来了。但这则也不像是什么正经好评。

桓温到了荆州之后，必然是要高度关注谢尚的。豫州在京师建康的西边，荆州在豫州的更西边，要想从上游的荆州威胁到建康，必须要过豫州驻军这一关。当年，忠于朝廷的祖逖坐镇豫州，王敦就不敢轻举妄动。现在桓温要想图谋大事，也还是一样。

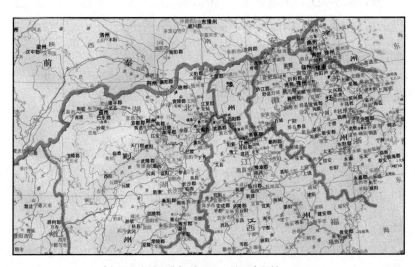

《中国历史地图集》第四册，地图出版社，1972

而谢尚的作风，是很能得军心的，他在豫州的根基扎得很牢固。

桓温不断给朝廷施压，让谢尚北伐。谢尚的军事才能在名士圈里名列前茅，但要他到北边去打则还是不够看，但谢尚的政治智慧，却真是"自有天际真人想"。

永和八年（352）北伐，谢尚打败了，但败得不算很惨。谢尚另有两个操作：

第一是和敌人关系搞得挺好，以后相安无事。

第二是据说耍了个很高明的手段，从北方的敌人那里把传国玉玺骗过来了。

当年司马睿南渡的时候，根本没想过要当皇帝，玉玺自然还在洛阳的皇帝手里。后来洛阳、长安先后倾覆，玉玺在北方流传。而建康城里的皇帝，被嘲笑为白板天子。

不知道谢尚骗来的这所谓玉玺是不是真的（甚至他怎么骗北方人的故事也可能是他瞎编的），但总而言之，东晋朝廷需要这个玉玺，所以假定它是真的，对谁都有利。

所以谢尚不但无过而且有功。

谢尚稳稳当当在豫州扎根了十二年，桓温跟他保持着面子上的和谐，而对他毫无办法。

但是，桓温很早就发现了谢尚一个致命的破绽。

谢尚没有儿子。

《搜神记》里讲了个故事，谢尚青春期的时候，和家里的婢女相好，以他的身份，当然是不可能娶这个婢女的，于是他赌咒发誓说，为了你我终身不娶。

结果他还是结婚了，婢女死后去天庭告状，上天就惩罚谢尚终身无子。

故事荒诞不经，不过在最重视门第的魏晋时代，一个世家公子辜负了法律上都不算人的婢女，也要受到这样的惩罚。能编出这样的故事来，该算中国文化的闪光点了。

所以，谢尚只能过继一个同族兄弟的儿子，因为此时陈郡谢氏并不是个太大的家族，谢尚想要过继一个儿子会去找谁，是可以推想出来的。

那就是谢安的大哥谢奕。

（四）方外司马

桓宣武作徐州，时谢奕为晋陵。先粗经虚怀，而乃无异常。及桓还荆州，将西之间，意气甚笃，奕弗之疑。唯谢虎子妇王悟其旨。每曰："桓荆州用意殊异，必与晋陵俱西矣！"俄而引奕为司马。奕既上，犹推布衣交。在温坐，岸帻啸咏，无异常日。宣武每曰："我方外司马。"遂因酒，转无朝夕礼。桓舍人内，奕辄复随去。后至奕醉，温往主许避之。主曰："君无狂司马，我何由得相见？"（《世说新语·简傲》）

桓温任徐州刺史时，谢奕任扬州晋陵郡太守。东晋侨置的徐州不是原来的徐州，而是安置原来的徐州的流民的地方，州治在京口；而晋陵郡的郡治，一度也在京口。所以当时桓温和谢奕是低头不见抬头见的关系。

开始，彼此也就是场面上的虚假客套，没什么特别的地方。但等到桓温要去荆州上任前，就表现得对谢奕特别意气深重了。

谢奕倒也没多想，但谢奕的二弟谢据（小名虎子）的妻子注意到了：桓温这是想让咱家大伯一起去荆州啊。

果然，不久后桓温就任用谢奕做了自己的司马。

谢奕到荆州后，仍把桓温当作是自己的布衣之交，而不当领导看待。在桓温那里做客，谢奕头巾戴得很随便，想长啸就长啸，爱歌咏就歌咏，和往常一样。

桓温经常说："这是我的方外司马。"

谢奕酒后越来越狂放，一点礼数也没有了。他给桓温灌酒，桓温退入内室，谢奕就跟进去。所以后来一到谢奕喝醉时，桓温就躲到妻子南康公主那里去。

当时桓温早已另有新宠，那个故事就太有名了：

桓宣武平蜀，以李势妹为妾，甚有宠，常著斋后。主始不知，既闻，与数十婢拔白刃袭之。正值李梳头，发委藉地，肤色玉曜，不为动容。徐曰："国破家亡，无心至此。今日若能见杀，乃是本怀。"主惭而退。（《世说新语·贤媛》）

当初桓温平定蜀地，灭了割据在那里的成汉政权，就娶了成汉国主李势的妹妹做妾。

桓温很宠爱她，总是把她安置在书斋后住，南康公主开始是不知道的。

后来听说此事，公主就带着几十个婢女，提着明晃晃的刀子去搞突袭。——这大概也算南渡以来，司马家最有气势的一次出击了。

杀到地点，正遇见李氏在梳头，头发垂下来铺到地上，肤色像白玉一样仿佛有光，对公主和围在自己身边的几十把刀好像没看见一样。

这女孩语气很舒缓地说:"国破家亡,我并不情愿到这里来,如果今天能被杀了,这倒是我的心愿。"

公主很惭愧,就退出去了。刘孝标的注释补充了公主的感叹:"我见汝亦怜,何况老奴。"

现在公主看见桓温因为躲避谢奕跑到自己这里来了,大概是有点幸灾乐祸,对桓温说:"如果您没有这个狂放的司马,我哪有机会见到您呢!"

《晋书·谢奕传》说,谢奕不好意思到公主房里去给桓温灌酒,就跑到桓温的办事大厅去,抓住一个军官一起喝,还说:"失一老兵,得一老兵,亦何所怪!"

魏晋时,说人家是"老兵"是很严重的攻击,将来谢家老四谢万还这么说,就几乎把命也送掉了。但桓温是一点没和谢奕计较。

从这件事也可以看出来,桓温不喜欢名士的酗酒、放纵、坐谈之类,并不是绝对的,还是分跟谁,看你对他的价值是不是足够大。

永和十年(354)收复洛阳之后,桓温不断请求朝廷把谢尚调到洛阳去坐镇。桓温的计划很可能是,即使能把谢尚调开,但自己想要染指豫州,朝廷和谢家也是决不会同意的。那就让谢奕接任豫州刺史。这是大家都能接受的结果。

但实际情况对桓温来说要更加美妙,升平元年(357),谢尚去世。有人提出让桓温的弟弟桓云做豫州刺史,朝廷当然不同意,最后果然是让谢奕接他堂兄的班。

谢奕远比谢尚好对付,而且桓温之前已经做了那么多感情投资,拉拢他为自己人,也是可能的。

但是谢奕到豫州只一年,到升平二年(358)八月,也去世了。

朝廷决定还由谢家人接任安西将军、豫州刺史。这就把一个巨大的难题，摆到了谢家的面前。

（五）"但恐不免耳"

当初，谢鲲、谢裒兄弟，哥哥谢鲲辅佐王敦，弟弟谢裒在晋元帝身边做官，和王导接触也不少，所以谢裒的儿子谢安才会跟人说，自己小时候见王导，王导如何给人"清风来拂人"的感受。

谢鲲走名士路线比较耀眼，谢裒继承博士家风，也在稳步升迁，史料中提到他的三个职务，即"侍中、吏部尚书、吴国内史"，都非同小可：侍中是皇帝身边最亲近的官员，吏部尚书负责官员的选拔与考核，吴国内史相当于吴郡太守，执掌着经济上最重要的一个郡。

谢裒还有一点明显强于哥哥，他比较能生，膝下有儿子六人：谢奕、谢据、谢安、谢万、谢石、谢铁。

现在，长子谢奕去世，而二子谢据早逝，接下来去豫州的，要么是老三谢安，要么是老四谢万。

问题是，这哥俩都是隐居爱好者。

谢安不必说了，关于他怎么高卧东山，多少名流高官请他出来做官，他就是不动的故事，讲也讲不完。

还有比较生动的一段是谢安夫妻的对话：

初，谢安在东山居。布衣时，兄弟已有富贵者，翕集家门，倾动人物。刘夫人戏谓安曰："大丈夫不当如此乎？"谢乃捉鼻曰："但恐不免耳！"（《世说新语·排调》）

当初谢安在东山隐居时，他还是一介平民，家族里很多兄弟，早已富贵。这些兄弟家里，也就常常挤满了宾客。

刘夫人对谢安说："大丈夫难道不应该这样吗？"

谢安捏着鼻子说："只怕不能避免这样。"

之所以捏鼻子，有解释是谢安有鼻炎，这样想让声音低一点却还能吐字清楚。也可能是，官场里尽是污浊、恶臭的事，就好像一个垃圾场，所以说到做官就让人忍不住想捏住鼻子。

谢万比谢安还要激烈。谢安就是表示我个人喜欢隐居，谢万要论证隐居是普世价值，就是比出仕做官好。

他写过一篇《八贤论》，说：楚国有渔父和屈原，渔父打鱼，活得好好的，屈原做三闾大夫，投江了；汉初有季主和贾谊，季主在长安市场里给人算命，活得好好的，贾谊做官，憋屈死了；西汉末有楚老和龚胜，楚老是隐士，活得好好的，龚胜做过官又辞官，又被王莽逼着再出山，不乐意，绝食死了；西晋有孙登和嵇康，隐士孙登好好的，嵇康被杀了。

总而言之，隐居就是好，做官就是死。

那现在无论如何需要一个人担任这个豫州刺史、西府中郎将了，到底是谢安"不免"呢，还是谢万不怕死呢？

谢太傅于东船行，小人引船，或迟或速，或停或待，又放船从横，撞人触岸，公初不呵谴，人谓公常无嗔喜。曾送兄征西葬还，日莫雨驶，小人皆醉，不可处分。公乃于车中，手取车柱撞驭人，声色甚厉。夫以水性沉柔，入险奔激。方之人情，固知迫隘之地，无得保其夷粹。（《世说新语·尤悔》）

谢安在会稽郡乘船出行，仆役驾着船，有时慢有时快，有时停有时等，有时由着船纵横漂流，撞着人，碰到岸，谢安对驾船人也并不批评教育。

所以人们议论说，谢安这人是没有喜怒的。

但是，哥哥谢奕去世，送葬回来，天也晚了，雨也下得急，仆役们都醉了，全乱套了。谢安就在车上拿过支车的木柱，去撞车夫，声音脸色都很严厉。

于是《世说新语》编著者发了一段议论：水性沉静柔和，可是进入险隘处却会奔腾激荡。和人情相比，就类似处于急迫危难的时刻，没有人能保持那份平和纯粹的心境。

道理很对，可是要知道，苻坚百万大军压境的时候，谢安一样能"保其夷粹"。这次却绷不住了，可见兄长去世，面对不得不出山的处境，谢安压力有多么大。

这种表现大概可以说明，他喜欢隐居，是真心的。毕竟，作为世家子弟，不做官的生活，讲雅的，是"出则渔弋山水，入则言咏属文"；讲俗气的，则"每游赏，必以妓女从"，可以沉浸在这样的日子里，干吗去案牍劳形呢？

只不过谢安和一般世家子弟的区别是，他心里很明白，自己这样的生活，是怎么来的，需要做什么样的事，才能维持下去。

所以责任压过来的时候，这副担子，终究是要挑起来。

最后兄弟俩的选择很奇特：谢万去继任大哥的职务，而谢安仍然算隐士，但隐士可以出山看亲人，于是也跟着去。

（六）安石何以不谏？

谢万上任的第二年，即升平三年（359）十月，奉命和北中郎将、徐兖二州刺史郗昙一起，分别进兵，去救援洛阳抗击前燕。

　　谢万北征，常以啸咏自高，未尝抚慰众士。谢公甚器爱万，而审其必败，乃俱行，从容谓万曰："汝为元帅，宜数唤诸将宴会，以说众心。"万从之。因召集诸将，都无所说，直以如意指四坐云："诸君皆是劲卒。"诸将甚忿恨之。谢公欲深著恩信，自队主将帅以下，无不身造，厚相逊谢。及万事败，军中因欲除之，复云："当为隐士。"故幸而得免。（《世说新语·简傲》）

　　谢万还是秉持他的一贯做派，常常在那里啸咏，显示自己是个高人，对全军将士，是从不加抚慰的。

　　谢公预料到他要败，就一起随军出征，对他说："你是元帅，应该经常喊将领们宴会，与他们搞好关系。"

　　豫州的西府之兵，和郗昙那边的北府军是类似的构成，底子都是当年的北方流民。因此不是国家统一编制，不存在严密的科层体系，但是有自己在实战中淬炼打造出来的组织，大大小小将领对士兵影响力特别大，而空降的主帅，其实是没什么权威的。

　　当初谢尚和大家关系处得好，所以整个部队就有相当的战斗力。现在，谢万就得一步步从头来。

　　谢万倒是听了谢安的建议，然后把事情彻底搞砸了。

　　他召集诸将，什么具体工作也不说，只是用如意指着大家说："诸君都是劲卒。"

　　他还以为自己是在夸人呢，但军中将领，最忌讳的就是人家说自己是"卒"。

　　所有人心里都挂火了。谢安意识到不对，于是一一拜访各级将帅，表示歉意。

但大局是没法改变了。这一仗谢万的失败，倒是和后来淝水之战时前秦军队的大崩溃，是有点类似的。

先是郗昙因病退屯彭城，谢万听说友军退了，就也宣布撤兵，于是整支部队就崩溃了。

这显然是西府的将领们在故意整他，很多人还想借机除掉他，这个时候，让主帅"死于乱军之中"，是很容易做到，而且让人没法追究的事。

但一转念，很多人想起谢安来了，都说："要给那位隐士留点面子。"谢万这才得以幸免。

《世说新语》里另有一处，说法和这则还不太相同：

谢中郎在寿春败，临奔走，犹求玉帖镫。太傅在军，前后初无损益之言。尔日犹云："当今岂须烦此！"（《世说新语·规箴》）

谢万被称为谢中郎，可能是因为谢家兄弟六个他排行第四，在中间，小名中郎；也可能是因为他担任过西中郎将和抚军从事中郎，是称官职。

谢万在寿春战败，逃跑之前，还要找他的玉饰马镫。

当时谢安也在军中，战争前后没有给谢万提过建议。就是兵败这天也只是说："眼前还需要这样讲究吗！"

这一仗，谢万的表现，当然证明自己在军事舞台上，绝对是个废物。这是王羲之、郗超等人都事先就看出来了的，后来谢安再想给弟弟做脸，连侄子都听不下去了：

谢太傅谓子侄曰："中郎始是独有千载！"车骑曰："中郎衿抱未虚，复那得独有？"（《世说新语·轻诋》）

谢安对家里的晚辈说，谢万这样优秀的人，一千年就出一个。

大哥谢奕的儿子谢玄，一点没给四叔留面子："中郎心胸没有做到虚静，哪有什么稀罕？"谢玄是实打实的一代名将，当然对谢万战场上的丢人特别看不惯。"衿抱未虚"也者，就是你干吗要去当这个西中郎将？心里装着你配不上的欲望啊！

现在问题是，这一场，谢安的表现能拿几分？

桓温的评价，就是追着打脸：

桓公问桓子野："谢安石料万石必败，何以不谏？"子野答曰："故当出于难犯耳！"桓作色曰："万石挠弱凡才，有何严颜难犯！"（《世说新语·方正》）

桓伊（字子野）是谯国铚县桓氏，与桓温是谯国龙亢桓氏不同，宗属关系较为疏远，和谢家关系却比较好，往往扮演桓、谢之间的纽带角色。

桓温问桓伊："谢安石已经料到万石必败，为什么不劝他？"

桓伊回答说："自然是因为万石这人不听劝。"

桓温变了脸色说："万石是个软弱的庸才，还怕他脸色难看不好而劝不成！"

从给《世说新语》作注的刘孝标开始，到唐代修《晋书》的史官，谁不是谢安的粉丝？都觉得这事没法洗。刘孝标声称，谢安一直在家乡隐居，根本就没到谢万军中去。《晋书》则是在《谢安传》里没提这事，不过在谢万的传记里补了一笔。

当时谢安在谢万军中的材料很多，而且说法并不一致，显然有不同的信源，出自捏造的可能性很小。

其实平心说，一个空降的领导，要获得大批骄兵悍将的拥戴，本来就是天大的难题。而且谢安几乎不曾有时间去完成这个工作，避免不了失败的局面，也是自然不过的事。如果《世说新语·简傲》里的那则记录可信，那么谢安这趟到豫州，多少还是结了点人缘。

但是不管怎么说，这一次，谢家败得很惨。这不仅仅是一次军事上的失败，而是一下子丢掉了西府的兵权。

作为一个新出门户，手里没有军队这种硬通货，想要维持地位是很难的。

所以，升平三年（359）谢万兵败，升平四年（360），谢安就正式出山了。

这一年，谢安已经四十多岁了。

玩政治，总是需要上面有人下面也有人的。谢安快乐地隐居了大半辈子，现在还真没多少资源。

谢安的名声当然是大到天上去了。但进入实打实的政治博杀中，浮名未必能管什么用。大家都看见了，不久前殷浩的结局，就是惨案现场。

（七）苍生将如卿何？

出乎很多人预料，谢安没有做朝廷的官，而是进入了桓温的幕府。

当时桓温的势力向东方步步进逼时，朝廷和桓温的关系极为紧张。

所以谢安的这个人生选择，开始是被世家大族和桓温原来的幕僚，同时看不惯的：

谢公在东山，朝命屡降而不动。后出为桓宣武司马，将发新亭，朝士咸出瞻送。高灵时为中丞，亦往相祖。先时多少饮酒，因倚如醉，戏曰："卿屡违朝旨，高卧东山，诸人每相与言：'安石不肯出，将如苍生何！'今亦苍生将如卿何？"谢笑而不答。（《世说新语·排调》）

谢安在东山隐居，朝廷屡次征召，他都没有答应。

谁也没想到，他一出仕，竟然是做桓温的司马。

离开建康城，走水路往往就是从新亭附近上船，所以南京的新亭，有点类似西安的灞桥，是送别的地方。

谢安临行前，朝中的官员都来为他送行。

高崧（小名阿鄮）当时担任御史中丞，也来为他送行。——高崧生年不详，但他是两晋之际已经做官的人，到现在升平四年（360），年纪已经很大了，有倚老卖老的资格。高崧和他的夫人谢氏的墓志，1998年在南京师范大学仙林校区出土，他是谢家的女婿，论这层亲戚关系，他也可以多说两句。

高崧已经喝了点酒，就做出喝醉的样子，对谢安说："你屡次违背朝廷的旨意，在东山高级躺平，大家经常在一起议论说：'安石不出，该拿天下苍生怎么办！'现在你让天下苍生又如何看你呢？"

谢安只好笑笑，不说话。

谢安的理由，确实是没法直说的。后来，还是他最欣赏的宝贝侄女谢道韫给他找到了高大上的理由：我叔叔以"无用为心"，做官不做官，行动不行动，根本是次要的，反正一直都没把这些放心上就对了。照这个逻辑，去不去桓温那里，当然更加不值一提。

桓温的幕僚调侃谢安的例子如：

谢公始有东山之志，后严命屡臻，势不获已，始就桓公司马。于时人有饷桓公药草，中有"远志"。公取以问谢："此药又名'小草'，何一物而有二称？"谢未即答。时郝隆在坐，应声答曰："此甚易解：处则为远志，出则为小草。"谢甚有愧色。桓公目谢而笑曰："郝参军此过乃不恶，亦极有会。"（《世说新语·排调》）

有人给桓温送来一些草药，其中有一味"远志"。

桓温拿来问谢安："这药又名'小草'，为什么一个东西会有两个名字呢？"

谢安没有马上回答。

当时郝隆也在座，他应声答道："这好理解，处就是远志，出就是小草。"

郝隆这里自然是双关：处是埋在地下的根，也是隐居的意思；出是长出地面的苗，也是出仕的意思。

谢安脸上就露出愧色来。

桓温还补刀，看着谢安笑："郝参军的这番解释实在不错，也很有意味。"

郝隆这人，家世没什么可说的，性格是逞才浮夸的一类。《世说新语》里还有他两件逸事：

郝隆七月七日出，日中仰卧。人问其故？答曰："我晒书。"（《世说新语·排调》）

当时风气，七月七日是晒书晒衣服的日子，自然也有人借机晒富贵，把华美衣服展开晾一大片，效果可以很震撼。

郝隆穷，没衣服晒，就大中午的，自己跑到太阳底下仰躺下。

虽然魏晋时期的气温比现在略低，但农历七月七的太阳，还是很暴烈凶残的。人家当然奇怪郝隆为啥这么自虐。

郝隆说："我晒书。"——不知道他是胖子还是瘦子，想象一下，胖子说这话时，大约是摸着肚子："这里都是学问。"瘦子的话则用手指弹着肋条："看，都是卷轴！"

这是一个为了想红可以特别拼的人。

桓温用了他，但也没有特别重视：

> 郝隆为桓公南蛮参军，三月三日会，作诗，不能者，罚酒三升。隆初以不能受罚，既饮，揽笔便作一句云："娵隅跃清池。"桓问："娵隅是何物？"答曰："蛮名鱼为娵隅。"桓公曰："作诗何以作蛮语？"隆曰："千里投公，始得蛮府参军，那得不作蛮语也？"（《世说新语·排调》）

郝隆是桓温的南蛮参军。

荆州地区少数民族很多，所以桓温坐镇荆州时的一长串头衔里，其中有个是"护南蛮校尉"。南蛮参军这个职务，就是帮助桓温处理这方面事务的。可以想象，这个工作要面对的情况很复杂，可谓压力大，变数多，责任重，在当时的社会氛围里，还会被人瞧不起。

三月三"修禊事"，是当时最重要的节日，王羲之他们在兰亭集会，桓温在荆州，也要过这个节。

一样也是要作诗，作不出就罚酒。

郝隆故意装作不会作诗，于是受罚，三升酒下肚，借酒打滚的气氛酝酿成熟了，就提笔写了一句："娵隅跃清池。"

桓温不懂"娵隅"是什么，就问。

郝隆回答，这是少数民族的语言，就是鱼。

桓温说："作诗为什么用蛮语？"

郝隆回答："我不远千里来投奔你，也不过做个蛮府参军，怎么能不说蛮语呢？"

显然，这就是抱怨，想调动工作。

换言之，谢安的人生起跑线对郝隆来说，是奋斗一生都只能远远眺望的地平线。能抓住机会损谢安两句，他是不会放过的。

那么，谢安为什么要投身到这个夹缝之中呢？

（八）颇曾见如此人不

桓温年轻的时候，活动区域常常在建康城附近。这是高门大姓的名士扎堆的地方，桓温和名士之间互怼的段子，许多也就产生在这个时候。

永和元年（345），三十四岁的桓温升任安西将军、荆州刺史，持节，都督荆司雍益梁宁六州诸军事，并领护南蛮校尉。于是离开东部的扬州西进去了荆州。

荆州地区，名士的数量和门第，都比建康差得太远，桓温和大名士吵架的机会，当然就少了很多。

桓温虽然不善玄谈，但他是很有文学气质的人，也喜欢招揽文学之士。这一时期桓温的幕府里，有才学的人颇不少，比较著名的，有袁乔、孙盛、习凿齿、郝隆、孟嘉、罗含、罗崇、罗友等人。

这些人多半出身不是很高，如习凿齿，《晋书》说他"襄阳人也，宗族富盛，世为乡豪"，乡豪是指地区性的，被顶级高门默认为没什么文化的大家族。类似于在三吴地区，有所谓"江东之豪，莫强周沈"，义兴周氏、吴兴沈氏是豪族，实力很强，但地位就明显不如顾陆朱张。

总之，习凿齿本人的文化水准再高，襄阳习氏不够格算文化士族。罗崇、罗友是习凿齿的舅舅，罗家大约也差不多是这个阶位。

或者有人本来门第还可以，但因为某种原因陷入困境，不得不降低求职标准。如孙盛，他出身太原孙氏，但父亲遇贼被杀，十岁的孙盛渡江避难，所以人生道路上的很多选择，就不能太端着了。何况，太原孙氏毕竟也只是三四流的门阀，前面提到的孙绰，和孙盛是一个爷爷的孙子，而孙绰在太原王氏面前只能自居"寒族"，他也是被大牌名士瞧不起的。

当然，高门的正支子弟也有。谢安的大哥谢奕就是，而最突出的例子就是郗超，不过郗超是不按常理出牌的人，所以没什么代表性。

桓温的第二次北伐在晋穆帝永和十二年（356），第三次北伐晚到海西公太和四年（369），之间这十多年的时间，桓温一直忙于在晋朝内部扩张自己的权力。

尤其谢安出山的晋穆帝升平四年（360），就是从这一年开始，可以很明显看出，桓温头上顶着的头衔越来越多也越来越尊贵，而桓温的驻地，也在不断向东推进。

这自然会产生一个附带的问题，东方扬州的名士们，和来自荆州的桓温幕府里的人打交道的机会也就多了。

互相看不顺眼，是不可避免的。

前者自然会鄙视后者的血统不够高贵，后者也会看不惯前者的坐享其成自鸣得意。

习凿齿、孙兴公未相识，同在桓公坐。桓语孙："可与习参军共语。"孙云："蠢尔蛮荆，敢与大邦为雠？"习云："薄伐猃狁，至于太原。"（《世说新语·排调》）

习凿齿和孙绰初次见面，就是在桓温那里做客。

桓温对孙绰说："可以和习参军一起谈谈。"

孙绰说："你们这些愚蠢的荆州蛮子，敢与大国做仇敌？"原话出自《诗经·小雅·采芑》（文字小异），这诗是讲周宣王时代，演军振旅，从而震慑楚国的。桓温他们都从荆州来，习凿齿更是襄阳人，正是来自所谓楚地。所以孙绰背诗，实际上是在骂人。

习凿齿说："薄伐猃狁，至于太原。"这句则出自《诗经·小雅·六月》，也是周宣王时代的诗，是讲周人如何讨伐西北方向上的敌人猃狁的。猃狁是戎狄之一种，先秦文献中"大""太"相通，"太原"就是大的平原的意思，所以具体在哪里，并不清楚，但魏晋时期，一般认为诗里的太原，就是山西太原。

而孙绰正是太原人。

所以习凿齿是说，你才是活该挨揍的野蛮人呢。

仔细看这则对话，桓温对孙绰说"可与习参军共语"，特别像是在下套。

他知道以孙绰的脾气，一定会口舌轻薄主动惹事，就安排习凿齿反杀。这也是向东方的名士们展示一下实力：你们就是出身好，别说比军事，比你们看重的文才，我这里一个"乡豪"，何尝逊色于你们呢？

但能反杀的前提，也是人家愿意和你对话：

王令诣谢公，值习凿齿已在坐，当与并榻。王徙倚不坐，公引之与对榻。去后，语胡儿曰："子敬实自清立，但人为尔多矜咳，殊足损其自然。"（《世说新语·忿狷》）

王令指王献之（字子敬），他官最大时做到了中书令，所以尊称他为王令。但这则是他年轻时候的事。

王献之去拜访谢安，习凿齿已经在座了。

按说，王献之就该坐到习凿齿身边，但王献之就是来回踱步，不肯落座。

谢安知道他的意思，就在自己对面，又加了一张坐榻，王献之才坐下来。

两位客人走后，谢安对侄儿谢朗（小名胡儿）说："子敬确实是遵循着清高的立身之道的，但做人矜持固执到这个地步，也就有损于自然了。"

这一则里，完全没写习凿齿的反应，大概确实就是没什么反应。虽然习凿齿肯定有丰富的内心戏，但对孙绰可以反击，眼前这位可是琅邪王氏，他可以看不起你，你确实惹不起他。

这里也可以看出，谢安的长处和王导相似，还是在于能同时和各色人等处好关系。

客人在的时候啥也不说，尽快糊弄过去，回头则教育家族的下一辈。

三句话，第一句对王献之还是高度评价的，大家族之间要互相捧；第二句实际是说咱们不能这样，做人要随和；第三句给随和找了理论依据，是老庄的自然之道，这是名士圈共同尊奉的价值标准，掌握了这个道理，如果因为对寒族随和而被同一个阶级的人看不惯，咱们也有的说。

在当时的情况下，谢安加入桓温的幕府，确实是走了一步妙棋。

他如果到别的地方，比如说到相王司马昱的幕府去做官，虽然自己早已经被舆论推为顶级的名士了，但那边是名士扎堆的地方，自己去了，也不会是鹤立鸡群，而是一群鹤在那里比大小。

而且那里"事动经年"，就是说是个没人干事的地方。在那边想做出点事业来，就是仙鹤兼职下蛋鸡，用非所长，也落不了几声好。

去桓温那里就不一样了。

桓温看起来喜欢嘲笑名士做派，但观摩了王导、殷浩的清谈要到处跟人说，自己也要组织人讨论《易经》……凡此种种，都表明本质上，他还是名士圈的自己人。

他还是很渴望名士们的认可的。

桓温手下不缺能干活的人，但自己一个大名士过去，就是填补空白。

所以到桓温那边去，开头被嘲讽固然是免不了的，但之后不用管下蛋的事，继续拗仙鹤梳翎的造型，就能获得喝彩声一片。

果不其然，桓温是真把谢安当宝。

谢太傅为桓公司马。桓诣谢，值谢梳头，遽取衣帻。桓公云："何烦此。"因下共语至暝。既去，谓左右曰："颇曾见如此人不？"（《世说新语·赏誉》）

谢安做桓温的司马。桓温去看谢安，正赶上谢安在梳头，见桓温来了，急忙拿来衣裳和头巾。

桓温说："别麻烦了。"于是就一起聊天，一聊就聊到黄昏。

桓温离开后，对身边的人说："可曾见过这样的人吗？"

对谢安的到来使自己的幕府格调升级，桓温的欢喜之情，可谓溢于言表。

> 桓大司马病，谢公往省病，从东门入。桓公遥望，叹曰："吾门中久不见如此人！"（《世说新语·赏誉》）

桓温生病了，谢安去探视，他从东门进去，桓公远远望见了，叹息道："我的门里很久没见到这样的人了。"

真是看见谢安病都好了的那种感觉。

没有人像桓温这么需要谢安，也没有人像桓温这样，能够给谢安这么大的帮助：

> 谢公作宣武司马，属门生数十人于田曹中郎赵悦子。悦子以告宣武，宣武云："且为用半。"赵俄而悉用之，曰："昔安石在东山，缙绅敦逼，恐不豫人事。况今自乡选，反违之邪？"（《世说新语·赏誉》）

田曹中郎是管农事的官。赵悦（字悦子）的相关信息很少，但据《大司马僚属名》，可知他做过大司马参军、左卫将军。值得注意的是左卫将军，这是掌宫廷宿卫的武官，皇帝安危所系。桓温的手下却能做到这个官，只能是桓温后来废立皇帝，全面接掌宿卫后获得的任命，实际上就是替桓温去监视皇帝的。则此人必然极受桓温信任器重。

　　谢安做桓温的司马时，曾让赵悦安置他的几十个门生。赵悦把这事告诉了桓温，桓温说："姑且先用一半。"

　　但不久后赵悦就把这些人全部录用了。

　　赵悦说："从前安石在东山隐居，缙绅士大夫各种催逼，就怕他不问世事。如今他自己选拔的人才，我怎能反倒违背他呢?"

　　显然，谢安和赵悦的关系处得不错，而赵悦这么做，也需要得到桓温同意才行。

　　类似这样的请托，未必只此一件。可以推想，这样便利的条件，让谢安可以很快铺设出官场里自己向下的人际关系网络。

　　谢安在桓温幕府时间并不长，两年后谢万去世，谢安投笔求归。之后被任命为吴兴太守，不久后又调入朝廷，拜侍中，迁吏部尚书、中护军。

　　但在桓温幕府里的两年，让谢安在官场里的底气，已经大不相同。更重要的是，他很大程度上让桓温相信，谢安是自己和名士圈子的一个沟通中介。

三十四、桓温的一步之遥

　　谢安进入桓温幕府，确实是带动了一个风气，或者说帮助很多世家子弟解除了心理障碍。

　　之后源源不断有人到桓温幕府任职。

　　谢安自己的家族，来的人里最著名的是淝水之战的前线指挥谢玄（343—388）。

　　琅邪王氏，王导的孙子王珣（350—401）来了，后来成了桓温身边大名鼎鼎的"短主簿"，王羲之的儿子王徽之（？—388）也来了。

　　太原王氏，王述的儿子王坦之（330—375）来了。

　　另外，如陈郡袁氏的袁宏（328—376），本来在做南海太守，现在也到桓温这里来了。吴郡顾氏，来了名扬后世的大画家顾恺之（约345—409）。

　　论年纪，这些人基本可以算桓温的子侄辈。

　　这些人在桓温这里刷履历，桓温则在试探，大家族有没有可能支持自己，老一辈的态度是没办法了，年轻一代看看有没有改变的可能。

而这些世家大族的态度，终归还是不支持。

此时琅邪王氏里，资望最高、权势最重的是王彪之，他的父亲王彬，当年曾为了杀周顗的事，当面痛骂王敦。老子杠王敦，儿子就杠桓温。王彪之是少白头，二十岁就满头白发，怎样用年高德劭的气场说话，可谓自幼修炼得炉火纯青。桓温有什么主张，朝廷里第一个站出来反对的，往往就是王彪之。

琅邪王氏的下一辈，则继续体现着政治选择多元化的家族传统。入桓温幕府的，王珣当时还是个半大小子；王徽之的最大特征是有一出没一出，入职多年还不知道自己是哪个部门的，做起事来"乘兴而来，兴尽而反"，这种人在行政工作当中，显然主要就负责添乱。

他家年轻一辈里公认最优秀的人物王献之，没动。

太原王氏的王坦之（字文度），是王述的儿子，前面提到过，王羲之和王述闹别扭输了，就在家里骂儿子，说我之所以斗不过王述，就是因为你们都不如王坦之。

此人是桓温幕府里，最大牌的几个人物之一。有人把王坦之和郗超并列：

谚曰："扬州独步王文度，后来出人郗嘉宾。"（《世说新语·赏誉》）

如果把谢安也算上，则是"大才槃槃谢家安，江东独步王文度，盛德日新郗嘉宾"。

有人问谢安石、王坦之优劣于桓公。桓公停欲言，中悔曰："卿喜传人语，不能复语卿。"（《世说新语·品藻》）

有人问桓温，谢安和王坦之优劣如何，桓温正想说，中途又反悔："你是奔走相告委员会的，所以我不能告诉你。"

这条也是把王坦之视为与谢安同一个档次上的人物。所以王坦之也是桓温套近乎的重点对象：

王文度为桓公长史时，桓为儿求王女，王许咨蓝田。既还，蓝田爱念文度，虽长大犹抱著膝上。文度因言桓求己女婚。蓝田大怒，排文度下膝盖曰："恶见文度已复痴，畏桓温面？兵，那可嫁女与之！"文度还报云："下官家中先得婚处。"桓公曰："吾知矣，此尊府君不肯耳。"后桓女遂嫁文度儿。（《世说新语·方正》）

王坦之做桓温的长史的时候，桓温替儿子向王坦之的女儿求亲。

王坦之说我回去问下我爹。于是回了家。

王述很喜爱儿子，虽然儿子年纪已经大了（当时三十几岁），但王述还把他抱在膝盖上。

于是王坦之就说了桓温的求婚请求，王述勃然大怒，就把儿子从膝盖上推下来了。

王述说："我真见不得你又发痴！你是怕伤了桓温的面子？他就是个兵，你怎么可以把女儿嫁给他家儿子！"——这一方面是瞧不上桓温的门第，一方面也是记仇，当年听王导和殷浩清谈后，桓温对王述的评价是，像条未驯服的母狗一样。

王坦之就去跟桓温回报说："下官家里，已经给女儿订好婚了。"

桓温也就明白了："我知道了，你们家老爷子不乐意罢了。"

不过呢，我儿子不够资格娶你女儿，我女儿嫁给你儿子总可以考虑下吧。这事桓温到底是运作成功了。——《晋书·王坦之传》说：王坦之"出为大司马长史，寻以父忧去职"，由一个"寻"字，可知王述把儿子从膝盖上推下来后没过多久就去世了。这个障碍一去，王坦之对桓温的请求，就可以打折接受了。

但王坦之的立场并没有因此改变，不会因为你做了我亲家翁，我就跟你一条心。——就像桓温另有一个女儿嫁到琅邪王氏，生了个儿子叫王裕之。后来桓温的儿子桓玄造反，王裕之对舅舅根本不搭理，就安静地看着桓玄被灭，再安静地看着刘裕改朝换代，再安安稳稳地做刘宋一朝的公卿。

甚至于，有些桓温的老班底，对他想取代晋朝这事，也不赞成。一个突出的例子，就是习凿齿：

> 习凿齿史才不常，宣武甚器之，未三十，便用为荆州治中。凿齿谢笺亦云："不遇明公，荆州老从事耳！"后至都见简文，返命，宣武问："见相王何如？"答云："一生不曾见此人！"从此忤旨，出为衡阳郡，性理遂错。于病中犹作《汉晋春秋》，品评卓逸。（《世说新语·文学》）

写历史，习凿齿是有大才的，桓温非常器重他。习凿齿不到三十岁，就被提拔为荆州治中。——在州一级的行政系统里，刺史之外，最重要的职务就是别驾和治中。

习凿齿也很感恩，写信致谢说："要不是遇到您，我这辈子也就是个荆州的老办事员罢了。"

后来，习凿齿到都城建康来，见了司马昱。

桓温问他："相王是个什么样的人啊？"显然，桓温期待的回答是"彼可取而代之"之类。

但习凿齿来了一句："我这辈子，从来没见过这样的人。"就是说司马昱优秀到顶天了。

这就让桓温不满，桓温把他从身边赶走，让他去做衡阳太守。——《晋书》说是荥阳太守，学者比勘考证后，发现又是《晋书》错了。

从此习凿齿"性理遂错"，这几个字不大好理解，大约是改变了人生态度的意思。

后来习凿齿生了病，腿脚不方便，就离职回襄阳隐居，写了《汉晋春秋》。他从东汉开国皇帝光武帝刘秀写起，写到西晋的愍帝结束。这书叫《汉晋春秋》，意思是曹魏是不堪的，汉献帝之后，汉朝没有亡，刘备才是正统。

根据当时流行的五德终始说，汉朝是火德，所以应该有一个火上加火的人物出现，才意味着火生土，汉朝结束。

火上加火是炎，众所周知，晋武帝叫司马炎。

所以晋朝才是正统，隐含的意思自然是：要是有人想取代晋朝，那就是混蛋啊！

所谓习凿齿"品评卓逸"，这就是重要表现。

社会心态、舆论环境如此，也就难怪桓温行动之前，压力很大无比纠结，他更希望像自古以来的禅让一样，自己作为被赠予的一方，显得越被动越好。

桓温废海西公，立司马昱当皇帝以来，谢安一直对桓温很配合。

桓宣武与郗超议芟夷朝臣，条牒既定，其夜同宿。明晨起，呼谢安、王坦之入，掷疏示之。郗犹在帐内。谢都无言，王直掷还，云："多！"宣武取笔欲除，郗不觉窃从帐中与宣武言。谢含笑曰："郗生可谓入幕宾也。"（《世说新语·雅量》）

换了皇帝，当然要杀一批人立威。

桓温和郗超拟定了要杀掉的人的名单，当晚就睡在一起。

第二天桓温起床，把谢安和王坦之喊来，而郗超还留在帐幕后面。

桓温把写着要杀哪些人的奏疏摔到王、谢二人面前。

谢安看了，什么话也没有说。

王坦之把奏疏摔回给桓温，只说了一个字："多！"杀两个人意思下得了，名单用得着列这么长吗？

桓温拿起笔，打算删掉几个名字，郗超忍不住从帐子后面跟桓温低声提参考意见。

谢安就笑了："郗生可谓是入幕之宾了！"

这条记录里，和桓温硬杠的是王坦之，谢安好像事不关己一样，还有闲心在一旁看戏。

谢安对桓温的尊崇，有时候到了非常夸张的地步：

是时温威势翕赫，侍中谢安见而遥拜，温惊曰："安石，卿何事乃尔！"安曰："未有君拜于前，臣揖于后。"（《晋书·桓温传》）

谢安远远看见桓温就下拜。

桓温都惊了："安石，没啥事咱不至于这样。"

谢安说："做君主（指司马昱）的都给您下拜了，我总不能作个揖就完啊。"

后世的文人学者，往往认为谢安这个举动是对桓温嚣张跋扈的讥讽，算是一种对谢安的美好期待吧。

要是对照"高情千古闲居赋，争信安仁拜路尘"，谢安石和潘安仁一样，都是谄媚嘛。

对桓温最宠信的郗超，谢安也是绝对恭敬的：

谢太傅与王文度共诣郗超，日旰未得前，王便欲去。谢曰："不能为性命忍俄顷？"（《世说新语·雅量》）

谢安和王坦之一起去见郗超，天色已晚还离得老远干等着。王坦之就想走，谢安说："就不能为了性命多忍会儿吗？"

类似这样的举动（当然还有史书中见不到但一定存在的谢安和桓温的秘密沟通），为谢安从桓温那里赢得了多少信任呢？

谢安是吏部尚书，负责官员选拔，这主要是名士圈子里自己的事，桓温不去过问，很自然；谢安还是中护军，东晋中护军负责以石头城为中心的京师地区的镇守，掌握着建康城里最重要的军队，桓温是绝不会容忍自己不信任的人，留在这个位子上的。

然而谢安继续做着中护军，桓温对朝廷的人事做了诸多重大调整，却没想过动他。

这时候，建康城里，开始有谣言流传。有一条谶语，据说是南渡时神秘的占卜大师郭璞留下的：

君非无嗣，兄弟代禅。
有人姓李，儿专征战。

譬如车轴，脱在一面。

尔来尔来，河内大县。（《晋书·桓温传》）

第一句很好理解，明显就是说的本朝皇位传承。兄终弟及的事在东晋已经多次发生。

第二句，一个"李"，儿子去征战了，那就去掉"子"，只剩下一个"木"。

第三句，车去轴，繁体的"車"字，去掉中间一竖，那是一个"亘"。

二三句合起来，"木"加"亘"，就是一个"桓"。

最后一句，河内大县最有名的，自然是司马懿的老家温县，藏着一个"温"字。

"尔来尔来"是在说什么？自尔以来，也就是元始，是指桓温的字"元子"，还是说即将天下元始，要改朝换代了？

这种压抑恐慌的气氛里，司马昱只当了八个月的皇帝，就得了急病。

一天一夜之内，司马昱连给桓温下了四道诏书，让他赶紧来见自己一面。

桓温不来，而是给司马昱上了这样一道奏疏：

……今皇子幼稚，而朝贤时誉惟谢安、王坦之才识智皆简在圣鉴。内辅幼君，外御强寇，实群情之大惧，然理尽于此。陛下便宜崇授，使群下知所寄，而安等奉命陈力，公私为宜。至如臣温位兼将相，加陛下垂布衣之顾，但朽迈疾病，惧不支久，无所复堪托以后事。（《晋书·桓温传》）

桓温在回避，他不想去见司马昱，而且向司马昱强调，有什么事，托付给谢安和王坦之就可以了。王坦之看来是因为人家地位在那里，不得不提，重点还是谢安。所以这段文字里，前面说"谢安、王坦之"，后面却说"安等"。

桓温不去，似乎是想避嫌，他要做出我全程没参与，我一点没逼你的样子。

结合前面的事看，他似乎对司马昱有所期待，对谢安也有所期待。

司马昱好像是打算满足桓温的期待的。

他自己拟的遗诏，写的是"大司马温依周公居摄故事"。

这里需要说明一下，"周公摄政"这事，历史事实如何不重要，重要的是，以宋代为界，前后人的理解是完全不同的。

宋以后，君尊臣卑，君臣之分不可逾越的观念越来越深入人心，周公是正面人物这个基本设定又不能动，所以主流观点极力强调，周公摄政只是代理，天子之位始终是周成王的。

但从战国到唐代，也就是包括桓温、司马昱这个时代，流行的理解仍是：周公就是自己称王了，所谓"周公屏成王而及武王，以属天下，……履天子之籍，听天下之断，偃然如固有之"（《荀子·儒效》）。至少也是"周公居摄，命大事则权称王"（《尚书》郑玄注）。

所以司马昱让桓温做周公，就是说你可以称天子。

司马昱又说："少子可辅者辅之，如不可，君自取之。"这话就更直白了。

王坦之作为侍中，第一时间见到了遗诏，就拿着直入宫内，当着司马昱的面，把诏书毁了。

司马昱说："天下，傥来之运，卿何所嫌！"

司马昱再次展示了自己的文化修养，真是熟读三玄。"傥来"是《庄子》里的话，意思是一不留神碰上的。

我们司马家的天下，来历本来就不清不楚，给人就给了吧，我都不在乎，你顾虑那么多干吗？

王坦之说："天下，宣元之天下，陛下何得专之！"

大晋朝的天下，是宣皇帝司马懿、元皇帝司马睿挣来的，你不能一个人做主。

司马昱心里应该也还是舍不得的，王坦之推了一把，他也就改变主意了，你给我重写吧。

王坦之写的是，桓温可以"依武侯、王公故事"，当年诸葛亮、王导是怎么做的，你也可以怎么做。

诸葛亮是鞠躬尽瘁死而后已的忠臣楷模不必说了，王导虽然享受极高礼遇，但也知道说："若太阳下同万物，苍生何由仰照？"皇帝的御床，是不敢坐的。

整个过程，给人感觉就是司马昱和桓温都特别要面子。司马昱是你来逼我一下，我就让给你了；桓温是我不逼你，我要你自己让。

然后王坦之这个特别坦白的人跳出来："不许让。"于是这事就黄了。

还有个问题是，司马昱一直没有立太子，该由谁来即位。

这事是要公开讨论的，有人说，要不要咨询下桓温桓大司马的意见？

这次，琅邪王氏的王彪之站了出来，不必多此一举，该谁谁。

于是司马昱的第三子司马曜被立为太子，当天即位，是为晋孝武帝。

这时候皇太后下了一道令，说皇帝太小了，守丧期间，让桓温"依周公居摄故事"。

这道令要是送到桓温手里，第一份遗诏，王坦之就白撕了。

但王彪之把太后的令"具封还内"，你可以写，我不给你送。

所以桓温最终见到的，只有王坦之写的第二份遗诏。

这当然让桓温极其失落，他给弟弟桓冲写信："遗诏使吾依武侯、王公故事耳。"一个"耳"字，真是无限的怨愤惆怅。

这里还有个疑点是，谢安呢？

时为吏部尚书、中护军的谢安，全程消失了。

既没有表现出大晋忠臣的慷慨义烈，也没有做桓温一党去催逼皇帝。他人在朝堂，心灵好像还在会稽东山隐居。总之发生这么大的事，好像不关他的事。

宁康元年（373）二月，也就是司马昱驾崩半年之后，桓温终于从姑孰出发，带兵入朝，要拜谒皇陵。

满朝群臣都到新亭迎接。

桓公伏甲设馔，广延朝士，因此欲诛谢安、王坦之。王甚遽，问谢曰："当作何计？"谢神意不变，谓文度曰："晋祚存亡，在此一行。"相与俱前。王之恐状，转见于色。谢之宽容，愈表于貌，望阶趋席，方作洛生咏，讽"浩浩洪流"。桓惮其旷远，乃趣解兵。王、谢旧齐名，于此始判优劣。（《世说新语·雅量》）

桓温埋伏好甲兵，摆下酒席，请朝中的大臣都来赴宴，准备趁此杀掉谢安、王坦之。

《晋书》写这件事，"当时豫有位望者咸战慑失色，或云因此杀王、谢"，应该是更准确一些。说桓温要杀谢安、王坦之，是一个流言，当时大臣们都很恐惧，都能感知到桓温的愤怒，但不知道他究竟会干什么，所以想象力都比较丰富。

猜测桓温要杀王坦之，很好理解，有利于桓温的遗诏是他撕掉的。为什么要杀谢安呢？大约是谢安本来和桓温比较亲近，很多人认为他应该为桓温努力一把，而他没有这样做。辜负自己的人，比敌人更可恶。

王坦之很害怕，问谢安："该怎么办?"

谢安很淡定："晋室存亡，在此一行。"

于是王、谢二人一起来到桓温面前。王坦之内心的恐惧，写在脸上。谢安则一派沉着从容。

谢安望着台阶，走向座席，用洛阳书生的声调，吟诵嵇康"浩浩洪流"的诗句。

桓温慑服于谢安的旷达高远的气度，就急忙撤掉了伏兵。

王坦之、谢安以前齐名，这件事之后，就分出优劣来了。

这一条记录，大约是谢安的粉丝写出来抹黑王坦之的。王坦之后来和谢安关系并不好，王坦之劝谢安，你是大众偶像，生活不要那么骄奢淫逸，把社会风气都带坏了。谢安对王坦之则做了这样的评价："见之乃不使人厌，然出户去，不复使人思。"看见他我倒也不烦，但他一出门，我就忘掉他了。这简直是说王坦之这人，我就当他不存在。

谢安的"粉丝"当然容不得这样的人和自家偶像齐名，要扒他的黑历史。

实际上阻止桓温当周公这事，王坦之是冲锋在前的，他就是真比谢安更紧张，也很正常。

但谢安的作用确实一样也并不小。

说他这个姿态，能让桓温"惮其旷远"，当然是浮夸了，这个姿态的主要意义，是让桓温没法发作。

桓公，咱们一辈子都是特别要脸的人，干出事来，都让人没话说。临到老了，可别白眉赤眼的，弄得不好看。

您的事，我也不是没努力，我不方便说话，太后说了呀。奈何王彪之那老儿就是通不过。

太后褚蒜子，是谢安的堂外甥女。谢安的意思，往往通过太后来表达，这是大家都知道的。

王坦之和谢安实际上是在分工合作：王坦之把桓温的要求顶回去，谢安告诉桓温，您别急，还有希望。

桓温在建康待了十四天，终于也没有做出什么太大的举动，就还是回姑孰去了，然后就得了重病。

桓温暗示朝廷，给自己加九锡。朝廷表示同意。

前面讲阮籍、潘岳的时候都提到，给权臣加九锡，是要找文章高手，写一篇冠冕堂皇的大文章的。

这篇文章，桓温或许期望是谢安来写的。司马昱刚去世的时候：

桓公见谢安石作简文谥议，看竟，掷与坐上诸客曰："此是安石碎金。"（《世说新语·文学》）

该给司马昱定什么谥号呢？是谢安拟的奏议。一德不解（懈）、平易不疵曰简，学勤好问、慈惠爱民曰文，所以叫"简文帝"。一个一辈子没啥用的人，给挑了这么个好谥号，而且说的也不能说不是实情，是真见功夫。

桓温看完，就把它扔给座上宾客："这是安石的碎金子。"

谢安能不能给桓温一个大金坨子？

实际上为桓温写这篇文章的，是差点被桓温八百里分麾下炙的袁宏。

具体说是尚书吏部郎袁宏执笔，吏部尚书谢安审稿，然后驳回，说写得还不够好。

这是拿出打造通天黄金塔的劲头来创作这篇九锡文。

才思敏捷文采横溢的袁宏实在不明白自己的文章到底哪里还不够好，就去问仆射王彪之。王彪之给透了底：这文章能给它定稿吗？慢慢改吧。

改了小半年，到底拖到桓温去世，于是不用赐九锡，文章也不用再改了。

这样，谢安成了阻止桓温篡权的最大功臣。从这点看，他和他的伯父，让陈郡谢氏地位大发展的第一人谢鲲，人生经历其实颇有相似之处：靠一个叛臣的力量实现起飞，而最后走到他的对立面做一个忠臣。

漫长的等待里，桓温大概也知道谢安他们是想耗死自己。

桓公卧语曰："作此寂寂，将为文、景所笑！"既而屈起坐曰："既不能流芳后世，亦不足复遗臭万载邪？"（《世说新语·尤悔》）

桓温躺在床上说："现在这种寂寂无为的样子，我死后到地下，会被文帝、景帝所耻笑。"文是司马昭，景是司马师，人家哥俩的事业成了，我现在可还差最后一笔。

接着桓温一下子坐起来："既不能流芳百世，难道也不能遗臭万年吗！"

如果桓温能够北伐成功，扫荡群胡澄清宇内，再造一个大一统的盛世，那时候他要当皇帝，谁也没话说，自然能流芳后世。可是桓温没这个本事，不是差一点，而是差许多许多。

如果桓温能够撕下脸皮，不管王、谢这些世家大族的态度，靠军事力量强行冲上皇帝的宝座（当时应该叫御床），那倒是可以做到的。

但那样完全没有合法性的朝廷，统治成本会被无限拉高，之后还会不断有人有样学样，那就是无休止的政变、残杀、战乱……那就真是遗臭万载了，桓温也做不出。

谢安和桓温，是《世说新语》里写得最多的三个人中的两个，也是最难评价的两个人。

关于谢安的内容虽然多，但要从中寻绎事迹，却会发现其实非常少。

只知道他是世家子弟，风神秀彻，婚姻美满，精通文学、音乐、书法、清谈……一切才艺，雅量高致，天才俊逸，热爱隐居无意功名，却在谈笑间建立了最伟大的功业，然后挥一挥衣袖，不带走一丝云彩。

这差不多就是文人心目中关于理想人格的一个梦。

当然，很多人是很讨厌文人的。文人常常未必诚实，这些人进而相信，文人叙述历史，拥有无限的话语权。所以一个历史上的暴君，如果迫害过文人，那么他的其他一切罪行，一定都是文人泼的脏水。照这些人的逻辑，说暴君曾经迫害过文人，简直是为暴君洗白的最快捷的方式。

于是就会发现，关于谢安的争论，往往不是争的谢安如何，而是争的文人如何。

喜欢文人的，就延续传统看法，认为谢安就是如此完美。讨厌文人的，就认为谢安只是一个侥幸没有被戳爆的气球，阻止桓温，都是王坦之的功劳；后来淝水之战的胜利，不管因为什么原因，反正和谢安在后方摆的各种造型毫无关系。

桓温不同，他给人的感觉是很丰富，很真实，但是应该怎样评价这个人，却有点难说。

如果相信，忠君是绝对的正义，那么桓温绝对是逆臣。

如果相信，北伐是绝对的正义，那么桓温是东晋难得的大英雄。

但今天还信奉这样简单化的判断的人，似乎已经不太多了。

很多人都会想到，可以把桓温和曹操比较。但说到"奸"，桓温身上并没有多少精彩的奸诈故事；说到"雄"，他实在常常显得英雄气短。至于云淡风轻地挥舞屠刀再痛饮一口美酒挥白骨作笔泼鲜血为墨写出动人诗篇的本事，他比曹操更差得远。桓温在民间的影响，自然远远不如曹操大。

最喜欢他的，大约还是文人吧。

浏览史籍，很容易注意到，桓温确实是个缺少孤注一掷的赌徒性格的人。

只有消灭割据四川的成汉政权，桓温取得了成功，但据史书说，其实他是已经退缩了的，只不过军吏敲错了鼓，让士兵们误以为是发动进攻，才取得了胜利。

后面，第一次北伐的灞上之役，第三次北伐的枋头之役，都是距离敌国的都城已经只有一步之遥的时候，桓温却不敢发动最后一击而退缩。

正如他生命的最后时刻，距离皇帝的御床也只有一步之遥，谢安的伎俩，也不过是审稿慢一点，但已经足以把他活活拖死了。

于是，爱说大话的史评家，就骂他是饭桶军阀；而热衷权谋的人，则总能发现，桓温的每一次拖拉，都有精密的算计。

不过所有这些，《世说新语》都没怎么关注。

《世说新语》里关于他的内容，就是一个个活生生的碎片。桓温会说"树犹如此，人何以堪"的文艺金句，也会说"既不能流芳后世，亦不足复遗臭万载邪？"的魔性名言，而他骂起名士来，尤其显得富有洞察力而精准毒舌：

遂使神州陆沉，百年丘墟，王夷甫诸人，不得不任其责！（《世说新语·轻诋》）

诸君颇闻刘景升不？有大牛重千斤，啖刍豆十倍于常牛，负重致远，曾不若一羸牸。魏武入荆州，烹以飨士卒，于时莫不称快。（《世说新语·轻诋》）

我若不为此，卿辈亦那得坐谈？（《世说新语·排调》）

少时与渊源共骑竹马，我弃去，己辄取之，故当出我下。（《世说新语·品藻》）

顾看两王掾，辄翣如生母狗馨。（《世说新语·文学》）

但是，真正阴鸷的枭雄，对这些坐谈客一刀杀却便是，何必费这么多口舌？能骂出这么多让人击节赞赏反复吟咏的句子，这大约正说明，桓温与他轻诋的名士们，骨子里还血脉牵连。

所以，桓温仍是《世说新语》中的人物，而后来那个比桓温更有军事天才，更有英雄气概，做成了桓温想做而做不成的事业的斜阳草树寻常巷陌里的刘宋开国皇帝刘裕刘寄奴，却不是。

所以这本小书，也就到桓温为止罢。